나는 형사다

나는
형사다

차 례

1화.
초보 형사

벗어나고 싶다. 최대한 빨리 이 힘든 부서에서 탈출하고 싶다. 아무도 알아주지 않는데 힘들게 근무할 필요가 있을까 싶다.

현재 내 사건 보유 건수는 13건으로 일급서치고는 많지도 적지도 않다. 그렇지만 사건이 줄지를 않는다. 하나 겨우 송치하면 새로운 사건이 배당된다.

이러니 퇴근하고도 재미가 없다. 경찰 직업까지는 좋았는데 형사과에 들어간 후부터 일상이 갈수록 재미가 없다. 하루하루가 전쟁이다. 한마디로 말해,

"우 씨, 왓 디 퍽이다."

계속 교대 근무를 하니 점점 날짜 개념도 없어진다. 오늘이 며칠이더라? 6월 1일이던가? 2일이던가? 스마트폰을 켜 화면을 보니 6월 2일로 확인된다. 벌써 일 년의 절반이 가고 이틀이 지났다. 한 것도 없

는데 일 년의 반이 지나가다니.

지하철에서 내려 집으로 향하는 동안 담당 사건 내용을 떠올리지 않으려고 철학자처럼 생각하며 걸었다. 나는 왜 경찰이라는 직업을 선택했는가?

곰곰이 생각해 보니 초등학생 때부터 경찰이 되려고 했던 것 같다. 이유는 할머니가 힘든 수레를 끌고 가는데 젊은 경찰관들이 뒤에서 밀어 주는 모습을 보고 가슴 뭉클한 감동을 받았기 때문이다.

이때부터 나도 어려운 사람을 도와주는 경찰관이 되겠다고 생각했다.

경찰이 되는 것은 내 꿈이 맞지만, 처음부터 형사가 되겠다고 생각한 건 아니었다. 그런 내가 왜 형사과에서 근무하고 있는지 후회가 된다.

지구대에서 근무할 때 선배들이 자꾸 나에게 "경찰 생활을 하면서 형사 생활은 한번 해 봐야 한다." 이 말을 수없이 했다. 같은 순찰차를 타던 짝꿍도 "내가 너라면 형사 한다. 젊을 때 해야지, 나이 먹고 결혼하면 가정 때문에 할 수 없어." 하고 거들곤 했다. 그럴 때마다 나는 알았다는 듯이 고개를 끄덕였다.

그리고 결정적인 것은 내가 진짜 촉이 너무 좋다. 치매 노인, 자살 의심자, 청소년 가출 신고 등 이런 신고가 들어오면 나도 모르는 능력이 있는지 이들을 쉽게 찾아내곤 했다. 이뿐만이 아니라 형사들이 잡지 못한 연쇄 차량 털이 절도범까지도 검거한 적이 있다.

그냥 순찰 도중 빈집이 보였고 막연한 생각으로 들어갔는데 그곳에 절도범이 숨어 있었다. 이 일로 지구대에서 내 별명은 '촉 귀신'이 되었고, 형사가 운명인가 보다 생각하고 형사과에 지원하게 되었다.

그렇게 나는 형사과 강력팀에서 일 년 반 정도 근무했다. 하지만 형사 생활은 내가 알고 있던 경찰 세계와 거리가 멀었다. 아무리 생각해도 지구대에서 편안하고 안정되게 경찰 생활을 하는 게 이성적으로 옳은 판단 같다.

지구대는 육체적으로 힘들지만, 정신적으로는 전혀 피곤하지 않다. 퇴근하면 맑은 정신에 개인 시간이 온전히 보장된다. 특히 퇴근 후 업무적인 생각을 전혀 하지 않아서 좋다.

솔직히 근무 중에 몸이 피곤한지 잘 모르겠다. 야간 근무 때 잠을 못 자는 게 흠이지만 다음 날 쉴 수 있으니 고단하지는 않다.

"휴우~"

그 좋은 곳을 두고 형사 생활을 하다니.

무엇보다 내가 형사과에 와서 짜증 나는 것 중 하나가 수사 서류를 만드는 것이다. 지구대에서 근무할 때는 진짜 몰랐는데 형사과로 가니 쉬워 보였던 수사 서류들이 결코 쉬운 게 아니었다. 범인 잡는 것도 힘들지만 그놈의 수사 서류 만들고 보고서 치는 게 끝도 없다.

서류 편철도 일정한 규칙이 있다. 시간순으로 편철하고 보고서 하나하나 신경을 기울여야 한다. 아무 데나 서류를 쑤셔 박으면 안 된다.

또 수사 보고서를 칠 때마다 느끼는 것인데, 형사를 하려면 문예창작학과를 나와야 편할 듯싶다. 왜냐면 수사 서류를 창의적이고 객관적으로 작성해야 하기 때문이다.

수사 보고서에 주관적으로 '아마 이래서 범인 같다.', '범인은 이쪽 길로 가지 않고 CCTV가 없는 골목으로 간 것으로 추정된다.' 이런 식으로 쓰면 절대로 안 된다. 그렇게 주관적으로 작성한 수사 보고서는 증거 능력이 없다. 객관적으로 쓰면서 범인일 수밖에 없는 것처럼 보이게 해야 한다. 그러니 글 쓰는 능력을 키우는 문예창작학과나 국어국문학과를 나와야 한다.

지구대에서는 범인을 검거하면 간단한 서류와 함께 형사과에 인계하면 끝이라 그 뒷이야기를 몰랐다. 하지만 이곳에 오니 지구대에서 던져 놓고 간 범죄인들을 해결하는 데에 얼마나 많은 에너지를 소모해야 하는지를 알게 되었다.

잡일이 끝도 없다. 수사 서류를 만들면서 내가 소설 쓰는 작가인지 출판사 편집국장인지 여러 생각이 들기도 했다. 뭔 놈의 보고서가 그렇게도 많은 건지 모르겠다.

특수 폭행 현장에서 위험한 물건이라며 몽당연필 한 자루를 압수하면 이 물건에 붙는 수사 서류만도 과장을 조금 보태어 수십 페이지나 된다. 귀찮다고 내 마음대로 몽당연필을 버릴 수가 없다.

검사의 지휘를 받아서 압수물인 몽당연필을 폐기 처분하든지, 아니면 가환부(증거물로 압수한 물건을 소유자, 소지자, 보관자의 청구에 의해 잠정적으로 돌려주는 일)를 신청하여 피해자에게 돌려주어야 한다.

압수물을 폐기 처분할 때도 내가 몽당연필을 집에 가져가서 쓰지 않았다는 것을 증명하기 위해서 폐기 전과 후를 사진 촬영하여 수사 보고한다. 그러니 압수물에 붙는 수사 서류가 방대할 수밖에.

불송치, 내사 종결하는 간단한 사건도 온갖 창의력을 발휘하여 그렇게 사건을 끝낼 수밖에 없었던 이유를 결재권자인 팀장과 과장이 믿게 만들어야 한다.

또한, 경찰 수사의 독립성과 자율성이 생기면서 수사심사관이라는 제도가 도입되었는데, 이 수사심사관도 결재권이 있어서 가끔 태클을 걸기도 한다. 이런 결재권자들의 재가가 떨어져야 내 마음대로 불송치, 사건을 종결할 수가 있다.

"우 씨, 왓 더 퍽이다."

이렇게 내가 작가도 아닌데 날마다 창작의 고통을 겪고 있다.

아! 맞다. 송치된 사건들도 그대로 끝나는 것이 아니다. 무사히 결재가 끝난 송치 서류를 검찰에 보내면 최종 보스라고 하는 검사가 등장한다.

나는 지구대에서 근무할 때 검사들이 사법 고시를 패스해서 무척 똑똑한 줄 알았다. 물론 똑똑한 검사들도 있다. 하지만 바보 같은 검사들이 많다는 것을 수사할 때마다 종종 느끼곤 한다. 전화로 수사관의 의견을 물어봐 주는 검사는 양반이다. 검사 중에는 약간의 문장이 틀렸다는 이유로 형식적 절차가 위법하다며 재수사 지휘를 때리거나 정말 말도 안 되는 이유로 다시 보완 수사를 내려보낸다.

검사들은 검수완박(검찰 수사권 완전 박탈)을 핑계로 거의 완벽한 상태로만 수사 서류를 넘겨받으려고 한다. 그러면 처음부터 다시 수사할 수도 있다.

경찰 시험을 준비할 때는 몰랐는데 형사 생활을 조금 하면서 알게 된 사실이 있다. 〈형사소송법〉은 수사관들을 괴롭히기 위해 만든 법이라는 것을.

〈형사소송법〉에는 많은 소송 절차가 적시되어 있다. 절차를 준수하지 않으면 잡은 범인이 무죄가 되어 나갈 수 있다. 그래서 무식한 범인들에게 미란다 원칙을 말해야 하는데 가끔 그게 뭐 하는 짓인지 모르겠다. 말해도 듣지도 않는데 말이다.

하지만 영리한 범죄자들은 오히려 이 〈형사소송법〉을 잘 이용하여 악용한다. 그러니 듣든 안 듣든 범인을 잡을 때마다 앵무새처럼 변호사 어쩌고저쩌고 묵비권 어쩌고저쩌고 떠드는 것이다. 한마디로 이 〈형사소송법〉은 범죄인들을 위한 법 같다.

"앵앵~"

기분 나쁜 소리와 함께 모기 한 마리가 내 얼굴 주위로 날아왔다. 모기까지 날 성가시게 한다. 나는 파리채처럼 손을 휙휙 내저으며 모기를 쫓았다.

손에서 화약 냄새가 난다. 오늘은 분기별로 찾아오는 특별 외근 사격이 있었던 날이다. 그렇게 바쁜 와중에 사격까지 하다니 대단하다. 물론 대충 쐈다.

시험이나 심사 승진에 관심 없어 사격장에 참석한 것으로 만족한다. 사격하기 위해서 오랜만에 경찰 근무복을 입었더니 살이 쪘는지 헐크처럼 옷이 터지려고 했다. 그 상태로 사격장에 나갔더니 지구대에서 같이 근무했던 옛 동료가 나에게 한마디 했다.

"근무가 편안한가 봐. 살찐 것 보니까."

아무것도 모르면서 편안하다고 판단한다.

편하기는 뭐가 편해요. 스트레스를 받아서 살찐 건데.

이 말을 하고 싶었지만 꾹 참았다.

암튼 손 씻는 것도 잊을 정도로 바쁜 날이었다. 오늘도 정시에 퇴근해야 하는데 그놈의 수사 지휘 내려온 거 서류 만드느라 10시가 넘어서 퇴근하게 되었다. 퇴근하고도 보고서 친 내용이 머릿속에서 뱅글뱅글 돌며 걱정이 떠나질 않는다.

불구속 수사가 원칙이라 영장을 치지 않았다. 하지만 안지현이라는 여자인지 남자인지 알 수 없는 검사가 주거 부정인데 불구속한 이유를 대라고 보완 수사를 내려보냈다.

"일용직 노동으로 전국을 떠도니까 주거 부정 같기도 하지만 연락은 잘 된다."라고 애매하게 수사 보고서를 친 게 있었다. 그것을 꼬투리 잡은 것이다.

그냥 주거가 불확실하다고 구속 영장을 쳐 버려?

불구속 수사가 원칙이기는 하지만 그동안 이 절도범 때문에 마음고생을 한 걸 생각하면 영장을 치고 싶기도 하다. 왜 그런 상습 절도범 하나 때문에 내가 이런 개고생을 하는지 모르겠다. 그래도 놈이 어디 사는지, 누구랑 같이 잘 지내는지도 알고 있으니 잡는 것은 어렵지 않다.

"아이고! 머리야."

하여간 이 힘든 형사를 그만두어야 내 명대로 살 것만 같다. 여유 있을 때마다 부서를 옮겨야겠다는 생각을 참 많이 했다. 그래서 올 상반기 인사철에 지구대로 나가려고 굳게 마음먹었다.

그런데 그때 강력 사건이 터지면서 사건 해결을 위해 바쁘게 움직이다 보니 인사철이 휙- 하고 지나가 버렸다. 히지만 이번 7월 하반기 인사 때는 분명히 나갈 생각이다.

길면 두 달이고 짧으면 한 달 반만 버티면 나갈 수 있다. 형사지원팀 서무에게 다 말해 두었으니까 무조건 나갈 거다. 물론 그런 일은 없겠지만 과장, 팀장이 울고불고 매달려도 나갈 것이다.

빨리 집에 가서 캔 맥주 하나 마시고 뻗어야겠다.

나는 집 앞에서 가까운 편의점으로 향했다. 편의점 문을 열고 들어오니 어두운 밤과 대조적으로 너무 밝아 다른 세상에 들어온 기분이 들었다.

늘 마시던 캔 맥주 4캔과 주전부리를 좀 사서 계산대로 갔다. 그런데 알바생이 나를 보더니 재빨리 고개를 숙인다. 나를 아는 눈빛이다.

자세히 보니 공연음란죄로 형사과에 왔던 놈이다. 아마도 이곳에서 알바를 하는가 보다. 놈은 지나가는 여자들에게 성기를 꺼내 놓은 상태로 길을 물어보거나 시간을 물어보던 성도착증이 있는 사이코 변태 새끼다.

출동 나온 지구대 경찰관들에게 노상 방뇨를 한 것도 죄가 되냐고 소리치다가 만만해 보이는 여경을 밀어서 공무 집행 방해까지 추가되어 사무실로 왔었다. 사무실에서 조사받는 모습을 보았을 땐 무척 얌전하고 내성적인 것 같았는데.

그래도 이 더러운 놈이 이곳에서 일하니 당분간 여기는 피해야겠다. 제발 이곳에서 일하는 동안 여자 손님들에게 성기를 드러내 놓는 일이 없기를 바랐다.

나는 그를 못 알아본 척하였고 그놈도 나를 모른 척하며 어색하게 계산했다.

그렇게 캔 맥주가 담긴 봉지를 들고 둘레둘레 걸어 나왔다. 별로 무겁지는 않지만 내가 사는 원룸 건물에는 엘리베이터가 없다. 4층 계단을 오를 때마다 불만이 뇌 속을 헤집고 다닌다.

'엘리베이터 좀 설치하지.'

건물주가 돈도 많으면서 그거 아끼려고 세입자들에게 이 고생을 시킨다. 5층 원룸 건물에 엘리베이터 없는 곳은 아마 이곳뿐일 것이다.

얼른 돈을 모아서 다른 곳으로 이사 가고 싶다. 그러려면 재테크를 해서 돈을 모아야 하는데 형사과에 있으니 주식, 코인, 부동산 등을 공부할 시간도 없다. 친구 중 한 명은 코인으로 대박 났다고 인스타에 고급 승용차 사진도 게시하던데.

'부러우면 지는 거다. 철! 너도 얼마든지 돈을 벌 수 있어. 난 할 수 있다.'

계단을 하나씩 오를 때마다 스스로를 위로하며 응원했다. 나는 원래 긍정적이고 성실하고 유머러스한 남자다. 하지만 한 층 한 층 오르면서 불만으로 가득한 소심한 인간으로 변해 가고 있다는 것을 느꼈다.

'우 씨, 이게 다 형사라서 그래.'

오늘 하루 너무나 지친다. 몸이 피곤하니 자꾸 술 생각이 더 간절하다. 술 마시고 푹 잠이 들었으면. 최근에 부쩍 살이 찐 이유가 다 여기에 있는 것 같다. 술 마시고 잠을 자니 살이 불어날 수밖에.

집에 도착하자마자 간단히 씻고 핸드폰으로 유튜브 동영상을 틀어 놓고 캔 맥주를 마셨다. 맥주를 마시며 평소 즐겨 보던 게임 동영상을 보았다. 형사 생활을 하다 보니 게임을 할 시간도 없다. 그냥 남이 하는 것을 눈팅이나 하며 대리 만족을 느끼는 게 전부다.

맥주는 순식간에 사라져 버렸다. 캔 맥주를 4개나 마셨는데도 전혀 취기를 느낄 수가 없다. 점점 알코올 중독이 되어 가고 있다. 다음 날 아침에 분명 후회하겠지만 지금은 술이 나의 위로요, 영혼의 안식처다.

뭐, 잔소리하는 사람도 없으니 그냥 편안하게 먹게 된다. 아니, 외로워서 더 마시는 건지도 모르겠다. 물론 이것도 그냥 핑계다. 내 의지가 약해서 그런 것이다.

내일은 일찍 일어나야 하는데 시간은 왜 이렇게 빨리 가는지 모르겠다.

나는 누워서 다시 핸드폰으로 유튜브 게임 영상들을 멍때리며 시청했다. 피곤한지 두 눈이 자꾸 감긴다. 그러다 내 몸이 깊은 심해 속으로 가라앉는 기분이 들면서 어느 순간 잠이 들었다.

*

아침이 되자 한밤에 느끼지 못했던 소음들이 알람처럼 들린다. 옆집 변기 물 내려가는 소리, 휴지가 없다며 가져오라는 옆집 아저씨의 목소리가 벽을 뚫고 들린다. 특히 5층 건물주의 집에서 쿵쿵거리는 발걸음 소리는 공사장에서 인부들이 해머질을 하는 것처럼 제법 묵직하게 울렸다. 이게 나에게는 아침 알람이다.

피할 수 없으면 즐겨라. 그래, 이 소음도 즐겨야지. 스트레스를 받아봤자 내 몸에 암세포밖에 더 생기겠는가.

시계를 보니 아직 6시가 안 되었다.

나는 잘 안 떠지는 눈을 비비고 출근하기 위해 분주히 움직였다. 바삐 서두르는 데는 이유가 있다. 바로 나의 천사를 보기 위해서다.

샤워를 하기 위해 속옷을 벗어 던지고 화장실 겸 목욕탕으로 쓰는 공간으로 들어갔다. 정신이 번쩍 들게 차가운 물을 틀고 샤워기로 온몸에 구석구석 물을 뿌렸다. 그리고 늘 하던 대로 시간을 절약하기 위해 양치질을 하며 샴푸로 머리를 감았다.

면도도 평소보다 더욱 신경을 썼다. 4일에 한 번씩 주간 당직 근무가 돌아오는데, 그날은 일찍 출근하기 때문에 천사를 볼 수가 있다.

거울을 보며 자연스럽게 미소를 지어 보았다. 거울에 비치는 너란 놈은….

'멋있구나.'

잠시 되지도 않는 나르시시즘에 빠져 있다가 얼굴에 스킨과 로션을 듬뿍 발랐다.

단정하게 옷을 입고 이제 마지막 남은 의식을 치를 준비를 했다. 바로 남성의 페로몬 향이 가득 담긴 향수를 뿌리는 일이다.

이 향수는 우연히 인터넷에서 이성을 유혹한다는 광고 글을 보고 뭔가에 꽂힌 것처럼 바로 구매한 것이다. 냄새는 젊은 취향이 아니다. 첫 냄새를 맡은 느낌은 나이 먹은 중년 신사들에게서 나는 향기라고 할까?

또 한 가지 단점은 냄새가 오랫동안 유지되지 않는다. 길어야 두 시간 정도다.

향수를 뿌리면서 생각했다. '여자들이 이 냄새에 정말로 넘어갈까? 아마 아빠 같은 향에 뽕 가는 게 아닐까?' 부디 그리길 바라며 칙칙, 아낌없이 뿌렸다. 제발 이 자극적인 남자의 페로몬 향기를 그녀가 맡고 '아빠다!' 하고 생각하길 기대하면서.

다행히 나를 힘들게 했던 상습 절도범 사건도 어제 마무리했으니 오늘은 급한 사건이 없다. 제발 오늘도 특별한 사건이 없이 하루가 잘 마무리되길 기원하자.

일 생각을 하자 거울에 비치는 내 표정이 금세 어두워진다. 사무실에 출근도 하기 전에 겁을 먹는 것은 내 모습이 아니다. 자신감 있고 밝은 모습으로 출근하자.

그래, 웃자. 웃어서 행복한 게 아니라 웃으니까 행복한 거다.

그녀가 볼 수 있는데 어두운 표정을 짓는 것은 매우 적절하지 않다. 거울을 보면서 표정 관리를 하는 중에 중얼거렸다.

"응, 아니야. 그래, 이 모습이야."

나의 천사. 보통 사랑하는 연인을 천사라고 부른다. 나 역시 2호선 여인을 천사라 부르고 있다.

내가 밝게 웃으니 거울 앞에 살찐 원빈이 보였다. 원빈 형이랑 나는 키도 178cm로 똑같다. 한때 짝퉁 원빈으로 불렸던 적도 있다. 지금은 살이 쪄서 그렇지, 살만 빼면 원빈 형보다 내가 더 나을지도.

모든 출근 준비를 마치고 집을 나섰다. 그리고 사무실이 있는 을지로3가로 가기 위해 바삐 지하철역으로 향했다.

나는 신림역에서 매일 7시 10분에 오는 2호선 지하철을 탄다. 사무실에 조금 늦게 도착해도 상관없지만, 신대방역에서 타는 그녀를 보기 위해 4일에 한 번씩 이 시간대에 나간다. 이게 내가 오늘 일찍 일어나고 향수를 뿌린 이유다.

하지만 그녀는 내 존재를 모른다. 그래도 괜찮다. 그냥 바라만 봐도 좋은 사람이 있다. 그녀가 그렇다.

2호선 지하철이 도착할 때까지 나는 웨어러블 이어폰을 귀에 꽂고

음악을 들으며 그녀에게 어떻게 접근할지 심각하게 고민했다.

인생은 선택의 연속이다. 그녀에게 말을 걸어 본다와 안 한다. 이 둘 사이에서 나는 진지하게 고민했다.

1번 한다. 용기 있는 자가 미인을 얻지 않는가.

2번 안 한다. 괜히 쪽팔림을 당하지 말고 이대로 모른 척 지켜보며 애틋한 짝사랑으로 만족한다.

셰익스피어의 작품 속에서 햄릿은 사느냐 죽느냐로 고민한다. 하지만 나는 그녀에게 말을 걸지 말지를 심각하게 고민하고 있다.

어떻게 하지? 말은 걸고 싶지만 용기가 나지 않는다. 순간 그녀에게 말을 거는 내 모습을 상상하자 심장 박동 수가 빨라진다.

이때 지하철이 도착했다. 곧 그녀를 만날 생각에 빠르게 지하철에 올라탔다. 붐비는 사람들 틈을 헤집으며 그녀가 항상 타는 3번 칸의 2번째 입구 앞에 섰다.

만일 그녀가 내 앞에 선다면 말을 걸어야 하나? '좋은 아침입니다. 날씨가 더워지고 있네요.' 이렇게 말을 붙여 볼까?

"아! 어떡하지?"

나도 모르게 말이 입 밖으로 튀어나왔다.

처음 보는 여성에게 전화번호를 따는 유튜브 영상이 떠오른다. 그냥 다가가서 인사 몇 마디 하더니 쓱 핸드폰을 여성에게 내밀자 아름다운 여성이 핸드폰에 번호를 입력하는 것이었다. 너무 쉬워 보였다.

아마 편집했겠지. 어디 감히 처음 보는 외간 남자에게 한 번에 번호를 주겠는가. 있을 수 없다.

그런 생각을 하는 사이 곧 지하철이 신대방역에 도착했다. 그리고 곧 그녀가 부드럽고 숱이 많은 긴 생머리를 흩날리며 지하철에 올라탔다.

화장도 하지 않은 그녀의 얼굴은 하얗게 빛이 나고 있었다. 눈처럼 희고 고운 얼굴 피부는 성스럽게 보였고, 커다랗고 총기로 반짝거리는 한 쌍의 검은 눈동자는 영혼을 빨아 당기는 마력을 지닌 것 같았다.

그녀는 165cm 정도 되는 키에 50kg이 채 안 돼 보이는 날씬한 몸을 가졌다. 오늘은 청바지와 흰색 블라우스를 입었는데 너무 잘 어울린다.

그녀가 메고 있는 핸드백을 자세히 보았다. 중저가의 검은색 핸드백을 메고 있었는데 나쁘지 않다. 사치도 부리지 않는다. 이 점도 마음에 든다. 눈을 씻고 단점을 찾으려고 해도 찾을 수가 없다.

평일에 일찍 출근하는 것을 보면 그녀의 직업은 은행원, 선생님, 중소기업 회사원? 아니면 대기업의 사무직 여사원? 아! 내가 형사지만 도저히 모르겠다. 당장이라도 그녀를 조사할 탐정을 고용하고 싶다.

내가 그녀에게 관심을 가지게 된 이유는 외모도 내 스타일이기는 하지만 그보다 그녀의 착한 마음씨 때문이다.

어느 날 우연히 이 시간대에 2호선을 탔는데 내가 그녀의 신발을 밟고 말았다. 삼각형 뾰족한 여성용 구두가 아닌 코가 사각형으로 된 남성형 구두였는데 내가 그만 그 끝을 밟은 것이다.

그녀의 흰색 구두 앞이 검정 때가 묻어 더러워졌지만 그녀는 쿨하게 괜찮다고 말했다. 나는 진심으로 정말 미안해서 변상 조치를 해 주겠다고 했지만 그녀는 괜찮다며 돌아섰다. 나는 지하철 안이라 보는 눈도 있고 해서 변상 이야기를 더 꺼내지 않고 가만히 있었다. 하지만 미안한 마음에 안 보는 척하며 그녀를 유심히 보게 되었다.

뭔가 보상을 해 줘야 할 것 같은 마음은 있었지만, 그렇다고 적극적으로 어떻게 하지는 않았다.

그러던 중 행색이 남루한 엄마와 5살 정도 되는 어린이가 지하철에 탔고, 앉아 있던 승객 앞으로 다가가자 두 사람의 냄새 때문인지 승객이 자리에서 일어나 다른 곳으로 피했다. 그러자 두 모자가 빈 의자에 앉았다.

그들은 딱 보아도 며칠 끼니를 거른 모습이었다. 이때 그녀가 지갑에서 오만 원권 지폐를 꺼내 아프리카 난민 같은 여성에게 주는 것이 아닌가. 순간 '아! 요즘에도 이런 천사가 있나.' 하는 생각이 들었다.

그 후부터 큐피드의 화살을, 아니 대포를 맞은 것처럼 내 머릿속에는 2호선 여인이 떠나질 않았다. 이런 게 한눈에 반했다는 것일까? 아마도 그럴 것이다.

사실 내가 그녀에게 말을 걸지 않는 수많은 이유 중에는 형사라는 점도 크게 작용하고 있다. 규칙적이지 않은 생활 패턴. 쉬는 날에 강력 사건이라도 터지면 어김없이 따라오는 비상 호출. 만일 그녀와 근사한 곳에서 지녁을 먹으며 데이트를 하는데 강도 사건이 터진다면 사무실로 뛰어가야 하는 것이다.

순간 상상했는데 진짜로 팀장의 불호령이 귓가에 들리는 것 같다.

"빨리 사무실로 튀어 와!"

팀장의 목소리를 떨쳐 내려고 고개를 설레설레 흔들었다.

그녀를 보고 있으니 어렴풋이 들었던 노래가 떠오른다.

 매일 그대와 아침 햇살을 받으며
 매일 그대와 눈을 뜨고파
 매일 그대와 도란도란 둘이서

 내 입에서 노래가 저절로 나왔다. 그리고 눈에서 눈물이 나오려고 하는 것을 꾹 참았다. 사랑에 빠지면 누구나 감성적으로 바뀌는 것 같다.

 지하철에 타고 있던 승객 몇몇이 나를 힐끔거린다. 그러다 내 귀에 이어폰이 꽂힌 것을 본 승객들이 고개를 돌린다. 나는 어색하지 않게 다른 누군가와 통화하는 척 고개를 숙이고 말했다.

 "응, 알았어. 끊을게."

 그녀의 뒷모습을 훔쳐보면서 함께 아침을 맞이하는 상상을 하다 보니 어느새 목적지에 도착했다. 짧은 시간이지만 그녀와 같은 지하철을 타서 행복했다.

 나는 걸으면서 달콤한 상상에 빠져들었다.

 그녀와 함께 밥을 먹는다. 맛없는 식당에 가도 그녀가 곁에 있다면 음식이 다 맛있을 것 같다. 하지만 그런 식당에 처음부터 갈 일은 없다. 데이트하기 위해 미리 맛집을 알아보는 것은 기본 아니겠는가.

 그녀와 함께 쇼핑을 한다. 왜 남자들은 여자와 함께 쇼핑을 하면 괴로워할까? 이해하기 힘들다. 남편이 아내와 백화점에서 쇼핑을 하면 의자 같은 곳에 앉아 핸드폰을 보는데 나는 그녀와 결혼을 하면 절대로 그러지 않을 테다. 영화 〈귀여운 여인〉의 리처드 기어처럼 돈을 쓸 수는 없겠지만 함께 물건을 고르고 이런저런 이야길 해 줄 것이다.

그녀와 함께 술을 마신다. 그녀가 곁에 있다면 아마 밤새도록 술을 마실 수 있겠지. 취하지도 않고.

그녀와 함께 놀이공원에서 무서운 놀이 기구를 탄다. 나는 놀이 기구 타는 걸 별로 좋아하지 않는다. 하지만 그녀가 원한다면 함께 타겠다. 놀이 기구를 타기 위해 내가 긴 줄에 서 있고 그녀는 그늘에 앉아 쉬면서 나를 바라본다.

이런 생각들에 잠겨 걷다 보니 어느새 사무실에 도착했다.

내가 일하는 형사과 사무실은 경찰서 1층에 있다. 1층에 있는 이유는 예전에 조사받던 피의자가 유리 창문을 열고 뛰어내려 자살한 적이 있었다. 그 후부터 이를 예방하기 위해 형사과를 1층으로 옮겼다.

의외로 이런 미친놈들이 많다.

나도 예전에 조현병이 있는 피의자를 데려다 조사했는데 이 자식이 갑자기 자살하겠다며 창문을 열고 뛰어내리려고 난리를 쳤다. 힘이 얼마나 센지 동료들이 없었더라면 정말 뛰어내려 죽었을지도 모른다.

이런 미친놈들 때문에 형사과 사무실이나 조사실은 대부분 경찰서 1층에 있고, 높은 층에 있는 경우 유리 창문에 방범 창살 등으로 이중, 삼중 막아 놓고 있다.

형사과 사무실은 업무에 따라 강력팀 사무실과 형사팀 사무실 둘로 나뉜다. 형사팀은 지구대, 파출소에서 가져오는 단순한 사건만 처리하기에 주로 사무실에서만 일한다. 그래서 강력팀 형사 중 일부는 그들을 앉은뱅이 형사라고 약간 무시하는 경향이 있다.

내가 일하는 강력팀은 말 그대로 강력한 사건만을 맡는다. 그러다 보니 자연히 생각도 하기 싫은 흉악 범죄를 수사하기 위해 외근 활동을 많이 한다.

같은 형사과 동료지만 형사들도 이렇게 차이가 있다.

사무실 분위기를 보니 어젯밤은 조용했나 보다. 계속 이런 평화로운 분위기로 쭉 가자.

강력팀은 형사과 사무실 안쪽에 있는데 5개의 파티션 칸막이로 막아서 각 팀을 분리하고 있었다. 다닥다닥 붙은 책상 사이를 익숙하게 지나 내 책상을 찾아 앉았다.

우리 팀에서 내가 제일 일찍 출근했기에 전 근무조가 나에게 다가와 간단히 업무 인수인계를 했다. 예상대로 어젯밤에는 조용했는지 특별한 전달 사항이 없었다. 타 관내도 조용했는지 지원할 사항도 없다고 한다.

'오! 개꿀.'

전 근무자들이 아침 식사를 하기 위해 구내식당으로 모두 나가자 사무실에는 나 혼자만 남게 되었다.

습관적으로 나만의 스타일로 아침 식사용 커피 믹스를 타서 책상 의자에 앉았다. 모락모락 뜨거운 연기가 피어오르는 커피를 마시면서 컴퓨터를 켰다.

우선 공문과 메시지가 없는지 살펴보았다. 요즘 늘 같은 내용의 공문이 내려오고 있다. '피의자 인권 보호' 갈수록 피의자에게 잘하라는 공문이 수없이 내려온다.

'형사 인권 보호'라는 공문은 안 오나?

오늘 할 일이 있는지 살펴보기 위해 내 사건 기록들을 살펴보았다. 가지고 있는 13개의 사건 중 가장 먼저 강간 사건이 눈에 들어왔다. 이 사건은 여성청소년과 여청수사팀과 옥신각신하다가 형사과 강력팀으로 넘어와 결국 나에게 배당되었다.

우리 경찰은 관할과 업무 분장을 엄청 따진다. 경찰서 정문 앞에서 폭행 사건이 발생해도 경찰서 형사팀이 출동을 나가 처리하는 것이 아니라 경찰서를 관할하는 지구대, 파출소에서 먼저 출동해야 한다. 그러면 지구대, 파출소에서 폭행 사건을 처리한 후 신병이나 서류를 경찰서 형사과로 인계한다. 결국, 형사과로 오는 것은 똑같지만 절차가 이렇다.

경찰서와 경찰서 간, 경찰서와 지방청 간 등 조금만 업무 분장과 경계선이 넘어가면 바로 해당 사건을 관할 경찰서로 넘기고 뒤도 돌아보지 않는다. 쉽게 말해서, 부산에서 일어난 사건을 서울 경찰이 수사하지 않는 것이라 보면 된다.

그리고 죄명에 따라 수사하는 부서도 상이하다. 사기, 배임, 횡령, 이딴 복잡한 것은 경제팀에서, 강간, 강제 추행, 스토킹, 가정 폭력 등 지저분한 것은 여청수사팀에서, 절도, 납치, 강도, 살인 등 강력한 사건들은 형사과에서, 공무원 범죄, 보이스 피싱, 선거 관련 고발 사건 등은 지능범죄수사팀에서 수사한다.

이 사건은 처음에 신고 접수될 때 납치로 신고가 되었다가 나중에 강간으로 변경되었다. 그래서 여청수사팀에서 사건을 해야 한다와 아니다, 납치가 먼저 있었으니 강력팀에서 해야 한다며 옥신각신 사건을 서로 떠넘기려고 말이 많았다.

사건 수사 서류는 수사 지원팀에 이틀 정도 놔둔 채로 수사위원회가 열려서 어느 부서에서 수사할지 심사를 했다.

만일 경찰서에 상주하는 출입 기자가 이 사실을 알았다면 특종이라며 눈에 불을 켜고 달려들었을 것이다. 아마 경찰을 욕하는 내용으로 기사를 썼겠지.

엄청난 뉴스감으로는 충분했다. 사건도 납치 강간이고 경찰들은 내 일이 아니라며 떠넘기고 수사를 하지 않고 있으니 말이다.

수사위원회에서 형사과장보다 여청과장이 파워가 더 세서인지 형사 과로 사건이 배당되었고, 재수 없게 내가 이 사건을 받게 되었다.

성폭력 같은 민감한 조사는 해바라기 센터에서 여성 경찰관이 피해 자들을 조사하고 증거를 채취한다. 이 사건도 해바라기 센터에서 피해 여성을 조사하고 피해자의 질액, 혈액, 타액 등을 응급 키트에 담아 국과수에 감정 의뢰를 했는데, 나는 그 결과가 나올 때까지 피의자 조사 를 미루고 있었다.

감식 의뢰, 이것은 시일이 상당히 오래 걸린다. 일단 지문 같은 경우 에는 경찰청에 긴급으로 요청하면 하루 만에 답신이 오지만, 대부분은 2~3일 정도 소요된다.

하지만 국과수에 DNA 같은 감정 의뢰를 보내면 그보다도 더 시간 이 오래 걸린다. 국과수에서 회신서가 올 때까지 한도 끝도 없이 기다 려야만 한다. 긴급으로 하면 3~5일이지만 보통은 일주일 이상이다.

이 사건과 관련하여 국과수에서 회신 온 게 있는지 내부 인터넷망부 터 확인했다. 다행히 국과수 독성화학과로부터 기다리던 감정 의뢰 회신서가 와 있었다.

회신서를 찬찬히 읽어 보니 질액에서 콘돔에 사용되는 윤활액이 검출되었다는 내용이다. 강간이 아닐 확률이 높다. 강간하는 놈이 무슨 콘돔을 끼고 섹스를 한다는 말인가.

"좋았어."

이때 사무실 문이 열리고 나의 짝꿍 박문수 경위가 들어왔다.

나는 선배의 얼굴을 볼 때면 다른 것은 보지 않고 그의 실눈부터 보았다. 개그맨 김제동의 눈이 상당히 작은데, 선배는 그보다 작고 눈 주위가 부어 있어서 정말 눈을 떴는지 감았는지 알 수 없었다.

박 선배가 내 말을 들었는지 대뜸 물었다.

"좋긴 뭐가 좋아? 야! 그리고 너 또 이상한 향수 뿌렸냐? 아유, 냄새 한번 지독하다."

박 선배가 내 페로몬 향수 냄새를 맡고 구박했지만 난 모른 척했다.

박 선배는 장난식으로 음담패설을 하는 것을 좋아한다. 나는 그를 음란 마귀라고 속으로 욕하면서도 수사 쪽으로는 베테랑이라 항상 존경하고 있다.

"주임님, 지난번 납치 강간 사건 있잖아요. 강간 아닐 가능성이 커졌어요."

박 선배는 나보다 나이가 9살 많다. 나는 일을 할 땐 선배를 주임으로, 평소 술자리에서는 형이라고 부른다. 지금은 업무 중이라 그를 주임이라고 불렀다.

"왜?"

"질액에서 콘돔 윤활액이 검출되었거든요."

"어쩐지 꽃뱀 같더라."

"네에? 꽃뱀이요? 그런 얼굴과 몸으로 무슨 꽃뱀이요."

"뚱뚱하다고 꽃뱀 하면 안 되냐? 남자가 연예인이라 돈 뜯어내려고 작정을 한 모양이네."

나는 선배의 말에 깜짝 놀랐다.

"남자가 연예인이에요? 전혀 그렇게 안 보이던데. 둘 다 반전이네."

"몰랐냐?"

"네, 전혀."

"가수야, 가수."

"히트곡이 뭔데요?"

"〈외로운 밤〉하고 〈내 사랑 미숙이〉 검색해 봐."

선배가 말한 노래를 검색해 보았다.

나는 피의자가 한때 잘나가던 가수라는 사실을 알게 되었다.

"주임님, 피의자가 가수인 걸 어떻게 아셨어요?"

"사실 예전에 좋아했던 가수였어. 그런데 얼굴이 비슷하더라고. 그래서 혹시나 해서 알아봤지."

"저는 피의자의 이름이 구수한이라 가수 구창범인 줄 몰랐네요."

"뭐가 구수하다고 이름을 그렇게 지었을까?"

"구창범이라고 했으면 저도 가수인 줄 알았을 텐데."

"너 80년대 후반의 가수 구창범도 알아? 신세대라 모를 줄 알았는데."

"얼굴은 몰라도 노래는 가끔 들어 봤어요. 그런데 뭐가 아쉬워서 100kg이 넘는 여성과 성관계를 맺었을까요?"

"원래 남자들이 여자들의 외모보다 여성스러움에 한순간에 뻑 갈 때가 있어."

"그래도 저는 외모가 중요합니다."

"그것도 젊었을 때 이야기야."

"아니에요, 주임님. 나이를 먹든 젊든, 남자는 여자가 예쁘면 모두 용서가 됩니다."

나는 업무 외적인 것에는 박 선배에게 지고 싶지 않았다.

"네가 아직 젊어서 그래. 남자는 나이가 들면 편안한 여성, 나에게 잘해 주는 여성에게 끌린다."

"에이, 그건 아니네요."

"야! 너 아널드 슈워제네거 알지?"

"네, 잘 알죠. 영화배우, 주지사, 〈터미네이터〉."

"그 사람 인터넷으로 불륜녀 검색해 봐."

나는 선배의 말에 못 이기는 척하고 인터넷으로 '아널드 슈워제네거 불륜녀'라고 검색을 해 보았다. 그랬더니 충격적인 불륜녀의 사진이 검색되었다. 정말 충격이었다.

"우와, 이런 최고의 남성이 이렇게 못생긴 여자랑 섹스를 했다는 게 믿어지지 않네요."

"지금은 없어졌지만, 예전에는 우리나라에 간통죄가 있었어. 간통죄 법정형이 오로지 징역형이야. 벌금 이런 기 없이. 걸리면 그냥 유치장에 있다가 교도소로 가는 거지."

"벌금형이 없다고요? 간통죄가 뭐가 그렇게 큰 죄라고 징역형만 있대요. 참 의외네요."

"옛날 법이니까 그러지. 내가 2001년에 유치장에서 잠깐 근무했는데, 여기서도 죄명별로 유치인들의 생활 패턴이 나누어져."

"어떻게요?"

"그게 말이야, 폭력 등으로 들어온 놈들은 유치장 구석에서 그냥 자빠져 자. 눈동자도 흐리멍덩해서는 구석에 누워서 송치될 때까지 맨날 잠만 자는 거야. 그런데 재산형 범죄를 저지른 새끼들은 말이야, 눈에서 빛이 나. 잠도 안 자고 앉아 있거나 서성거리며 서 있어."

"왜요?"

"연구하는 거지."

재산형 범죄란 횡령, 배임, 사기 등을 말한다.

"유치장 안에서도 눈동자를 굴리며 사회로 나가 누굴 사기 칠까 연구하니까 눈도 반짝거리는 거지."

"아!"

"그런데 간통죄로 들어온 불륜녀들은 말이야, 하나같이 여성스러워."

"어떻게요?"

"유치장 안을 청소하고 있어. 유치인들이 나가고 나면 그 안에 머리카락, 비듬, 피부 각질들이 많이 떨어져 있는데 그런 것을 자연스럽게 치우고 있더라고."

"왜 청소를 해요?"

"평소 습관이라 그런 거지. 나이 먹은 남자들 또는 능력 있는 남자들이 이런 여성스러운 모습에 뻑 가는 거야. 불륜녀들이 이쁘냐? 그렇지도 않아. 그냥 평범해. 그런데 그녀들의 공통점은 이처럼 여성스럽고 편안하다는 거야."

조금 이해가 되는 것도 같았지만 그래도 100kg이 넘어 보이는 거구의 여성과 섹스를 하는 상상은 하고 싶지 않았다.

"그럼 우리가 가지고 있는 이 사건도 피의자가 피해자의 여성스러움에 끌려 관계를 했을까요?"

"피의자가 지구대에서 최초 작성한 진술서를 보면 어느 정도 가능성이 있어. 피해자가 먼저 요리와 마사지를 해 주겠다고 메시지를 보냈다고 했잖아. 그리고 피해자를 만나 오일 마사지도 받았다고 했고. 피해자는 그렇게 점점 친분을 쌓고 기회를 보다 납치돼서 강간당했다고 신고를 한 것일지 몰라."

"저는 그런 여자랑 연예인이 관계했다는 게 더 황당한데요."

"야! 연예인은 남자 아니냐?"

"그래도 공인이잖아요."

"마사지하면서 여자가 손 기술을 사용하지 않았을까? 내가 그 남자 편을 들어서 하는 말이 아니라 나도 마사지 받다가 흥분한 적이 있거든."

"주임님이요? 성말이요?"

"응, 몸이 뻐근해서 태국 마사지를 받으러 갔는데 굉장히 자극적으로 마사지를 하는 거야. 너 태국 마사지 받아 봤냐?"

"아니요."

"너도 한번 받아 봐. 상당히 자극적이야."

"자극적이요? 선배님이 이상한 쪽으로 생각하니까 그렇게 느끼는 것 아닌가요?"

선배가 당황하며 말했다.

"내가 뭘? 난 대한민국의 힘없고 평범한 한 가정의 가장일 뿐인데. 뭐? 무슨 이상한 생각?"

"에이, 선배님 스타일 아는데 왜 그러세요? 우리끼리."

"어허, 돌부처 박문수를 뭐로 보고. 너 나를 완전히 빙다리 핫바지 변태로 보는 거냐?"

"아니, 전혀 그러지 않습니다."

나는 여기서 선배에게 져야 한다고 생각했다. 괜히 아무 일도 아닌 것으로 박 선배의 자존심을 긁을 필요가 없으니까.

"선배 말처럼 태국 마사지가 음, 그럴 수도 있겠네요."

내가 수그러들자 박 선배가 흥분을 가라앉히고 자신의 논리를 장황하게 말했다.

"그리고 보통의 경우에 말이야, 남자가 관계를 하면서 몰래 촬영하는데 이번에는 반대로 여성이 교묘하게 관계 시에 음성을 녹음했어. 뭔가를 노린다는 뜻이지."

"그러게요. 하지만 그게 결정적이죠. 관계 중에 여자 입에서 '안 돼요. 잘못했어요.' 이 말이 수없이 나오고 남자의 입에서는 욕설만 계속 나오고 있으니 누가 들어도 강제로 하는 것처럼 들리잖아요."

나는 다시 이 사건을 정리해 보았다.

피해 여성은 맛집과 음식을 소개하는 블로그와 유튜브를 운영했다. 자신이 손수 만든 음식 사진과 영상을 블로그와 유튜브에 올렸는데 영상에는 피해자의 손과 목소리만 나온다. 목소리는 아나운서처럼 차분하고 손도 뚱뚱하게 보이지 않는다.

꽤 그럴싸하게 영상을 편집하여 유튜브를 보는 시청자들은 여성의 외모가 훌륭하다고 느꼈을 것이다. 피의자는 그녀의 블로그에 방문하여 댓글을 남겼고 피해 여성이 답장을 보내 만나게 되었다고 한다.

이때 이 피해 여성이 피의자에게 남긴 댓글을 보았다.

[당신만을 위해서 맛있는 요리를 만들어 주고 싶어요.]
[당신만을 위해서 특별히 오일 마사지를 해 주고 싶어요.]

피의자는 이 말에 속아서 순수하지 않은 그녀를 자주 만났고 성관계까지 했다. 그리고 피해 여성은 모텔에서 피의자에게 납치를 당했다고 신고했다가 경찰이 출동하자 나중에는 강간까지 당했다고 진술했다.

내가 보기에 이 여성은 거짓으로 피해자인 척 코스프레를 하고 있다. 아! 처음에 납치라고 신고하지 않으면 얼마나 좋았을까? 나는 여청수사팀으로 이 사건을 넘기지 못한 미련이 아직까지 남아 있었다.

나는 피의자와 몇 차례 통화를 했다.

50대 후반의 구수한은 범죄 혐의 사실을 모두 부인했다. 본인은 평소 욕설을 하지 않는다고 한다. 점잖고 교양 있는 그의 목소리를 들어보면 전혀 욕을 할 사람처럼 들리지 않는다.

하지만 사건 당일에는 피해 여성이 먼저 욕설을 해 달라고 제안을 했다는 것이다. 그래서 흥미를 느끼고 어색하게 욕설을 하였고, 그가 욕을 할 때마다 여자는 애원하는 듯이 잘못했다고 말했다. 그는 그녀가 자신을 위해 만든 '주인과 노예' 같은 일종의 역할 이벤트인가 싶었다고 했다.

그런데 이 역할극을 여자가 몰래 녹음하여 증거로 제시했다. 여자가 합의금을 뜯어내려고 만든 증거물이라면 이것은 정말 유리한 증거가 될 것이다. 하지만 그녀도 이것은 예상하지 못했을 것이다.

바로 콘돔 윤활액.

이제 국과수에서 나온 답변을 토대로 일정을 잡고 조사할 생각이다. 이 개떡 같은 사건을 내가 수사하지 않고 여성청소년과 여청수사팀에서 해야 했는데.

박 선배가 물었다.

"그 여자 아직도 쉼터에 있냐?"

"한번 알아볼게요."

나는 평소에 받아 둔 여성보호센터 관리자의 명함을 찾아 전화를 걸었다.

"안녕하세요. 서울중부서 강력팀 강철 형사입니다."

- 네, 안녕하세요.

"일전에 납치 강간으로 오신 배혜영 씨 지금도 쉼터에 계신가요?"

- 아아, 그분요. 아니요. 다음 날 아침에 바로 나가셨어요.

"그래요? 잘 알겠습니다. 감사합니다."

- 네, 수고하세요.

통화를 마치고 곧장 박 선배에게 이 사실을 알려 주었다.

"그다음 날 나갔다고 하는데요."

박 선배는 당연하다는 표정을 지으며 말했다.

"피의자가 집에 찾아오면 어떻게 하냐고 울고불고 온갖 피해자 코스프레를 하더니 곧바로 나갔네."

"일단 팀장에게 감정 의뢰 회신 온 내용 보고드리고 불송치로 가닥을 잡아 볼게요."

"그렇게 하려면 수사 보고서를 많이 쳐야 할 거야. 하도 피해자 인권, 여성 인권 지랄들을 많이 하니까. 특히 죄명도 납치 강간이니까 보고서에 신경 많이 써야 해."

선배의 말을 들으니 저절로 인상이 찌푸려졌다. 보고서 칠 때마다 느낄 창작의 고통이 벌써 걱정되었다.

이때 전화벨이 울렸다. 번호를 보니 상황실이다. 9시도 안 된 이른 시간에 상황실에서 전화가 오니 살짝 불안하다.

"네, 강력 1팀 강철 수사관입니다."

약간 다급함과 꾸짖는 듯한 목소리가 수화기를 통해 들린다.

- 112 상황실입니다. 무전 못 들었어요?

아마 무전으로 형사기동팀을 불렀는가 보다. 나는 급히 핑계를 댔다.

"앗! 죄송합니다. 사건 조사하고 있느라 못 들었습니다."

- 변사 신고가 들어왔습니다. 현장에 나가 보셔야겠습니다.

"무슨 내용인지 알 수 있나요?"

- 단순 변사 사건 같아요. 혼자 사는 남자가 죽은 것 같다는 신고입니다. 신고자 말로는 집에서 악취가 심하게 난다고 하니까 참고하세요.

단순 변사 사건이라 안심이 되었다. 그리고 아침이라 더 다행이다. 퇴근 시간에 변사 사건이 들어오면 이거 때문에 퇴근이 늦어질 수 있기 때문이다.

형사들은 시체를 보아도 충격을 받거나 별로 놀라지 않는다. 물론 모든 형사가 그런 것은 아니겠지만, 대부분의 형사가 그렇다. 시체를 보면 사람이 아니라 그냥 단순한 사물로 보인다. 일종의 영화 소품 같은 느낌.

오래되어 검게 변한 시체를 보거나 머리가 깨져서 뇌수가 흐르고 몸의 장기 일부가 사체 밖으로 삐져나와도 별 감응이 없다. 하지만 타살이라고 밝혀지면 그 순간에는 다르다. 타살이라고 느껴지는 순간, 이때는 온몸에 신경이 곤두선다.

목매어 자살한 시체가 있다고 가정해 보자. 유서가 발견되고 부자연스러운 점이 없다면 영화 소품을 보는 것처럼 무덤덤하다. 그냥 신원 확인과 왜 죽었는지를 파악하고 장례 절차가 진행되도록 유족들에게 기계적인 도움만 준다.

그런데 만일 알몸으로 목을 매단 시체를 보았다면 생각이 달라진다.

자살을 할 때 알몸으로 죽는 경우는 거의 없다. 타살이라고 느껴지는 순간이다. 이때부터 터질 것 같은 긴장감으로 몸 안에 있는 세포들이 곤두서고 시체 구석구석 범인의 흔적을 찾기 위해 꼼꼼히 살펴보게 된다. 그리고 시체의 모습을 머릿속에 각인시키고 범인에 대한 단서를 찾기 위해 수십 차례 회상한다.

나에게도 트라우마 같은 변사 사건이 하나 있다. 3개월 된 아이가 엎드려 자다가 기도가 막혀 죽은 사건이다. 그때 아이와 함께 자던 아기 엄마는 죄책감에 시달려 많이 울었는지 박 선배처럼 눈이 보이지 않았다.

일단 아동 학대가 아닌지 확인하기 위해 부검을 했고, 부검의에 의해서 작은 몸뚱이가 조각조각 쪼개졌다. 그때 아이의 작은 고사리 같던 손이 잊을 만하면 가끔씩 괴롭게 떠오른다.

"네, 거기 주소가 어디인가요?"

– 주소가….

나는 현장 주소를 수첩에 빠르게 적었다. 그리고 박문수 선배에게 말했다.

"주임님, 현장 출동이요."

"아침부터 뭐냐?"

"변사라는데요."

"변사?"

"네, 혼자 사는 양반이 죽었다고 하네요."

선배가 천장을 한 번 쳐다보고 한숨을 쉬더니 입을 열었다.

"출동할 것도 아닌데…. 옛날에는 이런 거 나가지도 않았다."

"그러게요. 별거 아닌 일 같은데, 그래도 일단 나가 보시죠."

"어쩔 수 없지. 그래, 나가 보자."

요즘은 병원 외의 장소에서 사망하게 되면 자연사로 인정하지 않는다. 그래서 무조건 경찰에 신고해야 장례식을 치를 수 있다. 오로지 병원이나 의사가 있는 요양원에서 사망해야 자연사로 인정하고 경찰의 조사 없이 사망 진단서를 발급받아 장례를 치를 수가 있다.

병원이 아닌 집에서 혼자 사는 양반이 죽었으니 타살 혐의가 없는지 조사하러 나가 봐야 한다.

나는 곧바로 형사 승합차 차 키와 장비를 챙겼고 박 선배는 아직 출근하지 않은 팀장에게 전화를 걸었다.

"팀장님, 변사 사건이 있어서 먼저 현장으로 나가 보겠습니다."

- 벌써 터졌어? 사무실에 누구 있냐?

"네, 저랑 철이요. 둘만 나가도 될 것 같습니다. 단순 변사 같습니다. 그러니 천천히 출근하십시오."

- 그렇게 해. 나도 출근하는 대로 나가 볼게.

"네, 팀장님."

나는 사무실을 나가며 팀장에게 변사자의 주소를 문자로 전송했다.

우리 팀은 팀장을 포함해 5명으로 구성되어 있다.

50대 후반인 팀장 장민환 경감은 형사 생활만 25년 넘게 해 온 베테랑이다. 첫인상은 완전 건달이다. 전혀 경찰관 같지 않다. 30년이 넘는 경찰 생활 동안 조폭, 양아치들을 만나다 보니 인상이 그렇게 변했다고 하는데, 솔직히 원래 인상이 더러운 것 같다.

그는 복싱을 40년 넘게 하고 있고 지금도 취미로 틈틈이 복싱 체육관에 나가 운동을 한다. 그리고 별명이 '개코'다. 범인들의 냄새를 귀신처럼 잘 맡아 그런 별명이 붙은 것 같다.

49살 부팀장 이영복 경위는 아날로그 수사, 일명 뻗치기 근무의 달인이다. 나의 파트너인 주당 박문수 경위도 역시 아날로그 수사의 달인이다. 이영복은 키가 크고 눈도 크다. 내 파트너 박문수는 그와 반대로 키도 작고 눈도 작았다. 나이는 이영복이 훨씬 많으나 동안이라 44살 박문수보다 어리게 보였다.

38살 팀원 김민수 경사는 컴퓨터학과를 나와서인지 CCTV, 금융 거래, 핸드폰 위치 추적 파악 등 모든 조사에 능하다. 김민수는 형사처럼 전혀 안 보인다. 그는 180cm가 넘는 큰 키에 마른 체형으로 안경을 착용했는데 이미지가 평범한 회사원이나 은행원 같다.

아직 미혼인 그는 맞선을 보러 다니고 있는데, 그를 만난 여성들은 그가 경찰이라고 말하면 모두 믿지 않고 놀란다고 한다. 그는 부팀장과 한 조가 되어 움직인다.

지금 두 사람은 울산으로 출장을 가 있는 상태다. 조사 중인 피의자가 울산에 있다는 첩보를 입수해서 그 새끼를 잡으러 간 것이다.

형사들은 항상 두 사람이 한 조가 되어 움직인다. 영화처럼 위험한 곳을 혼자 돌아다니며 범인을 잡고 그런 거 일절 없다. 위험하면 무조건 개떼처럼 떼거리로 움직인다. 범인이 10명이면 형사들은 20명이 달려든다.

35살 나는 아직 이렇다 할 특기가 없다. 단지 잘하는 게 있다면 유도 선수를 했었다는 것뿐이다. 유도 실력이 어느 정도냐면, 국제 대회는 아니고 지방 대회에서 수상한 적은 있다. 그런데 이 특기도 형사 생활에서 쓸데가 없다. 무조건 떼거리로 움직이니 내가 마동석처럼 활약할 기회가 드물었다.

2화.
일급서 형사의 하루 일과

오전 9시 10분에 현장에 도착했다. 6월 초순이지만 아침 기온은 쌀쌀했다. 시체를 보러 가기 때문에 공기가 차갑다고 느끼는 것일까? 아니면 진짜로 날씨가 쌀쌀한 것일까? 승합차에서 내리면서 내 감정이 약간 감성적으로 왔다 갔다 했다.

변사자가 있다는 오래된 고시촌 건물을 향해 걸으며 주위를 살펴보았다. 먼저 출동한 지구대 경찰관들이 보인다. 나는 지난번처럼 현장에서 실수하지 않기 위해 미리 손에 니트릴 장갑을 착용했다. 그 모습을 보며 박 선배가 말했다.

"또 팀장님 지문 떠서 보내지 말고 잘하자, 철아."

치사 빤스 선배.

지난번 현장에서 팀장이 피우던 담배꽁초를 주워서 과학수사반에 조사 좀 해 달라고 넘긴 적이 있다.

사람이 실수할 수도 있지, 참 나.

입에서 불만이 튀어나오는 것을 팀워크를 위해서 참았다.

그때 지구대 경찰관인 젊은 순경 한 명이 내게 다가왔다. 다른 한 명은 순찰차 안에서 내리지도 않고 핸드폰을 보고 앉아 있다. 얼핏 핸드폰 화면을 보니 RPG 게임을 하는 것 같다. 일반 시민들이 저 모습을 보지 않아야 할 텐데.

내가 쓸데없는 걱정을 하는 동안 다가온 지구대 경찰관이 어색한 모습으로 머뭇거린다. 행동을 보니 경찰관 생활을 시작한 지 얼마 안 된 병아리 순경 같았다.

"혼자 사는 양반인데, 아마 돌아가신 것 같다고 들었습니다."

나는 고개를 갸우뚱하며 질문을 던졌다.

"돌아가신 것 같다? 신원은 파악되었나요?"

"아니요, 안에 들어가지 않았어요."

"그럼 사망했는지 확인을 전혀 하지 않습니까?"

"네, 그게 현장을 보존하기 위해서."

그는 그렇게 말하고 손으로 코를 막으며 말했다.

"그리고 잠깐 건물 위로 올라갔는데 냄새가 너무 심하게 나는 것이 아마 죽은 게 확실한 것 같습니다."

지구대 경찰관의 행동을 보니 현장 보존은 핑계고 시체 보는 게 싫고 무서워서 안 들어간 듯싶었다.

"사진 촬영은 하셨어요?"

지구대 순경이 손을 흔들며 말했다.

"아니요, 하지 않았습니다. 같이 오신 주임님이 형사분들 오면 다 알아서 하신다고 해서."

지구대 순경은 20대 중반으로 보였으나 하는 행동은 정년을 얼마 남겨 두지 않은 나태한 경찰관의 모습이다. 아무것도 모르는 신임 순경이라 선배가 어떤 행동을 하면 바로 따라 하고 바로 물든다. 지구대 직원의 얼굴을 보니 착하게 생겨 충고를 해도 기분 나쁘게 생각하지 않을 것 같다.

하지만 인간은 싫은 소리를 듣기 싫어한다. 그러니 그에게 조언이나 충고를 하려면 좋은 표현을 써 가면서 해야 할 것 같았다. 나 역시 부족한 부분이 많았지만, 이 후배보다 나이랑 계급 모두 내가 한참 위 같으니 말해도 괜찮을 듯 보였다.

기분 나쁘지 않게 후배에게 말을 하려니 쉽게 입이 열리지 않는다. 옆에 있던 박 선배가 나와 같은 심정이었는지 작은 실눈을 크게 뜨면서 물었다.

"혹시 초동 수사에 대해서 알아요?"

지구대 순경이 머뭇거리며 대답했다.

"중앙경찰학교에서 배우기는 했는데 말로 표현하려고 하니 애매하네요. 그게… 음…."

박 선배는 지구대 순경이 기분 나쁘지 않도록 차분하게 말했다.

"사건 현장을 보존하기 위해 가급적 현장을 훼손하지 않는 것도 물론 중요해요. 현장 훼손은 피해자나 현장에 출동한 경찰관, 구급대 등에 의한 것이 대부분이기 때문이죠. 하지만 사진 촬영은 현장 보존에 많은 도움이 됩니다. 꼭 형사들만 와서 사진 촬영을 해야 하는 것은 아니니까 현장에 도착하면 즉시 사진 촬영을 해 두세요. 앞으로 경찰 생활 중에 많은 도움이 될 거예요. 사진은 피해 물품이나 피해자가 있는 부분만 촬영하지 말고 출입구, 창문과 내부 전체, 그리고 외부도 촬영해야 하고요."

박 선배가 지구대 경찰관의 근무복을 집중해서 보더니 명찰을 보았는지 그의 이름을 언급했다.

"정근수 순경님은 피해자를 보지 않았지만, 그래도 제일 먼저 출동했으니 피해자의 집 내외부라도 다음에는 꼭 사진 촬영을 하세요."

정 순경이 박 선배의 지적에 부끄러움을 느끼고 고개를 숙이며 대답했다.

"죄송합니다. 같이 출동 나오신 주임님께서 지구대에서는 할 게 없다고 가만히 있으라고 해서 아무런 행동을 하지 않았는데, 저도 조금 마음에 걸렸습니다. 죄송합니다."

그가 반성하는 표정을 보이자 박 선배는 더 이상 그를 추궁하지 않았다. 보나 마나 지구대에서 함께 출동한 늙은 선배의 말만 듣고 소극적으로 움직인 게 분명하다. 이제 막 경찰관이 된 순경이 적극적으로 무슨 일을 하겠는가? 그저 시키면 시키는 대로 움직일 뿐.

고개 숙인 정근수 순경의 낯빛이 부끄러움으로 한층 어두워 보인다. 그는 고개를 떨구고 생각에 잠긴 모습을 보였다. 나는 그가 지금 무슨 생각을 하는지 궁금했다. 부디 박 선배의 말을 기분 나쁘게 듣지 않고 앞으로 적극적인 젊은 경찰관의 모습으로 돌아오길 바랐다.

한편 정근수는 현장에 나온 형사로부터 핀잔을 듣자, 잠시 여기까지 출동 나온 과정에 대해서 곰곰이 회상했다.

*

　오늘 아침 정근수는 행복한 기분으로 고담지구대로 출근했다. 그는 출근하자마자 첫 업무가 상황 근무라는 사실을 알고 사무실 정리 정돈을 했다.

　어느 정도 정리가 끝나자 느긋하게 민원인들을 응대할 준비를 했다. 이때 누군가가 "우와!" 하는 소리를 내며 TV를 보자, 사무실 내에 있던 경찰관들이 몰려와 뉴스를 보기 시작했다.

　정근수도 지구대 한쪽 벽면에 설치된 TV 뉴스를 보았다. 속보라며 탈옥수 뉴스가 나왔다.

　지구대 사무실에 있던 경찰관들이 모두 형사들처럼 TV 뉴스를 보며 탈옥수 이야기를 했다. 그들 중 아는 체를 많이 해서 '안다 박사'라는 별명을 가진 최중원 경위가 침을 튀겨 가며 떠들었다.

　"세월호 사건 알지?"

　지구대에서 가장 돈이 많아 '재벌'이라는 별명을 가진 이희진 경사가 대답했다.

　"알죠."

　"곧 이 탈옥수 포상금이 유병언급 된다."

　"에이, 설마 포상금이 그렇게 많이 나올까요?"

　"포상금이 올라갈 때까지 형사들이 검거 안 할 거니까 당연히 올라가지."

"에이, 설마."

"내가 예전에 같이 근무했던 박희복이라는 형사가 있어. 그놈은 수배자가 어디서 무슨 일을 하는지 다 알아. 근데 검거를 안 했어. 그러다가 수배자 검거 기간이 떨어지니까 그때 잡더라고."

"진짜요?"

"그래, 수배자 새끼들이랑 밥도 먹고 당구도 치더니 검거 기간이 되니까 딱 잡아넣더라고. 이번에 이 탈옥수도 짬밥 있는 형사들은 어디 있는지 다 알 거야."

그러자 옆에 있던 부팀장이 말했다.

"경찰관은 포상금 못 받는 것 몰라? 희진이 넌 돈 많으니까 필요 없겠다."

"저도 돈 필요합니다. 아니, 근데 왜 경찰관은 포상금 못 받아요? 어이없네."

"당연히 할 일을 한 거니까 안 주지."

"그래요, 그럼 나는 탈옥수 박정민이 어디 있는지 알게 되면 포상금 받기 위해 다른 사람 시켜서 신고하도록 해야겠어요."

"특진하는 게 더 이익 아닐까?"

"유병언처럼 5억이면 전 특진 안 해요. 포상금 타서 쓰고 말지."

"돈도 많은 재벌이…."

이때 지구대 책상 위에 올려진 무전기에서 지령 무전이 떨어졌다.

- 고담지구대. 순432호, 코드 원 1259번 출동 바람.

상황 근무 중이던 정근수가 재빨리 무전기를 잡고 말했다.

"여기 고담지구대 1259번, 알겠다."

정근수는 출동 나갈 순찰차 근무자를 확인하기 위해 근무 일지를 살펴보았다. 이 시간에 432호 순찰차를 타는 사람은 안다 박사 최중원 경위와 박두만 경위이다.

박두만 경위는 별명이 '폭탄'이다. 그와 함께 근무하면 언제 어디서 폭탄을 맞을지 모른다고 해서 붙여진 별명이다.

"저, 최중원 주임님하고 박두만 주임님, 신고입니다. 나가 보셔야겠어요."

박두만 경위가 물었다.

"무슨 신고냐?"

"네, 변사 사건이라는데요."

폭탄 박두만은 사람이 죽었다고 하니 끔찍한 시체의 모습이 먼저 상상되었다. 그의 표정이 갑자기 어두워지더니 정근수에게 말했다.

"야! 나 갑자기 아랫배가 살살 아프네. 아무래도 탈 난 것 같다. 네가 최중원 주임하고 나갔다가 와라. 미안."

박두만 경위는 정근수의 대답도 듣지 않고 그대로 지구대 화장실로 쏜살같이 달려갔다. 정말 탈 난 사람처럼 한 손으로 엉덩이를 붙잡고 누르면서.

부팀장이 어이없는 표정으로 한마디 했다.

"저런 못된 사람 봤나. 신임에게 좋은 모습은 안 보여 주고. 참 나! 근수야, 그냥 다녀와라. 이런 것도 경험 쌓는 일이라 생각하고, 알았지?"

이럴 때 박두만의 행위를 꾸짖어야 할 사람은 팀장과 부팀장밖에 없다. 그런데 부팀장은 사람이 좋아서 남에게 싫은 소리를 할 줄 모른다.

정근수가 생각할 때 사람 좋다는 말은 매우 비이성적이고 불합리해 보였다. 이럴 때는 이성적으로 따지고 꾸짖어야 하는데도 그저 참으라고 하니 말이다.

그렇다고 힘없는 그가 이 상황에서 잘잘못을 따지기도 어렵다. 첫 직장이고 문제를 일으켜서 동료들과 척을 지고 싶지도 않았다.

"네, 괜찮습니다. 제가 최중원 주임님과 다녀오겠습니다."

정근수는 비록 알겠다고 대답은 했지만 기분이 좋지 않았다. 그런 사실을 모르는 듯이 안다 박사 최중원 경위는 출동하며 위로 아닌 위로를 했다.

"그나마 죽은 지 얼마 안 되었네. 별거 아니야."

"네."

"폭탄 때문에 기분 나쁘지만 참아. 우리끼리 싸우면 되겠어? 인상 쓰지 마."

"아! 아닙니다."

"현장에 가도 우리는 아무것도 할 일이 없어. 형사들하고 과수반이 다 알아서 할 거야. 그냥 신고 누가 했는지 파악해서 그 사람에게 변사자 인적 사항을 물어보면 돼. 신고한 사람이 모른다고 하면 모르는 대로 그렇게 보고서만 치면 끝이야."

"네."

"지구대에서는 상황 보고서만 치면 되니까 할 일이 많지 않이. 아무것도 아니야. 변사자의 신원을 파악할 수 있으면 보고서에 넣고 없으면 그냥 불상으로 보고하면 끝. 오히려 사무실에 있는 것보다 바람 쐬는 게 나을지 몰라. 알겠지?"

"네."

안다 박사 최중원 경위는 차창 밖을 보며 쉬지 않고 떠들었다.

"참 많이 좋아졌다. 예전에는 지구대 경찰관이 시체 사진도 찍고 만지기도 했는데 말이야. 나 초임 때 한번은 등산로에서 목매달아 죽은 여성이 있었는데 혀를 내밀고 죽었더라고. 끔찍했어. 근데 같이 간 선배가 등산객들이 볼 수 있다고 목맨 밧줄을 나보고 끊으래. 자기는 내 다리를 붙잡아 올려 주겠다고 하면서."

정근수는 궁금하지도 듣고 싶지도 않았지만, 순찰차 밖으로 내릴 수도 없어 그냥 참고 그의 이야기를 들었다.

"할 수 없이 아이가 아빠 목에 올라탄 것처럼 선배의 목 위에 올라타서 밧줄을 끊으니까 시체가 뚝 하고 나무에서 떨어지네. 그때 그 죽은 여자의 혀가 내 얼굴을 핥으며 떨어졌는데 기분이 참 뭣 같더라고. 파출소로 돌아와서 혀에 닿은 부분을 씻고 또 씻었어. 하루에 그 부분만 몇 번씩 씻었다니까. 그때는 몰랐는데 그게 일종의 트라우마래."

정근수는 관심이 없어 무뚝뚝하게 대답했다.

"네."

잠시 후, 신고 장소에 도착하니 그곳은 고시촌이 밀집한 지역이었다.

죽은 남자는 혼자 사는 남성이었다. 신고자는 죽은 남자가 사는 고시촌 주인인데 그는 단지 이상한 냄새가 나서 신고했다고 말했다.

정근수는 함께 출동한 최중원 경위에게 이 말을 전했다. 그는 순찰차 안에서 핸드폰 게임을 하며 말했다.

"그대로 형사들 오면 전달해 주고 가만히 있어. 괜히 현장에 가서 손

대지 말고. 알겠지?"

"네, 그래도 진짜 죽었는지 확인해 보는 게…."

"아니야, 가만히 있는 게 우리 지구대 직원들의 일이라고."

정근수는 가만히 있으면 안 될 것 같았지만 뭘 해야 할지 몰라 그냥 그대로 형사들이 올 때까지 5분 넘게 아무것도 하지 않고 기다렸다.

얼마 후, 드디어 기다렸던 형사들이 왔다. 그리고 그가 아무것도 하지 않았다는 말을 하자 눈이 매우 작은 형사가 그 작은 눈으로 정근수를 무섭게 쳐다보았다. 마치 범인을 심문하듯이.

정근수는 그 형사로부터 조언을 듣자 갑자기 경찰이라는 직업에 대해 회의감이 밀려왔다. 경찰 시험을 준비할 때 국민의 공복으로 적극적인 경찰관이 되겠다고 다짐하면서 공부하지 않았던가. 그런데 지금 이 모습은 그가 생각했던 경찰관의 모습이 전혀 아니다.

순간 최중원 경위에 대한 원망이 들었다. 아니다. 모든 게 폭탄 박두만 때문이다. 그리고 그는 결심했다. 지구대 대장에게 이러한 일들에 대해서 자세하게 보고하여 자신을 다른 지구대로 보내 달라고 하기로.

*

나는 피해자가 살았다는 오래된 회색 건물을 올려다보았다.

요 며칠 낮 기온이 꽤 올랐다. 이 더운 날씨에 사람이 죽었다고 생각하니 썩는 냄새와 부패된 시체의 모습이 눈앞에 그려졌다. 시체에서 나온 노란 구더기가 방바닥을 기어다니는 모습마저 상상되었다.

코끼리를 보지 못한 사람은 코끼리를 상상할 수 없다.

얼마 전 시체에서 나온 구더기를 보지 못한 상태에서 변사 사건에 출동한 적이 있다. 그때 아무 생각 없이 의욕이 앞서서 먼저 방문을 열었더니 방바닥에 하얀 게 보였다. 누군가 쌀가마니를 엎어 바닥에 흰쌀들이 쏟아졌나 싶었다. 하지만 자세히 보니 시체에서 나온 하얀 구더기들이 방바닥을 가득 메우고 돌아다니고 있었다.

구더기를 보니 선뜻 들어갈 마음이 사라져 나는 술 취한 사람처럼 비틀거리며 어색하게 몸을 돌려 밖으로 나가려고 했다. 그때 개코 장민환 팀장이 무덤덤하게 나에게 빗자루를 주면서 구더기를 쓸어 담으라고 했다.

그리고 빌어먹을! 빗자루로 구더기를 쓸면서 변사자가 있는 방으로 들어갔다.

그때 일이 떠오르자 얼굴이 저절로 찌푸려진다.

소극적으로 일하던 정 순경이 어느새 내 뒤를 졸졸 따라오더니 정보를 더 제공해 준다.

"문이 열려 있었지만 침입 흔적은 전혀 없어요. 고시촌 주인도 그렇게 말했고요."

"고시촌 주인? 고시촌에 CCTV는 있나요?"

"네, 있습니다."

이때, 앞머리가 없는 60대 초반의 남성이 우리 곁으로 다가왔다.

정 순경이 대머리 남성을 보며 말했다.

"저기 오시네요. 고시촌 주인요."

대머리 남성이 다 알고 있다는 표정으로 나에게 다가와 말했다.

"형사 양반이구먼. 내가 이 고시원 주인이오. 여기 사는 사람들이

304호에서 고약한 냄새가 난다고 말해서 확인하려고 왔어. 그랬더니 썩은 시체 냄새가 나더라고. 예전에도 이런 일을 똑같이 겪어 봐서 내가 잘 알아. 혼자 살다 죽은 지 조금 된 것 같아."

"이 건물에 안 사세요?"

"나는 다른 데 살아."

박 선배가 물었다.

"119에 신고는 하셨어요?"

"아니, 죽은 게 확실해서 곧바로 112로 신고했소."

그는 자신이 전에도 이런 일을 경험해서 아주 잘 알고 있다고 설명까지 했다.

"냄새 강도를 보니까 죽은 지 2~3일은 된 것 같아. 송장 치우려면 가족들에게 연락해야 하는데 연락처를 모르니까 경찰부터 빨리 불러야지, 이 생각만 들더라고."

그는 세입자가 무조건 죽었다고 믿고 있었다.

나는 형사과 공용으로 쓰는 디지털카메라를 들고 오래된 고시촌 건물 안으로 들어갔다.

고시촌 안으로 들어서자 화장품과 진한 향수 냄새가 풍겼다. 하지만 싸구려 향수 냄새는 오래가지 않았다. 파우더 향기 뒤로 썩어 가는 반찬 냄새와 생선 비린내가 은은하게 풍겼기 때문이다. 아마도 이 악취를 감추려고 이곳에 사는 세입자들이 향수와 화장품을 계단과 입구에 뿌린 것 같았다.

자연스럽게 손으로 코를 막았지만, 콧속으로 악취가 파고들어 오는 것 같다. 나 역시 시체가 썩어 가면서 악취를 풍기고 있다는 생각이 들었다. 실제로 그런 경우를 보았기 때문이다.

주인 말처럼 냄새의 강도를 보니 시신은 일주일 정도 지났을 것 같기도 하다. 그동안 낮 기온이 초여름이었던 것을 고려하면 3일 정도 될 수도 있다.

건물주가 다녀갔는지 변사자가 사는 304호실 출입문이 열려 있다. 내가 앞장을 서고 그 뒤를 박 선배가 따랐다.

사건 현장에 도착하면 제일 먼저 '현장은 증거의 창고'라는 수사 격언이 떠오른다.

변사자가 사는 304호는 겨우 7평 정도 되는 작은 원룸인데 화장실이 내부에 별도로 있었다. 들어가는 입구부터 빈 소주병이 포대 자루에 가득 담겨 있었다. 평소 술을 즐겨 마신 것으로 보인다.

실내 한구석에도 빈 소주병이 지뢰처럼 깔려 있었다. 담뱃재가 이불과 방바닥에 떨어져 있어 몹시 지저분했다.

누가 봐도 침입 흔적은 없고 물색 흔적도 없다. 왜냐면 이렇게 지저분한 곳에 들어가려면 쓰레기와 먼지들을 밟고 들어가야 하는데 그런 족적흔이 보이지 않기 때문이다.

그런데 변사자가 보이지 않는다.

출입구 옆에 있는 화장실 문을 열었다. 하의를 무릎 아래로 내리고 쓰러진 변사자의 모습이 보였다. 변기 안에는 아주 오래된 대변이 벽면에 검게 붙어 있는 게 보인다. 항문에 힘을 주다 뇌출혈로 그대로 쓰러진 모습이다.

나는 쓰러진 남자의 모습을 사진기로 열심히 촬영했다. 당연히 검게 굳은 대변도 촬영했다. 살다 살다 이렇게 엄청난 크기의 대변은 처음

보았다.

냄새가 내 콧속으로 스며드는 것을 막기 위해 최대한 호흡을 참았다. 시체를 보는 것보다 이런 대변이 내 비위를 더 상하게 만들었다.

어느 정도 증거가 될 모습을 사진에 담았으니 이제 신원을 파악하는 일만 남았다.

신분증이 있으면 좋을 텐데.

무릎 아래로 내려간 바지 뒷주머니에 손을 뻗어 보았다. 되도록 쓰러진 시체의 형태는 건드리지 않도록 조심했다. 그래야 과수반원들도 할 일이 생기지 않겠는가.

반지갑이 있어 꺼내 보니 다행히 주민등록증이 있다.

이때 박 선배가 내 옷깃을 잡아당겼다. 내가 돌아서서 손으로 코를 막으며 물었다.

"왜요?"

"일단 나와 봐."

출입문 밖으로 나오자 박 선배가 말했다.

"방금 그 사람 안 죽었어."

그 말에 놀라서 눈을 동그랗게 뜨고 물었다.

"네? 아직 안 죽었다고요?"

"그래, 네가 바지 뒷주머니 뒤지니까 발가락이 움직이더라. 아마 술 취해서 쓰러져 자는 것 같아."

"그럼 뭐죠?"

"오인 신고지. 119에나 빨리 연락해."

"네, 알겠습니다."

고시촌 주인은 밖에서 우리 모습을 지켜보더니 물었다.

"죽은 게 확실하다니까 무슨 119를 불러요?"

그는 세입자가 죽었기를 바라는 모습이다.

박 선배가 말했다.

"아마 술에 취해 뻗은 것 같아요. 그런 사람 있잖아요. 술에 취하면 누가 깨워도 안 일어나는 스타일요. 잠시 후에 119 오면 정신 차리게 하도록 하겠습니다."

"형사 양반 참 쓸데없이 바쁜 119를 부르네."

고시원 주인은 예전에 자신의 세입자가 혼자 살다 죽은 적이 있어서 그런지 지금도 그럴 거로 생각하고 있었다.

이것을 심리학 용어로 선입관에 의한 방위 기제라고 하던가?

나는 119에 연락을 한 후 죽었다는 세입자에게 다시 갔다. 정말로 살았는지 확인하고 싶었다. 박 선배가 잘못 본 것은 아닐까 하는 의구심이 들었다.

나는 양손으로 죽은 사람의 어깨 근육을 강하게 눌러 보았다. 그가 고통스러운지 나비 애벌레처럼 몸을 꿈틀거린다.

왓 더 퍽!

살아 있네.

그의 목에 검지를 대었다. 손끝에 그의 맥박이 뛰는 게 느껴진다.

잠시 뒤, 들어간 지 10분도 되지 않아 내가 나오자 지구대 정 순경이 다가왔다.

"도와 드릴 일이 있습니까?"

"아니, 없어요."

"누구인지 인적 사항은 나왔습니까?"

정 순경이 조금 전보다 적극적이다.

나는 그에게 죽은 척하고 잠을 자는 세입자의 주민등록증을 건넸다. 그가 곧장 받아 들며 주민등록증에 적혀 있는 강세희라는 이름을 수첩에 적었다.

그는 인적 사항을 적고 지구대로 돌아가 보고서를 만들 것이다. 변사자 발생 보고서.

나는 열심히 적는 정 순경에게 말했다.

"그런데 강세희 그 사람 안 죽었습니다. 119 불렀으니까, 오면 조치하시면 될 것 같습니다."

"네? 안 죽었다고요?"

"오인 신고입니다. 강세희 씨 일어나면 신분증 돌려주세요. 저희는 가 볼게요."

지구대 경찰관에게 자세한 말은 하지 않고 형사 승합차에 올랐다. 승합차에 타서 보니 정 순경이 고시촌 안으로 빠른 걸음으로 들어가는 모습이 보인다.

그렇지. 그게 신임의 자세지.

먼저 차 조수석에 앉아 있던 박 선배가 물었다.

"너 오늘 저녁에 약속 있어?"

"아니요, 왜요?"

"퇴근하고 쐬주 한잔하자. 아침부터 똥 덩어리를 봤더니 속이 메스꺼워서 안 되겠다."

술을 마시기 위한 그럴싸한 핑계 같았다.

"알겠습니다."

"내가 쏠게."

"그냥 뿜빠이로 계산해요."

"알겠어. 아 참! 팀장님에게 연락했어?"

"아니요."

"빨리 전화해서 팀장님은 오시지 말라고 해야겠다."

박 선배가 전화하는 동안에 멀리 과학수사반 차량이 오는 게 보인다. 팀장도 어디서 나타났는지 빠른 걸음으로 이곳으로 걸어오는 게 보였다.

오인 신고라고 팀장님에게 바로 연락했어야 하는데 지구대 직원과 이야기하느라 그 타이밍을 놓쳐 버렸다.

나와 박 선배는 할 수 없이 다시 차에서 내렸다. 팀장 성격에 그대로 돌아가실 분이 아니다. 119 구급차나 빨리 오기를 바라며 지구대 경찰관들과 함께 현장에서 그대로 있었다.

변사 사건은 그렇게 해프닝으로 끝났다.

점심때 무슨 큰 사건이 터졌는지 경찰서 분위기가 어수선했다. 형사들이 삼삼오오 모여서 심각하게 이야기를 나누고 있었다. 궁금하여 다른 팀이지만 다가가 물어보았다.

"형, 무슨 큰일 터졌어요?"

"응, 엄청 큰일이 터졌어."

"네? 우리 관내에서요?"

"아니, 우리 관내는 아니지만 중요 범인 한 명이 탈출했단다."

"아, 그래요."

엄청 큰일이다. 그러나 한편으로 다행이다 싶었다.

우리 관내 일이 아니기에 나는 신경을 쓰고 싶지 않아 더 자세히 물어보지 않았다. 내 일 처리하기도 급급하기 때문이다.

"완전 최악의 범죄자겠지."

"역대급이죠. 아마도…."

돌아서서 가는데 형사들의 대화가 들렸다. '역대급'이라는 단어가 귓속을 맴돌았지만 신경을 쓰지 않으려고 더 빨리 걸었다. 내 일도 바쁜데 남 일까지 신경 쓰고 싶지 않았다. 이대로 일과가 조용히 마무리되어 퇴근 후 부담 없이 박 선배와 술 한잔을 하길 고대했다.

그러나 나의 바람과 다르게 무전기가 시끄럽게 떠들어 댄다.

– 기동 하나. 기동 하나.

나는 재빨리 휴대용 무전기를 꺼내 무전을 받았다.

"여기 기동 하나."

– 기동 하나, 코드 제로 사건입니다. 스마트워치를 지급받은 여성이 워치로 구조 요청을 했습니다. 관할 지구대가 출동했으니 기동 하나도 출동해 지원해 주시기 바랍니다.

"기동 하나, 알겠습니다."

스마트워치는 스토킹이나 범죄 피해자가 보복 범죄를 우려해서 경찰에 신청하면 심사를 거쳐 지급받는다. 핸드폰이나 다른 기타 노움을 받을 수 없는 상황에서 스마트워치의 스위치만 누르면 저절로 112로 긴급 구조를 보내게 되고 위치가 상세히 전달된다.

스마트워치를 누른 대상자에 대한 정보가 빠르게 폴리폰으로 전송

되었다.

대상자 김미선은 헤어진 남자 친구가 계속 찾아와 스토킹으로 신고를 하였고, 이에 남성이 찾아와 보복할지 모른다며 스마트워치를 지급받았다. 구조 요청을 한 그녀는 현재 연락이 두절되었다.

이 경우는 두 가지다. 스마트워치를 잘못 누르거나, 진짜로 큰일이 생긴 경우다.

보통 스마트워치 옆에 튀어나온 버튼을 잘못 누른 경우가 90% 이상이다. 하지만 무조건 관할 지구대와 강력팀 형사들이 구조 요청을 보낸 지역으로 긴급 투입되어 수색한다.

스마트워치의 위치가 뜬 곳으로 팀장과 나, 박 선배는 부리나케 출동했다. 늦은 오후라 젊은 사람들이 주로 찾는 술집들이 하나둘 문을 열고 있었다. 아니, 어떤 곳은 이미 만석이다.

개코 장민환 팀장은 별말을 안 했다. 항상 사태가 심각하다 아니다 판단을 내려 주었는데 이번에는 말을 아끼고 있었다. 일단 대상자와 연락이 안 되다 보니 쉽게 판단을 내리기 어려운 모양이다.

그녀의 가족 연락처를 수소문했다.

스마트워치를 지급하게 되면 대상자를 담당하는 수사관에게도 연락이 간다. 박 선배는 담당 수사관과 통화를 하면서 부모의 연락처와 스토킹을 하는 남성의 전화번호를 알아냈다.

옆에서 통화를 듣고 있던 팀장은 대상 여성의 상태가 어떤지 담당 수사관에게 물어보라고 지시했다. 박 선배가 고개를 끄덕이며 피해 여성의 담당 경찰관에게 질문했다.

"그런데 김 경위님, 김미선 씨 상태는 어떤가요?"

- 연락이 가끔 안 되는 것 말고는 딱히 이상이 없는 것 같아요.

"정상이라는 말씀이죠? 혹시 우리가 말하는 진상이거나 정신 이상 같은 것은 없나요?"

- 눈동자가 약간 흐릿해서 약에 취해 있나 싶기는 한데…. 좀 애매한 부류 같습니다.

"고맙습니다. 필요하면 또 연락하겠습니다."

스마트워치의 위치가 조금씩 변하더니 어느 지역에서 멈췄다. 기지국 와이파이의 값으로 위치를 찾는데 이게 반경 50m 내외이다.

일사불란하게 지구대 경찰관들과 위치가 뜬 기지국 주변을 수색했다. 내 촉이 기지국 주변에 있는 모텔 건물로 향하고 있었다. 모텔이 의심스럽다.

"팀장님, 모텔을 한번 둘러볼까요?"

팀장에게 모텔을 수색하자고 했지만 팀장이 고개를 흔들며 말했다.

"예전처럼 경찰관들이 모텔을 막무가내로 수색할 수가 없어. 그냥 모텔 쪽은 근무복을 입은 지구대 직원들에게 맡기고 우리는 다른 곳을 수색하자."

그러면서 하는 말이,

"철이는 스토킹한다는 남자에게 연락해 보고, 박 형사는 여성의 부모랑 통화 한번 해 봐."

우리는 주변을 둘러보며 팀장이 지시한 상대와 통화를 하였고, 팀장은 그 통화 내용을 옆에서 열중해서 들었다.

"박기철 씨죠? 서울중부서 강력팀 강철 수사관입니다. 다름 아니라 예전에 사귀시던 김미선 씨가 연락이 안 되어서 그런데, 혹시 함께 계신가요? 아니라고요. 박기철 씨는 지금 어디 계신가요? 전북요? 아니, 전북에는 왜 가셨어요? 어머님 뵈러 가셨다고요. 아무 일도 아닙니다. 일상적으로 조사 과정에서 묻는 것입니다. 네, 걱정 마시고 일 보십시오."

통화하다 박 선배를 보니 뭔가 잘 안되는 모습이다.

"박기철 씨, 걱정하지 않으셔도 됩니다. 그냥 연락이 안 되어서 그런 겁니다. 네, 걱정하지 마시고요. 물론이죠. 미선 씨를 찾으면 연락드리죠."

나는 통화를 마치고 인상을 찌푸리고 있는 박 선배를 쳐다보았다. 그는 통화 연결이 잘 안되는 모양이다. 아니, 연결은 잘 되는데 소통이 안 되는 것 같다.

"어머니, 따님 김미선 씨가 연락이 안 되어서 그런데 오늘 누구 만나기로 했나요? 보이스 피싱 아니에요. 어머니, 전화 끊지 마시고 잠깐만요."

박 선배가 "아이 씨!" 하고 투덜거리더니 다시 전화를 건다. 그의 목소리가 다급하다.

"어머니, 잠시만요. 잠시만요. 따님이 스마트워치 지급받으신 거 알고 계시죠? 전 남자 친구 박기철 때문에 지급받았다고 말 안 하던가요? 에헤, 맞다니까 자꾸 그러네. 경찰관이라니까요. 전 돈 이야기 꺼내지도 않잖아요. 어머니 혹시나 해서 그런데, 새로 남자 친구를 사귀었다고 말하지는 않았나요? 남자를 새로 만나 사귄다고 이야기하지 않았나요?"

통화를 겨우 마친 박 선배가 개코 장민환 팀장을 보며 말했다.

"어머니 말로는 자기 딸은 조신해서 남자를 잘 만나고 그러지 않는다네요. '절대로'라는 말을 무척 강조하네요."

나 역시 장 팀장에게 통화 내용을 보고했다.

"스토킹하던 남성은 진짜 전북 남원 쪽에 있는 것 같습니다. 주변도 조용하고. 그리고 남자가 대상자를 엄청 걱정하던데요. 뭔 일 생긴 거 아니냐며 결과를 꼭 좀 알려 달라고 하네요."

우리 두 사람의 이야기를 듣던 팀장이 나를 보며 말했다.

"그럼 다행이네. 철이 넌 다시 그 남자에게 전화해 봐. 그리고 이번에는 영상 통화가 가능한지 물어보고, 가능하다고 하면 영상 통화를 해. 박 형사는 그 모습을 옆에서 사진 찍어."

역시 팀장다운 판단이지만, 남자랑 영상 통화라니 이 무슨 주책인가.

하지만 나는 고개를 끄덕이며 대답했다.

"네, 알겠습니다."

그리고 다시 그 남성에게 전화를 걸었다.

"박기철 씨 죄송한데, 지금 영상 통화를 해도 괜찮을까요?"

- 물론입니다.

"아, 감사합니다. 전화 끊고 바로 영상 통화로 연락하겠습니다."

- 네.

핸드폰 화면에서 카메라 그림을 터치하자, 곧바로 그 남성의 얼굴이 비쳤다.

"박기철 씨, 죄송한데 도로 표지판이나 주소가 나온 표지 같은 것 주변에 없나요?"

- 잠시만요. 제가 찾아볼게요.

화면이 흔들거렸다. 남성이 뛰어서 주소 표지판을 찾는 모습이 핸드폰 화면에 보인다.

곧 핸드폰 화면에 남원시 산내면 지리산로 ×××이라는 파란 표지판이 보였다.

"감사합니다. 잠시만요."

나는 영상 통화를 하는 모습이 보이게 자세를 취했다. 박 선배가 이 모습을 사진에 담았다.

나는 팀장님에게 그는 확실히 아닌 것 같다고 말하며 다시 모텔 건물을 살펴보자고 제안했다. 팀장은 지구대 순찰 요원들이 그쪽을 수색하니 우리는 다른 방향에서 수색하는 게 나을 것 같다고 했다.

폴리폰에 피해 여성의 사진이 들어왔고, 키와 몸무게 등 하나둘 그녀의 정보가 들어오기 시작했다.

우리는 발이 아프게 식당과 주변 상가를 돌며 스마트워치를 받은 김미선이라는 여성을 찾았다.

수색하면서도 나는 별걱정이 들지 않았다. 연락만 되면 해프닝으로 끝날 것 같다는 촉이 들었기 때문이다.

이때 조용하던 무전기가 시끄러워졌다.

- 대상자 발견. 순235호가 신변 보호 대상자 발견.

- 순235호, 상황실인데요. 대상자는 무사한가요?

- 네, 무사합니다.

- 어디에서 발견했나요?

- 대상자는 뉴욕 모텔 509호에 투숙하고 있네요.

- 대상자의 신변에 이상 없는 게 확실한가요?

- 네, 확실합니다. 잘못 눌렀다고 합니다.

- 대상자 혼자 투숙 중인가요?

- 아니요. 다수의 남성과 같이 있습니다.

- 다수의 남성은 신원 파악 중인가요? 순235호는 혹시 범죄 관련성은 있는지 조사해 주세요.

- 알겠습니다.

- 기동 하나.

상황실에서 우리를 찾았다. 나는 재빨리 휴대용 손 무전기에 입을 가져가 대며 답했다.

"여기 기동 하나."

- 기동 하나도 뉴욕 모텔로 가서 순235호 지원해 주시기 바랍니다.

"알겠습니다."

팀장이 두리번거리며 말했다.

"뉴욕 모텔을 조금 전에 봤는데."

박 선배가 대답했다.

"이 건물이 뉴욕입니다. 건물 뒤편으로 와서 헷갈렸네요. 아까부터 철이가 살펴보자고 말하던 곳입니다."

그러고 보니 기지국이 이 건물에 설치된 것 같다. 우리는 이 건물 주변을 계속 빙빙 돌고 있었다. 건물을 올려다보니 3층부터 6층까지가 모텔이고 그 아래는 식당과 노래방이다. 우리는 빠른 걸음으로 무전에서 말한 509호실로 서둘러 올라갔다.

모텔 방 안은 난장판이었다. 술과 음식을 시켜 먹고 치우지 않아 방이 돼지우리처럼 보였다. 그 속에서 술에 취해서 혀가 꼬인 대상자 여성이 보였다. 지구대 직원들은 그 여성에게 안전한지 몇 가지 질문을 하고 있었다. 그리고 올라간 속도만큼 빠르게 건물 밖으로 걸어 나왔다.

박 선배가 투덜거리며 말했다.

"조신하기는 개뿔. 어휴."

무뚝뚝한 팀장도 짜증 났는지 박 선배의 말에 맞장구를 쳤다.

"남자 네 명과 술 마시고 놀면서 왜 전화를 안 받아? 전화만 받았어도 경찰들이 고생 안 했을 거 아니냐고!"

"그러게 말입니다. 전화는 왜 꺼 놓고 그 지랄인지. 아무튼, 해프닝으로 끝났네요."

나도 끼어들며 말했다.

"팀장님, 저는 여자 친구하고도 못 해 본 영상 통화를 남자하고 했습니다. 기분이 참."

나는 입에서 욕이 튀어나오려는 것을 간신히 참았다. 그런 나에게 박 선배가 약 올리듯 말했다.

"전 남자 친구에게 연락해서 여친이 잘 살아 있고 여러 명이랑 술 마시고 있었다고 알려 줘. 걱정하지 말라고 위로도 하면서."

같은 남자로서 정말 그렇게 말해 주고 싶었다. 그런 여성이랑은 잘 헤어진 거라고 위로도 하고.

스마트워치를 지급받은 대상자는 남자관계가 복잡한 여성이었다. 그것을 알고 전 남친이 이를 막기 위해서 약간 집착을 한 것 같았다. 그러자 이 여성은 전 남친이 스토킹을 한다고 신고하여 스마트워치를 지급받았다. 요즘 시대에 흔한 일이다.

　그날 저녁, 술집이 즐비한 거리의 어느 곱창집에 박 선배와 함께 자리를 했다. 여기 곱창집은 항상 북적거린다. 이 집만의 비법 양념으로 숙성된 막창을 숯불에 구워 먹으면 술이 술술 들어간다. 원래부터 손님이 많았는데 먹방을 하는 유튜버가 다녀간 후부터 손님이 더 많아졌다. 나도 그 유튜브 영상을 보고 이곳을 알게 되었다.

　가게 주인에게는 미안하지만 이런 맛집은 나만 알고 싶다. 그래야 편안하게 대접받으며 먹을 수 있기 때문이다. 지금은 편안하게 먹기는 그렇고 자리라도 있으면, 하고 찾아온다.

　딱 하나 남은 자리. 나와 박 선배는 커다란 벽걸이 TV 바로 아래에 앉아야만 했다. 야구 경기가 텔레비전 화면에서 나오고 있다. 꼴찌 팀과 선두 팀의 대결이다. 야구에 관심 있는 손님들이 술을 마시며 TV를 보고 있었다. 그 바람에 TV를 보면서 우리를 한 번씩 훑어보는 것 같다.

　TV를 가리기라도 하면 따가운 시선을 받을 것 같아 우리는 죄인처럼 몸을 숙이며 술을 마셔야 했다. 자리에 대한 불만 때문인지 서비스로 나온 팝콘만 계속 입에 쑤셔 넣었다. 그러다 곱창 안주가 나오고 입에 맛있는 음식이 들어가니 점점 기분이 좋아지기 시작했다.

　술이 몇 잔 돌자 나는 자연스럽게 박 선배를 형이라 부르고 넉살 좋게 애교도 부렸다. 그리고 번데기처럼 익은 돼지 막창을 입에 넣으며 물었다.

　"형님, 통풍이 있는데 이런 안주 먹어도 괜찮겠어요?"

"괜찮아. 통풍 약 먹고 있으니까 걱정하지 마."

"통풍 약 먹으면 괜찮아요?"

"요즘 의학이 발달해서 웬만한 병은 약만 먹어도 해결이 돼."

"통풍 있다고 말을 하지 마시지, 괜히 걱정되게."

"인마, 원래 병이 있으면 주변 사람들에게 알리라고 했어."

"그럼 맥주는 드시지 마요."

"그래서 소주만 먹고 있잖냐."

"형은 몸에도 안 좋은 술을 왜 그렇게 좋아하세요?"

주당 박 선배가 살이 통통한 막창을 젓가락으로 집어서 입에 넣으며 말했다.

"그렇게 따지면 이 세상에 먹을 게 아무것도 없다."

"너무 과해요, 형은."

"얼씨구, 너 먹는 건 생각 안 하고. 넌 나보다 더 먹어."

"저는 젊잖아요. 형은 나이가 있으니까 조심해야죠."

"너 매일 술 마시고 있지?"

"야간 근무 날은 안 마셔요."

"난 일주일에 많이 먹어 봐야 세 번이다."

"근데 형은 한번 마시면 끝까지 가잖아요. 1차, 2차, 3차. 1차에서 끝나는 걸 본 적이 없어요."

"네가 내 마누라냐. 오늘따라 무슨 잔소리가 많아. 자! 치얼스."

"치얼스."

나는 선배의 건강을 걱정하면서 궁금했던 사건 이야기들을 하나씩 꺼내 물었다.

"저… 주임님, 아니 형, 이만수 사건 기억나죠?"

"응."

"그거 검사가 보완 수사 때렸어요. 술집 CCTV랑 목격자 좀 더 찾아서 진짜로 맥주병에 맞았는지 확인하래요."

"아무것도 아니고만 뭐. 아르바이트생 몇 명 조사해서 수사 보고 치고 CCTV는 기간 지나서 없다고 보고서 치면 되겠네."

"그러면 되겠네요."

한 가지 고민이 해결되니 술맛이 더 달달하게 느껴진다.

"오늘 스마트워치 사건 말이야. 어떻게 그 여자는 그 많은 남자를 떼거리로 만났을까? 다들 처음 본 사이라고 하던데."

"저도 그렇게 노는 건 처음 봐요."

"어우! 아무리 그래도 처음 보는 사람들끼리 모텔 잡아서 술 먹는 것은 좀 그렇다. 뭣 하는 짓인지."

"그러게 말입니다."

이때 선배가 엉큼한 미소를 지으며 말했다.

"너도 하고 싶으면서 왜 그래."

"절 뭐로 보고 그러십니까."

갑자기 2호선 여인이 생각났다. 선배에게 부끄러워 말은 하지 않았지만 속으로 2호선 여인을 생각하며 "나도 곧 여자 친구가 생깁니다."라고 말할 뻔했다.

짝사랑이나 하고. 하, 서글프다.

"아 참! 저 아침에 말한 연예인 강간 사건 말이죠. 아무리 생각해도 불기소로 올려야 할 것 같은데, 그거 쉽지 않겠죠?"

"그렇지. 우리나라 법이 참 우습게도 여성에게 성범죄가 유리하게 되어 있으니까."

"그게 무슨 말이죠?"

"성범죄 판결문에 이런 부동의 글이 있어. '피해자의 진술이 일관되고 특별히 모순이 없으면 무고할 이유가 없다.' 사실 성범죄 사건은 남녀 사이에서 벌어지는 일이라 현장 녹음이나 CCTV가 없는 이상 사건의 전후 사정을 판단할 수밖에 없잖아. 피해자는 자신의 눈물을 처벌의 증거로 내밀면 되지만, 남성은 자신이 성범죄를 저지르지 않았다고 진술이 아닌 객관적 물증이나 증언 등을 제출해야 처벌을 면할 수 있어."

여성이 무고했다는 것을 증명할 수 있는 확률이 얼마나 될까?

성범죄 사건은 딱 부러지는 객관적 증거가 없는 경우가 많다. 게다가 강제로 하지 않았다는 증거는 더더욱 증명하기 힘들 것 같다.

"그래도 제가 꼭 구수한 씨의 억울함을."

"어! 저게 무슨 일이고."

선배가 술잔을 놓고 작은 실눈을 크게 뜨며 놀란 표정을 지었다. 나도 선배의 시선을 따라 TV를 보았다. 무심히 본 TV 화면에는 야구 경기가 진행 중이고 아래에는 뉴스 속보라는 자막이 나오고 있었다.

[뉴스 속보 - 탈주범 연쇄살인범 박정민, 현재 소재 불명]

3화.
연쇄살인마

연쇄살인범 박정민이 누구지? 우리나라에 강호순, 유영철 말고도 연쇄살인범이 또 있었나?

아! 이 사건 때문에 점심때 경찰서가 어수선했구나. 낮에 형사들이 삼삼오오 모여서 이야기하던 게 떠올랐다.

이런 생각을 하는데 선배는 마치 전쟁 기사를 본 사람처럼 놀라서 떠들었다.

"카악! 또 한차례 피바람이 불겠네."

나는 단순한 탈옥수 정도로 생각하며 말했나.

"교도소에서 탈옥했지만, 일반 시민들은 경찰 잘못이라고 떠들겠죠."

"그러겠지."

"교도관들이 잘못했다, 그런 기사는 한 번도 본 적이 없어요."

"맞아."

나는 살짝 탈주범에 대해 궁금해졌다.

"그런데 연쇄살인범 박정민이 누구예요?"

선배의 작은 실눈이 동그랗게 커지면서 검은 눈동자가 보였다.

"무슨 소리야. 농담하는 거야? 알면서 물어보는 거지?"

선배의 표정과 말을 들어 보니 그는 꽤 유명한 것 같다.

"솔직히 박정민을 처음 들었어요."

"헉!"

놀란 선배가 작은 눈에서 레이저를 쏘며 나를 매섭게 쳐다보았다. 나는 그의 그런 눈이랑 마주치기 싫어 재빨리 고개를 돌렸다.

"내가 장담하는데 박정민을 검거하면 경감까지는 무난하게 특진 간다."

"네! 경감까지 특진이라고요?"

"그래, 검거하면 특진한다고 곧 공문 내려올 거야."

아니, 얼마나 유명한 놈이란 말인가? 내가 잡아도 경감이 되나!

저놈의 새끼만 잡으면 곧바로 팀장 자리로 올라가네.

나는 마른침을 꿀꺽 삼켰다. 제발 다른 사람에게 잡히지 말고 나한테 잡혀 주라.

"형, 그러면 제가 검거하면 곧바로 팀장, 아니 경감을 달아 주나요?"

"아니. 경위가 검거하면 경감을 달아 주고, 경사는 경위지."

나는 조금 실망했다. 하지만 경위도 어디인가. 이제 막 경사를 달았는데 곧장 경위를 달게 생겼으니 슬슬 욕심이 생겼다.

박정민에 대해서 궁금하다. 적을 알고 나를 알면 백전백승 아니겠는가.

도대체 박정민이란 놈은 어떤 놈일까.

"형, 혹시 탈주범에 대해서 잘 아세요?"

"야! 너 진짜 박정민에 대해 몰라?"

"네."

"너 경찰 맞냐?"

"모를 수도 있죠. 어떻게 사람이 다 알고 삽니까."

"이놈이 여자들만 몽땅 죽였어. 그것도 젊고 예쁜 여대생들을 많이 죽였지. 잠만."

선배가 핸드폰으로 유튜브 앱을 열었다. 유튜브에서 박정민을 검색하자 여러 개의 관련 채널이 떴다. 선배는 그중 하나를 클릭해 나에게 보여 주었다.

화면 속에서는 작은 테이블에 뉴스 아나운서처럼 BJ가 앉아서 떠들었다. 그 BJ는 테이블 위에 천둥의 신 토르가 사용하는 망치를 올려놓고 마치 토르처럼 망치를 휘두르며 말했다.

나는 핸드폰 소리가 잘 들리지 않아 볼륨을 최대한으로 키우고 집중했다.

[형님들 인녕하십니까. '지안방범대' 돌망치 인사드립니다. 세 방송을 의리로 찾아 주신 형님들 정말 감사합니다. '지안방범대'는 매주 월요일과 금요일 밤 9시에 실시간으로 방송됩니다. 아직도 구독과 알림 설정을 안한 형님들, 꼭 구독, 좋아요, 눌러 주세요. 남자는 의리 아닙니까. 시발, 의

리로 형님들 '좋아요' 꾹꾹 눌러 주십시오. 돈 들어가는 거 아니니까 한 번 씩만 눌러 주시면 고맙겠습니다.]

방송하는 BJ는 깍두기처럼 머리가 짧았다. 그는 물건을 파는 판매원처럼 '좋아요'를 눌러 달라고 수시로 떠들었다.

[형님들, 박정민 개새끼 사건을 파헤쳐 보겠습니다. 연쇄살인마 박정민이 개새끼에 대해서 간단히 설명하면, 그는 악마죠. 악마. 먼저 이 악마에 대해 간략히 설명해 드리고 시작하겠습니다.]

그는 계속해서 시청자들의 반응을 살피며 말을 이어 나갔다.
박 선배는 방송을 뚫어지게 쳐다보는 나에게 말했다.
"지금 방송하는 저 BJ, 폭력 전과만 13범이야. 나한테 참 많이도 걸렸는데 지금은 방송한다고 저렇게 떠드네."
"네!!! 완전 양아치잖아요."
박 선배는 내 말이 재미있는지 웃으며 말했다.
"하하, 그래도 구독자 수가 10만 명이 넘어 성공했어. 교도소에서 들은 지식과 풍월들을 섞어 가며 그럴싸하게 방송하니까 구독자들이 꾸준히 늘더라고."
나는 선배의 말을 들으며 양아치의 방송을 집중해서 보았다.

[키 165cm도 안 되는 존마니가 참 많이도 죽였습니다. 경찰의 공식 발표에 의하면 32명을 죽였다고 하는데 그건 어디까지나 피해자의 시신이

발견된 숫자입니다. 잘 아시는 분들도 계시겠지만 이 새끼는 키우던 아메리칸 핏불테리어의 먹이로 사람을 주기도 하고 땅에 파묻기도 했잖습니까. 그러니 발견되지 않은 시신이 더 있고 피해자가 더 있을 수 있다는 말입니다. 형님들, 저는 분명 피해자가 더 있다고 봅니다.]

그는 어디에서 자료를 구했는지 경찰들이 찍어 놓은 변사자 사진과 현장 사진들을 방송에 내보냈다.

그는 이 자료 사진들을 어디에서 구했을까? 나도 경찰이지만 내 사건이 아닌 다른 사건의 기록들을 구하기가 쉽지 않다.

앞에 앉아 있는 선배가 의심이 간다.

혹시 선배가?

선배가 저 양아치에게 약간의 도움을 주고 용돈을 받아 챙겼을까? 갑자기 이 양아치 영상을 보여 주는 것을 보면 그럴 수 있겠다는 생각이 들었다.

영상을 계속 지켜보니 양아치 BJ가 옷소매를 걷고 있었다. 그러자 그의 팔목부터 어깨까지 짙은 푸른색 문신들이 보였다. 저절로 눈살이 찌푸려졌다.

방송도 내 스타일이 아니다. 자꾸 방송 중에 욕설을 하니 보는 동안 짜증이 났다.

[이 개새끼가 나를 안 만나서 다행이죠. 내 손에 걸리면 바로 망치로 대가리를 팍 쪼사 버릴 거…]

"저런 사진을 저 양아치는 어디서 구했을까요?"

"글쎄."

"근데 저렇게 많이 죽인 게 사실인가요?"

주당 박 선배가 나를 신기하게 바라보았다.

"진짜 너 박정민을 몰라? 아! 미치겠네."

"어떻게 사람을 저렇게 많이 죽일 동안 못 잡았죠? 말이 안 돼요!"

"그러게, 그런데 더 말이 안 되는 사건이 발생했네."

"뭔데요?"

"네가 경찰이면서도 이런 흉악범을 모르고 있다는 사실이야. 나 너 같은 동료와 같이 근무하는 게 너무 부끄럽다."

나도 솔직히 내가 부끄럽다. 그래도 나 자신을 합리화하고 싶었다.

"작년 여름에 서울 보석 금은방 살인 사건 때문에 바빴잖아요."

"그랬지. 바빴지."

"또, 그거 해결하고 나니까 작년 말에는 빨간 야구 모자 살인이 터졌잖아요. 그때 저 두 달 만에 집에 들어갔어요. 아시죠? 저 그때 여자 친구랑 헤어진 거."

"그랬지. 그런데 너 여자 친구 없잖아?"

"한국말을 끝까지 들어 봐요. 여자 친구가 있을 뻔했는데 제가 포기했다고요. 그러니까, 박정민인가 뭔가 하는 놈을 모를 수도 있죠."

선배는 내 말에 동의하는 듯 고개를 끄떡이며 나를 빤히 쳐다보았다. 한심하다는 눈빛으로.

나는 다시 변명하듯이.

"내가 빨간 야구 모자 찾는다고."

이때 텔레비전에서 중계 중인 야구 방송을 보던 몇몇 손님이 소리를 질렀다.

"아휴, 저걸 못 잡네."

"아니, 프로 맞아?"

"돈 받고 일부러 공을 안 받은 거 아냐."

"앗싸! 술값은 야구 진 팀에 건 사람들이 내…."

고개를 돌려 야구 방송을 보니 한 선수가 굴러온 야구공을 잡으려다 놓치는 장면이 나오고 있었다. 일명 알까기.

"형, 야구 좋아한다고 해서 야구 선수 이름을 다 아는 건 아니잖아요."

"갑자기 무슨 뜬금포야."

"그러니까 내 말은 경찰이라고 해서 모든 사건을 다 알 수 없다는 거예요."

일단은 선배에게 박정민 사건에 대해서 더 물어보지 않기로 했다. 물어봐도 욕만 더 먹을 것 같아 조용히 나 혼자 알아보는 게 좋을 것 같았다.

나는 운동을 했던 몸이라 어지간히 먹어서는 술에 취하지 않는다. 그런 나와 대작하는 박 선배는 시간이 갈수록 점점 상체가 테이블 쪽으로 쏠리고 혀가 꼬이기 시작했다.

"형, 오늘은 그만 마시고 일찍 들어가죠."

나는 그만 먹고 들어가자고 말했다.

아마 거절하겠지.

그런데,

"그래, 1차는 뽐빠이다."

"정말이요? 제가 카드로 계산하고 내일 정산할게요."

"오케이."

선배가 흔쾌하게 콜을 했다.

잠시 후, 계산을 마치고 밖으로 나오자 선배가 내 팔짱을 끼며 말했다.

"2차 생맥주는 내가 쏜다. 오케이?"

그러면 그렇지. 1차로 끝낼 선배가 아니다.

"들어가는 게 좋겠어요."

"그래, 그럼 너 혼자 들어가."

"뭐 하시게요?"

"혼자 먹고 들어갈게."

"아, 진짜! 그럼 딱 한 잔만이에요."

"오케이, 한 잔."

그 후 2차까지 마친 선배는 고주망태가 되었고 내가 억지로 택시에 태워서 집에 보냈다.

내가 그렇게 서둘러 선배를 보낸 데는 다 이유가 있었다. 취한 중에도 탈주범 생각이 머리에서 떠나지 않고 있었기 때문이다. 덤으로 그 놈을 잡아 특진하여 동료들의 부러움을 받는 모습까지도 상상했다.

*

집으로 들어와 급하게 컴퓨터를 켰다. 그리고 포털 사이트에 들어가 빠르게 박정민에 대해서 검색했다. 곧 박정민에 대한 프로필과 사진이 연예인처럼 주르륵 나왔다.

[대한민국의 범죄자.

2005년 6월부터 2020년 12월까지 32명을 살해한 연쇄살인범.

출생: 1988년 4월 18일(35세), 서울시 은평구.]

좀 더 자세히 기록된 위키백과를 검색해 보았다.

[박정민은 1988년 서울 은평구에서 태어났다.

박정민은 고양초, 장성중을 거쳐 일산고를 2년 중퇴(2005년)했다.

68년생인 그의 어머니 이현주와 달리 부친에 대해서는 알려진 기록이 없다. 다만 죽은 이현주의 일기장에 남편에 관한 이야기가 있으나, 극히 일부라 정확하지 않다.

그의 부모는 대학교 시절에 만나 연애를 했으나 이현주가 박정민을 임신하자 알 수 없는 이유로 두 사람은 헤어지게 된다.

이후 그녀는 그를 홀로 키웠으나 점차 자신을 버린 남편에 대한 애증으로 아들을 학대했다.

이현주는 박정민이 다섯 살 때 추운 겨울임에도 불구하고 알몸 상태로 집 밖으로 쫓아내기도 하고 일주일간 굶기기도 했디. 심지어 불로 달군 젓가락으로 그의 몸을 지져서 상처를 내기도 하였고, 학교에 다녀오면 그를 가두고 집 밖으로 나가지 못하게 통제했다.

모친의 학대로 여자에 대한 혐오감을 가지며 성장하게 된 박정민은

2005년 6월 12일에 그의 어머니를 살해하고 시신을 훼손한다.

그는 어머니를 실종 신고하였고, 경찰관이 자신을 전혀 의심하지 않게 되자 이에 자신감을 얻어 같은 해 10월 집으로 귀가하던 여대생을 잔인하게 살해하고 시체를 유기한다.

당시 피해자의 변사체에 피가 없어 흡혈귀 살인 사건으로 항간을 떠들썩하게 만들었다.

그가 피를 뺀 이유는 시체가 너무 무거워 시신을 옮기기 힘들었기 때문이라고 알려져 있다.

그는 모친에 대한 학대 때문인지 주로 젊은 여성을 살해하고 암매장했다. 특히 어머니의 이름과 같은 '현주'라는 이름을 극히 싫어했다.

2007년 3월 15일 채팅으로 만난 권 씨(23세)를 살해하고, 4월 중순 피해자 성명 불명(20대 후반에서 30대 초반 사이)을 살해했으며, 12월 7일 성명 불명(25세)을 살해했다.

2008년 6월 1일 은평구에서 피해자 성명 불명(20대 초반)을 살해하고, 9월 초순 피해자 성명 불명(20대 초반)을 살해했으며, 10월 7일 오전 5시경 장 씨(26세)를 살해하고, 12월 17일 오후 10시경 김 씨(20세)를 살해했다.

2009년 3월 23일경부터 7월 25일경까지 불상의 피해자를 4명 살해했으나 경찰은 밝히지 못하였으며, 8월 1일 길 가는 여성 김 씨(18세)를 납치하여 집에 수일 감금 후 살해하고, 10월 3일 여대생 방 씨(24세)를 살해했으며, 11월 9일 오전 1시 30분경 여대생 임 씨(22세)를 살해했다.

2010년 2월 12일에….

2011년에는….

2020년에 12월 15일 박현주라는 이름을 가진 여성을 자신이 사는 집에 감금하여 키우던 개의 먹이로 사용하려고 했으나, 감금 9일 만에 서울지방경찰청 광역수사대에 근무하는 여성 프로파일러 경찰관의 수사로 12월 24일 검거된다.

이후 그는 서울구치소에서 재판을 받는 중이다.]

박정민이라는 살인마에 대해 알아 갈수록 분노가 치밀어 올랐다. 그와 관련된 모든 것을 알고 싶어서 핸드폰으로 유튜브 동영상까지 검색했다. 유튜브에 박정민을 검색하니 꽤 많은 영상이 쏟아져 나왔다.

그중 내 흥미를 끈 것은 '박정민을 검거한 프로파일러'라는 제목의 유튜브 영상이었다.

난 바로 그 영상을 클릭했다. 모자를 눌러쓴 BJ가 자기소개를 하더니 커다란 황금색 마이크를 입 가까이 대고 말했다. '얼굴을 가릴 정도로 큰 마이크를 어디서 구매했을까?'라는 생각이 잠깐 들었다.

[안녕하세요. 저희 '사건 고발'을 찾아 주신 시청자님들, 정말 감사합니다. '사건 고발'은 매주 금요일 밤 9시에 실시간으로 방송됩니다. 처음 오신 분들은 구독, 알림 설정을 꼭 눌러 주세요.]

박 선배가 알려 준 양아치 방송보다 좀 더 나은 것 같다. 양아치 방송은 틈만 나면 욕설이 나와서 살짝 내 비위에 맞지 않았는데 지금 영상은 수준이 있어 보인다.

[방송이 유익하고 재미있으면 '알림 설정, 구독, 좋아요' 한 번씩 부탁드

립니다. 시청자님들의 '좋아요'가 늘어날수록 저희 '사건 고발'은 더 나은 모습으로 찾아갈 수가 있습니다. 자, 지난주 방송을 안 보신 분들을 위해 박정민에 대해 간략히 설명해 드리고 시작하겠습니다.]

그는 시청자들의 반응을 살피며 말을 이어 갔다.

[저는 직접 보지 못했지만 박정민의 키가 165cm도 안 되고 왜소하다고 하더라고요. 남자 키치고는 작은 편인데 참 많이도 죽였습니다. 경찰의 공식 발표에 의하면 32명이라고 하는데. 여러분, 분노하지 마십시오. 그 32명은 어디까지나 피해자의 시신이 발견된 숫자입니다.

잘 아시는 분들도 계시겠지만 박정민은 개 사료로 여성들을 쓰기도 했잖아요. 마지막 생존자의 증언에 의하면 살아 있는 여성을 개 먹이로 준다고 하던데, 참 끔찍합니다. 개도 아메리칸 핏불테리어입니다. 아유! 그러니 제 말은 피해자의 시신을 찾지 못하는 경우가 많이 있었을 거라는 것입니다.]

그의 방송 화면에는 여러 영상이 나왔다. 영화에서 나온 자극적인 영상들을 편집하여 마치 박정민이 그런 것처럼 꾸민 것들이었다. 나는 그런 영상을 보기 싫어 빠르게 뒤편으로 넘겼다.

[저는 분명 피해자가….]

다 아는 내용이라 더 뒤로 넘기고.

재미없다. 빠르게 넘기고.

[잠시 후 현직에 계신 이지혜 프로파일러님이 저희 방송에 출연할 예정입니다. 지난번 방송에서 반응이 아주 좋아서 한 번 더 이지혜 프로파일러님을 어렵게 모시게 되었습니다. 때깔나무 님, 저희도 이지혜 님을 고정패널로 모시고 싶습니다. 하지만 워낙 바쁘신 분이라 방송에 한 번 모시기도 어렵습니다. 공중파가 아니라서 그런다고요. 하하. 그럴 수도….]

넘기고.

[뭐시중헌디 님, 그분 오시면 그것도 질문해 보겠습니다. 박정민은 여자를 강간하고 그러지는 않은 것 같아요. 아마 여성을 혐오….]

아는 내용이다. 넘기고.

[박정민이 모친을 살해하고서 자수하려고 파출소에 방문했는데 경찰들이 그냥 돌려보낸 것으로 나오잖아요. 지난 방송에서는 경찰서라고 말했는데 프로파일러님이 파출소라고 말씀하셔서 파출소로 정정하겠습니다. 뭐시중헌디 님 말씀처럼 경찰서든 파출소든 그게 뭐가 중요합니까? 그리고 뭐 이런 경우가 다 있습니까. 우리기 누굴 믿고 살아야 하는지 참 암울합니다. 물론 잘하는 경찰관들도 있는데 몇 안 되는 소수의 경찰관이 문제죠.]

BJ가 답답한 표정을 짓는다.

물론 경찰이 잘못한 부분이 있다. 요즘은 경찰만 수사하는 게 아닌
세상이 되었다. 지금 방송처럼 네티즌 수사대들이 여러 의견을 말하고
분석하면서 사건을 수사한다. 앞으로 내 사건을 수사할 때 좀 더 치밀
하게 해야겠다는 생각이 들었다.

[물론 유능한 경찰도 있지만, 세금만 축내는 경찰관들이 더 많은 것 같
아요. 그러니 엄마를 죽인 살인마가 파출소에 찾아와 엄마를 가출 신고했
는데 단순 가출 신고로 접수하고 돌려보내잖습니까.]

뭐야? 엄마를 죽이고 가출 신고를 하러 파출소에 갔다고?

대범한 놈이네.

하지만 그를 돌려보낸 경찰을 BJ가 욕했다. 나는 경찰관이라는 직업
때문인지 그 당시 파출소 경찰들의 행동이 충분히 이해가 갔다.

처음 보는 사람이 가출 신고를 하러 왔는데 경찰관이 초능력자도 아
니고 그가 살인범인 줄 어떻게 알겠는가. 당신, 엄마 죽였지? 체포한
다. 이럴 수는 없지 않겠는가.

내가 당시 그 파출소에 근무했다고 해도 그냥 아들이 엄마를 찾고
싶어서 신고하나 보다 하고 대충 넘어갔을 게 분명하다. 물론 파출소
에서 접수한 후에는 실종팀 형사들이 수사하겠지만, 범죄 혐의점이 없
으면 수사하지 않는다.

당시 실종팀에서는 신고한 아들은 미성년자이고 보험금을 노리거나
원한, 기타 등등의 이유가 보이지 않아 깊이 있게 수사하지 않았을 것

이다. 한순간에 많은 수사 시나리오가 머릿속에서 지나갔다.

[박정민은 경찰 수사가 형편없다고 생각하고 이때부터 여성들을 죽이기 시작합니다. 주로 젊은 여대생들을 죽였는데 그 이유는 엄마가 싫어서라고 말했죠. 아마도 엄마의 학대로 인해 정신 분열이 온 것이 아닌가 싶습니다. 여대생은 곧 엄마다, 뭐 이렇게 생각했을 수도 있겠죠.]

말을 많이 해서 목이 타는지 BJ가 물을 마신다.
넘기고.
그러다 BJ 옆자리로 미모의 여성이 자리를 잡고 앉는 게 보였다.
저 여성이 프로파일러일까?
설마.

[어서 오세요. 많이 기다렸습니다. 안녕하세요.]
[네, 안녕하세요. 반갑습니다.]
[지난주에 이어서 이지혜 프로파일러님이 출연하셨습니다. 이지혜 경위님, 시청자분들께도 인사 부탁드립니다.]
[네, 서울청 강력팀에서 중요 미제 사건을 담당하고 있는 이지혜 경위입니다. 반갑습니다.]

미제 사건을 담당하는 부서가 따로 있었네. 나도 경찰이지만 이 사실을 오늘 처음 알았다. 또 현직 경찰관이 유튜브 방송에 나오는 모습도 처음 봤다. 그리고 저런 미녀 경찰관이 프로파일러라는 사실도 처음 알았다.

한편으로 우리 경찰 조직은 넓고 뛰어난 인재들이 정말 많은 것 같다는 생각이 들었다. 누워서 시청하던 나는 자리에 앉아 영상을 집중해서 보았다.

[여러분, 이지혜 경위님은 현직에 계시니까 궁금한 점 있으면 바로바로 물어보세요. 시청자님들이 외모만 칭찬하네요. 하하. 올인 님은 프로파일러님이 언제부터 예뻤는지 궁금하다고 하네요. 시청자님들께 한 말씀 하시죠.]

[아! 그냥 뭐… 음. 감사합니다.]

[오늘이 두 번째로 출연하시는 건데 처음보다 어떠신가요?]

[아무래도 처음보다는 편하죠.]

[그럼 본론으로 들어가서 박정민에 대해서 이야기를 나누도록 하겠습니다. 박정민이 그렇게 사람을 많이 죽였는데 경찰관이 못 잡은 이유라도 있습니까?]

[박정민은 사실 머리가 천재입니다. 나쁜 쪽으로는 가히 아인슈타인이라고 볼 수 있습니다. 그는 단 한 번 보거나 들은 것을 따라 할 수 있는 기이한 능력을 가졌습니다. 일반인들은 보통 운전하는 법을 학원에 가서 배우잖아요. 아니면 가족들의 도움을 받아서 배운다든지. 하지만 박정민은 택시 기사가 운전하는 모습을 한 번 보고 그대로 운전을 습득했습니다. 그런데도 기가 막히게 운전을 잘해요. 그뿐만 아니라 포토샵을 전문가 이상으로 다룰 줄 알았는데 이것도 단지 유튜브 영상을 보고 배웠다고 하더라고요. 포토샵 능력이 어느 정도 되냐면, 위조 주민등록증이나 주민등록등

본 같은 공문서를 만들 정도입니다. 진짜와 구별이 안 될 정도로 잘 만들었어요. 누구에게 배운 적이 없는데도 말이죠.]

나는 집중해서 그녀의 말에 귀 기울였다. 수사는 살아 있는 생물이라 들었다. 시시각각 변한다는 말인데.

그녀가 유튜브 방송에 출연했을 때는 박정민이 검거되어 구속되어 있을 때다. 그러니 그를 가장 객관적인 시각에서 관찰하며 부담 없이 말할 수 있을 때였다. 그에 관해서 확정적인 답변도 할 수 있었을 것이다.

하지만 그녀가 지금 방송에 출연한다면 "사실 여부에 대해 조사 중이라서 말씀드리기 어렵습니다."라든지 "수사 중인 사안이라 말씀드리기 곤란합니다."라며 정확한 답변을 회피했겠지.

이런 생각을 하며 박정민의 정보를 자세히 알기 위해 그녀의 말을 놓치지 않고 들었다.

[박정민은 고등학교를 졸업하지 않은 중퇴자입니다. 하지만 컴퓨터 실력은 관련 전공을 배운 대학생 수준보다 훨씬 뛰어났습니다. 거의 컴퓨터 프로그래머 수준이라고 볼 수 있습니다.]

[우와, 그게 가능한가요?]

[저도 그를 면회하면서 놀란 게 한둘이 아닙니다. 가족이나 친구가 없는 그는 모든 것을 독학했습니다. 혼자 있는 시간이 많아서인지 인터넷과 책으로 모든 것을 배운 것으로 보입니다.]

[생활비는 어떻게 해결했을까요?]

[그는 인터넷 카페와 블로그를 돌며 살인 의뢰를 받았습니다. 그가 저지른 몇 건의 살인은 청부에 의한 살인이었거든요.]

[경찰들이 바보도 아닌데 그렇게 살인을 저질러도 검거하지 못한 이유가 있습니까?]

[제가 천재라고 말한 이유가 바로 거기에 있습니다. 여러 건의 살인을 저지르고도 시체가 발견되지 않도록 증거를 인멸했는데 이게 쉬운 일이 아닙니다. 엄마를 죽인 이후 두 번째 살인 때 시체에서 피를 뺐는데 이유를 물어보니, 시체가 무거워서 옮기기 힘들어 그랬다고 말하더라고요. 두 번째 살인인데도 말이죠.]

[말씀을 들으니 정말 소름이 끼치네요. 피는 어떻게 뺐나요?]

[시신을 발로 꾹 밟고 서 있거나 무거운 물건을 올려서 뺐다고 들었습니다. 저도 몇몇 살인사건은 현장 사진을 보고 며칠 마음고생을 했을 정도로 끔찍했습니다. 정말 입에 담기 힘들 만큼 끔찍했어요.]

[그래도 범인을 검거해야 하잖아요? 힘들어도.]

[그렇습니다. 피해자의 억울한 죽음을 밝히고 풀어 드리는 게 경찰관의 일이니까요. 전에 미제 사건 수사팀에 있을 때 피해자 가족분에게 전화를 드렸어요. 그분에게 "아직도 수사 중이다. 끝난 게 아니다."라고 말을 했더니 펑펑 울면서 너무 고맙다고 하시길래, 그때 제가 그랬어요. 반드시 검거할 테니 걱정 마시라. 그랬더니 고마워하면서 울더라고요. 그때 깨달았죠. 범인은 꼭 잡아야 한다. 내가 힘들어도 꼭 잡아야 한다.]

[아! 이 프로파일러님 같은 경찰관만 있으면 살맛 나는 세상이 될 것 같습니다. 그런데 궁금한 점이 있네요. 살인 사건이 발생하면 제일 먼저 경찰 수사가 어떻게 진행되는지 괜찮으시다면 말씀해 주시겠습니까?]

[만일 현장에 범인이 없고 누구인지 알기 어렵다면 죽은 피해자의 신원부터 먼저 파악합니다. 그리고 피해자의 동선을 계속 수사하는 거죠. 마지막 만난 사람이라든지, 마지막으로 고인과 통화한 사람이 누구인지. 그리고 현장에 지문이나 피의자의 유류품이나 DNA 등이 있는지 찾아요. 주로 이렇게 수사하죠.]

[그러면 박정민이 저지른 살인도 그렇게 진행했겠네요?]

[아닙니다. 그런 사실을 너무나 잘 아는 박정민은 피해자의 신원을 숨기기 위해 시신의 손가락 지문을 불로 지지거나 잘라 냈어요. 또 이를 몽땅 뽑거나 아래턱을 통째로 뽑아서 가져가기도 했고요.]

아름다운 여성이 살벌한 이야기를 무덤덤하게 말하는 것을 보니 경찰이 맞긴 맞는 것 같다. 유튜버가 인상을 찡그리며 말했다.

[후유~ 말만 들어도 소름이 돋네요. 어떻게 그런 끔찍한 짓을 할 생각을 했을까요? 대단하네요. 왜 그런 거죠? 정말 왜 그런 겁니까?]

[경찰 수사를 피하기 위해서죠.]

[그렇다면 경찰이 끝내 피해자의 신원을 파악하면 어떻게 수사를 하나요?]

그녀가 작은 생수병에 담긴 물을 마시고 말을 이어 나갔다.

[앞서 말한 대로 피해자의 신원을 파악하면 시간을 거슬러서 피해자의 행적을 수사합니다. 마지막에 누구를 만났는지 그 후 무엇을 했는지, 아니

면 사망하기 전에 누구랑 마지막으로 통화했는지를 말이죠. 행적을 파악해도 이렇다 할 용의자를 발견하지 못하면 피해자의 물건이 도난당한 것은 없는지를 수사합니다. 흔하지 않지만 단순히 절도하려다 사람을 죽이기도 하는데, 절도범이 순식간에 강도 살인범으로 변하는 경우죠. 이렇게 피해자와 연관성을 찾다 보면 범인을 잡는 경우가 많이 있습니다.]

[그렇군요. 가끔 바보 같은 범인들이 피해자의 신용카드를 쓰다 잡히는 경우를 본 적이 있습니다. 왜 그렇게 바보 같은 짓을 하는지 이해가 안 되더라고요. 박정민은 이 경우에 해당이 안 되겠네요.]

[꼭 그렇지는 않을 것입니다. 그도 인간이기에 실수는 하겠죠. 하지만 그가 놀라운 것은 책과 인터넷을 통해 스스로 범죄를 연구했다는 것입니다. 그가 썼던 휴대전화도 외국인 선불폰입니다. 선불폰을 쓰면 사용자의 신원을 확인하거나 추적하기가 쉽지 않습니다. 전과자들이 이러한 점들을 노리고 대포폰이나 이와 비슷한 선불폰을 많이 쓰는데, 이 같은 경우는 대부분이 교도소에서 학습하여 알게 되죠. 그런데 박정민은 전과가 없어요. 놀라운 일이죠. 그는 전과자들이나 경제 사기꾼들처럼 선불폰을 썼어요. 전과도 없는데 이렇게 치밀하다면 정말 범죄에서는 가히 천재라고 할 수 있죠.]

[그렇군요. 첫 살인이 박정민의 엄마라면서요.]

[맞습니다. 제가 면회 가서 그가 어떻게 엄마를 살인했는지 듣고는 너무나 잔혹하여 이야기를 듣다가 그만 그곳에서 나갈 뻔했습니다.]

[어땠는지 궁금한데요. 괜찮으시면 들려줄 수 있을까요.]

[떠올리기 싫지만, 좋습니다. 제 직업이니까.]

　창문도 없는 어둡고 작은 방이다. 성인 남성이 겨우 몸을 누일 수 있을 정도로 좁은 방에 또래보다 체구가 작은 소년이 얇고 해진 이불을 덮고 누워 있다. 몹시 추운지 몸을 덜덜 떨던 그가 감았던 눈을 뜨자 그의 두 눈이 어둠 속에서 빛이 났다.

　그가 일어나자 사각팬티 한 장이 그의 몸을 가리고 있었다. 그의 피부는 곳곳에 아토피 피부염으로 보이는 붉은 반점과 검은 땟자국으로 덮여 있어 몹시 지저분했다.

　이 작은 소년이 조심스럽게 까치발을 하며 주방으로 걸어갔다. 그는 소리가 나지 않게 싱크대 아래 서랍을 열고 부엌칼을 꺼냈다. 사각형으로 칼날 길이만 25cm 정도 되는 매우 큰 고기 절단용 부엌칼이다. 새로 샀는지 어둠 속에서 칼날이 날카롭게 반짝거린다.

　그는 오른손에 부엌칼을 움켜쥐고 다시 발소리가 나지 않게 주의하며 어두운 통로를 따라 굳게 닫힌 어느 방문 앞까지 걸어갔다. 그가 방문을 열자 잘 꾸며진 침대가 보였다.

　침대 위에는 40대 초반으로 보이는 한 여성이 두꺼운 이불을 덮고 잠을 자고 있었다. 그는 알몸이나 다름없었지만 부끄럽지 않은지 침대 곁으로 다가가 잠자는 여성을 내려다보았다.

　여자는 평화롭게 깊은 잠에 빠진 모습이다. 잠시 그녀를 내려다보던 그가 망설임 없이 들고 있던 고기 뼈를 절단하는 부엌칼로 여인의 얼굴을 힘껏 내리쳤다.

　퍽- 하는 소리와 함께 피가 사방으로 튀었다.

공격을 당한 그녀가 두 눈을 크게 뜨며 비명을 질렀다. 그는 다시 칼을 높이 들어서 그녀의 얼굴을 재차 내리쳤다. 고기 절단용 칼이 비명을 지르기 위해 벌린 그녀의 입에 깊숙이 박혔다. 칼을 빼려 할 때 그녀의 입가가 칼날에 닿으면서 크게 상처를 만들었다. 아랫입술이 덜렁거리며 떨어져 나갈 것 같지만 그녀는 비명을 멈추지 않았다.

"아악! 정… 민…!"

여인은 순식간에 일어난 상황을 빨리 직시하고 누군가의 이름을 부른다. 공포감 때문인지 그녀의 두 눈이 커졌고 무슨 일이 일어나고 있는지 파악하기 위해 동공이 좌우로 부지런히 움직였다.

하지만 그녀의 한쪽 눈에 어느새 부엌칼이 박혀 이마저도 할 수 없게 되어 버렸다. 그녀가 이제 할 수 있는 것이라고는 두꺼운 이불 속에 감춰진 양팔과 양다리를 버둥거리는 것뿐. 이어 조금 전과는 다르게 매우 작은 소리가 신음처럼 그녀의 입 밖으로 흘러나왔다.

"박정… 민. 컥!"

얼굴 형체가 사라지고 그녀의 비명은 잠잠해졌다. 그는 부엌칼을 바닥에 내려놓고 오른손을 바라보았다. 엄지와 검지 사이가 다쳤는지 손가락 피부 사이로 피가 나왔다. 아주 적은 양이지만 왼손으로 다친 상처 부위를 누르며 그가 숨을 헐떡거렸다.

"헉헉, 엄마. 엄마, 그거 아세요? 지금 모습이, 헉헉! 가장 예뻐 보인다는 것을."

주위를 둘러보며 그가 무엇인가를 찾았다. 그는 방구석에 놓인 도구함을 발견하고 그것을 열었다. 도구함 속에서 작은 망치를 꺼내 들었다.

그는 망치를 어깨높이로 들고 검붉은 피로 형체를 알아보기 힘든 여인의 머리를 힘껏 내리쳤다. 힘을 너무 많이 주었는지 그녀의 머리를 제대로 찍지 못하고 베개를 찍는다. 다시 망치를 어깨 위로 올린 그가 내리친다.

이번에는 죽은 그녀의 턱을 찍었다. 입이 벌어지고 그녀의 치아 중 일부가 쪼개져서 파편처럼 튀어 올랐다.

"제발, 제발."

'퍽' 하는 둔탁한 망치 소리가 갈수록 늘었다.

"제발 그 가위로 제 고추를 자른다는 말 좀 그만하세요."

그러다 '텅' 하는 소리와 함께 그녀의 뇌가 박살이 나면서 투명한 뇌수가 핏물과 함께 쏟아져 나왔다.

그는 숨을 헐떡이며 피와 신체 장기들로 덮인 고깃덩어리를 내려다보았다. 그리고 다시 망치를 들어서 확인 사살을 하듯이 검은 머리카락으로 덮여 있는 머리 부위를 한 번 더 내리찍었다.

침대 위 하얀 시트가 붉게 물들더니 핏물이 바닥으로 한 방울씩 똑똑 떨어진다.

점차 검붉은 피가 방바닥을 가득 채우기 시작했다. 얼마 지나지 않아 방 안에 가득 고인 피가 방문턱을 넘어서 복도까지 번지기 시작했다. 피로 가득 고인 바닥에 박정민이 주서앉아서 숨을 헐떡인다.

그는 일어나 바닥에 떨어진 부엌칼을 들었다. 그리고 너덜너덜해진 시체의 머리에서 입을 찾아 벌리더니 혀를 끄집어냈다.

혀를 칼로 싹둑 절단한다. 그는 잘린 분홍빛의 혀 조각을 보며 말했다.

"엄마, 그거 아세요? 엄마는 이 혀가 문제였어요."

이때 무슨 소리를 들었는지 그가 무척 놀란 표정을 지었다. 그리고 누가 있는지 찾기 위해 주위를 두리번거렸다. 그는 두려움 때문인지 몸까지 떨었다. 곧 아무도 없다는 것을 확인하고 안심하듯이 길게 심호흡을 했다.

그러다 섬찟한 기분이 들었는지 다시 고개를 들고 좌우를 살폈다. 누군가를 찾는 듯한 동작이었다. 그리고 허공을 향해서 절규하듯이 소리쳤다.

"그럼 어떻게 하라고? 나보고 어떻게 하라고."

그는 무언가에 홀린 것처럼 피로 축축하게 젖어 있는 무겁고 두꺼운 이불을 걷어 냈다. 몸이 기괴하게 뒤틀려 있는 여성의 몸이 드러났다. 그의 시선이 점점 내려가더니 여성의 은밀한 곳에서 멈췄다. 그곳을 한참이나 바라보던 그가 팬티를 벗기 시작했다.

*

와! 대단하다. 나는 프로파일러가 담담하게 말하는 말을 듣고는 한 편의 영화 같다는 생각이 들었다. 탈주범을 모티브로 하면 긴장감 쩌는 훌륭한 영화가 제작될 것도 같다.

그런데 내가 이렇게 유명한 인물에 대해서 몰랐다는 게 정말 이해가 안 되었다.

우선 연쇄살인마와 나는 나이가 같다. 그가 엄마를 죽인 첫 살인을 한 시기에 나는 고등학교 2학년이었다. 이때 나는 대학에 가겠다고 공부만 했지. 군대 제대한 후에는 공무원 시험 준비로 고시학원에 다녔고, 2015년 경찰 합격 후에는 지구대와 경찰서를 오가며 근무했다.

솔직히 그렇게 바쁜 생활을 한 것도 아닌데 왜 나는 그의 존재를 몰랐을까?

그런데 탈출한 그는 어떻게 해서 CCTV에 잡히지 않을 수가 있지?

현재 대한민국은 도시 곳곳에 CCTV가 없는 곳이 없다. 여자 혼자 새벽에 돌아다녀도 안심할 수 있는 이유가 바로 여기에 있다.

그런 나라인데 그가 CCTV에 잡히지 않았다니. 어디 사찰 같은 곳에 숨었을까?

나는 놈을 잡아 특진하는 상상을 하며 잠자리에 들어갔다. 내일은 야간 당직 근무라 늦잠을 자도 된다. 2호선 그녀를 자주 만나고 부딪쳐야 좋은 기회가 찾아올 것인데 내일은 보지 못해 아쉽다.

아주 편안한 자세로 누워 나만의 그녀를 상상했다. 치한이나 지하철 테러범이 나타나 2호선 그녀와 승객들을 공포에 빠뜨린다. 테러범이 승객들을 볼모로 잡고 협박하는데 내가 영화 속 주인공처럼 시민들을 구하는 상상을 했다. 나는 영웅처럼 그녀를 보호하며 테러범들과 싸우다 잠이 들었다.

시간이 얼마나 흘렀는지 모르겠지만 핸드폰이 시끄럽게 울렸다.

따르르릉~

따르르릉~

따르르릉~ 따르르릉~

빗발치듯 시끄러운 핸드폰 벨 소리에 결국 잠이 깨고 말았다. 전화

번호를 확인하니 사무실 번호다.

잘 떠지지 않는 눈으로 시계를 보니 새벽 4시 40분이다.

뭐지?

4화.
청부 살인

다시 전화벨이 울렸다.

"여보세요."

- 야! 뭐 해? 전화를 왜 이렇게 늦게 받아.

목소리의 주인공은 팀장님이다. 그의 화난 목소리가 내 귓속에 울려 퍼진다.

"네, 죄송합니다. 자고 있어서."

- 지금 잘 시간이 어디 있어? 빨리 사무실로 튀어나와. 사건 터졌으니까.

나는 잠꼬대하듯이 중얼거렸다.

"네, 네. 일찍 출근하겠습니다."

- 야! 정신 차려. 살인 사건이 발생했다고.

살인 사건이라는 말에 몸에 남아 있던 취기와 잠이 확 달아나고 정신이 번쩍 들었다.

"네, 지금 바로 가겠습니다."

나는 부랴부랴 옷을 입고 콜택시를 불렀다. 새벽 시간이라 택시가 금방 도착하였고, 막히는 도로 구간도 없었다. 서울이 아닌 것 같다는 착각이 들었다.

택시 안에서 덜 깬 술과 잠을 완전히 털어 내려고 유리 창문을 조금 열었다. 새벽 공기가 시원하고 상쾌했지만, 짓누르는 기분 때문인지 숨이 턱 막혔다.

도대체 어떤 살인 사건이 발생한 것일까?

급하게 사무실에 도착하니, 울산으로 출장 갔던 부팀장 이영복과 김민수도 언제 출근했는지 사무실에 자리하고 있었다.

표정이 밝지 않다.

장거리 출장 탓에 피곤할 텐데, 쉬지도 못하고 바로 근무를 하게 되었으니 표정이 밝을 리 없지.

현장에 나갔다 돌아온 당직팀과 지원 나간 팀들이 속속 들어오는 게 보였다. 모두 표정이 어두웠다. 차가운 사무실 공기만큼 분위기가 안 좋다는 것을 알 수 있었다.

형사과장이 다급하게 사무실로 들어왔다.

형사과장은 경찰 간부 출신이다. 경찰대학 출신처럼 경찰 간부도 경위부터 시작하기 때문에 하급직 경찰관들의 애로 사항을 잘 모르는 것 같다.

형사과장 김동진은 시험으로 경정까지 승진한 사람으로 융통성이 없으며 실무 경험이 부족하다. 오죽하면 별명이 '김 의경'이겠는가.

그가 소리쳤다.

"팀장님들 모두 제 방으로 와 주세요."

아마 서장실에 가서 보고하고 곧장 내려와 팀장들을 소집하는 것 같다.

강력계에는 5개의 팀이 있다. 하지만 현재 한 팀이 기획 수사로 빠져서 지금은 4개 팀이다.

4명의 팀장이 자리에서 일어나 형사과장실로 가자 사무실 분위기가 일시에 밝아졌다. 여기저기서 웅성거리기 시작했다. 서로 궁금한 사항과 불만들을 일시에 토해 낸 것이다.

우리 팀에서 제일 먼저 입을 연 사람은 박 선배였다. 그도 팀장 눈치를 보느라 조용히 있다가 모두 과장실로 가자 나에게 책망하듯 말했다.

"왜 이렇게 늦게 나와?"

"최대한 빨리 나온 겁니다. 아니 근데 선배님, 속은 괜찮으세요?"

"좋겠냐? 그냥 괜찮은 척해야지."

정말 대단한 선배다. 불과 몇 시간 전만 해도 몸도 못 가누게 취해 있지 않았던가.

선배의 눈을 보니 코처럼 빨갛게 충혈되어 있었다. 나는 잠이라도 조금 잤는데 박 선배는 그리지 못한 모양이다.

부팀장 이영복 경위가 현장에서 돌아온 팀들에게서 얻은 정보를 말했다.

"피해자는 시 의원이고 살해 도구는 찾았는데 칼집만 있고 칼날이 없나 봐."

시 의원이라서 이렇게 큰 소란을 피우는 것인가? 죽은 피해자를 원망하면 안 되지만 신분을 알게 되자 불만이 생겼다.

"범구(살인 도구)가 밤이라 찾기 힘든 거 아닌가요."

"그래도 빨리 찾아야 할 텐데."

이때, 사무실 전화가 울렸다.

전화를 받은 다른 팀 소속 형사가 소리쳤다.

"범구를 찾았다고요? 네, 수고하셨습니다. 어디에서 나왔나요?"

도깨비시장 같던 사무실이 일순간 조용해졌다. 모두가 전화 통화를 하는 형사를 쳐다보았다. 그는 누군가와 통화를 하고 있었는데 목소리가 커서 모두가 내용을 들을 수 있었다.

"피해자의 장기 속에서요. 네, 잘 알겠습니다. 영안실로 곧 가겠습니다. 네, 네."

그는 통화를 마치자 옆에 있던 막내 형사에게 말했다.

"야, 빨리 팀장님께 보고해. 찾았다고."

모두가 마치 사격장에서 탄피를 잃어버렸다가 다시 찾은 표정들이다. 대충 보니 범행 도구를 찾으려고 한바탕 난리가 난 모양이다.

살인 사건에 있어서 살인 도구를 찾는 것은 범인을 찾는 것만큼이나 매우 중요한 일이다. 살인범을 잡아도 증거물이 없으면 무죄가 될 수 있다. 살인범이 사람을 죽였다고 자백을 해도 죽은 피해자를 발견하지 못하면 이것도 무죄가 될 수 있다. 그래서 악랄한 놈들은 시신을 유기하고 끝까지 입을 열지 않는다.

30분 정도 지나자 회의를 마친 형사과장과 팀장들이 사무실로 돌아왔다.

일순 침묵이 흘렀다. 무뚝뚝한 형사들이 더 말이 없어지고 긴장했다.

형사과장이 주위를 둘러보며 왜소한 체격처럼 가는 목소리로 말했다.

"지금부터 모두 내 사건이라 생각하고 움직여 주세요. 1팀은 피해자 주변 원한 관계를, 2팀은 범행 도구의 출처를 파악하고, 3팀은 현장 주변 CCTV를 파악하고, 4팀은 목격자 탐문 수사 및 현장 주변 우범자를 파악해 주세요."

과장의 말이 끝나자 팀장의 지시를 받으며 우르르 형사들이 사무실 밖으로 빠져나갔다.

나 또한 좀비처럼 생각 없이 무지성으로 몸을 움직였다. 이럴 때 꾸물거리며 사무실에 남아 있으면 찍힐 수 있다. 그냥 바쁜 척 눈치껏 움직여야 한다.

경찰서 밖으로 나오니 이성이 돌아오고 궁금한 점들이 하나둘 떠올랐다.

시계를 보니 4시 30분이다. 이른 새벽이라 기자들이 냄새를 맡지 않아 다행이다. 피해자가 누구인지 알면 분명 벌 떼처럼 달려들 것이다. 그 전에 해결해야 한다.

이 시간에 목격자를 찾을 수 있을까? 이런 의문을 품으며 나는 현장으로 나갔다.

수사의 핵심은 탐문, 잠복, 수색, 감식, 심문이라고 한다. 이것들은 모두 경험, 훈련, 교육을 통해 이루어진다.

목격자를 찾기 위해 현장으로 가는 동안 장민환 팀장으로부터 사건 내용을 간략하게 들을 수 있었다.

"어젯밤 23시 14분 서울시 중구 시 의원인 피해자 오영수가 집으로 돌아가는 길목에서 피습을 당해 현장에서 사망했다."

시 의원이 피해자라 이렇게 가동될 수 있는 모든 수사 인력이 총동원되었다. 다시 한번 사람은 잘돼야 한다는 것을 뼈저리게 느꼈다. 그리고 이런 살인 사건이 현실적이지 않다고 느껴졌다. 영화관에서 무덤덤하게 형사물 영화를 보고 있는 기분이랄까.

그래도 젠장! 살인 사건이라니.

"피해자 나이는 62세. 현재 서울시 여당 쪽 시 의원으로 수백억 원의 자산가로 알려졌다. 과거 그는 전국을 돌며 온천을 개발하고 다녔어. 러시아 기술자들과 함께 온천이 나올 만한 토지를 매입하고 투자자들을 끌어모아 개발했다고 해."

참 세상은 넓고 직업도 가지가지인 거 같다. 온천을 개발하러 다니는 사업가라니.

"그러다 토지 매입 과정에서 잘못되어 한순간에 망했고 얼마 안 가 재기에 성공하여 현재는 시 의원으로 지내고 있다. 그는 공무원 신분으로 사업을 하지 않고 있지만 피해자의 자식이 건설 시행사를 차려 서울 외곽 재건축 현장에 입찰하고 있었나 봐. 근데 그게 영 시원찮았던 거지. 여기에서 그가 소문이 나지 않게 많이 개입했던 모양이야."

부팀장이 고개를 끄덕이며 말했다.

"돈 문제네요. 충분히 살인이 날 수 있죠."

"맞아. 피해자의 아들이 예치금 20억 원을 납입하지 못해 조합원들과 사이가 안 좋은 것으로 파악되고 있어. 우리는 재개발 사업 조합장과 조합원 명단을 확보해 그들의 어젯밤 행적을 조사한다. 이게 우리 팀이 당장 해야 할 일이다."

가는 동안 박 선배가 팀장에게 한마디 의문 사항을 꺼내 들었다.

"팀장님, 빨간 야구 모자처럼 그냥 묻지 마 살인 사건일 수도 있지 않을까요?"

지난번 빨간 모자를 쓴 살인범을 잡으니 아무런 동기가 없었다. 그냥 칼로 사람을 찔러 보고 싶어서 했다는 범인의 말을 듣고 모두가 어이없어했다. 당시 여러 군데 자상과 잔혹함을 보고 모두 원한 관계라 여겼다.

피해자 주변인들 상대로 조사를 하느라 진이 빠졌는데 막상 범인을 잡고 보니 우울증 환자, 아니 그냥 조현병이 있는 정신병자였다. 그때가 떠올라 박 선배가 말한 것이다.

"과장님과 팀장들 회의 때 그 이야기도 나왔어. 하지만 이번에는 진짜야. 목을 잘 공격하지 않는데 거기다 급소 부위를 찌른 걸 보면 계획적인 범죄일 확률이 높아 보여. 그리고 확인 사살을 하려고 배 부위를 공격했는데 상처 부위가 매우 깊고 커서 몸속 장기가 외부로 노출될 정도야. 피해자가 사망한 장소도 아주 특이한 곳이라 모두 청부 살인이나 원한 쪽으로 무게가 실렸어. 그렇다고 묻지 마 살인이 아니라는 것은 아니니까 배세하시 말고."

팀장이 핸드폰으로 현장에서 찍은 피해자의 사망 사진을 보여 주었다. 모두 핸드폰 화면에 보이는 피해자의 사진을 일일이 확대해 보았다. 피해자의 목이 찔렸는데 정확히 노리고 찌른 것 같다. 목에 난 상처가 깊었다. 타원형으로 벌어진 검은 상처가 거머리처럼 보였다.

부팀장이 복부에 난 상처 사진을 이리저리 살펴보며 말했다.

"칼날이 장기에 박힐 정도면 엄청난 악력을 지녀야 가능하겠죠?"

"당연하지. 우리 철이 정도 되는 무술인이 아니면 힘들지. 일단 문수와 철이는 목격자 탐문을 좀 더 하고 재개발 건설 사무실로 가. 나와 영복이, 민수는 조합원 사무실로 간다."

팀장의 지시로 박 선배와 나는 현장에서 가까이에 있는 주택과 건물들을 돌며 목격자를 찾았다. 날이 밝아 올 때 현장 주변에 CCTV가 139개 있다는 사실을 전해 들었다. CCTV만 잘 파악하면 피의자를 특정하고 그러면 게임은 끝난 것이나 다름없다.

CCTV 동선을 따라 범인 뒤를 형사들이 추격한다. 그리고 금방 검거한다. 나뿐만 아니라 모두가 그런 생각을 했다. 어서 빨리 3팀에서 피의자의 인상착의와 동선을 파악해 알려 주기를 기대했다. 그러면서 각자 맡은 임무를 묵묵히 수행했다.

피해자를 처음 발견한 신고자 외에 목격자는 발견되지 않았다.

다시 한번 우리는 신고자를 만나 조사를 했다.

"당시 피해자를 어떻게 발견하게 되셨나요?"

신고한 사람은 30대 후반의 안경 쓴 남성이었다. 헐렁한 반소매 티와 반바지를 입었는데 가는 팔과 다리를 보니 무척 왜소하게 느껴졌다.

"처음에 저는 술에 취한 사람이라고 생각했어요. 비틀거리며 걷다가 쓰러지는데 마치 술 취한 사람 같았거든요. 넘어지더니 겨우 일어나 차도로 걸어가는 게 영 불안해서 계속 쳐다보았습니다. 두 번째 쓰러졌을 때는 아주 몸의 중심을 크게 잃고 넘어졌어요. 이때 '쿵' 하는 소리가 크게 났어요."

"아. 그래서 어떻게 하셨나요?"

"다가가서 보니까."

목격자가 당시 참상을 생각하더니 얼굴을 찌푸린다.

"윽! 붉은 피가. 상처가 엄청 끔찍해서 쳐다볼 수가 없었어요. 곧바로 119에 신고를 했죠. 그런데 그 사람 죽었나요?"

"그것은 말씀드리기가 곤란하네요. 수사 중이라서."

목격자는 그때의 모습을 다시 생각하다 몸을 부르르 떨었다.

그의 말은 모두 사실이었다. 근처에 있던 CCTV 영상을 확인하니 진술한 내용과 같았다.

나는 피해자 사망 직전의 영상을 보고 또 보았다. 피습을 당한 피해자는 피를 흘리며 도움을 요청하기 위해 차도가 있는 큰길로 필사적으로 비틀거리며 걸어갔다. 살기 위해 본능적으로 사람이나 차가 다니는 큰길로 걸어가는 것 같았다.

마지막 숨이 끊어지는 순간까지 그는 걸었다. 그가 쓰러지자 목격자가 보였고, 5분도 안 되어서 119 구급차가 도착했다.

119 구급대원 한 명이 피해자의 목에 손가락을 지그시 대며 맥박을 체크하더니 고개를 흔들자, 함께 온 대원들이 부직포 같은 물건으로 피해자의 봄을 덮었다.

그렇게 119 구급대원들은 현장에서 아무 행동도 하지 않은 상태로 약 4분가량 있었다. 그리고 경찰차가 하나둘 도착하자 1분도 안 되어서 구급차가 현장을 빠져나갔다.

- 사건 발생 5시간 후.

형사과 사무실에서 형사과장 주재 아래 수사 회의가 열렸다. 각 팀이 맡은 수사 업무에 대해서 말하고 과장의 지시를 받는 자리였다. 같은 사무실을 쓰고 있지만 이렇게 모여 있는 경우는 극히 드물다. 교대 근무를 하기도 하고 외근을 나가는 경우가 많아 형사 모두를 볼 수 있는 기회는 거의 없었다.

과장이 2팀장에게 물었다.

"범구 출처는 찾았나요?"

나는 과장의 질문을 듣고 역시 실무 경험이 부족한 것을 느꼈다. 범구보다 CCTV가 더 중요한데 말이다.

2팀장 '염라대왕' 염주현 경감이 일어났다. 그는 성이 염 씨라서 염라대왕이라는 별명을 가졌다. 툭 튀어나온 왕눈 때문인지 아니면 검은색의 거친 피부 때문인지 2팀장의 인상은 내가 본 사람 중에 험상궂기로 톱클래스 안에 든다.

2팀장이 수사를 하면 그 범인은 발 벗고 편안하게 잠을 자지 못한다는 소문이 있다. 왜 그런 소문이 나게 되었는지 들어 본 바에 따르면, 2팀장에게 검거된 피의자들은 악몽에 시달리다 검거되고부터는 편안하게 잠을 잘 잔다고 한다. 그래서 그런 소문이 난 것이라고 했다.

누가 지었는지 염라대왕이라는 별명이 잘 어울리는 것 같다. 오늘은 면도까지 하지 않아 얼굴이 밤송이처럼 보인다. 송곳처럼 뻗은 그의 수염에 찔리면 왠지 아플 것 같다.

염라대왕 2팀장이 두꺼운 입술을 열고 말했다.

"범구로 쓰인 발골 칼을 제조한 회사를 찾았습니다. 그리고 거기에서 똑같은 제품을 500개 제작 판매한 사실을 알아냈습니다. 칼의 가격은 8천 원이고, 인터넷 온라인 주문으로 258개가 판매되었습니다."

형사과장이 물었다.

"그들 모두 기록을 파악했나요?"

"제조 회사로부터 그들에 대한 판매 기록을 넘겨받아 지금부터 하나하나 조사할 예정입니다. 하지만 제조한 회사에서 소상인에게 넘어간 물건들은 추적이 쉽지가 않습니다."

형사과장이 계속 질문을 던졌다.

"쉽지 않다니요?"

"242개가 소상인에게 넘어가 일부는 노점상 등에서 판매되었기 때문입니다."

나는 염라대왕 팀장의 말을 듣고 수사의 어려움을 느꼈다.

그 많은 노점상을 어떻게 뒤지겠는가. 설령 노점상을 만나 확인했다 하더라도 범인이 현금으로 물건을 샀다고 하면 찾을 길이 없다.

형사과장이 고개를 끄덕이며 말했다.

"일단 온라인으로 구입한 사람들은 전화로만 조사하지 말고 일대일로 만나서 조사해 주세요."

"네, 알겠습니다."

"그리고 언론 예상 보고서도 2팀에서 작성해 주시고요."

형사과장은 자기가 수사하지 않는다고 맨날 만나서 조사하고 지시를 내린다. 사람 찾기도 어렵고 만나는 것도 어려운데. 역시 실무 경험이 없는 과장이다. 그리고 피해자가 정치적인 인물이라 부담을 느꼈는지 쓸데없는 지시들을 자꾸 내린다. 언론 예상 보고서를 이 중요한

시기에 시키고, 일을 많이 만들고 있는 느낌이 든다.

형사과장이 궁금한 것이 있는지 2팀장에게 질문을 했다.

"아 참! 발골 칼이 뭔가요?"

과장은 아직도 발골 칼이 뭔지 모르고 있었다.

"그 정육점에서 도축한 소, 돼지들의 살과 뼈를 분리할 때 쓰는 칼입니다. 끝이 아주 뾰족해요."

"아, 그렇군요."

과장은 3팀장을 쳐다보며 지시한 것을 물었다. 그러자 이번 살인 사건을 담당하는 3팀 팀장 강민호 경감이 일어났다.

그도 염 팀장처럼 성이 강 씨라 '강태공'이라는 별명을 가지고 있는데, 별명처럼 낚시가 취미이고 밤낚시를 자주 간다.

그는 변사자를 찾으러 낚시를 간다는 우스갯소리가 있다. 왜냐면 그가 붕어 낚시를 하러 가는 저수지나 하천에서 익사하거나 자살한 시체를 자주 발견하기 때문이다.

나는 그 말을 듣고 형사들이 워낙 허풍이 세서 거짓말일 거라는 생각을 했다. 하지만 한두 사람이 말한 것이 아니라서 믿을 수밖에.

나는 그런 시체를 마주했다면 절대로 혼자 낚시하러 다니지 않을 것이다. 무섭게 혼자 음침한 곳에서 밤낚시라니, 상상도 하고 싶지 않다.

강민호 3팀장이 그간의 수사 과정을 차분하게 설명했다.

"지금까지 현장 주변 500m 이내에 있는 방범용 CCTV 90개와 사설 CCTV 49개를 확인했고, 주위를 지나가는 시내버스 블랙박스까지 확인했습니다. 그런데 범행 현장을 비추는 CCTV는 없었습니다."

갑자기 사무실 안이 웅성거린다. 나도 어이없어 옆에 앉은 박 선배에게 조용히 속삭이듯이 물어보았다.

"어떻게 그럴 수 있죠?"

"범인이 그런 장소를 찾아서 공격한 거지."

강민호 경감이 계속 말을 이어 갔다.

"범인은 CCTV가 어디에 있는지 잘 아는 지리감이 있는 자라고 판단이 됩니다. 아니면 미리 현장을 답사하지 않았을까 하는 생각도 하게 되어 저희 팀은 사건 발생 시간부터 그 뒷날 아침 시간까지 영상을 확보하여 확인했습니다. 그래도 수상한 점이 발견되지 않아 일주일 전부터 영상을 까 보았습니다."

3팀 직원들이 엄청 고생했겠다는 생각이 들었다. CCTV 영상을 보는 것은 눈깔 빠지는 작업 중 하나다.

"그러던 중 우리 팀 정주철 형사가 유력한 용의자를 발견하게 되었습니다. 사건 이틀 전 오전 10시 20분경에 자전거를 타고 동네를 배회하는 검은 모자, 검은색 트레이닝, 마스크를 쓴 남성을 발견한 거죠."

자전거를 타고 현장을 답습했다니 주도면밀한 놈이다.

"이 남성이 자전거를 타며 주위를 살펴보는 게 CCTV의 여러 곳에 잡혔습니다. 현재 이 용의자의 모습을 찍은 사진인데 아쉽게도 얼굴은 마스크와 모자 때문에 나오지 않았습니다. 저희 팀은 이 사람을 찾는 데 지금 주력하고 있습니다."

3팀에서 컬러 프린트로 뽑은 용의자의 사진을 보았다. 용의자의 모습이 너무 흐릿하여 누구인지 알아보기 힘들었다.

형사과장이 고개를 끄덕이며 말했다.

"범인을 잡은 거나 다름이 없네요."

형사과장의 무언의 압박에 3팀장이 얼굴을 찡그리며 대답했다.

"지금 비스름한 사람들의 행적을 모두 찾고 있습니다. 한 명 한 명 CCTV를 추적하고 있으니 곧 잡힐 것 같습니다."

그의 목소리에 힘이 없는 게 가능성이 없어 보인다.

"고생스럽지만 최대한 빨리 알아봐 주세요. 4팀장님은 어떻게 되었나요?"

정년이 얼마 남지 않은 4팀장은 별명이 '수당 사냥꾼'이다.

수당 사냥꾼 이도형 경감이 자리에서 일어났다. 4팀장은 수당 사냥꾼이라는 별명답게 일을 많이 한다. 그래서 4팀 형사들은 불만이 많다. 안 해도 되는 일을 하기 때문이다. 과연 이번 사건에서도 얼마나 많은 쓸모없는 일을 할지 궁금하다.

"저희는 현장 주변 우범자 53명을 조사했고, 특히 조폭과 강도 전과가 있는 우범자들은 직접 만나서 조사했으나 특이 사항을 발견하지 못했습니다."

사건 발생 하루가 지나지 않았는데 벌써 53명의 행적을 조사했다니 4팀 실력이 대단하다. 아마 강압적으로 조사가 이루어졌겠지.

이래서 사람은 죄를 짓지 말아야 한다. 뜬금없이 이런 강력 사건이 발생하면 전과자들은 밤이고 낮이고 불려 나가 조사를 받아야 하기 때문이다.

4팀 형사들이 우범자들을 반협박해서 조사했을 게 분명하다. "당신이 범인이 아니라면 조사에 협조해 주세요. 협조 안 하는 것을 보면 뭔가가 있는 거 아닌가요?" 이런 식으로 말이다.

그게 먹히지 않으면 부탁이라도 해야 한다. "고생스럽지만, 시간 내서 알리바이 좀 입증해 주십시오. 제가 커피 한잔 살게요. 차비도 드릴 테니 나와 주세요. 한 번만 도와주십시오. 부탁드리겠습니다." 이렇게 엄살과 애교도 피우고 말이다.

5팀은 현재 전국형 고금리 불법 대부업체를 기획 수사하기 때문에 자리에 없다. 불법 대부 조직이 아직도 버젓이 존재한다는 것도 놀라운데, 이런 곳에서 살인적인 금리로 돈을 빌려 쓰는 사람이 꽤 많다는 것도 의아하다.

이 자리에 없는 5팀장의 별명은 '마당발'이다. 인간관계가 넓고 취미 활동이 다양해 아는 사람이 많다. 그래서인지 그에게 사건을 제보하겠다고 찾아오는 지인들이 참 많다. 불법 대부업체 수사도 제보와 제보가 이어져서 시작하게 된 것이다.

드디어 우리 팀장님이 자리에서 일어났다. 장민환 팀장은 시간을 줄이려고 말을 빠르게 했다.

"저희는 피해자 주변 원한 관계를 조사했습니다. 피해자는 서울 시의원으로 위세가 대단한 자였습니다. 한때 사업 실패로 신용 불량 상태까지 갔지만 신용 하나는 칼 같아서 나름 회복한 모양이더라고요. 현재 그의 장남이 건설 시공사를 차리고 재개발에 뛰어들었는데 예치금 문제로 조합 측과 마찰이 있었습니다. 우리 팀은 이에 조합원 80명 명단을 파악하여 그들의 당일 행적을 조사했습니다. 하지만 모두 알리바이를 입증했습니다."

형사과장이 질문을 했다.

"피해자가 과거에 사업을 하면서 원한을 살 수도 있는데 그것은 파악했어요?"

팀장이 자신 있게 대답했다.

"네, 그 부분도 조사했는데 피해자가 사업을 하다가 깨끗하게 파산했더라고요. 다른 사람들에게 피해를 주지 않고 혼자 파산했어요. 그게 좋은 이미지로 남아 시 의원에 당선되었고요. 그래서 딱히 사업 문제로는 원한 관계가 파악되지 않았습니다."

저 내용은 나와 박 선배가 열심히 조사한 거다. 팀장이 지시한 것은 무조건 철저히 파헤쳐야 한다. 대충 일하면 귓구멍에서 피가 날 때까지 잔소리를 들어야 한다.

특히 팀장님은 이런 강력 사건이 발생하면 허투루 일하지 않도록 평소에도 철저히 교양한다. 우리가 설렁설렁 일하게 되면 작은 구멍이 생기는데 이는 범인에게 도망갈 수 있는 기회를 준다는 것이다. 아마도 금방 잡을 범인을 동료의 실수로 여러 번 놓친 전례가 있었던 모양이다.

형사과장이 만족스러운지 고개를 끄덕이며 말했다.

"사업을 하려면 신용이 있어야지요. 잘 알겠습니다."

형사과장이 이어 3팀장을 향해 시선을 던졌다.

"3팀장님."

"네, 과장님."

"CCTV 모두 살펴본 거 맞습니까?"

형사과장이 사건을 담당하는 3팀장을 압박하자, 3팀장은 본인이 사람을 죽인 것도 아닌데 마치 죄지은 사람처럼 어깨를 움츠리고 입을 열었다.

"어지간한 것은 다 깠습니다."

"아마 놓친 것도 있을 거예요. 그거 찾아서 다시 추적해 봐요."

3팀장의 얼굴이 붉어지며 죄송한 표정을 짓는다.

"밤이라서 놓친 게 많은 것 같습니다. 다시 사설 CCTV라도 더 찾아 내어 보겠습니다."

"좋습니다. 네 개 팀 모두 현장에 다시 투입합니다. 모두 담당 3팀을 도와 CCTV 빠진 게 있는지 찾아서 조사하세요."

다들 형사과장의 의도를 몰라 가만히 대답 없이 자리에 있었다.

"뭣들 하세요? 지금 모두 다 나가서 현장 조사하라고요."

"네."

형사과장의 말이 떨어지자 모두 우르르 현장으로 바쁘게 사라졌다. 들어온 지 얼마나 되었다고 쉬지도 못하고 다시 현장으로 쫓기듯이 나 갔다.

그래도 분위기 살벌한 사무실보다 바깥 공기가 좋은 것 같다.

근데 이렇게 돌아다니면서 빈손으로 돌아가면 안 된다. 종이 보고서 한 장 남길 정도는 찾아야 한다. 아무것도 하지 않아도 보고서만 잘 쓰 면 꽤 유능한 수사관처럼 보이기도 한다. 높은 분 중에는 종이 보고서 만 확인하지 실제로 내용의 진위 확인은 제대로 하지 않는 분들도 많 다. 우리 과장처럼.

모두 눈에 불을 켜고 범죄 현장을 돌아다녔다. 어떤 주민은 형사들 이 두리번거리며 돌아다니자 수상한 사람이 돌아다닌다고 112에 신 고하기도 했다.

내가 경찰이 아니라면 나 역시도 신고했을 것이다. 험상궂게 생긴 성인 남성 4~5명이 떼 지어 다니고 있으니 신고를 안 하는 게 이상하다.

확실히 아침과 밤, 오전과 오후 거리의 풍경이 완전히 달랐다. 오후에 오니 더 붐비고, 거리의 냄새도 기온도 다르며, 보이지 않던 것도 보였다.

사건 범죄지에서 50m 떨어진 왼쪽 골목길 사이에 24시간 운영하는 중형 마트가 있다. 이 마트에 있는 CCTV는 당연히 모두 깠다. 하지만 바로 옆에 작은 철물점이 있다는 사실을 모두 간과했다. 모두 중형 마트에만 신경 쓰다 보니 상대적으로 작은 가게를 수사선상에서 놓친 것이다.

결국, 철물점 앞에 설치된 CCTV에서 범인이 마스크를 벗고 땀을 닦는 영상을 확보하게 되었다. 철물점에 설치된 고화질 CCTV는 영상이 정말 선명했다. 24시간 운영하는 마트보다 훨씬 더.

나는 이렇게 허름한 철물점 가게에 고화질 CCTV가 설치된 게 이해되지 않았다.

"형, 근데 철물점에서는 비싼 CCTV를 왜 달아 놓았을까요?"

"야, 공구점이나 철물점 이런 데는 물건을 밖에 놔두고 장사하잖아. 그러니까 훔쳐 가는 놈들이 많아. 그래서 그런 절도범을 잡으려고 진짜로 화질 좋은 거를 설치해."

"아! 그렇군요. 그나마 우리에게는 다행이네요."

"글쎄."

박 선배는 걱정하는 표정을 지었다. 나는 그가 왜 그렇게 걱정하는지 얼마 지나지 않아 알게 되었다.

우선 우리 팀이 확보한 범인의 얼굴을 사진으로 출력했다. 모든 팀이 CCTV에 나온 범인의 사진을 가지고 탐문하며 돌아다녔다.

그래도 범인이 나타나지 않자 형사과장이 또 다른 지시를 내렸다.

형사과장은 범인이 CCTV에 잡히지 않아 이곳을 잘 아는 동네 주민으로 생각한 모양이었다. 주민센터에 방문하여 반경 1km 이내에 사는 주민들의 명단을 확보하고 일일이 만나 면접 조사하라는 지시를 내린 것이다.

형사과장은 자신이 직접 움직이지 않으니 대면 조사가 뭔지를 모르는 것 같다. 전화 조사도 아니고 면접 조사라니.

주민센터의 도움으로 무학동 1구역 주민 14,902명을 4등분으로 나누었다. 그리고 나누어진 구역을 다시 팀장이 쪼개어 팀원들에게 나눴다.

다들 운이 좋아 주민이 적게 사는 구역 또는 쉽게 만날 수 있는 곳이 선택되기를 희망했다. 재수 없으면 주민 한 명을 찾으러 전라도나 제주도까지 다녀와야 할지도 모른다.

힘들고 귀찮다고 한두 명 빼면 안 된다. 열심히 일하는 사람들의 노력까지 헛되이 될 수 있기에 묵묵히 해야만 한다. 모두를 믿고 말이다.

나와 박 선배는 사진을 가지고 일일이 주민들을 만나며 용의자를 찾아 발바닥에 불이 나게 돌아다녔다.

나는 형사과장을 속으로 욕하면서 투덜거렸다.

"김 의경. 바보 김 의경."

계급이 깡패라 지시 내리면 따라야 하지만 이것은 정말 아닌 것 같다.

"김 의경, 멍청이 김 의경."

나보다 수사 경험이 많은 박 선배는 CCTV에 범인 얼굴이 나온 순간 이런 형편없는 수사를 우려했던 모양이다. 시골도 아니고 서울 한복판에서 사진을 들고 오피스텔과 아파트 단지를 돌며 용의자를 찾기 위해 면접 수사라니.

시간을 확인하니 벌써 저녁 8시다.

"저 잠깐 화장실 좀 다녀올게요."

"저기 상가 건물에 화장실 있더라. 빨리 갔다 와. 나는 요 앞 편의점에서 기다릴게."

"저녁 컵라면으로 때우게요?"

"어쩌겠냐. 암튼 어서 갔다 와. 난 편의점에서 좀 쉬고 있을게."

5층 이상 건물에는 공용 화장실이 의무적으로 설치되어 있다. 급할 때에는 경찰서, 지구대, 파출소 화장실을 이용해도 된다. 관공서나 공공기관에 설치된 화장실은 개방용이기 때문이다.

나는 화장실에 가는 도중 이 5층 이상 된 건물 화단 쪽에서 처음 보는 CCTV 기계를 발견하게 되었다. 이 CCTV를 관상용 소나무가 교묘하게 가려 발견되지 않았던 모양이다.

나는 혹시나 하고 건물 관리실로 가 관리인에게 경찰 신분증을 보여주고 CCTV를 보여 달라고 했다.

잠시 후, 나의 눈앞으로 많은 CCTV 영상이 나타나고 사라졌다. 영상들은 내 눈앞에서 쪼개지고 나누어지고 펼쳐졌다.

그리고 CCTV에 범인이 안 잡힌 이유를 드디어 알 수 있었다.

나는 범인의 황당한 수법에 조금 놀라고 당황스러웠지만 그래도 좋은 정보를 얻어 너무나 기뻤다.

"앗! 이놈이 이런 방법을 썼네. 좋았어."

이 기쁜 소식을 들고 나는 부리나케 선배가 쉬고 있는 편의점으로 돌아갔다.

박 선배는 편의점 앞 노상에 놓인 의자에 앉아 신발을 벗고 쉬고 있었다. 선배는 신발뿐 아니라 양말까지 벗어서 발바닥을 살펴보고 있었는데 그의 발에 500원 동전 크기의 물집이 보인다.

볼록 렌즈처럼 터지지 않은 회색 물집을 보자 저절로 눈살이 찌푸려졌다. 보기만 해도 고통스러웠을 것 같다. 엄청 아팠을 텐데 말도 하지 않고 저런 상태로 계속 걸어 다녔다니 조금 안쓰러운 생각도 들었다. 그래도 이제 나로 인해 앞으로 고생을 덜 할 것이라 다행이다.

"형, 놈이 어디 있는지 알 수 있을 거 같아요."

나는 너무 기뻐 선배에게 술 마실 때만 부르던 호칭을 사용했다. 박 선배의 작은 실눈이 커다랗게 팽창되어 부엉이 눈처럼 변하는 게 보였다.

"무슨 말이야?"

"그게 그러니까."

사건 발생 9시간 후.

사무실로 모든 팀이 속속 복귀했다. 이게 모두 나 때문이다.

나는 새로 얻은 범인의 정보를 팀장에게 말했고, 팀장은 과장에게 보고하고 과장은 서장에게 보고 후 형사들을 모두 사무실로 집합시켰다. 그리고 모두 나의 이야기를 듣기 위해 한자리에 모였다.

팀장이 나를 모두에게 소개했다.

"우리 팀 막내가 용의자를 특정했습니다. 그래서 서둘러서 정보를 공유하고 힘을 합쳐 검거하기 위해 모두 이렇게 불렀습니다. 강 형사가 직접 범인에 관한 정보를 설명하겠습니다. 강 형사."

나는 자리에서 일어나 앞 단상으로 올라가 주위를 둘러보며 가볍게 목 인사를 했다.

이렇게 발표할 것을 미리 알고 김민수 경사에게 보고서를 PPT로 만들어 줄 것을 부탁해 놓았다. 컴퓨터학과 출신 김민수 경사는 30분도 안 되어 내가 원하는 발표용 PPT 자료를 만들어 주었다. 그에게는 식은 죽 먹기처럼 쉬운 일이지만 내가 이렇게 보고서를 꾸미고 만들려면 하루 이상은 걸릴 것이다.

나는 단상 벽면에 걸린 흰색 스크린에 나오는 파워포인트를 하나하나 넘겨 가며 곧바로 범인에 관해서 설명했다.

"사건 발생 30분 전에 범인은 ××텔레콤 앞에 설치된 CCTV에 잡혔습니다. 모두 이 영상을 보셨을 것입니다. 검은 모자를 쓰고 검은 상하의 트레이닝복을 입고 걸어가는 영상."

모두 내 설명에 집중하며 화면에 나오는 범인의 사진을 보았다.

"그런데 우리는 모두 범인의 검은 옷만 기억하고 있었습니다. 하지만 범인은 범행을 저지르고 곧장 한스빌딩 앞 화단으로 갑니다. 그리고 그곳에 숨겨 둔 등산복으로 옷을 갈아입습니다. 화단에 설치된 CCTV가 없었더라면 계속 검은 운동복만 찾을 뻔한 거죠."

모두 웅성거렸다. 다들 범인의 검은색 운동복에만 집중하느라 설마 범인이 옷을 바꿔 입었을 거라는 것은 생각도 못 한 것이다.

"이렇게 등산복을 입은 범인이 어디로 갔는지 좀 더 추적을 해 보았습니다. 그는 지하철 역사로 걸어갔습니다. 그리고 이 모습처럼 지하철을 타고 행방을 감추었습니다."

다른 팀 소속 형사가 손을 들더니 질문을 던졌다.

"강 형사님, 등산복 색깔이 다르지 않습니까? 아까는 상의가 갈색이었다가 지금은 녹색인데 동일인 맞습니까?"

"네, 같은 인물이 맞습니다."

나는 PPT 화면을 전 단계로 넘겨서 다시 설명했다.

"이 전에 입었던 등산복 바지 아래를 보십시오. 그리고 이 피아노 건반처럼 흰색 바탕에 검은색 아디다스 띠 세 개가 보이십니까?"

"아!"

여기저기서 감탄하는 소리가 들린다.

똑같은 운동화다.

나는 베테랑 선배들의 감탄 소리를 듣자 저절로 미소가 번지려는 것을 겨우 참았다.

"범행 후에 한스빌딩에서 옷을 갈아입고 지하철역 화장실에서 또다시 등산복으로 갈아입었습니다. 두 번을 바꿔 입었는데 옷 색깔이 다릅니다. 그래서 아까 그놈이 이놈인지 헷갈릴 것입니다. 이것은 범인이 수사에 혼선을 주려고 계속 옷을 갈아입었기 때문입니다. 그럼 이 등산복을 입은 이놈이 진짜 범인일까요? 그의 운동화를 보십시오."

내가 PPT 화면을 넘기자, CCTV에 잡힌 등산복 차림 남자의 발목이 확대되었다.

"바로 똑같은 운동화입니다. 옷은 갈아입고 챙겼지만 안타깝게도 신발까지는 챙기지 못한 모양입니다. 흰색 아디다스 운동화. 다행스럽게 그가 지하철 대기 의자에 앉으면서 그의 운동화가 한 번 더 선명하게 보입니다. 그리고 그가 지하철을 타고 떠납니다. 여기까지가 제가 조사한 범인의 행적입니다. 이제 우리는 그가 내린 곳을 찾아 그 후의 행적을 조사해야 합니다."

이후 불과 두 시간 안에 많은 일이 일어났다. 촌각을 다투기에 서울교통공사, CCTV 관제센터 등에 형사들이 뛰어나가 범인의 행적을 밟았다.

그리고 어느 정도 행적이 밝혀지자, 형사과장이 팀장들에게 단톡방으로 지시를 내렸다.

"까똑!", "까똑!" 단톡방 알림음이 수시로 울린다.

개코 장민환 팀장이 핸드폰을 꺼내 단톡방의 내용을 확인하고는 곧바로 팀원들에게 전달했다.

"과장님이 범인이 현재 안산 상록구 충장로 498 앞 인근에 있을 것으로 추정된다고 하네."

부팀장이 물었다.

"그곳에 있는 것을 어떻게 확인했답니까?"

"공중전화를 사용하는 게 CCTV에 잡힌 모양이야."

"그럼 거의 잡은 거나 다름이 없네요."

"일단 과장님 지시로 4팀만 사무실에 남아서 통신 수사를 진행할 거야. 나머지 팀들은 현장에 나가 잠복하고."

4팀은 현장에 나가지 않고 범인이 공중전화를 사용한 시간대에서 발신 번호를 추적하여 공범 여부와 범행 동기를 파악하기로 한 모양이다.

4팀은 통신 수사 자료 제공 요청 허가를 받기 위해 수사 서류를 만

들어 검사의 허가를 받아야 한다. 검사의 허가가 떨어지면 통신 회사로부터 공중전화 발신, 수신 번호를 전송받아 수신자들의 신원과 위치를 추적할 것이다.

3개 팀은 현장에 잠복하기 위한 준비로 한창이었다. 경험 많은 팀장들은 범인이 옷을 두 번씩이나 갈아입은 것을 보고 주도면밀하고 상당히 의심이 많을 것으로 예상했다. 아마도 형사들이 잠복하고 있다는 것을 눈치채면 범인은 공중전화 앞에 영원히 나타나지 않을지도 모른다.

그래서 상당히 많은 공을 들였다. 마치 영화를 촬영하듯이.

사건 발생 32시간 후.

나는 초조하게 3층 커피숍 창가에 앉아 누군가를 애타게 기다렸다.

나뿐만이 아니다. 창밖을 내려다보니 노숙자풍 복장으로 건물 화단에 앉아 술을 마시고 있는 선배들의 모습이 보인다. 그들은 물만 들어 있는 소주병을 마치 술처럼 종이컵에 조금씩 따라 마시며 주변을 두리번거렸다.

선배들도 누군가를 애타게 기다렸다.

다른 곳으로 고개를 돌리니 공중전화 인근 벤치에 환자복을 입고 다리에 깁스한 선배 형사의 모습이 보인다. 얼핏 교통사고 환자가 깁스한 것처럼 보였지만 실상은 달릴 수 있게 붕대만 감은 상태다.

어디서 저런 소품을 구했는지 대단하다.

하지만 이런 노력에도 불구하고 범인이 나타나지 않자 모두 초조한 모습이다. 처음 이곳에 도착했을 때보다 행동들이 어색하고 부자연스러워지고 있다.

다시 한 시간이 느릿느릿 지나갔다. 모두가 참기 힘든 시간이었다.

두 시간이 천천히 지나갔다.

노숙자 몇 명이 거리로 나와 미리 자리 잡고 있던 노숙자 역할 선배들과 교대하는 모습이 보인다. 그 모습을 보며 나는 무더운 곳에서 개고생하지 않고 이곳에 있는 것이 다행이라고 생각했다.

그러다 한편으로는 왜 나만 혼자 이곳에 떨어져 있는가 싶기도 했다. 그리고 문득 외롭다는 생각이 들었다.

커피숍을 둘러보니 동성이건 이성이건 모두가 함께 앉아 있다. 어쩌다 임무라는 이유로 나 혼자 동료들과 떨어져 있으니 옆구리 한쪽이 허전한 느낌이다.

누군가 나에게 전화를 해 주면 좋겠다. 나에게 전화해 주는 여성이 있다면 얼마나 행복할까? 나는 외로운 경찰관이다.

잠복 중인 상황에서 슬픈 감정을 가지면 안 되는데 갑자기 눈물까지 나오려고 한다.

나는 얼른 고개를 좌우로 흔들며 감정을 추슬렀다. 술에 취한 것도 아니고 슬픈 멜로 영화를 보고 있는 것도 아닌데 왜 눈물까지 나오려고 하는지 모르겠다. 나는 슬픈 감정을 몰아내기 위해 팔을 쭉 뻗으며 스트레칭을 했다.

또 시간이 천천히 흘러갔다. 이제 지루하다 못해 졸리기 시작한다. 수사하느라 이틀 동안 제대로 잠을 자지 못하기는 했다.

눈꺼풀이 무겁다. 자꾸 눈이 감기려고 한다.

내 역할은 감시병처럼 망루 같은 높은 곳에서 범인이 나타나는지를 알리는 역할이다.

그러니 졸면….

쿵.

깜빡 잠이 들었는지 옆 벽면에 머리를 부딪치고 말았다. 커피숍 안에 있던 몇몇 손님이 그 소리에 놀라 나를 쳐다보았다.

나는 아무 일도 일어나지 않은 것처럼 자연스럽게 머리를 쓸어내리고 창밖을 내려다보았다. 체감상 약 2~3초가량 잠을 잔 거 같은데 피로감이 약간 덜어진 느낌이다.

나로 인해 구멍이 생기지 않도록 잠을 쫓으려고 안간힘을 썼다. 그러자 내 눈에 행인들의 모습이 하나둘 범인처럼 보이기 시작했다.

모두 수상쩍다.

'저 사람이 범인인데 눈치챈 것은 아닐까?'

'아니, 저 인상 더러운 새끼가 범인 아냐?'

'붙잡아서 범인이 신었던 신발인지 아닌지를 살펴봐야 하지 않을까?'

'참아야 하나.'

'아니지, 진짜 범일 수도 있잖아.'

'뭐, 범인이라면 환자복을 입은 형사가 검문했겠지.'

'나는 커피숍이라 괜찮지만 밖에서, 특히 환자복을 입고 다리에 붕대를 한 2팀 형사는 얼마나 더울까? 보는 내가 안타까울 정도이니 저 형사는 얼마나 힘들까?'

모두가 지쳐만 가고 있을 때, 공중전화 부스 근처로 보지 못했던 승용차 한 대가 어슬렁거리듯이 다가오더니 멈추었다. 모두 승용차를 주시했다. 나 역시 승용차에서 시선을 떼지 않았다.

'왜 안 가고 시야를 가리는 거지?'

이런 생각을 하는데 승용차 운전석에서 한 남성이 내렸다. 모두가 그 남자의 얼굴을 쳐다보지 않고 신발을 집중해서 보았다.

나도 그의 신발을 한껏 노려보았다.

신발이 흐릿하게 피아노 건반처럼 보였다. 바로 범인이 신고 있던 신발이다.

이 남성, 아니 범인은 승용차 안에서 잠시 주위를 살펴본 것 같았다. 매우 주도면밀한 녀석이다.

모두의 얼굴이 화색을 띠며 숨을 죽이고 그를 지켜보았다. 조용하던 무전기 이어폰이 드디어 시끄러워지기 시작했다.

- 강 셋, 흰색 소나타에서 쥐 내렸습니다. 차 번호는 확인이 안 됩니다."

- 알겠다. 신발 확인했어?

- 같은 운동화로 확인됩니다.

- 오케이, 그곳으로 이동하겠다.

현장 인근에 주차되어 있던 먼지투성이 흰색 냉동 탑차가 이동했다. 어디서 빌렸는지 모르겠지만 이 차가 현재 이곳을 지휘하는 지휘 본부였다. 형사들은 냉동고 겸 창고로 쓰는 화물칸에 앉아서 교대로 쉬었다.

화물칸에는 어떤 상황이 발생할지 몰라 준비한 경찰봉, 방패가 구석에 널브러져 있을 것이고 중앙에는 더위를 잊기 위해 얼음이 가득 담긴 대형 아이스박스가 있을 것이다. 아이스박스에 얼음을 채운 사람이 나이기에 이런 장면이 상상되었다.

아마 지금쯤 아이스박스 안에 있던 얼음 절반이 물이 되어 출렁일 것이다.

형사과장이 없는 이곳에서는 선임 팀장이 지휘한다. 바로 1팀 장민환 팀장이다.

냉동 탑차 조수석에 앉아 있던 개코 장민환 팀장이 지시를 내렸다.

- 강 하나가 명령한다. 전 대원은 모두 공중전화로 와서 작전 개시한다. 다시 말한다. 작전 개시.

- 강 둘, 알겠습니다.

- 강 셋, 알겠습니다.

- 분식집 근무자, 알겠습니다.

- 미용실 근무자, 알겠습니다.

나는 벌떡 자리에서 일어나 무전기 이어폰을 입으로 가져가며 말했다.

- 커피숍 근무자, 알겠습니다.

꾸벅꾸벅 졸다가 다른 사람처럼 뛰어나갔다. 마치 공중전화 부스에 들어가 옷을 바꿔 입고 나오는 슈퍼맨처럼.

나는 서둘러 커피숍을 나와 공중전화 부스로 뛰어갔다. 점점 범인의 모습이 명화하게 보였다.

그가 입은 반소매 알록달록한 티셔츠가 타이트하여 그의 가슴 근육과 팔뚝이 선명하게 드러났다. 예전에 신창원이 입었던 그런 옷과 비슷하다.

왜 범죄자들은 저런 옷을 좋아하는 것일까?

그리고 CCTV에서 보았을 때보다 체구가 작았지만, 매우 몸이 단단한 느낌이 들었다.

이내 주위에서 잠복해 있던 형사들이 이중 삼중으로 공중전화 주위를 촘촘히 둘러싸기 시작했다.

형사들은 어서 검거 명령이 떨어지기를 기다렸다.

하지만 개코 팀장은 서둘지 않았다. 용의자가 누구와 통화하는지 알기 위해 끝까지 기다렸다. 시간도 체크하면서.

그가 통화하고 있는 수신자의 정보를 확실히 알 수 있을 때까지 충분히 시간을 주었다.

팀장의 생각을 모르는 그는 열심히 누군가와 통화를 했다. 그리고 잠시 후, 통화를 마친 용의자가 공중전화기 수화기를 내렸다. 그러다 어느 순간 포위당한 것을 눈치채고 그는 당황한 표정을 지었다.

역시 촉이 좋다.

이때 개코 장 팀장이 무전기로 지시를 내렸다.

- 모두 검거 개시.

이중 삼중으로 포위하고 있던 형사들이 개떼처럼 달려 나갔다. 육식 동물들이 초식 동물을 포위하고 물어뜯으려고 한다. 나 역시 한 마리 맹견처럼 뛰어나갔다.

범인은 눈치가 빨라 형사들을 보자 놀란 쥐새끼처럼 재빨리 쥐구멍 속으로 숨기 위해 튀었다.

그는 타고 온 승용차에 재빨리 들어갔지만, 형사들이 차 범퍼 위로 올라탔다. 승용차 앞 유리창을 부숴야 한다. 범인의 시야를 가려 도망가지 못하게 해야 한다.

이건 수사 공식이다.

나는 배운 대로 잽싸게 앞 범퍼 위로 용수철처럼 튀어 올라가 오른발로 차량 유리창을 밟았다. 내 몸무게와 함께 힘껏 밟는 힘까지 더해 당연히 유리창이 깨질 거로 생각했다.

퍽– 퍽–

하지만 생각처럼 박살이 나거나 깨지지 않았다.

이때 시동이 켜지면서 형사들을 매달고 차가 출발했다. 나는 몸의 중심을 잡으며 계속 발로 유리창을 밟다가 바닥에 떨어졌다. 다행히 낙법으로 굴러 다치지는 않았지만, 범인을 놓칠까 봐 고통도 잊고 벌떡 일어났다.

범인이 탄 차가 이영복 부팀장 옆을 지나가자, 부팀장이 장봉처럼 긴 경찰봉으로 앞 유리창을 부수는 게 보인다. 어디서 경찰봉을 가져왔는지 정말 순발력이 대단하다. 역시 경험을 무시하기 힘들다.

앞이 보이지 않게 된 차가 상가 건물 벽을 들이박고 멈췄다. 멈춘 차로 형사들이 뛰어가고 범인이 한 손으로 가슴을 움켜쥐며 차에서 내려서 다시 도망치기 시작한다. 차가 벽에 부딪히면서 핸들에 가슴을 다친 모양이다.

형사들이 범인을 잡기 위해 육상 선수처럼 달렸지만, 범인은 정말 죽을힘을 다해 달리니 쉽게 잡히지 않았다.

나는 다른 형사들과 다르게 그가 도주할 수 있는 방향으로 미리 뛰어갔다. 느낌이 내가 있는 방향으로 뛰어올 것 같았다.

내 생각처럼 운이 좋게도 그는 내가 있는 좁은 도로로 도망쳤다. 나는 양팔을 그물처럼 활짝 벌려 그를 잡으려고 했다. 그가 망설임도 없이 달리면서 주먹으로 내 얼굴을 후려갈겼다.

나는 고개를 숙여서 그의 주먹을 피했는데 진짜 주먹에서 '슈웅' 하는 바람 소리가 났다. 범인의 주먹을 제대로 맞으면 골로 가겠다는 생각에 정신을 번쩍 차렸다.

그가 다시 온 힘을 다해 주먹을 뻗자, 나는 주먹을 피하면서 그의 멱살을 잡고 몸을 180도로 회전하며 엎어 치기를 했다.

텅.

바닥에 범인이 대자로 쓰러졌다.

고통스러워하는 범인 몸 위에 어느새 형사 세 명이 올라타 수갑을 채우고 있었다. 범인이 당황하며 깔아뭉개고 앉아 있는 형사들에게 물었다.

"왜 이러심까? 제가 무슨 잘못을 했슴까. 어데서 나왔슴까?"

제일 고참인 부팀장 이영복이 숨을 헐떡이면서 미란다 원칙을 고지했다.

"혁혁, 피해자 오영수를 살해한 혐의로 긴급 체포한다. 너는 변호인을 선임할 수 있고 불리한 진술을 거부할 수 있으며…."

그는 당황하지 않고 차분하게 대답했다.

"저 아임다."

"조선족이야?"

"그러슴다."

그동안 이 중국인 때문에 고생한 것을 생각하니 열이 받았는지 부팀장 입에서 욕이 튀어나왔다.

"시발."

박 선배도 숨을 헐떡이며 골목길로 뛰어왔다. 그는 옆에서 범인을 지켜보다 물었다.

"조선족이 일면식도 없는 한국 사람을 왜 죽였어요?"

"왜 그러오. 저 아임다."

"얼마 받고 사람을 죽였어요?"

"아임다. 그런 일 없슴다."

"당신이 사람 죽인 거 다 알아요. 거짓말하면 당신만 더 불리합니다."

"…."

"당신이 사람 죽이는 거 본 사람도 있어요."

"…."

그는 아무런 말을 하지 않았다. 얼굴을 보니 쉽게 입을 열 스타일이 아니다.

겁이라도 주고 싶었는지 부팀장이 소리쳤다.

"공안에 넘겨서 처형당하게 해 줘?"

"…."

형사들이 한마디씩 겁도 주고 달래도 보았지만, 그는 여전히 말을 하지 않았다.

그렇게 그를 체포한 후 형사 승합차로 연행하여 뒷좌석 가운데 자리에 태웠다. 나는 그의 오른편에 앉고 좌측에 박 선배가 앉았다.

이때 박 선배가 다시 부드럽게 물었다.

"당신 누군가에게 돈을 받으려고 연락하고 있었지요?"

"어떻게 아셨습까?"

"경찰이니까 당연히 알죠. 누구랑 통화했습니까?"

그가 갑자기 뭔가에 놀란 듯이 말했다.

"아임다. 저 혼자 그랬습다."

"당신이 죽인 것은 알아요. 그거 시킨 사람이 누구냐고 묻는 것입니다."

"저 혼자 그랬습다."

"또 다른 사람 있지요? 솔직히 말해 보세요. 비밀 지킨다고 그쪽에서 고마워하지도 않아요."

"아임다."

승합차 조수석에 앉아 있던 개코 장민환 팀장이 몸을 돌려 범인을 뚫어지게 쳐다보았다. 그는 범인을 보면서 쉽게 입을 열지 않을 거라는 사실을 알았다.

팀장이 그를 보며 걱정이 담긴 투로 말했다.

"당신이 무슨 잘못이 있어. 당신을 시킨 새끼들이 나쁜 놈들이지."

살인범이 팀장의 말에 움찔하며 고개를 푹 숙였다. 팀장이 범인의 어깨를 다독이고 옷에 붙은 먼지들을 털어 주며 말했다.

"일단 경찰서로 가서 차분하게 이야기를 하자고. 내가 당신 사정 다 들어 줄 테니까. 알겠지?"

팀장의 부드러운 목소리에 범인이 동요되는 듯 몸이 부르르 떨린다.

경험 많은 팀장이 범인의 오른쪽에 앉아 있는 나에게 말했다.

"여기 이분께 담배 한 개 줘. 수갑도 안 보이게 가려 주고."

나는 팀장의 말에 반항하듯 몸을 움직이지 않았다. 여기가 무슨 서비스 회사라고 고객님 대하듯 범인을 대하고 있으니 말이다. 다른 나라 법을 무시하고 사람까지 죽인 놈이다. 그러니 당연히 저런 쓰레기에게 잘해 줄 필요가 없다. 이런 불만에 몸이 움직이지 않았다.

그렇다고 직속상관인 팀장의 명령을 무시할 수도 없다.

나는 담배를 피우지 않았지만, 가끔 범인들과 라포 형성을 위해서 담배를 가지고 다닌다.

나는 차가운 범인에게 담배를 꺼내 불까지 붙여 주었다. 담배를 태우게 되자 사색이던 범인의 얼굴이 점차 안정적으로 변해 갔다.

나는 살인범의 표정이 담뱃불처럼 환하게 밝아지는 모습을 보고 빡쳤다. 그래도 양심은 있는지 담배를 쥐고 있는 그의 손은 부들부들 떨고 있었다.

담배 연기가 승합차 안을 가득 채워 나는 창문을 살짝 열며 생각했다. 아무래도 나는 팀장처럼 범인을 친절하게 대할 수 없을 것만 같았다. 그렇지만 자백을 받아야 하기에 어쩔 수 없지 않겠나 싶은 생각도 들었다.

이제부터 범인의 자백을 어떻게 받을지가 중요하다. 자백만큼 확실한 증거도 없다. 조사할 때 어떻게든 "내가 죽였소."라는 진술을 받아야 한다. 자백하지 않는다고 고문할 수도 없지 않은가.

잠깐이지만 조선족을 진실의 방으로 데리고 가 전기 충격기로 몸을 지지는 상상을 해 보았다. 나쁘지 않은 상상이지만 현실에서는 불가능하다. 그러니 팀장의 모습이 점점 이해되기 시작했다.

나는 팀장의 태도에서 수사연수원에서 배웠던 고도의 심문 전략을 떠올렸다.

연수원 교수들 대부분은 현장 수사 경험이 풍부하다. 그래서 그들의 강의는 현장감이 있어서 귀에 쏙쏙 들어온다.

형사과에서 15년 근무했다던 교수의 심문 전략 강의가 어렴풋이 다시 떠오른다.

1. 피의자와 우호적인 관계 맺기
2. 피의자를 압박하지 않기
3. 모든 것을 알고 있다는 환상을 심어 주기
4. 맞는지 안 맞는지 따져 묻지 않기
5. 피의자가 새로운 정보를 말하면 들어 주지만, 전적으로 믿지 않기

이론적인 것과 실무적인 것은 차이가 있다. 그 차이를 경험이 메운다. 우리 팀장님처럼 말이다.

*

피해자를 살해한 발골 칼에서 살인범의 쪽지문이 발견되었다. 장갑을 착용했지만 범인의 지문이 나왔다는 말에 나는 조금 놀랐다. 과학 수사가 점점 발전하고 있는 모양이다.

범인이 거주하는 곳에서는 살해 당시 입었던 옷들도 발견했다.

범인에 대한 정보도 하나둘 밝혀지기 시작했다.

그의 이름은 김태호, 나이는 44살이다. F4 관광 비자로 입국하여 현재 불법 체류 상태이다.

범인은 중국에서 극진공수도를 가르치는 무술인이었다. 그는 중국 연변에 무도장을 차려 놓고 공수도 수련생들에게 무술을 가르치고 있었다. 그의 주먹에서 바람 소리가 난 것이 이해되었다.

한국에 온 이유는 극진공수도 한국 지부가 초청했기 때문이었다.

마지막 하나 남은 퍼즐인 범행 동기에 대해서 추궁하기 시작했다. 강압적인 방법을 쓰지 않고 팀장이 부드럽게 회유하는데 팀장의 연기에 정말 소름이 돋았다. 팀장이 얼마나 녹여 놨는지 취조실에서 조사받는 살인범이 여유까지 부린다.

"커피 좀 마셔도 되겠습까? 한 잔 부탁드립다."

그의 비위를 맞추면서 조사를 하니 정말 뚜껑이 열렸다. 나는 도저히 조사를 못 할 것만 같았다.

내 성격을 알고 김민수 형사와 부팀장이 조사를 진행했다.

그는 핸드폰이 있었지만, 연변에 사는 가족들과 연락을 하지 않았다. 국내에서는 그의 핸드폰에 통화 기록이 없었다. 오로지 공중전화로만 가족과 연락하고 제3의 인물과 통화했다.

제3의 인물?

공중전화로 통화한 제3의 인물은 누구란 말인가?

4팀에서 여러 번호의 수신처를 확인했다. 그리고 한곳에 집중적으로 연락한 사실을 발견하고 거기를 조사했다.

그곳은 바로 심부름센터였다.

심부름센터 이름을 말하자 그가 결국 실토하게 되었다.

팀장이 팀원들을 소집하여 말했다.

"김태호가 자백했어."

"네!"

"왜 죽였나요?"

팀장이 담담하게 이야기하는데. 정말 사람 목숨값이 이렇게 싸도 되나 싶었다.

"심부름 업체에서 피해자를 죽이면 삼천만 원을 주기로 했다는 거야."

"팀장님, 심부름센터에서 김태호에게 시켰으면 또 다른 인물이 심부름센터에 의뢰했다는 말이네요. 의뢰인이 또 있겠는데요."

"맞아. 지금 3팀이 그 심부름센터를 찾아가서 센터장을 검거하고 그 의뢰인을 조사할 거야."

나는 범인이 이제 자백했으니 친절하게 대할 필요가 없다고 생각했다. 그래서 결국 참지 못하고 내 생각을 말했다.

"팀장님."

"응."

"살인범, 이제 잘해 줄 필요가 있습니까? 자백도 했는데. 여기가 무슨 호텔인 줄 알아요."

팀장이 나를 보며 빙그레 웃었다.

"인마! 잘해 주지 않으면 어떻게 다뤄야 하는데?"

"완전 쓰레기잖아요. 거기다 조선족이고요."

팀장이 나를 물끄러미 쳐다보더니 한숨을 쉬며 말했다.

"후, 넌 그래서 아직 멀었어."

"네?"

"나중에 자연스럽게 알게 될 거야."

팀장이 내 말에 동의하지 않는 것 같아 답답했다.

"저런 놈에게 인권이 무슨 필요가 있습니까?"

팀장이 나를 다독이며 부드럽게 말했다.

"경찰관이 법을 지켜야지. 우리가 법을 지키지 않으면 일반인이 지키겠어?"

팀장의 말에 충격을 받았다.

맞는 말이다. 내가 범인을 잡는 데 공을 세웠다고 조금 우쭐해진 것 같다.

부끄러워진다.

내가 고개를 떨구자 팀장이 말했다.

"마침 3차 조사를 하고 있으니까, 영상 녹화실 가서 네 생각대로 마음에 안 들면 조져 봐."

"아니, 이제 그럴 생각이 없어졌습니다."

"그럼 다행인데."

"네."

"그래도 가서 조져 봐."

"네?"

나는 팀장이 떠미는 바람에 할 수 없이 조사실로 가게 되었다.

영상 녹화실로 들어가니 마지막 피의자 조사가 진행 중이었다.

이곳은 피의자, 피해자를 조사할 때 그 과정을 영상으로 남겨 법정에서 증거가 되도록 만드는 곳이다. 3평 정도 되는 공간을 두 개의 방으로 나누어 쓰고 있다. 한 곳은 심문실이고 다른 방은 영상 녹화를 하며 조사실을 관찰하도록 하프 미러로 가려져 있다.

경찰서 영상 조사실은 허접하기 그지없다. 영화 속에서는 조사실이 넓고 그럴싸한데 이곳은 매우 협소하고 창고 같다. 평소에 조사가 없을 때는 직원들이 와서 잠을 자는지 침낭과 베개가 한쪽 구석에 세워져 있었다.

김민수가 키보드를 열심히 두드리고 그 옆방에서 이영복이 두 사람을 관찰하며 영상을 녹화하고 있다.

두 사람과 범인은 내가 들어와도 별로 신경을 쓰지 않았다. 살인범은 처음 검거했을 때와 다르게 얼굴에 여유가 있었다. 그리고 잘 먹고 잘 잤는지 피부색도 좋아 보였다. 평소 모습이 저랬는데 도망을 다니느라 지쳐서 피부색이 변했는지도 모르겠다.

"청부 살해한 사실을 모두 인정합니까?"

살인범이 잠시 얄미운 표정을 지으며 머뭇거렸다.

김민수가 혼자 말하듯이 중얼거렸다. 아주 작은 소리로 녹음이 되지 않도록 중얼거렸다.

"시킨 사람들이 나쁜 놈들이죠. 살인할 생각도 없는 사람에게."

"그렇습니까?"

김민수가 말없이 고개를 끄덕였다.

잠시 머뭇거리던 살인범이 대답했다.

"살인한 사실을 모두 인정함."

조사하던 김민수가 고개를 끄덕이며 계속 질문을 던졌다.

"피의자는 조사받으면서 억압이나 강요 때문에 거짓으로 진술하는 것 아닌가요?"

"아임다."

"이상의 진술은 모두 사실입니까?"

"사실임다."

"추가로 더 하실 말씀이 있나요?"

"없슴다."

김 형사가 하프 미러 벽을 보며 손으로 동그라미 모양을 만들어 보였다. 조사가 끝났다는 신호다. 영상 녹화도 모두 끝났다.

김민수는 신문 조서를 출력하고 반으로 접어 앞장과 뒷장이 겹치게 했다.

수갑을 채우고 조사를 했지만 조사가 끝난 후 엄지손가락에 인주를 묻히고 날인하는 과정에서 수갑을 풀었다.

살인범 김태호가 엄지손가락에 인주를 묻혔다. 조사를 많이 받아서인지 척하면 착하고 알아서 인주를 묻힌 손으로 겹친 수사 서류에 날인했다. 이제 더는 김태호를 조사할 일이 없어졌다.

영상 녹화를 마친 부팀장이 조사실을 향해 소리쳤다.

"야, 고생했다. 욕봤어."

"아니, 뭘요. 부팀장님도 고생하셨습니다."

의자에 앉아 있던 살인범이 웃으며 말했다.

"저도 수고하지 않았습니까. 저 아이스 아메리카노 한 잔하고 담배한 대만 부탁함다."

그러자 부팀장의 얼굴이 한순간 변했다. 조사실에 있던 김민수도 인상이 돌변했다. 분위기 좋던 조사실이 한순간 냉기가 도는 게 느껴졌다. 그동안 이 완벽한 신문 조서를 만들기 위해 두 사람이 살인범의 비위를 맞춰 주느라 힘들었나 보다.

하지만 이제 더는 연기를 할 필요가 없어졌다.

나는 이런 상황을 알고 오히려 내가 분위기를 전환하기 위해 재빨리 말했다.

"부팀장님은 뭐 드실래요? 김 형사님은요? 제가 얼른 가서 사 올게요."

부팀장은 내 말을 무시하고 조사실을 나가며 말했다.

"저 새끼 수갑 채워서 빨리 유치장에 처넣어."

김 형사가 고개를 끄덕이며 말했다.

"네, 부팀장님. 자, 이제 그만 침실로 가시죠."

살인범이 돌변한 부팀장과 김 형사의 모습에 살짝 당황하더니 짜증스러운 모습을 보였다.

"뭐임까? 지금 나 가지고 논 거니?"

부팀장이 살인범의 말에 화를 내며 소리쳤다.

"뭘 놀아. 지랄하지 말고 유치장에 들어가서 잠이나 자."

"야, 이 십새끼야."

"어쭈구리, 욕도 하네? 우리가 가만히 있으니까 가마니로 보이나."

"그래, 네 가마니로 보인다."

살인범이 의자에서 일어나 조사실 책상을 세게 걷어찼다. 책상이 끽- 하는 소리를 내며 밀리더니 가만히 서 있던 김민수의 허벅지에 부딪혔다. 이 충격으로 책상 위에 있던 모니터가 바닥에 '쿵' 하고 떨어졌다.

김 형사는 허벅지가 아픈지 절뚝거리며 살인범을 제지하기 위해 다가갔다. 살인범이 그의 가슴팍을 사납게 밀쳤다. 김 형사는 밀리면서 살인범의 두 손을 붙잡고 양손에 힘을 주었다. 그러자 살인범이 잡힌 자신의 두 손목을 보고 웃으며 말했다.

"기러지 말고 커피 한 잔 가져다주오. 내 이리 협조하지 않았습니까."

나는 순간 빡쳤지만 팀장이 했던 말이 떠올랐다.

"경찰관이 법을 지켜야지. 우리가 법을 지키지 않으면 일반인이 지키겠어?"

나는 두 사람 사이에 끼어들어 말했다.

"김태호 씨, 손 놔요. 내가 커피 타 줄게. 김 형사님도 손 풀고 참으세요."

"에이."

"아유."

두 사람 사이에 내가 끼어들자 모두 흥분을 가라앉혔다.

솔직히 달래기는 했지만 어떻게 살인한 놈이 이렇게 당당할 수가 있는지 화가 나기는 했다.

그때, 부팀장이 밖으로 나가 살인범이 난동을 부린다고 말했는지 박 선배가 다급하게 조사실로 늘어왔다.

"야, 무슨 일이야?"

"박 주임님, 아무 일도 아니에요."

"아니기는. 김 형사, 괜찮아?"

김민수 형사는 책상에 부딪힌 다리를 폈다 오므렸다 하더니 대답했다.

"괜찮습니다."

조사실 문이 열리고 팀장이 고개를 내밀며 말했다.

"야, 여기가 무슨 진실의 방이야? CCTV 켜져 있는데 왜 그래?"

그러자 허벅지를 만지며 김 형사가 말했다.

"이 김태호가 난동을 부렸습니다. 저를 밀치고 책상을 발로 차서 모니터도 떨어졌습니다. 강 형사가 도와주지 않았으면 큰일 날 뻔했다니까요."

"뭐? 이 새끼가 디질려고."

팀장은 화가 났는지 앉아 있던 살인범의 뒤통수를 사정없이 손바닥으로 내리쳤다. 얼마나 세게 때렸는지 범인의 머리가 책상에 '쿵' 하고 부딪쳤다. 팀장은 주저앉은 살인범을 발로 차고 마구 밟았다.

나는 그 모습을 보며 충격을 받았다.

아니, 이럴 수가.

팀장님에게 이 말을 하고 싶었다.

"팀장님, 아까 저에게 했던 말은 잊으셨습니까? '경찰관이 법을 지켜야지. 우리가 법을 지키지 않으면 일반인이 지키겠어?' 하지 않았습니까."

하지만 나는 입으로 말하지 않고 몸으로 말했다. 흥분한 팀장을 조사실 밖으로 겨우 내보낸 것이다.

"참으세요, 팀장님. 진정하세요."

"놔. 놔 봐. 내 새끼를 건드는 녀석은 혼이 나야 해."

한바탕 소란은 이렇게 일단락되었다.

한편, 3팀에서는 김태호를 사주한 심부름센터 사장 강신희를 열심히 참기름을 짜듯이 짜고 있었다. 그리고 그에게 일부 범행 사실 자백을 받았다. 건설사 대표에게 돈을 받아 조선족 김태호에게 사주한 것을 일부 시인한 것이다.

강신희는 어떻게 김태호를 알게 된 것일까?

그는 심부름센터 외에도 한국 극진공수도 경기 연맹 회장을 맡고 있었다. 그런 이력 때문인지 과거 중국에서 극진공수도 시합이 열린 날 김태호를 만난 적이 있었다. 그 후 두 사람은 서로 연락을 주고받으며 형 동생 사이가 되었고, 건설사 대표가 거금을 주며 살인 의뢰를 하자 제일 먼저 김태호를 떠올렸다.

그는 김태호의 생활 형편이 어렵다는 사실을 알고서 국내에 초대하여 살인을 사주한 것이었다.

강신희는 처음에 죽이라고 한 적은 없다고 발뺌을 했다.

"저는 그냥 혼내 주기만 하라고 했습니다. 정말로 사람을 죽일 줄은 몰랐습니다."

"혼내 주라고 그렇게 많은 돈을 주는 사람이 어디 있어요?"

"정말입니다."

"핸드폰 까면 다 나와요. 좋게 좋게 자백하세요."

"아니라니까요. 진짜 죽이라고 하지 않았어요."

"김태호가 다 자백했어요."

"저한테 덤터기 씌우는 겁니다. 진짜 억울합니다. 아니, 살인범 조선족 말은 믿고 왜 제 말은 하나도 믿지 않으십니까."

그는 정말로 억울한지 눈에 눈물까지 고였다. 진짜 그의 말이 진실
인 것처럼 보였다.

하지만 그의 핸드폰을 압수하여 디지털 포렌식을 하자 그의 말이 거
짓임이 판명되었다. 그가 살인범과 대화를 나눈 문자들 속에서 청부
살인을 암시하는 단어들이 나왔기 때문이다.

이 포렌식으로 나온 문자 메시지들을 보여 주자 그는 더 이상 발뺌
하지 못하고 살해 지시를 시인했다.

"죄송합니다."

"청부 살해 지시한 것 인정하십니까?"

그가 고통스러워하며 고개를 끄덕였다.

"인정합니다."

"왜 청부 살해를 지시한 거죠?"

강신희는 모든 것을 포기한 듯 담담하게 이야기했다.

"사무실로 한 고객이 찾아왔습니다. 그는 재개발 지역을 담당하는 건설사 대표였습니다."

그의 진술을 토대로 건설사 대표에 관해 수사가 빠르게 시작되었다.

재개발 사업을 진행하고 있는 시공사 대표 엄길수는 죽은 피해자와 민형사 소송이 12건이나 진행 중이었다. 살인을 사주할 만한 동기가 충분하다.

민사 소송 한두 건만 가지고 있으면 당사자들은 검찰과 법원을 오가며 피가 마른다. 그런데 12건이나 가지고 있으니 얼마나 피해자를 죽이고 싶었을지 짐작이 갔다.

재력가인 그에게 시간을 주면 도주할 우려가 있다. 그래서 팀장은 우리에게 그를 긴급 체포하자고 말했다.

"먼저 그에게 전화해 조사받으러 나오라고 말해."

"네."

"분명히 그는 바쁘다고 이런저런 핑계를 대고 출석하지 않을 거야."

"네."

"그때 우리는 우연히, 갑자기 그를 만난 것처럼 해서 긴급 체포하는 거야."

긴급 체포 구성 요건에는 범인을 우연히 발견한 경우에 체포할 수 있다고 적시되어 있다.

팀장의 지시대로 우리 팀은 곧장 행동을 했다. 아직 그는 심부름센터장이 자백한 것을 모른다. 그러니 도주하지 않고 평소처럼 회사에 출근할 것이다.

나와 박 선배는 그가 회사에 출근했다는 사실을 알고는 회사 주차장 그의 차 앞에서 잠복했다.

저녁이 되어 모두가 퇴근했지만, 엄길수의 차는 그대로 남아 있었다.

차들이 하나둘 빠져나가며 주차장은 점점 공허해져 갔다. 나는 엄길수가 눈치채고 도망가지 않았을까 하는 의구심이 들기 시작했다.

"선배님, 엄길수가 눈치챈 거 아닐까요?"

"아니, 그렇지 않아."

"왜요? 경찰서에서 전화 왔으면 눈치채지 않겠어요?"

"경찰서에서 전화 왔다고 해도 다른 민형사 소송 사건이 많아서 그 것 때문에 나오라고 한 줄 알 거야."

"아! 머리 좋네요."

"팀장이 김 형사에게 그렇게 시키는 거 들었어."

그때였다. 사진으로 보았던 엄길수가 고급 승용차 앞으로 걸어오는 게 보인다.

나와 박 선배가 차에서 내려 자연스럽게 그의 앞으로 걸어갔다.

"엄 대표님."

"네?"

"살인 청부 의뢰 혐의로 긴급 체포합니다."

"어! 뭣이여? 살인?"

그의 얼굴이 창백해지면서 뒷걸음질을 치기 시작했다.

나는 그가 도망가려고 하는 것을 알아채고 재빨리 그의 손을 잡고 손목에 수갑을 채웠다.

"당신은 진술을 거부할 권리와 변호사를 선임할 수 있는 권리가 있으며 불리한 진술을 하지 않아도 됩니다."

이후 나와 박 선배는 그를 긴급 체포하여 경찰서로 연행해 유치장에 넣었다.

여기까지 우리 팀은 살인 발생일로부터 쉬지 않고 숨 막히게 달려왔다. 잠도 경찰서에서 자고 먹는 것도 배달 위주로 사무실에서 먹으면서 말이다.

개코 장민환 팀장은 한결 표정이 밝아졌다. 그는 형사과장에게 살인 의뢰한 범인을 잡았다고 재빨리 구두 보고를 했다.

형사과장은 신이 나서 본인이 수사를 지휘하여 범인을 잡게 되었다며 서장과 청장에게 보고했다. 그리고 형사과장은 그간 수사 사항을 원 페이퍼 보고서로 작성하라고 지시했다.

한 장짜리 보고서에 그동안 수사 사항 등과 범죄 사실을 작성하는데 또 한 번 진땀을 흘렸다. 이놈의 보고서 만드는 것도 고역이다.

보고서를 가지고 과장실에 갔다가 돌아온 팀장이 말했다.

"모두 고생했다. 오늘은 일찍 들어가서 쉬어. 다들 퇴근해."

부팀장이 어색한 표정으로 반문했다.

"네?"

"고생했으니까 들어가 쉬라고."

모두가 듣고 싶었던 소리다. 무려 5일 동안 퇴근도 못 하고 있었으니 이 소리가 얼마나 반갑게 들렸겠는가.

하지만 그럴 수가 없다.

긴급 체포를 하게 되면 48시간 이내에 검사에게 구속 영장을 청구해야 한다. 48시간이라는 시간은 길게 볼 수도 있지만, 전혀 그렇지 않다. 심야 시간에는 조사하지 않기에 엄밀히 따지면 24시간이나 다름없다.

그의 자백이나 구속의 사유를 이끌 서류를 만들어야 한다.

퇴근하라는 팀장의 말을 무시하고 나와 박 선배, 김 형사는 남아서 작업을 했다. 짬밥이 높으신 팀장과 부팀장은 어느새 보이지 않는다. 아마도 퇴근하셨겠지.

솔직히, 이럴 때는 팀장이랑 부팀장이 없는 게 더 효율적이다. 외근 활동이라면 필요하지만 이렇게 사무실에서 수사 서류를 만드는 일에는 두 사람이 할 게 거의 없다. 그러니 없는 게 낫다.

나는 엄길수를 조사하기 시작했다.

처음 피의자 신문 조서를 작성할 때는 인정 신문이 들어간다.

"선생님, 성명을 말하세요."

"엄길수요."

"직업은요?"

"건설사를 운영하고 있습니다."

"최종 학력은요?"

"대학 중퇴요. 중퇴니까 고졸이겠네요."

"어디 몸이 아픈 곳이 있나요?"

"겉은 멀쩡해도 온몸이 다 아픕니다. 어깨 양쪽 다 오십견이 있어서 팔을 마음대로 올릴 수가 없어요. 무릎도 십자인대가 파열되었는지 시큰거리고 걸을 때 아파서 오래 걷거나 서 있기도 힘듭니다. 이빨도 양쪽 아래 어금니 쪽이….”

엄길수는 내가 자신의 주치의라도 되는 줄 아는가 보다.

이때까지만 해도 그는 묻는 말에 잘 대답했다. 하지만 청부 살해를 지시했는지에 대해서는 끝까지 대답하지 않았다.

이렇게 진술을 거부하는 범인을 만나 조사하면 수사관은 기운이 빠진다. 하지만 쉽게 자백하는 범인을 만나면 수사관은 신이 난다.

나는 그를 조사하면서 남아 있던 체력이 고갈 직전까지 갔다. “어서 대답해, 이 새끼야. 대답하라고.” 이 말들이 입 밖으로 튀어나오려는 것을 수없이 참았다.

그의 금빛 안경테 사이로 땀이 흘러내린다. 긴장해서 땀이 나는 것인지 아니면 더워서 나는 것인지 물어보고 싶었다. 덥다고 하면 에어컨을 꺼서 더 열을 받게 만들고 싶었다.

그가 고급 정장 옷깃 속에서 손수건을 꺼내어 땀을 닦으며 말했다.

“저는 모르는 일입니다.”

“사장님, 심부름센터 강신희가 사장님에게 청부 살인 의뢰를 받은 것을 시인했습니다.”

“음, 모른다는데 왜 자꾸 물어보십니까?”

“자꾸 부인하면 사장님만 불리합니다. 그 사람이 질 일지도 못하는 사장님에게 억지로 죄를 씌우겠습니까?”

그가 고개를 숙이고 끙끙거리더니 입을 열었다.

“혼만 내 주라고 했습니다. 정말입니다.”

"혼자 내라고 그렇게 많은 돈을 주는 게 말이 됩니까?"

"저는 돈이 많은 사람입니다. 그 정도의 돈은 제게 껌값이나 다름없어요."

"사람 목숨이 껌값입니까?"

"자꾸 제가 사람을 죽이라고 시킨 것으로 모는데 절대 아닌 것은 아닙니다. 저는 시키지 않았어요."

옆에서 지켜보던 박 선배가 겁을 주려고 허세를 부리며 한마디 했다.

"정 그러시면 청부 살해를 부인하는 것으로 마무리하겠습니다. 나중에 법정에 가서 후회하지 마세요. 강 형사, 그냥 엄 회장님 말하는 대로 조서를 받아."

"네."

대답은 그렇게 했지만, 사실 부인하면 보강 증거가 더 완벽하게 확보되어야 한다.

검사들은 검수완박을 핑계로 경찰 수사에 대해 지시와 지휘만 내린다. 물론 사회적 이목이 집중된 사건이나 6대 범죄에 대해서는 직접 수사를 한다.

검찰 수사는 공소 유지를 위한 수사가 목적이 되어야 하는데, 정치적으로 악용되니 국민적 비판을 받고 결국 검수완박을 당하게 되었다.

사실 이 법은 검찰만 안 좋은 게 아니라 경찰에게도 안 좋은 것 같다. 검사 밑에는 수많은 검찰 수사관이 있고 경찰 조직 못지않은 정보력과 수사력을 갖추고 있지만, 법을 핑계로 직접 수사하려고 하지 않으니 말이다.

검수완박이란 법이 생긴 후로 일은 더 많아졌고, 경찰 수사 서류는 더 두꺼워졌다.

이 사건도 분명 보완 수사 지시를 내리고 보강 증거를 확보하라고 할 것이다. 그런 점을 예상하고 강신희와 통화 내역 및 문자 기록과 입출금 내역 등을 꼼꼼히 확보했다.

엄길수는 끝까지 청부 살해에 대해서는 부인하였고 우리는 이런 보강 증거들을 근거로 그가 청부 살해를 지시했다는 내용으로 구속 기소를 했다.

그의 변호사가 어떻게든 그의 구속을 막기 위해 이리 뛰고 저리 뛰고 했지만, 결국 그는 살인 교사 혐의로 구속되어 검찰에 송치되었다.

이 사건은 이렇게 마무리되었고, 이번 살인 사건 해결 공로로 나는 경찰청장 표창과 함께 포상 휴가 2일, 포상금 백만 원을 받았다. 형사과장은 나에게 내일부터 당장 쉬라고 특별 지시를 내렸다. 이런 경우가 없는데 과장도 이번 사건으로 스트레스를 많이 받았던 모양이다. 그걸 해결했으니 이런 말도 안 되는 지시를 내린 것 같다.

나는 어쩔 수 없이 과장 때문에 쉬는 척 안타까운 연기를 하고 퇴근하였다.

모처럼 만난 꿀 같은 휴식으로 무엇을 해야 할까?

집으로 돌아와서 멍때리며 내일부터 모레까지 무엇을 할지 행복한 고민을 했다.

좋아하는 만화책이나 하루 종일 실컷 볼까?

만화방보다는 만화 카페가 깨끗하고 좋은데 만화책이 별로 없다.

생각이 거기에 꽂히자 근처에 만화 카페가 있는지 검색을 해 보았다. 의외로 주변에 만화 카페가 꽤 있었고, 그곳을 소개하는 블로그도 많이 있었다. 카페 분위기와 평점들에 대해서 한참 살펴보았다.

그러다 만화 카페에 대한 흥미를 잃고 다른 쪽으로 생각이 돌아갔다.

영화관에 가서 달달한 팝콘을 먹으면서 영화나 볼까?

생각이 영화 쪽으로 돌아가자 이번에는 개봉작과 해당 작품의 평점과 리뷰를 검색했다. 하지만 이것도 아닌 것 같았다.

혼자 궁상맞게 영화관이라니. 애인이라도 있으면 바다가 보이는 동해로 함께 여행이라도 갈 텐데.

문득 2호선 여인이 생각났다.

아! 2호선 여인은 잘 지내고 있을까?

그립다.

그래, 일단 내일 아침은 2호선 여인에게 눈도장부터 찍고 시작하자. 좋은 생각이다.

우연히 들은 에펠탑 효과가 생각난다. 에펠탑이 파리에 처음 만들어졌을 때는 모두가 혐오스럽게 생각했지만 날마다 에펠탑을 보게 되자 파리 시민들이 점점 에펠탑을 좋아하게 됐다는 것이다. 그래서 심리학에선 이를 '에펠탑 효과'라고 한다.

그녀에게 나를 자주 드러내 보이자. 에펠탑처럼.

나는 일찍 일어나기 위해서 잠도 오지 않았지만 서둘러 눈을 감았다.

쉬는 날이지만 출근하는 사람처럼 2호선을 타려고 하니 약간 긴장
이 되고 설레기도 한다.

나는 마치 데이트라도 하는 양 열심히, 아주 열심히 꽃단장을 했다.
근무할 때는 청바지에 활동하기 편한 라운드 티셔츠를 입지만 오늘은
아이보리색 면바지에 때 묻을까 봐 잘 안 입는 흰색 티셔츠를 꺼내 입
었다.

그리고 이성을 유혹하는 향수를 잔뜩 뿌렸다. 이 치명적인 향수의
향은 2시간이 지나면 사라지는 단점이 있어 오늘은 조금 과하게 뿌렸
다.

너무 일찍 일어난 게 조금 억울하기는 하지만 한동안 보지 못한 2호
선 여인을 본다는 마음에 기분이 설렜다. 오늘은 휴가라 시간이 남아

돈다. 그래서 2호선 여인이 내리는 곳까지 따라갈까 하는 생각마저 들었다. 스토커로 오해하면 어쩌지. 살짝 고민도 되었다.

지하철이 신대방역에 도착했다.

오랜만에 그녀의 모습을 보려고 하니 역시나 긴장된다.

그때 마침 그녀가 빠른 걸음으로 지하철에 올라타는 모습이 보인다. 그녀의 모습은 여전히 아름다웠다. 기다란 머리카락은 뒤로 넘겨 갈색 머리 끈으로 묶여 있었다.

나는 그녀의 주위가 자욱하게 노을빛 연기에 감싸이는 느낌을 받았다.

오로라, 아니 성채 같다.

계속 그녀를 보고 있으면 스토커처럼 보일 것 같아 고개를 돌렸다. 요즘은 시절이 하 수상하니까 스토커로 오해받지 않도록 조심해야 한다. 아무리 좋아한다고 해도 몰래 미행하거나 이성의 집에 편지나 꽃을 보내도 스토커로 신고할 수가 있다. 그래서 자연스럽게 고개를 돌리며 몰래 훔쳐보았다.

하지만 실수하고 말았다. 2호선 여인이 나를 살짝 흘겨보는 게 보인다. 이때 고개를 돌려야 했는데 그러지 못했다. 나로서는 전혀 예측하지 못한 일이라 고개를 돌리지 못하고 그대로 얼음이 돼 버렸다.

그녀가 나를 뚫어지게 쳐다본다. 표정이 마치 "그동안 왜 안 보였나요?"라고 묻는 것 같았다. 내 착각일 수 있지만 정말 그런 표정이었다.

그녀의 눈동자가 흔들리는 게 보인다. 그녀가 고개를 자연스럽게 옆으로 돌렸다. 영화 속 한 장면처럼 화면이 느릿하게 지나간 느낌이다.

몸이 자연스럽게 떨렸다.

다가가서 이 말을 하고 싶다.

"그동안 바빠서 눈도장을 못 찍었어요." 이 말이 머릿속에서, 아니 혀끝에서 계속 맴돌았다.

갑자기 그녀에 대한 정보를 얻고 싶었다. 그녀가 잡았던 지하철 손잡이에 그녀의 지문이 있을 것이고 그것을 채취하여 의뢰하면 그녀의 정보가 나온다. 잘 아는 과학수사반 형님에게 부탁하면 어렵지 않게 신원을 파악할 수 있을 것이다.

나는 그녀가 잡았던 지하철 손잡이 봉을 바라보며 그녀의 지문을 찾기 위해 얘를 썼다. 이제 그녀의 얼굴이 아니라 그녀의 손끝에 내 시선이 머물렀다.

*

2호선 여인 황소영은 강철을 의식하고 있었다. 그녀는 몇 달 전 처음 그를 보며 단순히 '착하게 생겼다.'라는 인상만 받았다. 딱히 그를 특별하게 생각하지 않았고, 1도 관심이 없었다.

그러던 어느 날 그녀의 리본 달린 검정 구두 앞 코를 그가 밟아 버렸다. 미안해하면서 어쩔 줄 몰라 하는 그에게 괜찮다고 말하며 돌아섰다. 그런데 그 순간 그녀의 코에 감미롭고 편안한 향기가 스멀스멀 들어왔다.

'뭐지? 이 향기는.'

그의 몸에서 나는 향이라는 것을 그녀는 깨달았다. 은은하게 나는 살 내음이었다. 순간 돌아가신 아빠가 떠올랐다. 매력적인 향기라는 생각이 들었다.

　그 후부터 그녀는 그를 보게 되면,

　'괜찮아 보이는데.'

　이런 생각을 가졌고 어느새 이성으로서 조금씩 관심을 두게 되었다.

　'아침에 일찍 나가는 걸 보면 건설 현장에서 일하는 걸까? 평범한 회사원 같지는 않고, 가끔 사무실로 찾아오는 경찰, 군인과 비슷한 모습도 보이는데 어쩌면 저 남자도 직업 군인이나 경찰일 수도 있겠다.'

　강인한 남성의 이미지를 풍기는 그가 수줍은 소년처럼 자신을 힐끗힐끗 쳐다보았다. 다른 남성이라면 불쾌하게 느꼈겠지만, 그의 시선은 그다지 기분 나쁘지 않았다. 어느 순간부터 그녀도 그의 시선을 은근히 즐기고 있는지 모른다.

　그가 한동안 보이지 않자 그녀는 지하철을 탈 때마다 그를 찾기도 했다. 그리고 며칠 못 보다 다시 그를 보니 그녀 역시 마음이 설렜다.

*

　나는 포상 휴가 동안 최대한 여유롭게 즐기고 싶었다. 공개 수배 중인 탈주범 박정민을 찾아다니고 싶기도 했지만, 일단은 쉬고 싶었다. 나는 절대 쉬는 날까지 일하는 워커홀릭이 아니기 때문이다.

　그런데 자꾸 살인범의 정보가 눈에 아른거린다.

성명: 박정민

나이: 35

주소: 서울시 은평구....

등록지: 강원도 태백시....

운전면허: 없음

혈액형: O

지문 번호: 66324- 57783

키: 162cm

몸무게: 54kg

DNA 보관 중

전과: 32명 연쇄살인, 납치 및 시체 훼손 유기 등

범죄 기록은 2005년 모친을 살해 후 같은 해 서울 은평구 여대생을 살인. 2008년 가출 여고생 살인.... 2020년 12월에 검거되었으나 서울구치소에서 현재 탈출하여 수배 중이다.

출국 기록 현재 없다.

CCTV 기록 없다.

혼자 위험하게 절대로 잡으러 가지 않을 거다.

촉이 좋은 내가 수사를 하면 잡을 게 분명하다. 하지만 나는 쉬는 날 무리하게 일하고 싶지 않았다.

그리고 쉬고 있지만, 몸이 피곤하다. 아마 오늘 아침 일찍 일어났기 때문이라고 본다.

새벽에 일어나 2호선 여인을 보려고 지하철을 탔다. 그녀를 보았고,

그녀가 나를 의식한다는 사실을 알았다. 그녀의 눈빛이 모든 것을 말해 주고 있다.

이제 그녀에게 데이트 신청을 하는 일만 남은 것 같다.

용기 있는 남자가 미인을 얻는다.

그래, 용기 있게 신청하자. 자신감 있는 모습으로 데이트를 신청하자. 그리고 그녀와 곧 있을 데이트를 준비하자.

지하철에서 내려 어제 검색한 만화 카페에 가려다 생각을 바꾸었다. 혹시 그녀와 데이트를 하는 날이 올지도 모른다는 기대감에 미리 데이트 코스를 답습하기로 한 것이다.

우선 여자 친구가 생기면 가 보고 싶었던 남산 타워와 고궁들을 구경하기로 결심하고 실행했다.

평일이라 사람은 없어 좋았다.

아니, 시간이 일러서일지도.

그 후 평점 높은 고궁 주변 맛집을 찾았다. 그러고는 입맛에 맞지 않는 느끼한 스파게티를 주문하여 먹었다. 다음에 혹시 그녀와 이곳에 오게 되면 이 음식은 피해야겠다는 생각을 하며.

1차 답습을 마친 후 편의점에 들러 캔 맥주와 주전부리를 사서 집으로 돌아왔다.

나는 맥주를 마시면서 내일 일정을 새롭게 짜 보았다. 아침에 2호선을 타고 인스타그램에서 본 풍경이 멋진 커피숍에 가고, 점심은 맛집 탐방, 오후엔 영화 관람이다.

스케줄을 세밀하게 짜고 나는 잠이 스르륵 들었다.

다음 날 2호선을 탔지만, 그녀를 만나지 못했다.

어제 본 그녀의 눈빛을 확인하고자 했는데 왜 오늘은 출근하지 않았을까?

교통사고가 난 것은 아닌지 쓸데없는 걱정까지 들었다. 아니, 다니는 회사가 쉬는 모양인데 내가 너무 오버하는 것일 수 있다.

그냥 집에서 쉬는 거 같은데. 이럴 줄 알았으면 늦잠이나 잘걸. 후회가 되었다.

이때 내 눈에 거지 복장을 하고 돈을 세고 있는 50대 중반의 남성이 보였다. 그는 이 더운 여름에 두툼하고 해진 양복을 입고 있어 누가 보더라도 노숙자였다. 그런데 손에 5만 원권 지폐를 한 묶음 쥐고 이를 세고 있지 않은가.

나뿐만 아니라 지하철에 타고 있던 승객 모두가 그를 쳐다보았다. 모두 '돈을 훔친 것은 아닐까?' 하는 시선이다.

나는 이 남자가 무엇을 하는지 미행이나 해 보자는 생각이 들었다.

내가 생각해도 난 참 직업 정신이 투철하다.

그는 4호선으로 갈아타고 경마공원역에서 내렸다. 그곳에 도착하니 그의 눈빛이 달라지고 걸음이 빨라졌다.

그리고 나는 경마장에서 이 중년 남성과 비슷한 사람들을 자주 보게 되었다.

결국, 나는 쓸데없이 이곳까지 온 것이다.

그래도 기왕 여기 온 김에 입장권을 구매하고 경마 경기를 관람했다. 나는 경마 규칙을 몰라 베팅하지 않고 신나게 소리만 질렀다. 경주

마들에게 베팅하는 방법을 배우면 나도 저들처럼 중독될 것 같아 그냥 아무 말이나 찍어서 열심히 응원했다.

재미는 있었다. 경마장에 왜 이렇게 도박꾼과 한량이 많은지 이해가 되는 것 같다.

돈까지 걸고 따면 더 재미있겠지만 배우고 싶지 않다. 도박에 빠진 그들의 모습을 보면서 뭔지 모르게 내가 열심히 사는 것 같아 행복함을 느꼈다.

그래, 바로 이런 깨달음을 얻기 위해 이곳에 온 것이다.

이들의 모습을 보며 갑자기 열심히 일하는 내가 자랑스러웠다.

인간은 왜 사는가?

행복해지기 위해서 산다.

그러면 행복해지기 위해서는 어떻게 해야 하나?

아리스토텔레스는 이런 말을 했다. 목수가 목수 일을 하여 건축물을 완성하고 농부가 농사를 짓고 수확을 할 때 행복을 느끼듯이, 자신이 맡은 일을 열심히 하여 결과를 얻으면 행복해진다고.

나는 경찰이고 형사다.

그러면 무엇을 해야 행복감을 느낄까?

살인 청부 사건을 해결하고 범인을 검거했을 때 짜릿한 쾌감과 전율을 느끼기는 했다. 하지만 뭔가 2%가 부족한 느낌이다.

포상 휴가를 받았지만 뭔가 완벽하게 행복하지는 않다. 그게 무엇 때문인지 곰곰이 시끄러운 관중석에 앉아 고민했다.

그리고 깨달았다.

바로 내 직장 생활에 100% 만족하고 있지 않기 때문이다.

강력 사건을 해결할 때는 짜릿한데 그 과정이 녹록하지는 않다. 하지만 희열은 꽤 크다.

어떻게 할까? 행복을 찾아서 범인을 잡아 볼까?

탈주범을 잡고 멋지게 형사과를 떠나자. 박정민을 잡아 특진을 하고 형사과를 미련 없이 떠나는 것이다.

상상만 해도 즐겁다.

모두가 잡고 싶어 하는 연쇄살인마를 내가 잡는다. 모두의 부러움을 한 몸에 받으며 특진까지 한다.

그럼 얼마나 행복할까?

그래, 이거다. 지시받고 움직이는 수사가 아니라 내가 판단하고 결정하는 능동적인 수사.

바로 이거야.

근데 어디서부터 수사를 시작할까?

탈주범이 탈출한 구치소 인근을 돌며 내 특기인 사설 CCTV부터 찾아보자. 잠시 운동 삼아 돌아다니는 것도 나쁘지 않겠다는 생각이 들었다. 비록 날씨가 꿉꿉하기는 하지만 땀 좀 흘리면서 운동한다고 생각하자.

그리고 지구대에서 한때 나를 보고 '촉 귀신'이라고 부르지 않았던가.

＊

파주시 변두리에 〈커피나무〉라는 이름의 커피숍 매장 안이 원두커피 향으로 가득 채워지고 있다. 이곳은 젊은 세대들이 찾는 커피숍이 아니다. 아주 오래된 실내 장식과 간판으로 인해 거의 동네 어르신들이 찾아오는 그런 곳이다.

이런 외지고 오래된 커피숍에 20살 이준우가 열심히 청소하며 오픈 준비를 하고 있다. 그는 부모님의 커피숍 매장에 나와 일을 돕고 있었다. 오늘도 여느 때처럼 일찍 나와 커피를 볶고 가게를 청소했다. 그런 그에게 짧은 단발머리를 한 여자 손님이 나타났다.

그녀는 수줍은지 그와 눈을 마주치지 않으려고 고개를 숙였다.

이준우는 그녀가 코에 반창고를 붙여서 창피해서 고개를 숙인다고 생각했다. 그녀의 코는 성형을 했는지 기다란 연주황 반창고를 이마에서 코끝까지 붙여 약간 우스꽝스러워 보였다.

이런 생각을 감추고 그는 습관적으로 인사를 했다.

"어서 오세요. 무엇을 드릴까요?"

"저기, 아이스 아메리카노 한 잔이요."

여자로 변장한 박정민의 입에서 두꺼운 저음의 목소리가 튀어나왔다.

이준우는 그녀의 목소리에 조금 놀랐는지 두 눈이 커졌다. 그는 그녀의 코와 얼굴이 부어서 목소리가 그렇게 나왔다고 생각하고는 곧바로 자연스레 응대했다.

"드시고 가세요?"

"네."

"여기 진동 벨이요."

박정민은 커피를 주문하고 커피숍 매장을 둘러보며 앉을 자리를 찾앉다. 커피숍은 복층 형태로 꾸며져 있었는데 조명 탓인지 몰라도 2층이 약간 어두웠다.

여자로 변장한 박정민은 1층을 둘러보다 2층으로 자연스럽게 올라갔다. 그리고 창가 가장자리에 자리를 잡고 앉았다.

그는 가방에서 얇고 작은 하얀 노트북을 꺼냈는데 노트북의 테두리에 붉은 핏자국이 보였다.

노트북의 전원을 켜자 배경 화면에 간호복을 입은 젊은 여성의 얼굴이 나타났다.

그는 커피숍의 와이파이 비번을 입력한 후 인터넷 검색창을 열었다. 인터넷 검색창에 '살인범 박정민'이라는 글자를 치자 그와 관련된 뉴스들이 펼쳐졌다. 모두 과거 뉴스였지만 그는 관련 기사를 하나하나 클릭하며 내용을 꼼꼼히 읽었다.

다시 그는 검색창에 '파주 살인'이라는 검색어를 입력했다. 그러자 파주에서 일어난 강력 사건 기사들이 줄줄이 검색되었다. 이 중에 최근에 일어난 성형외과 의사 부부 살인 사건을 클릭하여 읽어 보았다.

경찰은 피해자의 몸에 무려 100개의 상처가 있는 것을 보고 치정에 의한 살인으로 간주하여 피해자 주변인들을 상대로 조사를 진행 중이다. 사건 현장을 조사한 프로파일러는 피해자가 저항흔이 없는 것과 병원에 침입한 흔적이 없는 점들을 보고 면식범이라는 데 무게를 실어 주었다. 하지만 유력한 용의자인 남편이 자살하여…

"풋!"

박정민이 한 손으로 입을 막으며 웃음소리가 새어 나가지 않게 했다.

그는 이틀 전 자신이 살해한 성형외과 의사 부부의 사망 기사를 보고 있었다. 보도된 내용을 쭉 읽어 보니 시체가 많이 훼손된 점을 보고 경찰은 치정에 의한 살인 사건으로 조사하는 것을 알게 되었다.

기사를 읽으면서 그가 다시 빙긋 웃었다. 그의 계획대로 사건을 수사하는 모습을 보고 신이 난 모양이다.

그는 잠깐 눈을 감고 당시 사건을 생각해 보았다.

*

병원 진료실.

코와 얼굴이 퉁퉁 부어 있고 피부색 반창고가 붙어 있는 박정민이 한 중년 여성의 목 경동맥을 잘랐다. 그녀의 목에서 검붉은 피가 콸콸 쏟아진다. 마치 수도꼭지에서 시원하게 물이 쏟아지는 것처럼.

바닥에 흐르는 피를 제거하기 위해 침대용 매트리스를 깔자 스펀지처럼 빨아들인다. 흰색 매트리스가 일순간 분홍빛으로 물들며 잘 익은 복숭아 껍질처럼 변한다.

그는 쓰러진 그녀를 내려다보며 뭔가를 생각하더니 메스를 다시 집었다. 그리고 칼날 길이가 10cm 정도 되는 외과 수술용 메스로 그녀 등판을 찔렀다.

그가 무덤덤하게 말한다.

"하나, 둘, 셋, 넷…."

그는 숫자를 세어 가면서 여인의 등판에 칼을 꽂고 있었다. 비록 그녀의 등판이 넓지 않았지만 같은 곳을 두 번 이상 찌르지 않았다.

100번 이상 그녀의 몸에 칼을 꽂는 동안 그의 표정은 무심함 그 자체였다.

작품을 다 만든 그는 밖으로 나와 수술실로 걸어간다.

수술실에 엎어져 겨우 숨만 헐떡이는 의사 가운을 걸친 남자가 있다. 그는 시체나 다름없는 남자에게 다가가 손에 쥐고 있던 메스를 남자의 손에 쥐여 주었다. 그 후 뭔가 꾸미는 것처럼 병원 잡동사니들을 옮긴다.

이 모습을 겁에 질린 표정의 간호사가 주사실 커튼 뒤에서 지켜보고 있다. 노트북의 배경 화면 사진에 나왔던 간호사다. 간호사는 너무나 무서운지 몸을 사시나무 떨듯이 떨었다.

정리를 마친 그가 고개를 갑자기 획- 하고 돌리자 숨어 있던 간호사와 눈이 마주쳤다.

그녀는 놀라서 재빨리 고개를 숙였다. 그는 그런 그녀를 보며 의미심장한 미소를 지었다.

*

플라스틱 빨대로 갈색 액체를 빨아들이며 박정민이 노트북의 키보드를 두드린다. 그러고는 뉴스를 검색했다.

다른 언론사 살인 관련 기사를 살펴보니 기자와 인터뷰하는 경찰의 모습이 보였다. 파주에서 일어난 살인 사건을 수사하는 경찰관이다.

그는 형사 사진을 크게 확대하여 바라보았다. 얼굴 특징을 관찰하는 듯 고개를 숙이고 자세히 본다. 그렇게 한참 바라보다 고개를 끄덕이고 커피를 다시 한 모금 마신다.

그는 커튼 사이 창밖으로 하늘을 올려다보았다. 청명한 하늘과 흰 구름이 보인다. 이때 툭- 하는 소리와 함께 빨간 무당벌레가 유리창에 날아와 붙는다. 무당벌레의 딱딱한 빨간 등껍질을 자세히 보며 그가 행복한 미소를 지었다.

커피를 마시며 여유를 부리던 그가 팔목에 감긴 검은색 실타래를 풀기 시작했다. 한 가닥 한 가닥씩 풀자 무척 가늘고 투명하여 자세히 보지 않는다면 찾기 힘든 그런 실타래였다.

그는 손에 투명한 실을 그물처럼 엮더니 머그잔에 꽂힌 빨대에 감았다. 그리고 손을 올리자 플라스틱 빨대가 두둥실 허공에 떠올랐다. 그가 양손을 움직이자 빨대가 그의 몸 주위를 360도로 맴돌았다. 빨대가 저절로 움직이는 것처럼 보인다.

빨대는 마치 헬리콥터처럼 그의 몸 주위를 천천히 맴돌다 서서히 유리잔으로 돌아갔다.

그는 잠시 자신의 탈주를 도왔던 교도관들의 모습을 떠올렸다.

교도관들은 그의 염력 마술을 보고 그를 신처럼 믿고 따랐다. 그는 항상 탈옥할 기회를 엿보았고 그 기회를 놓치지 않았다. 교도소 내에서 우연히 검은 스타킹을 주운 것은 그에게 정말 큰 행운이었다.

작고 보잘것없는 스타킹이었지만 지금 그의 팔목을 감고 있는 이 물건은 세상을 바꾸고 변화시키고 있다. 마치 나비 효과처럼 평화로운 세상을 불안과 공포로 서서히 물들이고 있었다.

조그마한 행운이 그를 지금 이곳에 있게 만들었다.

박정민이 창문 위로 하늘을 올려다보며 다시 한번 행복한 미소를 지었다. 이때 그의 앞에 노트북의 배경 화면으로 나왔던 간호사가 다가왔다.

*

느닷없이 나타난 나 때문에 아파트 관리사무소 직원들은 피곤한 표정을 지었다. 구치소 인근에 있는 아파트 CCTV를 분석하겠다고 내가 불쑥 찾아왔기 때문이다.

사각턱에 광대뼈가 툭 나온 여직원이 인상을 찌푸리고 짜증 섞인 말투로 응대했다.

"지금 안 돼요. CCTV 기계를 만질 수 있는 기사분이 안 계셔서. 나중에 오세요."

"제가 CCTV 하나는 기가 막히게 잘 봅니다. 기계 위치만 알려 주시면 제가 알아서 보고 가겠습니다. 절대 귀찮게 하지 않을게요."

그녀가 '뭐지?' 하는 표정을 짓는다.

"잠깐만요. 소장님께 여쭤보고요."

그녀가 일어나 소장실이라고 적힌 방으로 걸어갔다. 그녀의 짧은 치마 아래로 육중한 종아리 알이 눈에 들어와 급히 고개를 돌렸다.

아파트 단지가 커서인지 관리사무소 규모도 컸다. 관리사무소에 소장실과 직원 숙직실, 화장실이 별도로 있는 아파트는 여기가 처음이다. 아파트 단지가 크니 관리사무소도 큰 거 같다.

소장실에 들어갔던 관리사무소 여직원이 다시 나와 물었다.

"어디 경찰서인가요?"

"서울중부경찰서 형사과입니다."

그녀가 갑자기 의심스러운 눈빛으로 물었다.

"네? 서울중부서요?"

"네."

"매번 오던 시경 소속 형사나, 인근 경찰서 소속이 아니잖아요."

나는 그녀를 안심시키기 위해 지갑에서 경찰 신분증을 꺼내어 보였다.

"이번 탈주범 사건 때문에 차출되었습니다. 여기 신분증."

그녀가 대충 내 신분증을 보더니 말했다.

"이쪽으로 따라오세요. 소장님이 오늘은 그냥 보여 주는데 다음에는 공문을 가져오시랍니다."

"네, 꼭 그렇게 하겠습니다."

후~ 다행이다.

그녀가 나를 안내하며 앞장서서 빠르게 걸었다.

짧은 검은색 가죽 치마를 입은 그녀는 내가 쫓아오든지 말든지 앞만 보며 빠르게 걸어간다. 나는 그녀의 부담스러운 짧은 치마에 눈길을 주지 않으려고 신경 쓰며 걸었다.

"저기 안쪽이 CCTV 기계실인데, 보고 알아서 가세요."

"네, 감사합니다."

그녀가 안내해 준 곳은 커다란 컴퓨터 모니터들이 벽면을 가득 채우고 있는 기계실이었다. 상아색 조립식 패널들이 일자로 기둥처럼 여러

대가 세워져 있고 그 속에 컴퓨터 본체들이 가득했다.

벽에는 대형 모니터 화면 2개와 작은 모니터 화면 4개가 붙어 있었는데 영화관 스크린처럼 커서 한 번에 6개를 동시에 보기 힘들었다.

나는 지하 주차장과 엘리베이터 CCTV 화면은 무시하고 아파트 입구를 비추는 화면에 집중했다. 모두 총 4개의 출입구가 있었다.

우선 CCTV 검색 날짜를 탈주범이 탈주한 날로 맞추고 4개의 분할된 화면을 응시했다.

요즘 형사들 하는 일이 지금처럼 CCTV를 보는 게 대부분이다. 그래서 나는 CCTV를 검색하고 분석하는 것은 이제 전문가 수준이 다 되어 있었다.

아파트 CCTV는 최신형이라 자동 모션 기능이 있어 CCTV 앞으로 차와 사람이 지나가면 자동으로 녹화가 되었다. 이것은 나에게 많은 시간과 체력을 절약하게 해 주었다.

빠르게 돌리다 녹화되는 순간에만 화면을 멈추고 집중해서 살펴보며 확인했다. 많은 사람과 차가 내 눈앞에서 휙휙 빠르게 지나갔다. 의심스러운 사람이 보이면 멈춰서 탈주범인지 확인하고, 이런 지루한 작업을 2시간가량 이어 나갔다.

관리사무소에서 일하는 또 다른 여직원이 나에게 커피 믹스를 한 잔 타서 가져다주었다.

나는 커피를 점심 식사 대용으로 마시며 화면을 응시했다. 따뜻하고 달콤한 액체가 내 위장을 달래 주니 일시적으로 피곤함이 사라졌다.

이때 한순간 훅 지나가는 흰색 블라우스 여성이 보였는데 약간 의심스러웠다. 분홍색 롱스커트를 입어 누가 보더라도 여성스러운데 걸음걸이가 어색했다.

CCTV 재생을 1.2배속으로 조정하여 여성의 걸음걸이를 다시 보니 여성스럽게 걸어가는 것처럼 보이기도 했다. 하지만 1배속으로 돌리니 자연스럽지 않다.

왠지 모르게 부자연스럽게 아파트 단지를 나가는 모습이 수상쩍다. 치마를 자주 내려다보고 주위를 두리번거리는 모습이 영 어색하다.

그리고 분홍색 치마에 어울리지 않게 남성용 구두처럼 생긴 신발을 신고 있다.

*

CCTV가 가끔 현재 시간과 오차가 나는 경우가 있어 시간을 체크해 보았다. 현재 녹화 중인 지하 주차장 CCTV 시계와 핸드폰 시간을 비교해 보니 시간 편차는 없다.

나는 이 여성이 아파트 단지를 나가는 시간을 체크했다. 이 분홍색 치마가 탈주범은 아닐지라도 뭔가 냄새가 난다.

나는 새벽 시간에 아파트 단지를 빠져나가는 그녀의 뒷모습에서 박정민의 뒷모습과 겹치는 데자뷔를 느꼈다. 나만의 촉이라고 해야 할까?

핸드폰으로 그녀의 뒷모습과 옆모습, 희미한 얼굴을 근접 촬영을 하고, 다시 걸어가는 모습을 가져온 USB에 다운받았다.

그 후 CCTV에는 분홍색 치마를 입은 여성 말고는 의심스러운 사람이 없어 철수하기로 했다.

나는 퉁명스러웠던 관리사무소 여직원에게 다가가 질문하려다 커피를 가져다준 여성에게로 몸을 돌렸다.

"CCTV 잘 보았습니다. 그런데 여기 들어오는 입구가 4개뿐인가요?"

"아니요. 상가 계단으로 들어오는 곳이 있는데 거긴 CCTV가 없어요."

"아, 그래요? 그럼 여기 화면 좀 봐 주세요."

나는 그녀에게 핸드폰으로 방금 찍은 영상을 보여 주며 물었다.

"여기가 어느 쪽 입구 CCTV 화면인가요?"

"음, 여기는 상가 옆에 난 입구네요."

"여기로 가려면 어디로 가야 하나요? 하도 단지가 커서요."

"관리사무소에서 나가 오른쪽으로 쭈욱 가셔요. 그럼 출구가 나올 거예요."

"네, 감사합니다."

밖으로 나와 그녀가 말한 입구 쪽으로 걸었다. 걷는 와중에도 아파트 단지 구석구석을 살피며 혹시 탈주범이 이곳으로 몰래 들어와 숨을 수 있는 곳이 있는지 살펴보았다.

그때 아파트 경비원이 경비실에서 나와 담배를 태우고 있는 게 보였다. 담배를 태우는 모습이 마치 서부 영화 속의 늙은 보안관 같다. 나이가 지긋한 경비원의 눈 밑 주름살이 미국 영화배우 클린트 이스드우드를 떠올리게 만든다.

나는 자석에 끌려가듯이 그 경비원에게 다가가 참고할 만한 게 있는지 질문 몇 개를 던져 보기로 했다.

"선생님, 안녕하세요. 저는 서울중부서 형사과에서 나왔습니다."

공허했던 그의 눈이 담뱃불처럼 반짝였다.

"탈주범 때문에 왔구먼."

"네, 혹시 탈주범이 탈주한 날 근무를 하셨나요?"

"아니, 난 그다음 날 근무했어."

"그러셨구나. 혹시 말이죠, 텔레비전에서 보셨겠지만 구치소에서 가장 가까운 이곳에 탈주범이 오지 않았을까 싶은데, 어떻게 생각하세요?"

그가 무관심한 표정으로 퉁명스럽게 대답했다.

"그걸 왜 나한테 물어봐. 형사 양반이 찾아봐야지. 중부서라고 했나?"

"네."

"이봐, 기분 나빠?"

나는 손을 흔들며 대답했다.

"아닙니다."

"장민환이 아직도 중부서에서 근무하나?"

"장민환요? 장민환은 우리 팀장님이신데."

"그래, 자네 팀장이라고? 나와 근무할 때는 막둥이였는데."

"경찰 선배님이시군요. 몰라봤습니다."

"내가 한 가지 말해 줄게. 그냥 참고해 봐."

"네, 선배님."

그는 잠시 머뭇거리더니 입을 열었다.

"탈주범이 탈주한 뒤 다음 날 재활용 의류 수거함에서 우연히 교도관복을 발견했어. 경찰 근무복인 줄 알고 유심히 살펴보았는데 아니더라고. 그래서 확인해 보니 교도관들이 입는 옷인 거야."

"교도관요? 그럼 명찰을 확인하셨나요?"

"명찰 오버로크 부분을 칼로 뜯어 놨더라고, 옷도 군데군데 칼질을 해 놓아서 경찰복처럼 생기지 않았더라면 내가 관심을 갖지도 않았을 거야. 내가 곰곰이 생각해 봤는데 우리 아파트에는 교도관이 살지 않아. 그리고 자네도 알잖아. 교도관이나 경찰관들이 근무복을 이렇게 함부로 버리지 않는다는 것을."

우리 경찰들은 근무복이 낡고 허름해지면 그냥 버리지 않는다. 경찰서 장비 담당이 지정한 날짜에 헌 옷을 가져와 한 번에 모아서 폐기 처분한다. 교도관들도 분명 똑같이 하지 않을까 싶다.

그렇다면 탈주범이 교도관 복장으로 나와 이곳에 옷을 버렸을까?

경비원의 말을 들으니 분홍색 치마가 더욱 의심이 간다.

"그렇죠. 혹시 이것을 다른 경찰관에게 말씀하셨나요?"

"말할 타이밍이 지나 버렸어. 경비원 옷인지 아닌지도 확인을 해 봐야 해서. 그래도 때마침 자네가 왔으니 이런 말을 해 줄 수 있어 다행이야. 내 생각인데 탈주범이 교도관복을 입고 탈주하지 않았을까 싶어."

"선배님, 혹시 그 교도관 옷을 보관하고 있나요?"

"아니, 그냥 사진만 찍었어. 옷은 재활용 업체에서 가져갔는데, 필요하면 연락처 알려 줘?"

"네, 선배님. 이거 제 명함인데 여기로 사진이랑 연락처 같이 보내 주세요."

경비원 선배님이 내 명함을 유심히 살펴보며 고개를 끄덕였다. 그러고는 즉시 핸드폰을 꺼내어 내 명함에 나온 핸드폰 번호로 사진과 연락처를 전송해 주었다.

"감사합니다. 선배님, 혹시 궁금한 점이 있으면 방금 메시지 보낸 이 번호로 연락드리겠습니다."

"알겠어. 그리고 잠깐만."

그는 핸드폰으로 연락처를 한참 뒤적이더니 누군가의 번호를 찾아내고는 내게 물었다.

"장민환이 핸드폰 번호가 010-44××에 ×××× 그대로인가?"

"잠시만요. 저도 외우고 다니지 않아서."

연락처에 '개코'라고 치고 검색해 보니 팀장 번호가 맞았다.

"네, 선배님. 맞습니다."

"민환이에게 안부나 전해 줘."

"네, 선배님. 그런데 누구시라고 전해 드릴까요?"

그의 경비복에 김상기라고 적힌 명찰이 있었지만 그래도 이름을 물어보았다.

"아냐, 그냥 놔두게. 별로 좋았던 사이도 아닌 것 같아. 내가 그놈에게 일을 많이 시켜 먹었거든."

그의 눈빛이 아쉬움으로 약간 흔들린다.

"네, 잘 알겠습니다."

"참, 그리고 내가 하나 조언해도 될까? 나도 30년 넘게 형사 생활을 해 봐서."

30년이라는 말을 듣자 절로 숙연해졌다.

"물론이죠, 선배님."

"자네 지금 혼자 돌아다니는 것을 보니 지시받아서 움직이는 것 같지는 않은데 말이야. 맞아?"

나는 머뭇거리며 대답하지 않았다. 그가 무슨 의도로 하는 말인지 알 수 없어서 그냥 가만히 있었다.

"너무 고깝게 듣지는 마. 마음에 와닿으면 가슴에 새기고 마음에 맞지 않으면 흘려버려. 형사는 말이야, 지시 내리기 전에 움직이는 게 형사야. 능동적이어야 해. 항상 지시 내리는 일만 하지 말라는 뜻이니까 참고하게."

"네, 선배님. 깊이 참고하겠습니다."

경비원 선배님께 꾸벅 90도로 인사를 하고 관리사무소에서 CCTV 화면으로만 보았던 출입구로 향했다.

나는 의심했던 여성이 걸어간 출입구에 서서 정원수로 심어 놓은 소나무 높이를 재 보았다. CCTV 화면에서 그녀는 이 소나무의 절반 위치에 뻗은 나뭇가지에 머리끝이 닿았다. 소나무 옆으로 걸어간 그녀의 키가 대충 160cm에서 165cm 사이 정도 된다는 뜻이다.

탈주범 박정민의 키가 162cm 정도 되니 만일 그가 여자 옷을 입고 빠져나갔다면 그녀가 그놈일 가능성은 있다.

일단 나는 그녀를 추적하기로 마음먹었다. 내가 그렇게 마음먹은 것은 탈주범이 탈주한 시간에 남자라는 남자는 모든 수사관이 조사했을 것이기 때문이다. 그래서 나는 불확실하지만, 분홍색 치마를 입은 그녀를 파 보기로 한 것이다.

내 촉이 그랬다.

그녀가 나간 아파트 출구를 따라 한참을 걸어갔다. 상가에 설치된 사설 CCTV가 보이면 무작정 들어가 억지로 협조를 구해서 열람했다.

지금처럼 말이다.

미용실에 들어가자 젊은 남자의 머리를 커트하던 여사장이 나를 힐끗 한 번 보더니 고개를 돌렸다. 그리고 그녀는 무덤덤하게 하던 일을 하며 말했다.

"또 CCTV 확인하러 왔어요? 형사 양반."

이 미용실 여사장은 어떻게 내가 형사인 줄 알았을까?

"네."

나는 고개를 끄덕이며 대답했고 그녀는 들고 있던 가위로 CCTV가 설치된 미용실 구석을 가리켰다. 아마 사람들을 만나고 상대하는 직업인지라 내 모습에서 경찰 이미지가 보였을 거로 추측해 본다.

미용실에 설치된 CCTV에서 내가 쫓는 그녀가 택시 승강장까지 한 젊은 남성과 함께 걸어가는 모습이 확인되었다. 갑자기 젊은 남성이 나타나니 내가 쫓는 탈주범이 아닌 것 같다는 생각이 들었다.

이 남성은 청바지에 검은색 헐렁한 티셔츠를 입었는데 고등학생 아니면 대학생처럼 앳된 모습이다. 약간 거리를 두며 걸어가는 모습에서 두 사람이 가까운 사이는 아닌 것 같았다. 하지만 탈주범이 나오자마자 도와주는 사람이 있다는 것은 선뜻 이해하기 어렵다. 왠지 지금까지 헛수고한 기분이 들었다.

엉뚱한 사람을 탈주범이라 생각하고 뒤를 쫓고 있으니 참 한심하다. 능동적인 수사는 개뿔이고 그냥 집에 가서 맥주나 마시고 쉬고 싶어졌다.

모든 것을 포기하고 돌아가려고 할 때 미용실 문이 열리더니 청바지에 검은색 헐렁한 티셔츠를 입은 젊은 남성이 들어왔다.

정말 기가 막힌 타이밍이다. 내가 CCTV로 지금 들어온 남자를 보고 있을 때 그 사람이 눈앞에 나타나다니 말이다.

"엄마, 교재 사게 15만 원만 주세요."

이 젊은 남성은 미용실 사장의 아들인 모양이었다.

"어제 샀잖아. 또?"

"어제는 교양 과목이고 오늘 전공과목 교재예요."

나는 대학생으로 보이는 젊은 남성이 엄마에게 용돈을 타려고 거짓말하는 게 보였다.

나도 한때 저랬던 기억이 떠오른다.

그는 엄마에게 용돈을 받아 뒤도 돌아보지 않고 나갔다. 나는 재빨리 그 남성을 쫓아갔다. 그리고 빠르게 걸어가는 그의 앞을 막고 질문을 던졌다.

"저기요, 지난 6월 3일 새벽에 분홍색 치마를 입은 어떤 여자와 함께 걸어가던데, 기억나세요?"

그가 눈을 동그랗게 뜨며 물었다.

"누구세요?"

"아! 맞다."

나는 바지 뒷주머니에서 반지갑을 꺼내고 거기서 다시 경찰 신분증을 꺼냈다.

"서울중부서 형사입니다. 6월 3일 새벽에 분홍색 치마를 입은 여성과 함께 걸어가던데, 서로 아는 사이세요?"

잠깐 생각하던 그가 대답했다.

"처음 보는 사람이에요. 갑자기 나타나서 저에게 무섭다고 택시 타는 곳까지 함께 가 주면 안 되냐고 하더라고요. 그래서 같이 택시 타는 곳까지 간 게 전부예요."

"이상한 점은 없었어요?"

"음, 이상한 점이라? 딱히. 아, 맞다. 목소리 톤이 약간 굵었는데, 허스키하다고 해야 하나."

나는 마치 여자처럼 보이도록 가늘게 말해 보았다.

"여자처럼 보이도록 이렇게 '저 좀 도와주세요.' 하던가요?"

"아! 그러고 보니 그 목소리네요. 딱 그런 목소리였어요."

6화.
꽃뱀

탈주범이 여자로 변장하여 택시 승차장까지 가서 택시를 타고 사라진 것 같았다.

나는 대학생이 알려 준 택시 승차장으로 갔다. 택시 승차장 바로 앞 회색 건물에 CCTV가 보였다. 아주 오래되고 낡은 건물이라 CCTV가 없을 것처럼 생겼지만 의외로 아파트 주차장에서 보았던 대형 CCTV 카메라가 설치되어 있었다.

탈주범으로 예상되는 그녀는 CCTV가 없는 장소에서 택시를 탔겠지만, 일반인이 설치한 CCTV까지는 확인하지 못한 것 같다.

이제 택시 동선만 추적하면 게임 끝이다.

탈주범을 금방이라도 검거할 것 같은 희망에 기분이 좋아지기 시작했다. 하지만 나의 기대와 다르게 인근 상가 건물에 설치된 CCTV 화질이 좋지 않았고, 밤이라 택시 번호를 확인하기 어려웠다.

영상에서는 어두운 거리에 택시가 다가오자 화면이 일시 환하게 밝아졌다. 택시의 전조등에 치마를 입은 범인의 뒷모습만 보이고 그녀가 탄 택시 번호는 전혀 확인되지 않았다.

멈췄던 택시가 범인이 타자 부드럽게 움직인다.

5초도 안 되는 짧은 영상을 계속 되감기로 여러 번 반복해서 보았다. 화면이 어둡고 선명하지 않아 도저히 택시 번호를 확인할 방법이 없다.

나는 포기하지 않고 택시 번호를 찾을 방법을 생각해 보았다.

택시 동선을 모르니 방범용 CCTV를 모두 확인하는 것은 나 혼자서 무리다.

그때 기막힌 생각이 떠올랐다.

택시 번호는 확인이 되지 않았지만 택시 옆면에 붙어 있는 광고판은 확인된다. 이 광고를 낸 회사를 찾는 것이다. 그리고 택시에 광고 의뢰한 회사를 찾은 다음 어디 택시 회사에 의뢰했는지 알아내는 것이다.

택시 회사를 알아낸 후에는 해당 시간에 이곳에서 일한 택시를 수소문하면 게임 끝이다. 택시마다 GPS가 설치되어 있으니, 회사만 알면 금방 택시 번호도 알 수 있을 거다.

오늘 하루를 의미 없이 보내지 않은 것 같아 만족스럽다. 한 가지 아쉬운 점이 있다면 2호선 여인을 보지 못한 것이다.

그녀는 왜 오늘 출근을 하지 않은 것일까? 혹시 아픈 것은 아닐까?

그냥 지하철 손잡이에서 그녀의 지문을 떠서 신원 조회를 해 버릴까? 그러면 그녀의 정보를 알 수 있고 그녀의 집 근처도 서성거릴 수 있는데.

아니다. 그러다 스토커로 몰릴 수 있으니 이런 생각은 하지 말자.

스토킹 처벌법에 명시된 스토킹의 행위 중에는 피해자가 다니는 곳을 자주 서성이거나 머무는 행위도 포함되어 있다. 요즘 하도 정신 이상자들이 많아져서 이런 법이 만들어진 것 같다.

과거에는 열 번 찍어 안 넘어가는 나무 없다면서 무식하게 여성에게 대시하던 시절도 있었지만, 지금은 그랬다가는 쇠고랑을 차게 된다.

나는 고개를 흔들며 중얼거렸다.

"쓸데없는 생각 말고 일이나 집중하자. 연쇄살인범을 잡아 특진하고 멋지게 형사과를 탈출하자."

이때 핸드폰이 울렸다. 전화번호를 확인해 보니 사무실 번호다.

분명 내가 휴가 중인 것을 알 텐데. 혹시 사건이 발생했나?

내 불길한 예감은 언제나 적중한다.

핸드폰을 받는 순간 박 선배가 무게를 잡으며 말하는 소리가 들렸다.

- 여보세요.

"네, 선배님. 강철입니다."

- 네 사건 관련자가 자살했어. 빨리 사무실로 튀어 와야겠어."

"네? 제 사건 누구요?"

- 그때 그 납치 강간한 연예인 구수한.

"아! 주임님, 언제 자살했는데요?"

- 어젯밤에 자살했나 봐.

자살했는데 나를 찾는다는 것은 자살이 아니라는 뜻인가? 분명 무언가 잘못된 게 있으니 나를 부르는 것이다.

탈주범이 탄 택시 광고 회사를 조사해야 하는데….

나는 아쉬움을 뒤로하고 급하게 사무실로 향했다.

지하철역으로 발길을 향하는데 빗방울이 하나둘 떨어진다. 장마가 시작되려나 보다. 저녁 7시가 넘어도 훤했는데 지금은 하늘이 어두워져 벌써 밤 같은 분위기다.

비를 맞으며 사무실 아는 형사들에게 전화하여 납치 강간범의 자살에 관한 이야기를 대충 전해 들었다.

죽은 연예인은 한강 근처에서 차량 내부에 번개탄을 피우고 자살했다. 내가 아직 불러서 조사도 하지 않았는데, 심리적인 부담감과 피해자에게 미안하다는 내용의 유서를 남기고 말이다.

나는 지하철을 타고 사무실에 가는 동안 형사는 사람이 할 짓이 아니라는 생각이 자꾸 들었다.

죽으려면 그냥 죽지, 내가 무슨 심리적 압박감을 주었다고 닝기리 자살하냐고.

아니, 구수한 씨 왜 죽었어요? 내가 억울한 누명을 벗게 해 드리려고 마음먹고 있었는데.

잠시 뒤, 사무실에 도착하여 어떻게 된 일인지 알아보았다. 박 선배가 나의 궁금증을 하나둘 풀어 주었다.

"유족들이 실종 신고를 해서 오늘 새벽에 찾았나 봐. 구수한이 승용차 안에서 번개탄을 피우고 죽었는데 유서가 발견되었어. 그래서 관할 경찰서에서 너를 찾더라고. 그리고, 청문에서도 널 찾아. 일단 이게 전부야."

"그럼 죽은 시간은요?"

"어젯밤 11시인가 봐."

"사망 시간은 정확한가요?"

"그거야 나야 모르지. 내가 조사했냐? 마포경찰서 형사과에 네가 직접 물어봐."

나는 멍한 표정을 지으며 대답했다.

"알겠어요."

"야, 너 내 말 듣고 있냐?"

"듣고 있어요."

"또 한 가지, 내가 급히 널 부른 것은 청문에서 널 찾는다고."

"청문에서요."

"그래, 이번 일로 무슨 꼬투리가 나오면 징계를 때리려나 봐."

"아니, 내가 조사도 안 했는데 뭔 징계를 때려요. 참, 어이없네."

"아이, 씨발. 나도 모르겠다. 나도 위에서 시켜서 널 부르는 거라. 일단 청문감사관실에 가 봐. 부청문관이 너를 찾아 빨리 부르래."

짜증이 확 밀려왔다. 그렇다고 박 선배에게 화를 낼 수도 없다.

"그냥 마포경찰서부터 다녀올게요. 청문은 저 휴가라 연락이 안 된다고 전해 주시고요."

내 말에 박 선배가 고개를 끄덕이며 엄지손가락을 앞으로 쓱 내밀었다.

"우와, 강철이 이제 형사가 다 되었네. 그렇지. 원래 형사는 말이야, 경찰서장하고도 맞짱 뜨고 배짱이 두둑해야 하는 거야. 그래, 마포서부터 다녀와."

나는 청문관실에 불려 나가 조사받는 것이 싫었다. 솔직히 쫄았다는 것이 맞겠지.

이런 속내를 들키지 않으려고 내뱉은 말인데 오히려 칭찬을 들으니 우쭐해졌다.

우선 구수한 자살 사건의 담당을 알고 싶어 내선 전화로 마포서 형사과에 전화를 걸었다.

"중부서 형사과에 근무하는 강철입니다. 네, 안녕하세요. 혹시 구수한 씨 변사 사건 담당이 누구인지 알 수 있을까요? 네, 장길준 형사님이요. 네, 혹시 연결해 주실 수 있나요? 네, 감사합니다."

조금 기다리자 다시 전화를 처음 받은 남자의 목소리가 들렸다.

– 잠시 자리를 비웠다고 하네요. 연락드리라고 할까요?

"아닙니다. 제가 직접 만나서 이야기 나눌 것도 있고 지금 찾아가겠다고만 전해 주십시오."

– 네, 그렇게 전하겠습니다.

머릿속이 복잡해진다. 일반인도 아니고 연예인의 죽음이다. 그리고 경찰 수사의 압박감이라고 쓴 유서까지.

보나 마나 언론에서 냄새를 맡고 기사를 쓸 게 분명하다.

경찰서마다 수시로 출입하는 기자들이 있다. 기자들은 처음에는 상냥한 미소로 경찰관에게 접근하지만, 그들이 쓰는 기사 내용은 전혀 친절하지 않다. 경찰에 대한 온갖 부정적인 언어들이 가득하게 기사를 쓴다. 뉴스 제목도 가관이다.

[얼빠진 경찰]

[정신 나간 경찰들]

[민주 경찰 이래도 되나?]

상당히 자극적으로, 누가 보면 경찰이 아주 죽을죄를 지은 것처럼 쓴다. 어쩌면 이번 기자들의 마녀사냥 놀이에 내가 희생양이 될 수도 있다.

나의 불길한 예감은 자주 맞는데, 이번에는 제발 틀리길 바랐다.

사무실을 나서자 장대비가 쏟아졌다. 하늘을 올려다보니 금방 그칠 비가 아니다.

아침에 출근하기 전 인터넷을 열어 날씨를 한 번씩 확인하고는 한다. 그제는 흐린 날씨에 강수 확률이 70%라고 해서 우산을 챙겼지만, 역시나 비가 오지 않아 사무실에 우산을 놔두고 그냥 퇴근했다. 오늘도 마찬가지로 비가 온다는 내용을 확인했고 강수 확률이 30%라고 해서 우산을 가지고 나오지 않았다.

그런데 비가 쏟아지고 있다.

다시 사무실로 들어가 구석에 보관된 주인 없는 우산 중에서 제일 크고 단단해 보이는 놈을 챙겨 나왔다.

밖으로 나와 우산을 펼치니 캠핑용 텐트처럼 빈틈없이 나를 지켜 주는 느낌이 들었다.

이 좋은 우산으로 아름다운 2호선 여인과 빗속을 함께 걷고 싶다.

그녀도 같은 하늘 아래에 있으니 똑같은 비를 맞고 있겠군.

이 비가 일주일 정도 내렸으면 좋겠다. 그리고 이 비에 세상이 잠겼으면 좋겠다. 이 더러운 사건이 물에 잠기게 말이다.

나는 죽은 구수한 씨를 만나지는 않았다. 전화 통화를 한 번 한 게 전부다.

그는 납치 강간으로 지구대에 임의 동행되어 잠시 머물며 수사 서류를 작성하고 귀가했다.

그 후 이 빌어먹을 사건 서류가 핑퐁 게임처럼 여청과와 형사과를 왔다 갔다 하더니 결국 내가 배당받게 되었다.

나는 똥 밟았다 생각하며 구수한 씨와 예전에 전화 통화를 하던 기억을 꺼내 보았다. 당시 그는 무척 억울했는지 울먹이는 듯한 목소리로 말했다.

"중부서 강 형사님입니다. 사건 때문에 전화드렸습니다."

— 네.

"첫 만남부터 납치 신고 전까지 있었던 일을 자세히 듣고 싶습니다."

— 음, 배혜영과 만나지 않아야 했는데…. 진짜 이렇게 될 줄은 몰랐네요. 하지만 다시 그때로 돌아간다고 해도 그녀를 만났을 것 같습니다.

"그게 무슨 말인가요?"

— 배혜영 씨가 뭐든지 적극적으로 나와서 놀라기는 했지만, 기분 나쁘지는 않았거든요. 뭔가 대접을 받는 느낌도 들었어요. 뭐랄까? 왕처럼 대접받는다고 표현해야 하나. 그리고 편안했어요. 항상 저를 먼저 배려해 주었거든요.

"그런데 왜 납치 강간이라고 신고했을까요?"

- 그게, 아마도 돈 때문인 것 같습니다. 처음에는 안 그랬는데 나중에 이런저런 핑계로 돈을 요구하더라고요.

"무슨 핑계로 돈을 요구하던가요?"

- 엄마가 아프다고 하더라고요. 아! 그 전에 제가 먼저 돈을 줬어요. 그녀가 요구하지 않았는데 그냥 주고 싶더라고요. 지금 생각해 보면 이상하게 들릴지 모르겠지만 돈을 안 주면 안 될 것 같은 묘한 분위기가 그녀에게 있어요. 자신의 집에 초대해서 비싼 재료로 음식을 맛있게 요리해 주었는데 음식값으로 수고비는 줘야 할 것 같더라고요. 그뿐만 아니라 제 온몸을 한 시간 넘게 마사지해 주었는데 중국 황제나 왕이 된 기분이 들었어요. 이때도 너무 고마워서 수고비를 줘야 할 것 같았어요.

"마사지는 어디서 받았습니까?"

- 그녀의 집에서요. 매우 훌륭한 집에서 살더라고요. 그런 곳에서 마사지를 받으니 정말 왕이 된 것 같았어요. 그리고 뭐라고 표현해야 하나? 음, 다른 남자는 없고 오로지 저만 이 여성에게서 사랑을 받는다. 그런 느낌. 그래서 고마움을 표현해야겠다 싶더라고요. 참! 제가 여자를 외모로 평가하는 사람은 아닌데 그때는 이 여인이 아름답게 보이더라고요.

왜 자꾸 왕이 되었다는 표현을 쓰는지 이해가 되지 않았다. 그녀가 시녀처럼 굽신굽신 비위를 잘 맞추어 주었을까?

궁금했지만 그보다 더 궁금한 것을 곧장 질문했다.

"돈도 주시고 잘하셨네요. 그런데 혹시 그녀와 성관계를 하셨나요?"

그가 잠시 망설이다 말했다.

- 네, 부끄럽지만 관계를 자주 했습니다. 처음 관계를 하게 된 계기가 말입니다. 그녀에게 마사지를 받으면서….

그가 잠시 머뭇거린다. 같은 남자지만 그래도 부끄러운 모양이다.

- 이런 변명이 들리지 않으시겠지만, 상당히 자극적으로 신체 접촉을 해요. 하체, 특히 민감한 부분을 자극하다 보니 저도 모르게 발기가 되었어요. 그러다 자연스럽게 그녀가 애무를 하더라고요.

"음, 혹시 성관계가 끝나고 돈을 주셨나요?"

- 네, 물론 처음에는 주지 않았어요. 하지만 두 번째부터는 제가 원해서 관계를 하고 돈을 주게 되었어요.

"선생님 저는 이해가 잘 안되네요. 그녀가 먼저 유혹도 하고 선생님은 돈까지 주었는데 왜 신고를 했을까요? 액수가 적어서 그랬을까요?"

- 하아, 아마 그럴지도 모르겠습니다.

"네?"

- 두 번째 섹스 후에 제가 지갑에 있던 돈을 다 주었어요. 아마 오십만 원 정도 되었을 겁니다. 굉장히 좋아하더라고요. 그런데 그 후부터 관계를 맺은 후에 오십만 원을 주니까 표정이 별로 안 좋더라고요. 그래서 백만 원을 줬습니다. 그러자 표정이 환해지고 절 다시 왕처럼 대하더라고요.

나는 그와 대화하면서 그녀가 꽃뱀이라고 확신했다.

보통 꽃뱀은 젊고 예쁘며 나이 많은 남자를 유혹한다. 나이가 많은 남자는 젊은 여자가 호감을 가지고 접근을 하게 되면 꽃뱀인지 아닌지 의심부터 해 봐야 한다.

그런데 꽃뱀이라고 다 젊고 예쁜 것은 아니구나. 남자들이여, 뚱뚱하다고 방심하지 말자.

그의 이야기는 계속 이어졌다.

– 어느 날 그녀가 저에게 엄마가 아프다면서 병원비로 너무 큰 액수를 요구하더라고요. 액수가 커서 제가 일언지하에 거절했어요. 금액이 너무 크더라고요.

"얼마를 요구했는데 그러죠?"

– 3억 원이요.

"네??? 3억이요? 미친 것 아닌가요? 무슨 병원비가 말도 안 되게 3억 원이나 나와요."

– 그게 그녀의 말로는 엄마가 미국 여행 중에 큰 사고를 당했다고 하더라고요. 그런데 미국 병원에서 그녀에게 3억 원을 당장 주지 않으면 수술을 할 수 없다고 그렇게 말했다는 거예요.

"5월 18일에 그렇게 큰 금액을 요구했다는 말인가요? 그럼 그런 말을 한 증거 같은 것은 있나요?"

– 아니요. 그냥 말만 했어요. 그리고 제가 항상 용돈 하라고 돈을 줄 때 현금으로만 줘서 기록이 없어요. 이럴 줄 알았으면 계좌 이체라도 할 걸 그랬어요.

"알겠습니다. 일단 제가 좀 더 알아보고 조사 일정을 잡도록 하겠습니다."

– 형사님, 꼭 좀 제 억울함을 밝혀 주십시오. 대낮에 제가 어떻게 모텔로 납치하고 강간을 하겠습니까?

"네, 잘 알겠습니다."

- 형사님, 이 사건에 변호사가 필요할까요? 변호사를 선임할까요?

"아니요. 선생님은 전과도 없고 도주 우려도 없으니 구속될 사건도 아닌 것 같아요. 돈 아깝게 변호사 쓰지 마시고 잘못되었을 경우 그 돈으로 벌금이나 내세요. 그러니 일단은 그냥 계셔 보세요. 혹시 제가 변호사가 필요하다 싶으면 연락드리겠습니다."

- 네, 감사합니다.

나는 연예인 구수한에게 말실수를 한 것은 없었는지, 그에게 불안감을 주는 말을 한 적이 있는지 통화 내용을 다시 찬찬히 되짚으며 생각해 보았다.

내 기억으로는 전혀 없었다. 오히려 그가 나에게 고맙다고 인사까지 하고 전화를 끊었다.

그런데 왜 구수한은 그런 유서를 남겼을까? 내가 그를 괴롭게 한 것은 없는지 다시 한번 생각해 보았지만 정말 모르겠다.

이렇게 그와 통화했던 내용을 곱씹으며 마포서로 향했다.

마포서에 도착하여 장길준 형사를 만났다. 장길준 경장은 30대 중반으로 첫인상이 웃는 상이었다. 그의 첫인상을 보고 나는 그가 형사계에 오래 근무하지 않았다고 판단했다.

오래 근무한 베테랑들은 저런 웃는 상을 절대로 가질 수 없다. 늘 흉악범들을 대면하다 보니 저절로 인상이 찡그려져 결국 경찰인지 건달인지 알 수 없는 얼굴이 된다.

그리고 과음과 야간 근무 등 고된 업무에 적응되어 피부색도 어두운 톤으로 바뀐다. 아직 그의 피부가 하얀 것을 보면 형사 물을 일 년 정도 먹은 게 분명하다.

그는 나에게 구수한에 대한 정보를 물었다. 나는 솔직하게 대답했다.

"전혀 조사하지 않았고, 전화 통화 한 번 한 게 전부입니다. 국과수에 피해자 질액을 의뢰한 것이 있는데 거기서 피의자의 정액이나 DNA가 검출되면 조사할 생각이었습니다."

"그런데 피의자는 왜 심리적으로 압박감을 느꼈다고 유서를 작성했을까요? 알다가도 모르겠네요."

"제 말이요. 저는 피해자라고 고소한 여성분을 꽃뱀으로 보고 조사할 예정이었거든요."

"꽃뱀이요?"

"여자가 먼저 유혹을 했어요. 마사지를 해 주고 싶다. 맛있는 요리를 만들어 주고 싶다. 이런 글들을 본인 블로그에 댓글을 남긴 구수한 씨와 주고받았거든요. 그리고 돈도 요구했고요."

"흥미롭네요. 뭐 하는 여자인가요?"

"뭐, 딱히 하는 일은 없고 맛집과 요리에 관한 블로그와 유튜브를 운영하는 여성이에요. 그러다 구수한이 블로그로 찾아와 댓글을 달자 답글로 먼저 유혹했어요. 내용은 비밀 댓글이라 뭔지 모르지만 구수한 씨가 그렇게 말하더라고요."

그가 음식을 상상했는지 혀를 살짝 내밀며 말했다.

"맛집과 비밀 댓글이라."

"그런데 혹시 타살 의심 정황은 있나요? 조사는 해 보았나요?"

"유서도 있고, 다 탄 번개탄도 있는데요. 누가 봐도 자살이죠."

조금 안일하게 사건을 대하는 것 같다. 사건 처리를 하는 모습이 누구를 닮은 것 같은데 누군지는 기억나지 않았다. 그냥 일하는 모습이 내가 아는 누군가를 닮았다.

"죄송한데 현장 사진을 제가 볼 수 있을까요?"

"이런 거 아무나 보여 주면 안 되는데. 아시잖아요?"

장길준은 약간 겉멋이 든 형사 같았다. 나도 처음에는 형사라고 저렇게 어깨에 힘이 많이 들어갔던 것 같다.

그러고 보니 기억나지 않던 닮은 인물이 바로 '나'라는 것을 깨달았다. 장 형사로부터 내 안 좋은 모습이 비치자, 나도 모르게 쓴웃음이 나왔다.

나는 그의 어깨에 힘을 실어 주듯이 애원조로 말했다.

"부탁드립니다. 저 이 문제로 내일 청문감사관실에 가서 조사를 받아야 하거든요. 변명할 거리라도 있는지만 보겠습니다."

그가 머뭇거리다 옆자리에 앉아 수사 서류를 정리하는 고참 선배에게 물어보았다. 선배가 고개를 끄덕이며 무슨 말을 하자, 그는 다시 내게 돌아와 말했다.

"외부에 유출되지 않도록 해 주세요. 연예인이라 기자들이 벌써 냄새 맡고 취재하고 있어요."

"네, 잘 알겠습니다."

그는 나에게 현장 사진과 변사와 관련된 수사 보고서 등을 보여 주었다.

구수한은 승용차 운전석에 앉아 있었고, 조수석에는 다 탄 번개탄이 있었다. 차 문은 잠겨 있고 차 안에 일회용 라이터가 있는 모습이다.

번개탄을 피운 차 내부가 깨끗하다.

구수한의 얼굴을 보니 편안한 모습이다. 조금도 고통스러워한 기색이 보이지 않아 의아했다.

사진을 뚫어지게 보는 나에게 장 형사가 말했다.

"곧 부검 의뢰하려고요. 유족들은 자살인데 왜 부검을 하냐고 난리지만 그래도 명확하게 사인을 규명해야 한다고 겨우 설득했어요."

"왜 유족들이 부검을 반대하죠?"

"죽은 분이 구창범이라는 이름으로 한때 유명했잖아요. 그러다 인기가 떨어지고 대중의 관심이 사라지니까 심한 우울증을 겪었나 봐요. 혼자 외롭게 지냈는데 최근에 누군가를 만나면서 재기도 생각하고 있었는데 잘 안되었나 봐요. 그 만난다는 누군가가 바로 강 형사님이 수사하는 사건의 여성분이고요. 그러니 자살할 만도 하죠."

"죄송한데 부검 결과가 나오면 연락 부탁드립니다. 저도 매우 궁금해서요."

"안 되는데."

"부탁드립니다."

억지로 그의 대답을 받고 마포서를 나왔다. 뭔가를 두고 온 느낌이 살짝 들었지만, 꼬인 사건 탓으로 여겼다.

한참을 걸어가다 빗방울이 한 방울씩 어깨 위로 다시 떨어지자, 나는 우산을 두고 온 것을 알게 되었다.

다른 경찰서에 다시 찾아가 우산을 챙겨 오는 것도 쪽팔리고 그냥 하나 사기로 했다.

차츰 앞이 보이지 않게 비가 쏟아지고 내 옷은 빗물에 젖어 가고 있었다. 편의점에서 싸구려 투명 비닐우산을 사서 펼치니 머리와 어깨를 겨우 가릴 수 있었다.

단단하던 캠핑용 우산이 그립다.

다시 마포경찰서로 돌아가 우산을 찾아올까?

이미 우산을 사 버렸고 너무 많이 걸어와서 돌아가긴 틀렸다는 사실을 알고 있었지만, 비닐우산을 볼수록 다시 돌아가고 싶은 마음이 간절했다. 이 비닐우산이 없을 때는 상의가 비에 젖었는데 지금은 바지 아래가 비에 젖고 있다.

되는 일 없이 꼬인 하루다. 가만 돌이켜 보니, 오늘 하루가 무척 길다는 생각이 든다. 가 보지 않았던 생소한 곳을 많이 다녀와서인지 마치 해외여행이라도 다녀온 느낌이다.

경마장에서 아프지 않을 것처럼 생긴 남자들과 아파트 관리사무소의 투덜거리던 노처녀 얼굴이 생각났다. 택시 승차장까지 어색하게 걸어가는 분홍색 치마의 모습, 퀴퀴한 냄새가 나는 오래된 건물 기계실, 우리 경찰서보다 시설이 더 좋은 마포경찰서의 모습들이 이국적으로 느껴진다.

그리고 지금 빠르게 달리는 지하철 안 승객들의 모습도 이국적이다.

*

장민환 팀장은 강철의 사건 서류를 검토하고 있었다. 한참 시간 가는 줄 모르고 서류를 보다 시계를 바라보았다. 9시가 넘어가려고 한다.

오늘은 평소보다 조금 일찍 퇴근하기로 마음먹었다. 강철의 일 때문에 신경을 많이 쓰다 보니 어깨와 목이 너무 뻐근했다.

그는 모든 일을 잊고 모처럼 아내와 함께 소주 한잔을 하고 싶었다. 그의 아내는 장민환을 위해서 잘 마시지도 못하는 술을 함께 마시며 그의 이야기를 들어 준다. 아내는 캔 맥주 하나가 전부지만 그의 이야기를 들어 주고 싶어 억지로 자리에 앉아 술까지 따라 준다. 장민환은 그런 아내의 속사정을 잘 알고 있다.

고마운 아내다.

그는 아내에 대해서라면 모르는 게 없다고 자부한다. 아내는 욕심이 없고 잔소리도 없다. 이해심 많고 소고기를 싫어하고 삼겹살과 치킨을 좋아한다.

소고기를 사 준다고 해도 마다하는 것을 보면 확실히 소고기를 싫어하는 것 같다.

오늘은 아내가 좋아하는 치킨 한 마리 튀겨서 가져가 볼까 하는 생각이 들었다.

그는 이 시간 이후부터 긴급한 전화가 오지 않았으면 하는 바람이다. 아예 핸드폰의 전원을 끌까 말까 고민했다.

그때 마침 핸드폰 화면을 바라보자, 그의 생각을 비웃는 듯 핸드폰 벨이 울렸다. 그런데 걸려 온 번호를 보니 아주 반가운 연락처가 뜬다.

김상기.

그의 젊은 날 스승이자, 멘토, 형사가 뭔지를 보여 주셨던 분. 그러다 정년퇴직도 못 하고 아웃된 비운의 인생 선배.

아니, 정확히 말하자면 검찰에서 표적이 되어 기획 수사로 아웃이된 게 맞는 표현 같다.

검찰에서 가끔 공무원 범죄를 중점적으로 수사할 때가 있다. 솔직히 검찰에서 털려고 마음만 먹는다면 경찰 고위 간부들은 모두 옷을 벗어야 한다. 스폰 없는 총경을 경찰 생활을 하면서 한 번도 본 적이 없다.

아마 경찰을 조지면 성과나 고과 점수를 많이 주는 그런 검찰 조직문화가 있는 것 같다.

장민환은 선배가 억울하고 안타깝게 옷을 벗었다고 늘 그렇게 생각하고 있었다.

"아이구! 형님, 어쩐 일로 못난 동생에게 전화를 다 주십니까?"

- 야, 야, 반가운 척하지 마. 내가 맨날 갈궜다고 속으로 욕하는 것 다 알아.

"아니, 그 무슨 섭섭한 말씀입니까. 우리가 한때 〈투캅스〉처럼 잘나 갔잖습니까."

장민환은 그와 조폭이 운영하는 룸살롱으로 조폭들의 보스를 잡으러 갔던 기억이 떠올랐다.

조직의 보스가 선배에게 "형사님, 저 지금 여기서 데리고 나가면 두 분 칼 맞고 죽습니다." 하고 협박하자, 선배가 "까불지 말고 조용히 나가자."라고 당당히 맞서던 모습이 생생하다.

건달 세계 두목답게 그놈은 양아치가 아니었다.

한참 노려보더니 부하들에게 "절대로 두 분 건드리지 마."라고 말하더니 순순히 우리를 따라 나오고 말이야.

그 후 선배는 조폭 보스랑 형 동생 하는 사이가 되었는데, 그게 문제가 되어 옷을 벗게 되었다.

- 잘나가기는 인마. 나한테 못된 것만 배우지 않았으면 다행이다.

"두들겨 패고 조지는 거 말씀이신가요?"

- 그래.

"지금 그렇게 하면 옷 벗습니다."

- 다행이다. 나처럼 안 하는 거 보니.

"그래도 옛날이 그립습니다. 예전보다 더 좆같은 놈들이 많아졌는데 패지도 못하고, 비위 맞추며 조사나 하고 있습니다. 진짜 옛날로 다시 돌아가서 야구 방망이로 뒤지게 패고 싶다니까요."

90년대 후반 수십 명의 조폭을 무릎 꿇게 만들고 한 놈씩 불러 세워서 선배와 함께 매타작을 하던 기억이 새록새록 떠올랐다. 마치 고등학교 담임 선생님이 숙제 안 한 학생을 한 사람씩 나오게 해서 칠판을 잡으라고 하고는 풀 스윙으로 야구 방망이를 휘두르는 것처럼 말이다. 지금은 가혹 수사고, 학교 폭력이지만 장 팀장의 젊은 시절에는 늘 일어나던 일이었다.

지금 전화 온 선배는 그런 장밋빛 추억을 떠올리게 해 주는 사람이었다.

- 야! 그런 건 다 잊어버려. 시대에 맞게 가는 거야. 우리 때는 그게 정석이고 통용되는 수사 방식이었지만 지금은 아니잖아.

"아우, 잘 알고 있습니다. 형님, 그런데 어쩐 일로 연락을 다 주셨습니까."

- 비도 오고 하니 오랜만에 얼굴이나 보자. 형이 한잔 살게.

"선배님이 술을 사신다고 하니 무조건 가겠습니다."

개코 장민환 팀장은 오랜만에 반가운 사람을 만난다는 설렘으로 급히 퇴근했다.

두 사람이 만나면 술안주는 필요가 없다. 안주는 과거 두 사람이 검거했던 흉악범들의 이야기로 채우면 된다. 최근 일어난 사건도 안주로 내놓으면 선배가 아주 즐거워할 것 같다.

그의 웃는 모습을 상상하니 벌써 신이 났다.

*

다음 날, 나는 마음의 준비를 단단히 하고 평소처럼 경찰서 정문으로 들어섰다. 제일 먼저 기자들이 진을 치고 있는 게 보였다.

내 키만큼 큰 카메라 삼각대를 설치하고 쌀가마니처럼 무거워 보이는 방송용 카메라를 들고 분주히 뛰는 카메라맨과 기자들이 보인다. 좁은 경찰서 주차장도 방송국 차량이 벌써 절반 이상을 차지하고 있었다.

이런 놀라운 모습을 구경하고 있으니 누군가가 급히 내 얼굴을 경찰복으로 가렸다. 마치 범인이 신상을 공개하기 싫어 모습을 감추는 것처럼 말이다.

앞은 보이지 않았지만 여기저기 카메라 플래시 터지는 소리가 들린다. 비로소 기자들이 나를 기다리고 있다는 사실을 깨달았다.

이거 생각한 것보다 상황이 더 심각하다.

얼굴을 가리면서 경찰서로 들어가야 하다니. 내가 얼마나 잘못했다고 이러는지 모르겠다.

그리고 곧 나의 의지와 전혀 상관없이 청문감사관실로 내 몸이 빨려 들어갔다. 아니, 끌려 들어갔다.

경찰 생활을 하면서 청문감사관실은 처음 들어와 본다. 이곳에 올 일이 없으니 당연하다.

청문감사관실은 경찰 업무를 감찰하는 곳이기도 하고 시민들의 억울한 사정을 들어 주는 곳이기도 하다.

시민들의 억울한 사정이라고 해 봤자 시시콜콜한 악성 민원이 대부분이다. 수사하는 경찰이 자신의 말을 듣지 않고 상대편의 말만 들어 준다든지, 아니면 날마다 있지도 않거나 범죄가 되지 않은 사건을 고소하겠다고 찾아오는 정신 이상자들.

내가 아침 일찍 이곳에 왔는데 벌써 단골손님이 한 명 와 있었다. 그는 청문관실에 근무하는 경찰관과 차를 마시며 담소를 나누고 있었다.

자세히 살펴보니 우리 경찰서에서 모르는 사람이 없는 유명한 개진상 정창식이다.

정창식은 경찰서 정문에 서서 항상 노래를 부르고 경찰서장을 욕하는 사람이다. 일인 시위라서 그 누구도 그를 막지 못했다.

그는 서울대 출신이라 법에 대해서 박식했다. 지금도 부청문관과 대화 중에 자주 〈헌법〉 조문을 말하고 있다. 나는 〈형법〉이나 〈형사소송법〉은 잘 알지만, 〈헌법〉에 대해서는 모른다.

그가 형사도 이해하기 힘든 어려운 법 조항을 계속 늘어놓는다. 누구도 그를 상대하지 않는 이유 중 하나다.

그렇지만 부청문관은 그의 이야기를 열심히 들어 주고 있었다.

부청문관은 나이가 40대인지 50대인지 모르겠다. 얼굴에 주름살은 보이지만 그의 피부가 하얗고 광이 나서 그런지 나이를 가늠하기가 어려웠다.

부청문관은 이런 일에 경험이 많은지 말은 적게 하고 듣기만 했다. 그렇게 한 삼십 분 기다리니 정창식이 자신의 말만 하고 나갔다.

정창식이 가고 난 후에야 비로소 나는 부청문관과 독대를 하게 되었다. 앉아 있을 때는 몰랐는데 그가 일어서자 키가 나보다 크다는 느낌을 받았다.

그럼 180cm가 넘는다는 말인가?

아마도 내가 심리적으로 위축이 되어 그가 크게 보이는 것일 수도 있다.

부청문관이 나를 내려다보며 물었다.

"강철 수사관님, 수사 경찰 4대 덕목이 무엇인지 아시나요?"

처음 듣는 말이다.

수사 경찰 4대 덕목? 그런 것도 있었던가?

"아니요. 잘 모르겠습니다."

"수사 경찰 4대 덕목은 공정, 친절, 신속, 청렴입니다. 강철 수사관님은 이곳에 오기 전에 분명 자신이 아무런 잘못도 없는데 불렀다고 불평을 하셨을 것입니다."

내 속을 잘 알고 있다.

나는 대답하지 않고 그의 말을 묵묵히 들었다.

"구수한 씨 사건을 맡은 지 15일이 넘었는데 왜 조사를 한 번도 하지 않았습니까? 신속하게 사건을 마무리 지어야 하는 수사 경찰의 덕목 중 하나인 신속함을 소홀히 한 거죠."

"제가 가지고 있는 사건이 많습니다. 상습 절도범 사건이 있었는데 그거 해결하니까 살인 사건이 터져서. 그리고 국과수에 감식 의뢰한 것이 있는데 회신이 오면 그 결과를 보고 조사를 하려고 그랬던 것입니다."

또 살인범 검거했다고 포상 휴가도 갔고요. 이 말은 하지 않았다.

"누구를 위해서죠?"

"그야 구수한 씨를 위해서죠."

"아닙니다. 강철 수사관님 본인이 편안하기 위해서 그런 것입니다."

맞는 말 같다. 그렇지만 내가 딱히 잘못한 것도 없는 것 같다.

"아침 뉴스에 보도된 내용입니다."

그가 핸드폰으로 인터넷 뉴스를 클릭해서 내게 보여 주었다.

"강압 수사 압력을 못 견디고 가수 구창범 자살"

제목이 죽여준다.

보도된 내용은 눈에 보이지 않았지만, 제목만으로도 충분히 설명이 되었다.

"이 일을 면밀히 살펴보고 징계 절차를 착수할 예정입니다."

나는 불명예스럽게 경찰복을 벗고 백수가 되는 것은 아닌가 하는 걱정이 들었다.

과거 경찰관이 되기 위해 피눈물 나게 공부했던 시절이 순간 생각났다.

진즉에 형사과를 떠났어야 했다. 바보처럼 형사과에 남아 있다가 수사 경찰 4대 덕목 '신속' 때문에 잘리게 생겼다.

시대가 변하면서 법과 제도도 하나둘씩 바뀌고 있지만 바뀌지 않는 것들이 있다. 피해자는 고급 식당에 온 것처럼 신속한 수사를 원하고, 피의자는 조금도 불이익을 받지 않으려고 공정한 수사를 외치면서 형사들의 잘못을 찾으려고만 한다. 이런 점들은 시대가 변해도 변하지 않는 것 같다.

"오후와 저녁 일정이 있으면 모두 취소하세요. 오후 2시부터 진술 녹화실에서 심문이 있을 것입니다."

얼마나 나를 구워삶으려고 오후부터 저녁까지 조사하겠다는 말인가. 최소 6시간 이상 강도 높게 조사하겠다는 뜻인데.

보통 피의자 신문 조서를 작성하면 길어 봐야 2시간 안이면 끝이 난다. 정치인과 유명인들이 가끔 검찰이나 경찰서에서 7시간, 아니 10시간 이상 조사를 받고 귀가했다는 뉴스를 보면 정말 아이러니하다. 이미 질문지도 준비한 상태로 조사할 텐데 왜 그렇게 오랜 시간을 붙잡고 있는지 이해할 수가 없다.

언제, 어디서, 누가, 무엇을, 왜, 어떻게. 요 6가지만 질문하면 끝이 난다.

부모님은 무슨 일을 하세요? 종교는요? 학교는 어디 나왔나요? 군대는요? 이런 시시콜콜한 것을 질문해도 2시간이 넘지 않는다.

그런데 살인, 강도, 강간, 특별 경제 사범도 아닌 나를 최소 6시간 이상 조사하겠다는데 벌써 걱정이 앞선다. 두려움 때문인지 침이 말라 입 안도 칼칼해진다.

청문관실을 나올 때 인사는 하고 나왔어야 하는데 놀라서 인사도 제대로 못 하고 나왔다. 아니, 했는지도 모른다. 정신이 아득해져 어떻게 내가 형사과 사무실로 돌아왔는지 기억이 없다.

멍하게 앉아 있으니 팀장이 내 어깨를 두드리면서 물었다.

"부청문관이 뭐래?"

"네, 오후와 저녁에 조사한다고 일정을 모두 취소하라고 그러네요."

"뭐! 이 시발 새끼가 감히 내 새끼를 조지려고 그래. 건방지게."

팀장이 내게 화를 낼 줄 알았는데 갑자기 뜻밖의 반응을 보인다.

팀원들을 잘 챙겨 주는 점은 있지만 나는 항상 예외였다. 이유는 내가 형사과를 떠나려고 하는 것을 알기 때문이다.

나는 팀장의 태도를 이해하고 있었다. 내가 팀장이라도 그럴 게 분명하다.

팀장이 화를 버럭 내며 자신의 책상으로 가더니 누군가와 통화를 한다. 누구와 통화를 하는지 모르지만 상당히 공손한 모습이다. 나는 조사받을 일이 걱정되어 팀장의 통화가 귀에 들어오지 않았다.

통화를 마친 팀장이 다시 내게 와서 말했다.

"너 지금부터 교통사고로 입원 중이다. 일주일간 푹 쉬다 와. 청문관실은 내가 알아서 해결할 테니까."

"네?"

"방금 과장님께 그렇게 이야기했어. 너 아프다고. 못 들었냐?"

"네, 못 들었습니다."

"너 아프다고 과장님께 보고드렸다고, 인마. 그러니까 들어가서 쉬다가 와. 청문은 신경 쓰지 말고. 내가 너 대신 조사받을 테니까."

"네? 그래도….."

나는 그래도 되나 싶어 머뭇거렸다. 그러자 팀장이 다그치듯이 말했다.

"야, 너 이렇게 있다가 형사과장 눈에 띄면 너뿐만 아니라 나도 죽어. 너 지금 병원에 있다고 했어. 빨리 나가. 내가 박 형사에게 너 병가 결재 올리라고 말할 테니까."

갑자기 답답하던 가슴이 시원한 탄산음료를 먹고 개운해지는 느낌이 들었다.

나는 혹시 형사과장이 내 모습을 볼까 봐 몸을 한껏 움츠리고 사무실을 나왔다. 혹시 몰라서 뒤돌아보니 나의 뒷모습을 팀장이 묘한 표정으로 바라보고 있었다. 마치 그리운 사람을 보는 것처럼 애틋한 표정이다.

팀장이 고마워서 그렇게 보였는지도 모르겠지만 어쨌든 급히 사무실을 나왔다.

*

"그동안 미안했다."

강철은 듣지 못했다. 장 팀장이 사무실을 나가는 그의 뒷모습을 보며 말하는 소리를.

장민환은 어젯밤에 퇴직한 김상기 선배와 함께 술을 마시며 나누었던 대화를 떠올렸다.

막걸리를 양주처럼 마시고 보잘것없는 안주를 고급 생선회처럼 먹었지만, 정말 유쾌하고 즐거운 시간이었다. 비록 선배의 얼굴이 나이보다 더 들어 보여 안타까웠지만 내색하지는 않았다.

"야, 야, 오랜만에 그때를 떠올리니까 재밌다."

"하하, 그러게요. 근데 벌써 세월이 20년이나 지나 버렸네요."

"정말 세월이 빠르다. 참, 큰 순식이랑 작은 순식이는 뭐 하고 있냐?"

"빵에서 썩고 있겠죠."

"그 새끼들 이름은 순박한데 하는 짓들은 참 좆같아."

"야비한 놈들이죠."

"그래도 나한테는 참 잘했다."

"검사들이 형 처넣으려고 그 새끼들 형량 가지고 장난친 거죠."

"그러니까 그 새끼들 빵에서 나오면 형에게 연락이나 주라."

"워워, 형 참으세요."

"야, 야, 그냥 만나서 이야기만 할게."

"워워, 현역이 참고 있는데 형님도 참으셔야지요. 그리고 걔들 나오면 60대 후반입니다."

순간 그들의 나이를 듣고 깜짝 놀라는 선배의 모습에 장민환은 안쓰러웠다. 나이를 잊고 지내는 모양이다. 세월이 참 빠르고 야속하다는 생각이 들었다.

두 사람은 잠시 대화를 멈추고 노란 양은그릇에 담긴 막걸리를 기울였다.

"그렇게 나이가 많아? 그럼 내가 참아야지. 그리고 네 밑에 혹시 강철이라는 녀석 있냐?"

"네, 형이 그놈을 어떻게 아세요? 무슨 사고라도 쳤나요?"

"오후에 내가 일하는 아파트에 왔어."

"포상 휴가라 쉬는 날인데? 그놈 무슨 일로 아파트에 찾아갔을까요?"

"탈주범 박정민을 잡겠다고 여기저기 쑤시고 다니더라."

"네에? 아니, 그 게으른 놈이요? 그놈은 시키는 일도 겨우 해내는걸요."

"난 네가 시켜서 그렇게 열심히 수사하는 줄 알았다."

장민환은 오른손을 좌우로 흔들며 말했다.

"제가요? 우리 관할도 아닌데 시켰겠어요. 그런 큰 사건은 시경이나 본청에서 수사하지, 제가 하고 싶어도 할 수 없어요. 우리 사건도 쳐내기 바쁘고요."

"그럼 쓸 만한 놈이네. 알아서 일 찾아서 하는 거 보니 말이다."

과거 상기 형이 자신에게 했던 말이 새롭게 떠올랐다. 그가 팀의 막내로 근무하면서 강철처럼 천방지축 날뛰던 그때 김상기가 충고했던 기억이 불현듯 떠오른 것이다.

풋내기 형사 시절.

＊

"막내야, 계장님 표정을 보고도 몰라? 알아서 움직이라는 표정이잖아."

"뭘 알아서?"

김상기의 말을 이해하지 못하고 눈치 없이 형사계장의 지시를 기다리자, 선배가 답답했는지 그의 팔목을 잡아당기며 큰 소리로 말했다.

"계장님! 민환이랑 수원에 다녀오겠습니다."

계장이 떨떠름한 표정으로 대답했다.

"그래."

김 선배가 그를 보며 나가자는 눈짓을 보냈다.

두 사람은 서둘러 사무실 밖으로 나갔다. 밖으로 나오자 김상기가 말했다.

"야, 눈치 없이 왜 그렇게 서 있어. 알아서 착착 움직여야지. '계장님, 범인이 수원에 있습니다.' 이렇게 말만 하면 끝이야?"

"그럼 어떻게?"

"움직여야지. 지시 내리기 전에 움직이는 게 형사야. 형사는 능동적이어야 해. 수원 박점순이 주소 알지? 그리로 빨리 가자."

"박점순이네로 가서는요?"

"일단 잠복을 할지 그냥 들이댈지 보고 판단하자."

선배 말대로 형사는 능동적이어야 한다. 명령이나 지시가 내려오기 전에 알아서 수사할 줄도 알아야 한다.

"수동적으로 움직이는 것은 시골 파출소 경찰관들이 하는 거야. 형사는 항상 능동저이어야 해."

*

그때 선배의 충고가 장민환의 가슴에 못이 되어 박혔다. 그리고 지금 그도 후배들에게 똑같은 말을 반복했다.

"수동적으로 움직이는 것은 지구대 경찰관들이나 하는 거구. 형사는 움직이는 거야. 형사는 항상 능동적이어야 한다고."

강제로 퇴직한 선배와 술을 마시며 장민환은 강철을 다시 생각하게 되었다.

그리고 괜히 미안해졌다. 그동안 그에게만은 능동적으로 움직이라는 잔소리를 하지 않았다. 그가 항상 형사과를 떠나려고 해서 수사 업무에는 관심이 없는 줄로만 알았기 때문이다. 그러다 보니 팀원이지만 솔직히 그에게 신경을 덜 썼다.

후배가 베테랑 형사로 성장하도록 가르쳐 주지 못한 게 후회되었다. 그래서 이번 연예인 자살 사건만큼은 적극적으로 나서서 챙겨 주고 싶다는 생각이 들었다.

*

처음에 사무실을 나올 때는 팀장이 왜 나에게 잘해 주는지 이해가 되지 않았다. 지난번 청부 살인을 해결해서 그런가 싶기도 했다.

"별일이네. 해가 서쪽에서 뜨려나."

그러다 팀장이 챙겨 주는 게 고맙고 무척 감사하다는 생각이 들었다. 나는 아랫사람이고, 계급도 한참 낮고 무엇보다도 수사 업무에 대한 열정도 없다.

그리고 형사과를 떠나려 하고.

그것을 잘 아는 팀장이라 매번 나에게만 차갑게 대한다고 생각했다. 그러나 이번에 팀장의 인간적인 대우에 코끝이 찡해진다. 나도 팀장을 위해서 뭔가를 하고 싶다.

일단은 내 문제를 해결하는 게 팀장을 위하는 일 같다. 우리는 한배를 탔으니까.

꼬인 구수한의 사건을 파 보기로 했다. 꽃뱀 배혜영과 구수한 사건을 처음부터 다시 조사하자. 처음 두 사람이 투숙한 무인텔부터 조사하기로 마음먹었다.

그곳은 하필 그날 CCTV가 고장 나서 납치 신고가 되게 만든 곳이다.

무인텔이라고 하지만 1층에 카운터가 있었고 그곳에 30대 초반의 젊은 남자가 누워서 핸드폰을 보고 있었다. 나는 카운터 앞에 뚫린 작은 반원으로 된 구멍에 머리를 숙이고 말했다.

"계세요. 경찰관입니다."

젊은 종업원이 놀라서 벌떡 일어나 대답한다.

"네네! 무슨 일이시죠?"

"5월 18일에 있었던 사건 때문에 다시 왔습니다."

그는 나를 기억하는 모양이다. 아니면 그날의 사건을 기억하는지도 모르겠다.

"아! 기억납니다. 지구대에서 순찰차 3대가 출동하고 그랬죠. 형사

분들도 많이 오시고."

"네, 그때 CCTV가 고장 났다고 저에게 말했잖아요."

"네, 맞습니다. 근데 고장 난 게 아니고 교체 작업 중이었어요."

"교체 작업이라."

"손님들이 볼 수 있으니까 이쪽 안으로 들어오셔요."

그가 옆 쪽문을 열어서 나를 내실로 들어오도록 했다.

내부는 작은 골방이지만 책상 위에 모텔 내 · 외부를 볼 수 있는 CCTV 모니터 화면이 있었다.

보통 CCTV 영상은 20일 정도 저장된다. 지금 이 기계라면 한 달은 충분히 영상이 저장될 것 같다.

모텔을 관리하는 종업원의 이름이 이병현이라고 했던 기억이 난다. 내가 좋아하는 영화배우와 이름이 비슷하여 그의 이름을 기억하고 있었다.

이병현이 입을 열었다.

"전에 쓰던 기계는 시간과 날짜가 안 맞고 자주 오류가 났어요. 그래서 사장님이 싹 다 바꾸셨어요."

"사장님이 그 이유 하나만으로 바꿨어요? 날짜와 시간 때문에."

"물론 아니죠. 의외로 주차만 하고 모텔 안으로 들어오지 않는 사람들이 꽤 있어요. 모텔 주차장에 주차하고 그 짓만 하고 그냥 가거든요. 찾아서 손해 배상을 청구해야 한다고 하더라고요. 그리고 이 좁은 공간에서 교통사고도 종종 일어나요. 그래서 화질 좋고 오래가는 기계로 바꾼 거죠."

나는 그의 말을 수첩에 하나하나 적었다.

"혹시 말입니다."

"네."

"그날 CCTV가 교체되는 것을 아는 사람이 있나요? 사장님과 선생님 말고요."

그는 오른손을 턱에 받치며 생각에 잠기더니 손으로 허벅지를 탁 때리며 말했다.

"아, 하루 전날. 맞아요. 하루 전날 모텔에 한 여성분의 전화가 왔어요. 성범죄 관련해서 경찰에 신고할 건데 CCTV가 잘 작동되는지 알고 싶다면서 이것저것 묻더라고요."

"여성분이요?"

"네, 그 여자는 자신이 얼마 전에 이곳에서 원치 않는 성관계를 했는데 신고를 할지 말지 고민 중이라고 하면서 저에게 CCTV가 잘 작동되고 얼마나 보관되냐고 물었어요."

"목소리가 어땠어요?"

"무척 차분하고 부드러웠어요. 통화하면서 아주 교양 있고 세련된 어투를 썼는데, 얼굴이 예쁘겠구나, 이런 생각이 들었거든요."

"그래서 그 여성에게 다음 날 CCTV를 교체한다, 그런 말을 한 거예요?"

"네."

누굴까? 한 사람이 익심스럽다.

"그 여성의 목소리를 다시 들으면 그녀가 맞는지 확인할 수 있을까요?"

"아마도요. 목소리가 매력적이라 엄청 미인이겠다는 생각을 했으니까요. 다시 들어도 기억할 거 같아요."

나 또한 그녀의 목소리만 듣고 그와 같은 생각을 한 적이 있다.

나는 배혜영의 연락처를 찾아 모텔 종업원 앞에서 전화를 했다. 한참 신호가 가더니 그녀가 전화를 받았다. 나는 재빨리 핸드폰 스피커를 켜고 말했다.

"여보세요. 중부서 강철 수사관입니다."

그녀는 아주 차분하고 느릿느릿 말했다.

- 네, 안녕하세요.

"저 혹시 구수한 씨 관련해서 이야기 전해 들었을까 해서 연락드렸어요."

- 아니요. 전혀 들은 이야기가 없습니다.

그녀의 목소리에 모텔 종업원이 두 손으로 입을 틀어막으며 놀란 표정을 지었다. 역시 그녀가 하루 전날 모텔에 전화한 장본인이다.

"피의자 구수한 씨가 사망해서 이 사건은 불기소 처리해야 할 것 같아 연락드리는 겁니다."

- 불기소가 뭐죠?

"경찰이 검찰에 기소, 불기소 의견으로 사건을 올리는 건데. 쉽게 말해 피의자를 처벌 없이 사건을 끝내는 것이 불기소입니다. 죽은 사람을 재판하고 처벌할 수는 없지 않겠어요."

- 네, 이해가 됩니다. 저 때문에 형사님 고생하셨어요.

"이 사건으로 인해 몇 가지 마무리할 게 있어서 그러는데 다시 연락드려도 괜찮겠죠?"

- 네, 괜찮습니다.

"그럼 다음에 다시 전화를 드리겠습니다."

- 네, 수고하셨습니다.

"아, 네, 감사합니다."

내가 전화를 끊자 이병현이 입을 막고 있던 손을 떼고 말했다.

"이 여성이에요. 이 여성이 맞아요."

무인텔을 나온 나는 박 선배에게 급히 전화를 걸었다.

"주임님, 사무실에 누구 있어요?"

- 왜?

"저 사무실에 가서 제 사건 관련 수사 대상자 검색 좀 하려고요. 병가 중이라서 과장님 눈에 띄면 안 되니깐 몰래 들어가려고요."

- 지금 기자들이 상주하고 있어. 넌 오면 안 돼. 비번 알려 줘 봐. 내가 대신 검색해 줄게.

나를 걱정해 주는 고마운 박 선배다.

- 검색 대상자가 누군데?

"구수한 씨 고소한 배혜영이요."

- 피해자?

"네."

- 음, 피해자를 상대로 수사 대상자 검색이라. 참 오랜만에 해 보네. 무슨 단서라도 얻었냐?

"배혜영이 지난번 납치라고 신고한 무인텔이 CCTV가 작동 안 된다는 사실을 알고 있었어요. 그래서 그곳으로 간 거구요."

- 그녀가 어떻게 알았을까?

"전화로 물어봤는데 친절한 종업원이 알려 줬나 봐요."

- 좋아, 기다려. 내가 살펴보고 연락해 줄게.

"네, 주임님."

- 그냥 술자리에서처럼 형이라고 불러.

"네, 형님."

수사 대상자 검색을 하게 되면 전과 기록처럼 대상자가 다른 경찰서에서 조사받고 있는 사건 기록들을 한눈에 볼 수가 있다.

그런데 이게 웬일인가.

다시 박 선배에게 전화가 왔다.

- 사기 사건 피의자 신분으로 지금 경찰서에서 조사받고 있는 기록이 3건 검색되는데. 방배서, 광진서, 춘천서. 아! 이거 말고도 여러 개 있었는데 내사 종결, 불송치도 있다.

"어라? 주임님, 아니 형님, 이것 조사 들어가야겠는데요. 방배, 광진에서 조사하는 담당 수사관 좀 알려 주세요. 제가 찾아가서 알아볼게요."

- 기다려 봐. 내가 확인해 볼게.

선배의 키보드 치는 소리가 들린다. 아마 담당 수사관의 이름을 찾는 중이겠지.

그때 선배가 "아!" 하는 감탄사를 연신 내었다.

- 야! 다행히 방배경찰서 경제팀에 내 동기가 배혜영이를 조사하고 있다. 조동훈이라고 내가 말해 놓을 테니까 찾아가서 궁금한 것 물어 봐.

나는 수첩과 볼펜을 꺼내서 다시 물었다.

"형 동기 이름이 누구라고요?"

- 경제 2팀에 근무하는 조동훈, 조동훈 수사관.

"동기분이랑 친하세요?"

- 음.

바로 대답이 없는 게 친하지 않은 눈치다.

"고마워요, 형. 이 일 끝나고 형 좋아하는 술이랑 곱창 아우가 살게요."

- 됐다. 필요한 것 있으면 전화나 해.

"혹시 몰라서 그러는데 광진경찰서는 누가 조사 중인가요?"

- 음, 경제 1팀 오영미 수사관.

마침 배혜영의 사기 사건을 조사 중인 수사관이 박 선배 동기라니 다행이다.

이것을 보면 내 운명이 그렇게 나쁘지 않은 것 같다.

요즘은 같은 경찰이라도 조사 중인 사건에 관해 쉽게 물어볼 수가 없다. 청탁을 방지하고 깨끗한 경찰 조직을 만들기 위해서다. 하지만 이런 조직 문화를 생각하니 씁쓸하다.

*

박문수는 방배서에 근무하는 동기에 대해서 잠시 생각을 해 보았다.

친했던 것 같은데 20년이 넘도록 연락 한 번 안 해서 갑자기 전화를 하려니 어색했다. 그렇지만 후배 강철에게 말을 이미 꺼내 놓아 어쩔 수 없이 전화하긴 해야 했다. 그와 친한지 아닌지는 전화 통화를 해 보면 알 수 있겠지.

만일 그가 자신을 모른다고 하면 함께 지냈던 젊은 날의 추억들을 떠들어야 할지 모르겠다는 생각을 했다. 그리고 조동훈의 연락처를 찾아서 24년 만에 전화를 걸었다.

"오랜만이네."

- 우와 18중대 2소대 전령 박문수 아니야. 어쩐 일이야?

박문수는 그가 자신의 전화번호를 저장해 놓은 게 반갑고 신기했다.

"24년 만인가?"

- 벌써 그렇게 됐어? 자주 통화 좀 하자. 같이 죽을 고비도 넘기고 했는데.

이 친구와 사선에서 죽을 고비를 넘겼던 기억이 떠오른다. 시위대에게 붙잡혀서 경찰 장구를 모두 뺏기고 무릎 꿇고 손 들고 몇 시간 뙤약볕에서 고통받던 악몽이 떠오른다.

그날 시위대가 보내 줘서 무사히 부대까지 택시를 타고 귀소할 수 있었다. 그런 트라우마가 있었지만, 다음 날 진압 명령을 받고 다시 대학교에 시위대를 해산시키려고 진입했다. 그리고 시위하던 학생들에게 또 붙잡힐까 봐, 지금 통화하는 동기와 칼 루이스처럼 죽도록 달리지 않았던가.

"제대 이후 통화는 이번이 처음이다. 다름이 아니고 나랑 같이 근무하는 후배 형사가 자살 사건 때문에 곤경에 처하게 되었어. 네가 사건 맡았던 배혜영과 관련이 있어."

- 배혜영?

"자네가 조사한 사건이야. 사기로 조사했을 거야. 혹시 찾아오면 잘 좀 알려 줘. 부탁할게."

- 여부가 있나. 최강 공수특공 선봉 전투 의경 출신 동기가 부탁하는데 잘 들어줘야지.

"히야, 오랜만에 사라진 공수특공 의경 부대가 떠오르네."

- 하하, 맞아. 그때 자네의 경공술은 정말 훌륭했지.

박문수는 왜 그동안 전경 부대 동기에게 연락하지 않았는지 깨달았다. 좋지 않았던 과거의 기억들을 떠올리기 싫어서였다. 하지만 지금은 웃으며 이야기할 수 있을 것 같다. 술자리에서 상승무공을 펼치며 시위대와 싸웠던 추억을 말하겠지.

*

박 선배 덕분에 방배경찰서에 부담 없이 갈 수 있게 되었다. 물어볼 것도 많았는데 부담이 확 줄었다. 장길준 형사처럼 이 핑계 저 핑계 대면서 알려 주지 않으려고 하지 않겠지.

가는 동안 나는 구수한의 자살 사건을 타살로 바꿔서 다시 생각해 보았다. 장길준 형사는 구수한의 몸에 외상이 없고, 일산화탄소에 중독된 모습과 유서를 보고 자살로만 판단했다.

물론 틀린 판단은 아니다.

그때 상 형사가 보여 주었던 변사 사진을 떠올려 보았다. 운전석에 편안한 포즈로 앉아서 숨진 구수한의 모습과 조수석 비닥에 있던 다탄 번개탄, 그리고 조수석 위로 보란 듯이 올려져 있는 일회용 라이터의 모습.

갑자기 이상한 점이 하나 생각났다. 왜 구수한의 손이 깨끗하지?

차 내부도 이상하게 깨끗하다. 왜? 왜 그럴 수가 있을까? 번개탄을 만지거나 라이터로 불을 붙인 손이 아니다.

조동훈은 고급스러운 여름 양복을 입고 있었다. 경제팀 수사관이라 역시 포스가 다르다. 아니면 조사받으러 오는 피의자와 그의 변호사들에게 주눅이 들지 않으려고 그렇게 차려입고 있는지도 모른다. 나는 그와 경찰서 민원인 대기실에 앉아 이야기를 나누었다.

"배혜영을 사기로 고소한 남자는 이런 주장을 했어요. 결혼을 전제로 해서 만났으며 그래서 아낌없이 그녀에게 선물과 돈을 주었다고 말이죠."

"그런데 왜 사기로 고소한 거죠?"

"그녀가 그에게서 더 이상 돈을 받을 수 없다는 사실을 알게 된 것이죠. 은행에서 대출까지 받은 돈도 그녀에게 주었는데 일방적으로 헤어지자고 했나 봐요. 그래서 그 남성이 배신감에 사기로 고소한 거죠."

"배혜영 씨는 조사하셨나요?"

"물론이죠. 하지만 혐의 사실을 모두 부인해요. 선물과 돈을 받은 사실은 인정하지만 먼저 요구하지 않았다고 주장해요. 그리고 고소한 사람에게 물어보니 그녀 말이 맞다고 수긍하기도 하고요."

"선배님, 그럼 사기가 성립 안 되겠네요?"

"그렇죠. 사기죄를 성립시키는 게 조사하는 수사관의 입장에서는 정말 어려워요. 피해자의 심정은 충분히 이해가 가는데 기망 행위가 있는지, 이해득실, 서로의 관계, 경제 여건 등을 모두 살펴봐야 하거든요."

"고소한 남성을 조사할 당시 배혜영에 대해서 어떻게 이야기를 했나요? 그녀를 원망하던가요?"

"아니요. 그런 것은 전혀 없었어요."

"이해가 안 돼요. 그녀는 솔직히 외모가 남자들이 원하는 스타일이 아니잖아요."

"공감합니다. 저도 그녀를 조사하기 전에 살짝 기대를 했어요. 얼마나 예쁘면 남자가 이렇게 망가질 정도로 그녀에게 헌신적일까 하고 말이죠. 그런데 조사받으러 오는 그녀의 모습을 보고 큰 실망을 했죠."

"코끼리 같았죠?"

"하하, 맞아요. 완전 코끼리 같았어요. 하지만 조사받는 그녀의 태도와 행동은 정말, 음…. 이런 모습에 남자들이 빠지겠다 싶었어요."

"그건 무슨 말인가요? 빠지다니요."

"그게 뭐라고 해야 할까? 외모는 아닌데 기품이 있다고 말해야 하나. 좀 표현하기가 어렵네요."

"그럼 이 사건은 어떻게 진행하고 있나요?"

"불기소로 종결하려고 해요."

"네에? 왜요?"

"고소한 사람이 자살했어요. 조사가 끝나고 얼마 안 있어 자살했다고 하더라고요."

"네?"

여성에게 온갖 선물과 거금을 건넸다. 하지만 돈만 받고 연락을 끊어 혼인 빙자 사기죄로 고소했다. 여기까지 머릿속으로 잘 정리를 하고 있는데 갑자기 자살이라니.

여자에게 돈을 바친 게 후회되어서 자살했을까?

"어떻게 죽었는지 아세요?"

"정확히는 모르고 그냥 차에서 번개탄 불을 피우고 죽었다고만 전해 들었어요."

그의 말을 듣자 갑자기 소름이 확 밀려온다. 아니, 이 사건도 내 사건과 똑같아.

이때 모르는 번호로 전화가 왔다.

"선배님, 죄송합니다. 잠시 전화 좀 받을게요."

조동훈의 양해를 구하고 민원인 대기실 밖으로 나와 전화를 받았다.

"여보세요."

- 지난번 아파트에서 만난 김상기 경비원이야.

"아, 선배님, 안녕하세요. 어쩐 일이세요?"

- 교도관 명찰을 아파트 화단에서 찾았어. 이름이 이상엽이야.

그 순간 머릿속에 많은 아이디어가 쏟아졌다. 구치소에 이상엽이라는 인물이 근무하고 있는지 조사하고, 그가 있다면 박정민 탈옥과 관련이 있는지 조사한다. 택시 광고를 낸 광고 회사도 찾아봐야 하는데.

"선배님, 제가 서울구치소에 연락해서 알아보겠습니다. 감사합니다. 큰 도움이 되었어요."

- 그렇다면 다행이군.

이 일은 급하지 않다. 천천히 살펴봐도 될 것 같았다. 지금 내 몸에 난 불부터 끄는 게 중요하다. 하지만 한편으로 경비원 선배님에게 일을 시켜 봐도 나쁘지 않을 것 같다는 생각이 들었다. 이런 생각을 하는 것을 아는지 모르는지 경비원이 먼저 말을 꺼냈다.

- 혹시 내 도움이 필요하면 언제든지 연락 줘.

"저, 선배님, 혹시 말입니다. 제가 탈출한 범인으로 의심하는 사람이 택시를 타고 갔어요. CCTV 영상이 어두워서 택시 번호를 알기가 어려워요. 하지만 택시 회사에 광고를….'

일단 수첩에 이상엽이라는 이름은 적어 두었다. 급히 민원인 대기실로 돌아온 나는 조동훈과 다시 배혜영 사건에 관해서 이야기를 나누었다.

"혹시 고소한 남자의 몸은 정상적인가요? 정신적으로도 문제가 있지 않은지 궁금합니다. 형사 생활을 하면서 자살하는 분들을 보면 정신 질환이나 신체 질환, 경제적 어려움이 있는 분들이 많아서요."

"솔직히 말해서 평균 이상이었습니다. 배혜영을 만나기 전에 경제적으로 어려움도 없었고요. 작은 영어 학원을 운영했는데 실력이 좋아서 학원생들이 꽤 있었나 봐요."

"선배님, 저는 도저히 이해가 안 갑니다. 제가 아직 어려서인지, 아니면 여자 경험이 부족해서 그런지 모르겠어요. 어떻게 그런 외모의 여성에게 푹 빠졌는지 납득이 안 돼요."

"이해합니다. 저도 그때 그 남성과 공식적인 조사가 끝난 후 개인적으로 물어봤어요. 그녀의 어떤 면이 좋냐고요. 그랬더니."

도대체 뭘까? 남자를 빠지게 하는 그녀의 매력이. 혹시 섹스를 잘하나? 전설의 명기를 타고난 그런 여성일까?

"그녀의 말투와 행동이라고 말했어요. 배혜영은 고소한 남자를 만나면 항상 '당신이 최고예요.'라는 말을 수시로 했다고 해요. 그리고 이 남성은 그녀의 그 말을 믿었고, 만날 때마다 항상 대접받는 느낌을 받앉다고 했어요."

"저 선배님, 혹시 두 사람의 잠자리에 대해서는 물어보지 않았나
요?"

"제가 물어보지도 않았는데 고소인이 먼저 말하더군요. 섹스도 기가
막히게 했다고 하더라고요. 그녀와 섹스를 하면 여자가 기절도 하고
울기도 해서 여성을 완전히 정복하는 느낌을 받았다고 하더라고요."

"그녀가 그렇게 보이도록 연기한 것이 아닐까요?"

"저도 그렇게 생각해서 자세히 물어봤어요. 그 정도는 다른 여성들
도 심심찮게 표현할 수 있다고 그랬더니 그 남성이 디테일하게 두 사
람의 성관계에 관해서 이야기해 주었죠. 관계 중에 '나 죽어요. 왕자님
저 죽어요.' 이런 말은 흔하고 '왕자님의 동생을 제 미천한 몸에 넣어
주세요.'라는 꽤 음란한 말을 기품 있게 내뱉었다고 해요."

두 사람이 관계 중에 나눈 대화가 상당히 자극적이다.

나는 조동훈 수사관과 나눈 대화를 수첩에 적었다.

"왕자님", "당신이 최고예요.", "미천한 몸에 넣어 주세요."

야설을 쓰는 느낌이다.

"선배님, 혹시 궁금한 점이 생기면 연락드려도 될까요?"

"물론이죠."

그가 자신의 명함을 나에게 건네주었다. 나 역시 가지고 있던 수사
관 명함을 그에게 주고 꾸벅 감사 인사를 하고 나왔다.

이제 어떻게 할까?

한 군데만 더 조사해 보면 뭔가가 나올 것 같다는 느낌이 든다. 배혜영을 피의자 신분으로 조사하는 경찰서는 모두 세 군데다. 그중 한 군데만 더 파 보자.

팀장 덕분에 일주일간 개인적인 시간이 주어졌으니 이 사건을 끝까지 파 보기로 했다.

춘천경찰서는 너무 멀고, 가까운 광진경찰서로 무작정 향했다. 그리고 늦은 오후가 돼서야 광진경찰서에 도착했다.

나는 혹시 아는 경찰관이 없나 기웃거렸지만, 아는 인맥을 발견하지 못했다. 무작정 경제 1팀 사무실로 찾아가서 오영미 수사관을 만날 수밖에 없었다.

안으로 들어가니 모든 수사관이 책상 앞에 민원인을 두고 조사하느라 주위에서 전화벨이 울려도 신경 쓰지 않았다. 한마디로 이곳도 전쟁터였다.

경제 1팀 오영미 수사관은 피해자인지 아니면 피의자인지 모호한 인물을 조사 중이었다.

그녀의 나이는 40대 초중반으로 보인다. 외모는 단발머리에 안경을 착용하고 있었는데 단아하면서 지적으로 보였다. 경찰 근무복을 입지 않아 외부에서 보면 대기업의 사원처럼 보이기도 했다.

나는 대기실에서 그녀의 조사가 끝나기를 조용히 기다렸다. 여성 수사관이라 이야기하는 게 불편하지 않을까 걱정도 됐다.

대기실에서 한 30분 기다리고 있으니 오영미 수사관 앞에서 조사받던 남성이 나가는 게 보였다. 나는 재빨리 경제 1팀 사무실로 들어가

오 수사관에게 내 경찰 신분증을 보여 주며 말했다.

"중부서에 근무하는 강철 경사입니다. 오 수사관님이 가지고 있는 박현수 사건 피고소인 배혜영 씨에 관해서 궁금한 게 있어서 찾아왔습니다."

그녀는 갑자기 찾아온 나로 인해 잠깐 당황한 표정을 지었다. 그러다 말없이 내 신분증을 보더니 무언가가 생각난 듯 입을 열었다.

"아침에 인터넷 기사를 봤어요. 강 수사관님 사건 관계인이 강압 수사 때문에 자살했다고 하던데, 맞나요?"

"전혀요. 아직 조사도 하지 않는걸요."

내 목소리가 컸는지 주위 동료들이 우리 두 사람을 쳐다보았다. 그녀가 주위 시선이 부담스러웠는지 고개를 숙이며 말했다.

"일단 주위에 사람들이 있으니 나가서 이야기하시죠."

"네."

"경찰서 정문으로 나가면 건너편에 커피숍이 하나 있어요. 거기서 기다려 주세요. 잠깐 서류 좀 편철하고 나갈게요."

"네."

나는 대답하고 그녀가 말한 커피숍에서 기다렸다.

잠시 후 그녀가 친절하게도 배혜영의 사건 기록들을 챙겨서 커피숍 안으로 들어왔다.

그녀는 커피를 주문하고 내 자리 맞은편에 앉았다.

"무엇을 도와드릴까요?"

성격이 시원하다.

나는 그동안의 일들을 그녀에게 설명해 주었다. 방배서에 다녀온

일, 고소인이 자살한 일 등을.

하지만 배혜영의 잠자리 기술에 대해서는 굳이 말하지 않았다. 여성 경찰관이라 성적인 대화는 가급적 자제한 것이다.

그녀는 내 설명을 듣고 고개를 끄덕이며 말했다.

"방배서도 저랑 비슷하네요. 저도 고소한 남성이 자살했어요. 번개 탄 불 피워서 차 안에서 죽었어요."

"네?"

"전 이것을 그녀가 시켰다고 보고 있어요. 느낌이 그래요. 저에게 조사받을 때 전혀 자살할 사람으로 보이지 않았거든요. 그래서 저도 제 나름대로 배혜영에 대해서 조사를 해 봤어요."

여자의 적은 여자라고 했던가.

"남성 편력이 화려하더라고요. 모두 같은 수법에 당했는데, 제가 만난 남성들은 고소할 생각이 없더라고요. 심지어 그녀의 현란한 말솜씨에 피해를 입었다는 사실도 몰라요."

"왕자님이라고 불렀다고 하던데, 다른 남자들에게 그런 소리를 똑같이 했을까요?"

"물론이죠. 그녀는 만나는 남자마다 최고의 대접을 했어요. 고급 요리를 직접 만들어 주었고, 마사지도 곧잘 해 줬어요. 저는 그녀가 사는 곳에도 다녀왔어요."

진동 벨이 울리자 그녀가 주문한 커피를 가지러 가기 위해 자리에서 일어났다.

내가 아는 경제팀 수사관들은 이렇게 적극적이지 않다. 그들은 주로 사무실 안에서 모든 일을 해결한다. 피의자가 출석하지 않으면 출석

요구서를 보내고 그래도 찾아오지 않으면 지명 수배를 내린다. 직접 찾아가거나 잡으러 다니지 않는다.

나는 그동안 이게 우리 형사들과 경제팀 수사관의 차이점이라고 생각했다. 하지만 오늘 만난 오 수사관으로 인해 나의 선입관이 잘못되었다는 것을 깨달았다.

오 수사관이 주문한 아이스 아메리카노를 가지고 자리로 돌아와 앉았다.

"그녀가 사는 곳은 어떤가요?"

"고급 오피스텔에 살고 있어요. 로열 스위트라고 부르던데 월세가 천만 원이 넘더라고요. 그곳은 30평이 넘는 곳인데 그 넓은 곳에서 혼자 살아요."

"혼자! 왜 그렇게 비싼 곳에 살까요? 직업도 없던데."

"사치가 심해요. 그녀가 타는 차가 뭔지 아세요?"

"아니요."

"빨간색 포르쉐 911 카레라. 스포츠카를 타고 다녀요. 가격이 2억 원을 훌쩍 넘죠."

나는 차도 없어 매일 지하철을 타는데 이 직업 없는 여성은 능력도 좋아 고급 외제 차를 타고 다닌다. 뭔가 잘못되어도 한참 잘못되었다는 느낌이다.

"도대체 수입이 어디서 나는 걸까요?"

"모두 만나는 남성들에게 용돈을 받아 생활비로 쓰는 거죠. 현재 그녀는 학원비가 몇백만 원이나 하는 프랑스 요리 학원에 다니고 있어요. 제가 알아본 바로는 평생교육원 같은 곳에서 스포츠 마사지 강사

교육도 받았더라고요. 이렇게 배운 기술을 만나는 남자들에게 써먹는 것 같아요."

"남자들이 그녀의 외모 때문에 쉽게 걸려들 것 같지 않은데."

"의외로 남자들이 순진해요. 그녀의 외모 때문에 그녀의 말을 더욱 믿더라고요. 만나는 사람도 자신밖에 없는 줄 알고 있었고요. 그들에게 평생 뒷바라지를 해 주고 싶다고 말했는데 모두 그 말을 철석같이 믿고 그녀를 평생의 동반자로 생각했어요."

"제 사건의 피의자는 그녀가 운영하는 블로그에서 만났다고 했어요. 우연히 맛집에 대해 검색을 하다 그녀의 블로그에 방문하였고, 좋은 정보 감사하다는 글을 남겼는데 이때 그녀가 답글을 달아서 서로 연락을 주고받다가 만났다고 했어요."

"그렇게 만나기도 하지만 가장 많이 남성을 만나는 방법은 결혼 정보 회사를 통한 만남이었어요. 그녀는 거기서 직업을 피아노 학원 강사라고 소개했고요."

"피아노 학원 강사요?"

"네, 그녀가 진짜로 피아노 학원 강사로 일하지는 않았지만, 꽤 피아노를 잘 쳤나 봐요. 제가 조사한 바로는 그녀는 정말 악랄해요. 만나는 사람이 돈이 없으면 뒤도 돌아보지 않고 헤어졌어요."

"대체 어떤 방법으로 남성들에게 돈을 받는 걸까요?"

그녀가 가지고 온 수사 서류에서 카톡 대화를 캡처한 사진들을 꺼내며 말했다.

"이것을 보세요. 그녀가 피해 남성과 나눈 카톡 내용이에요."

나는 그녀가 보여 준 카톡 사진을 보았다.

"미국으로 어머니와 여행을 간다고 먼저 말하고 여행용 가방을 든 자신의 모습과 공항, 비행기 사진을 찍어서 카톡으로 보냈어요. 피해자는 정말로 그녀가 엄마랑 미국으로 여행을 갔다고 믿었어요. 그리고 이틀 후 여행 중에 엄마가 쓰러졌다면서 급히 병원비가 필요하다고 카톡을 보냈어요."

"아, 그렇게 병원비를 달라고 요구했군요."

"네, 하지만 피해 남성은 처음에 그 요구를 들어주지 않았어요."

나는 대화방 캡처본을 자세히 들여다보았다.

> **쁘니공주님:** 하.
> 오전 7:16
>
> **쁘니공주님:** 엄마가....
> 오전 7:19
>
> **쁘니공주님:** 돌아가셨어....
> 오전 7:20
>
> > **자기!!! 머라고???**
> > 오전 7:21
>
> **쁘니공주님:** 연락하지 마.
> 오전 7:25
>
> > **미안해.**
> > 오전 7:25
>
> **쁘니공주님:** 꺼져.
> 오전 7:40
>
> > **미안. 미안해.**
> > 오전 7:40

"이 남성은 자신 때문에 그녀의 엄마가 죽었다는 죄책감에 시달렸어요. 병원비를 못 보내 준 게 후회된다고 하더라고요. 그래서 그 후에 가지고 있던 돈을 그녀의 계좌에 보내기 시작했어요."

"얼마나 보냈나요?"

"처음에는 천만 원을 보냈고, 그 후에 배혜영 씨가 미국에서 장례를 치러야 한다. 이모들이랑 장례 문제로 소송 중이다. 이런저런 말도 안 되는 핑계로 계속 돈을 요구했는데 나중에 대출까지 받아 돈을 보냈더라고요."

"저는 이런 수법이 통한다는 게 신기해요."

"제가 알아본 바로는 또 다른 남성들도 있었는데 그들도 그녀를 만나려고 계속 집요하게 돈을 보내면서 연락을 시도했다는 거예요."

"오, 수사관님, 자살한 남자들의 공통점은 신세를 비관하는 유서와 번개탄을 피우고 차에서 죽은 거예요. 그런데 제가 맡았던 피의자의 유서에는 경찰관의 압박에 못 이겨서 죽는다고 했어요. 이것은 왜 그럴까요?"

"혹시 그녀에 대해서 조사는 하셨나요?"

"네."

"그때 어떤 반응을 보이셨어요? 그녀의 말을 믿지 않는 투로 조사하셨나요?"

곰곰이 생각해 보니 그랬던 거 같다. 그녀의 외모에 대한 선입감 때문에 그녀의 말을 믿을 수가 없었다. 어떻게 그런 거구를 납치하고 강간한다는 말인가.

"그랬던 것 같아요. 제 눈에는 꽃뱀으로만 보였거든요."

"그녀의 성격을 보면 앙심을 품고 그렇게 유서를 쓰도록 강요했을 수도 있겠네요. 그런데 어떤 방법으로 그랬는지는 저도 모르겠어요."

"그게 강요해서 될 일이….."

"그녀라면 가능해요."

"풀리지 않는 의문입니다. 가지고 온 사건 기록 좀 볼 수 있을까요?"

"네, 여기요."

그녀가 가지고 있던 수사 서류를 찬찬히 살펴보며 춘천경찰서에 다녀와야겠다는 생각을 했다. 그곳에 가면 왠지 나의 의문이 풀릴 것 같았다.

"큰 도움이 되었습니다. 혹시 궁금한 게 있으면 연락드려도 될까요?"

그녀가 시원스럽게 대답했다.

"물론이죠."

나는 집으로 돌아오자마자 내일 춘천으로 가기 위해 가장 빠른 교통편을 검색했다. 동서울에 가서 춘천으로 가는 버스를 타는 게 가장 빨라 보였다.

그리고 무슨 일이 있어도 아침에 2호선을 타자. 그녀에게 눈도장을 찍는 것은 살인 사건을 해결하는 것만큼 매우 중요하다. 에펠탑 효과를 보기 위해서.

나는 버스표를 스마트폰 앱으로 예약하고 곧바로 잠자리에 누웠다. 누워서도 쉽게 잠들지 않고 세 사람의 자살 사건에 숨어 있는 공통점을 찾기 위해 골몰했다. 그러다 문득 과거 내가 취급했던 자살 사건들이 하나둘씩 눈앞에 아른거렸다.

자살은 한 사람의 죽음으로 끝나는 경우도 있지만, 남은 가족들은 소중한 가족을 잃은 슬픔에 평생토록 괴로워한다. 수사하는 경찰관도 가족들의 감정이 이입되어 고통을 받는다.

많은 자살 사건 중에서 내 마음을 항상 무겁게 짓누르는 사건이 있었다. 생각하기 싫었는데 자살 사건들을 떠올리다 보니 그 사건이 순간 떠올랐다.

이 사건은 너무나 충격적이라 생각하고 싶지 않다. 내 기억에서 정말 사라졌으면 하는 바람이다. 생각하면 마음이 멍해지고 우울해진다. 막을 수도 있었던 자살 사건이라 더욱 슬픈 게 아닌가 싶다.

일가족이 죽은 사건이다. 복도식으로 된 아파트 17층에서 엄마와 아이 셋이 떨어져 죽었다.

죽기 전 엄마랑 실랑이하며 우는 아이를 보고 지나가던 아파트 주민이 왜 우냐고 물어보았다. 그러자 큰딸로 보이는 아이가 울면서 그 아저씨에게 말했다.

"엄마가 우리를 죽이려고 해요. 아저씨, 살려 주세요."

하지만 그 주민은 설마 엄마가 아이들을 죽이겠냐 싶어 오히려 그 아이를 나무랐다는 것이다. 그러고서 그가 돌아서자 아파트 단지 아래로 '쿵' 하고 무언가 떨어지는 소리가 들려서 '뭐지?' 하고 돌아보니, 아이 엄마가 어린 자녀들을 계단에 있던 창문 밖으로 내던지고 있었다는 것이다. 그 모습을 보고 순간 그는 아무것도 할 수가 없었다고 했다.

아이 엄마의 행동을 막아야 했는데 너무나 정신적으로 큰 충격을 받아서 몸을 전혀 움직일 수가 없었다고 했다. 아이 엄마는 8살, 4살, 2살 어린아이를 창밖으로 물건 던지듯이 던지고 본인도 창밖으로 뛰어내려 안타깝게 목숨을 잃었다.

나중에 조사해 보니 남편 도박 빚 5천만 원이 원인이었다. 5천만 원의 도박 빚에 4명의 목숨이 사라진 것이다. 그녀가 그런 극단적 선택을 한 것은 살아남은 남편에게 복수하기 위해서일까?

*

눈을 뜨니 8시가 다 되어 가고 있었다. 춘천행 버스표를 9시에 예약했는데! 나는 부랴부랴 씻고 뛰쳐나갔다.

젠장. 오늘은 왜 알람처럼 울리던 층간 소음이 없는 거지? 평소처럼 쿵쿵거렸으면 잠에서 빨리 깼을 텐데. 오늘만큼은 2호선 여인의 얼굴을 보고 하루를 시작하고 싶었는데 아쉽다.

나의 비타민, 나의 엔도르핀, 아! 나의 천사를 못 봐서 너무 아쉽다.

버스라도 늦지 않게 타기 위해 서둘렀다.

동서울터미널에 제시간에 도착하여 춘천행 버스에 겨우 몸을 실었다. 버스 좌석에 앉아 한숨 돌리고 긴장을 푸니 여유가 생겼다. 그리고 차창 밖을 보며 이런저런 생각을 했다.

먼저 드는 생각은 연쇄살인마 탈주범을 잡아 특진하는 거였다. 하지만 지금 내 코가 석 자라 쉽지 않다. 내 문제부터 해결하고 그 후에 서울구치소에 연락하고, 택시 번호도 파악하자.

급한 불부터 끄고 숨을 돌리자. 분신술이 있어서 내 몸을 두 개로 나누어 한 명은 박정민을 수사하고 또 다른 한 명은 배혜영 사건을 수사했으면 좋겠다. 그리고 분신(分身)한 두 사람이 마주 보고 잘 풀리지 않는 수사에 관해 연구도 하고 해결점도 찾는 것이다.

이런 환상적인 생각을 하는 와중에 장길준 형사에게 전화가 걸려 왔다.

"아! 안녕하세요, 장 형사님."

- 부검 결과가 나와서 알려 드리려고 연락했습니다.

"벌써요?"

- 연예인 죽음이라 위에서도 빨리 처리하라고 난리예요. 우선 일산화탄소에 의한 질식사는 맞아요. 근데 몸에서 다량의 마약 성분과 수면제가 검출되었어요.

"마약과 수면제요?"

- 네, 온전한 정신 상태가 아닌 상황에서 자살을 선택한 것 같아요.

"그렇군요."

- 일단 언론에는 비밀로 하고 종결하기로 내부 방침이 나왔어요. 그 정도만 알고 계세요.

"네? 이대로 종결이라고요?"

- 네.

마약 성분이 나왔으면 그걸 판 놈을 찾아가서 조져야 하는 게 아닌가? 그런데 그냥 빨리 사건을 덮으려고만 한다.

조져서 밝혀야지, 왜 그냥 덮어. 일 처리를 하는 방법이 나와 비슷하다.

"마약 성분이 나왔는데 조사 안 하나요?"

- 구수한 씨가 과거 대마초를 피우다 걸린 적이 여러 번 있어요. 그리고 괜히 사건 들춰서 돌아가신 분 명예에 흠집 내는 것도 바람직하지 않아 보여서요.

"그래도 마약 판 놈을 잡아 조져야죠."

- 바빠서 이만 끊을게요.

그는 뭔가에 쫓기는 사람처럼 급하게 전화를 끊었다. 그렇게 마무리 지으라고 팀장이 지시를 내렸을까? 아니, 마약 사범을 잡아서 조져야 하는 게 맞지 않나? 내가 잘못 말했나? 잡아서 조지는 게 형사 일인데. 형사는 조져 3대장 중 1대장이 아닌가.

작년 가을, 교도소에 잡범을 조사하러 간 후부터 나는 형사는 나쁜 놈들을 조지는 게 일이라고 생각하게 되었다. 그 잡범이 그렇게 말해 주지 않았던가.

일 년 전.

이미 구속시킨 잡범이 또 다른 여죄가 나와 그것을 확인하기 위해서 박 선배와 함께 교도소에 찾아갔다. 사방이 흰색 벽면으로 된 교도소 조사실에 도착하니 사기꾼이 먼저 도착해서 우리를 기다리고 있었다.

그의 눈동자는 마치 햇빛에 반사된 강물처럼 빛나고 있었다. 교활하게 짱구를 굴려서 또 누군가를 사기 치려는 것 같다. 항상 이런 놈들을 조심해야 한다.

잡범이 능구렁이처럼 느릿하게 말했다.

"그러니까 형사님, 저보고 철물점에서 잃어버린 공구를 훔쳤다고 실토하라는 말씀이네요."

"당연히 네가 한 게 맞으니까. 훔쳐서 중고나라에 올렸잖아."

"저 일 년만 있으면 나갑니다. 그런데 또 다른 절도 건까지 추가하면 형이 늘어나는데 형사님 같으면 인정하겠어요?"

"철물점에서 네 지문과 족적이 나왔고, CCTV 영상도 있어. 그러니까 불지 말고 인정하자."

CCTV 영상은 있기는 하지만 너무 어두워서 저 잡범이 그놈인지 알기 힘들다. 이런 사실을 모르는 사기꾼 녀석이 한숨을 푹푹 쉬며 말했다.

"여기에서 모의재판까지 다 받고 형기도 확정받았어요."

"모의재판?"

"우리끼리 하는 재판 있어요."

박 선배가 고개를 끄덕이며 말했다.

"음, 네 지문까지 나왔는데 부인하면 형기만 더 늘어나. 우리는 그냥 확인하러 온 거뿐이야."

조용조용 느리게 말하던 그가 갑자기 흥분하여 소리를 질렀다.

"뭘 확인해요? 내가 훔치지 않았는데. 아이, 진짜 시발."

계속 부인하면 이곳에 온 목적이 무의미해진다. 이곳은 교도소 내부라 사기꾼 녀석을 다그치기 어렵고 조사 시간도 정해져 있어서 일단 빨리 설득하는 게 최상이다. 경험 많은 박 선배는 이런 모든 상황을 알고 있지만, 오히려 여유 있는 표정으로 잡범을 부드럽게 압박했다.

"음, 좋지 않은 태도야. 빵에 돌아가서 다시 재판받아 봐. 부인하면 형이 얼마나 더 늘어나는지 안에 있는 판사, 변호사 역할을 맡은 새끼들이 잘 설명할 거야."

그가 자신의 머리를 움켜쥐며 고통스러워했다.

"아우, 시팔. 아주 좆같네. 좆같아. 세상이 좆같아서 못 살겠네."

아니, 왜 세상 탓을 해? 착하게 살지 않은 본인을 탓해야지.

그는 한참을 고민하더니 여죄를 모두 인정하겠다고 말하며 조사를 받았다. 그리고 피의자 신문 조서에 예쁘게 지장을 찍으며 아주 재미있는 이야기를 해 주었다.

"형사님, 그거 알아요? 당신들은 우리에게 조져 3대장이라는 것을."

"조져 3대장? 족치는 대장이라는 뜻이야?"

"모르시는구나."

"그래, 몰라. 조져 3대장이 뭐야?"

순간 녀석이 작은 이빨이 보이게 웃었는데 영락없는 쥐새끼의 모습이었다.

"3대장에 대해서 알려 드리죠. 잘 들으세요."

그리고 그가 우리에게 알기 쉽게 3대장을 설명해 주었다.

범인들에게는 조져 3대장이 있다. 1대장은 형사, 2대장은 검사, 3대장은 판사다.

형사는 잡아서 조져.

검사는 불러서 조져.

판사는 때려서 조진다.

이게 범죄인들이 말하는 조져 3대장이다.

그때 그의 이야기를 듣고 나는 형사가 판검사와 같은 급이라 기분이 좋았다. 그렇게 범죄인들의 세계에서 우리 형사는 검사, 판사와 함께 조져 3대장이었다.

*

버스가 터미널에 도착했는지 속도를 줄였다. 막상 내리려고 하니 졸음이 밀려온다. 출발할 때는 안 피곤했는데 도착하니 피로가 몰려왔다. 버스를 타고 오는 동안 잠이나 조금 잘 것을⋯. 후회된다. 앞으로 6일 동안 출근하지 않아도 되니 잠은 언제든지 잘 수 있다. 스스로 격려했지만, 마음이 전혀 편안하지 않다. 앞으로 편안하게 잠을 자기 위해 배혜영 사건을 서둘러 마무리해야 한다.

춘천경찰서 위치를 확인하고 가는 방향에 서서 택시를 기다렸다. 이때 박 선배에게 전화가 걸려 왔다.

- 너 어디야?

그의 목소리가 심하게 떨리고 다급하다.

"저 춘천이요."

- 거기 왜 갔어? 아니다. 지금 그런 말을 할 때가 아니다.

"아니, 왜요? 무슨 일 있어요?"

- 지금 감찰이 너 어디 병원에 입원했는지 조사한다고 난리다.

"네?"

- 너 혹시 아는 병원 있냐? 빨리 교통사고라고 말하고 입원해. 안 그러면 팀장이랑 너 진짜 큰일 날 수 있어.

머리가 어질어질해진다. 쉰다고 좋아했는데 그것도 아니다. 아는 병원도 없으니 어떻게 해야 할지 모르겠다.

"저 아는 병원이 없어요. 어떡하죠?"

– 아이 씨, 일단 서울로 빨리 돌아와. 그리고 기다려 봐. 내가 한번 알아볼게.

"네."

왔던 버스를 타고 도로 서울로 향했다. 버스에서 잠이나 잘까 하고 눈을 감아 보았는데 걱정되어 쉽게 잠이 오지 않았다. 박 선배가 병원을 못 찾으면 어떻게 하지?

그냥 아무 한방병원에 가서 입원시켜 달라고 해 보는 수밖에 없을 것 같다.

아, 왜 이렇게 일이 꼬이는지 모르겠다. 춘천경찰서까지만 가면 배혜영 사건의 실마리가 다 풀릴 것 같았는데.

버스가 출발한 지 30분이 지나서 박 선배에게 다시 전화가 왔다. 기다리던 전화라 무척 반가웠다.

"네, 선배님."

– 전에 내가 사건으로 도움을 준 소명이라는 한방병원이 있어. 거기 사무국장에게 이야기 다 해 놓았으니까, 거기 찾아가서 꼼짝 말고 누워 있어. 외출하지 말고. 감찰들이 어떻게 파고들지 모르니까.

"소명한방병원이요?"

"응, 당분간 거기서 얌전히 쉬다가 감찰들 잠잠해지면 나와."

"알겠습니다. 하아! 근데 형, 춘천경찰서에 가서 배혜영 사건을 조사해 봐야 하는데…. 거기까지만 일치하면 배혜영이 깔 수 있을 거 같아서요."

- 뭐가 일치하면?

"제 사건과 방배, 광진서에서 배혜영과 관련된 인물들이 자살했는데 방식이 같아요."

- 번개탄 피우고 죽었다는 거 말이야?

"네."

- 뭐? 그렇게 같은 방식으로 세 사람이 죽었다는 것은 우연이 아니라는 건데.

"그렇죠. 물증만 나오면 배혜영이 체포할 수 있을 것 같아요. 그래서 단서 좀 얻으려고 춘천경찰서에 가던 중이었고요."

선배가 충격을 받았는지 잠시 말을 멈췄다.

- 나라도 움직여서 조사해 보고 싶은데, 지금 너 말고 팀장도 감찰 조사를 받고 있어서 쉽게 움직일 상황이 아니다. 확실한 물증이 있으면 움직이겠는데 지금은 심증뿐이니 일단 지켜보자.

그리고 두 시간 후에 나는 소명한방병원의 사무국장을 만났다.

그는 운동을 거의 하지 않고 날마다 술만 마셨는지 배불뚝이 아저씨 체형을 가지고 있었다. 살 좀 빼고 병원에서 일하면 더 많은 환자가 그를 신뢰할 수 있을 거라는 생각이 들었다.

"일주일간 입원하는 것으로 원장님과 말해 놓았으니까 편안하게 쉬세요. 병원비도 걱정하지 마시고요."

"병원비를 안 내도 된다고요?"

은근히 병원비 걱정도 하고 있었는데 그가 내 마음을 알고 미리 말한다.

"제가 알아서 할 테니까 걱정하지 마시고 그냥 쉬시다 가세요. 혹시 실비 보험 가입한 것 있으면 말해 주세요. 퇴원할 때 필요한 서류도 챙겨 드릴 테니까요."

딱히 보험 든 게 없다. 이렇게 병원에 입원하게 되니 실비 보험 하나 넣어야겠다는 생각이 든다.

"보험은 없는 것 같습니다."

"그래요. 전에 박문수 형사님께 신세 진 게 있었는데 갚을 기회가 생겨 다행입니다."

신세를 갚는 것이 아니라 의료 사기를 치는 것이겠지. 지금 내 코가 석 자라 그런 거 따질 겨를이 없지만, 뉴스에서 많이 보았던 것 같다. 이렇게 나이롱환자를 입원시키고 보험금을 챙기는 병원이 있다는 기사를 말이다.

그때 핸드폰이 울려 번호를 확인하니 박 선배다.

"여보세요."

- 갔다. 감찰이 지금 갔다.

선배의 목소리는 무척 다급했다.

"네? 감찰이 어디로 갔다고요?"

- 너 잡으러 갔다고. 어디냐?

"병원이요."

- 휴! 다행이다. 감찰들 지금 너 있는 병원으로 출발했으니까 꼼짝 말고 병실에 누워 있어.

"네, 알겠어요."

선배가 나보다 더 다급한 것 같다. 하지만 전화를 끊고 나니 나 역시 불안하기는 마찬가지였다. 금방이라도 감찰이 병원에 들이닥칠 것만 같았다.

"저 어디 병실로 가면 될까요?"

내 다급한 마음도 모르고 배불뚝이 사무국장이 느긋하게 말한다.

"일단 엑스레이 찍고 간단한 피 검사부터 받으시고 입원하실게요."

"병실에 입원부터 먼저 하면 안 될까요?"

"그래도 교통사고니까 기본적인 것은 해 두어야죠."

불법으로 입원하는 거라 뭐라 말도 못 하겠다. 나는 그저 배불뚝이 사무국장 말을 따라야 했다.

"아, 네. 그러면."

"그러면요?"

"조금 빨리 부탁드리겠습니다."

"네, 걱정하지 마십시오. 이쪽으로 오세요."

그가 나를 엑스레이 촬영실 앞으로 안내했다.

내 몸은 전혀 이상이 없지만, 엑스레이를 촬영하려고 대기표를 받고 기다리게 되었다. 나 또한 의료 사기의 범죄인이 된 기분이 들면서 약간 죄책감이 밀려왔다.

그러다 그동안 숙제처럼 머릿속에 남아 있던 의문점이 떠올랐다. 왜 죽은 구수한의 손은 깨끗한가?

검은 엑스레이 사진과 번개탄.

이 두 사물이 머릿속에서 교차하면서 하나의 의문점이 해결되었다.

그는 자살하기 위해 번개탄을 잡고 불을 붙였을 것이다. 그러면 손에 연탄재가 묻어야 하는데 손이 너무 깨끗했다. 번개탄이 라이터 불에 쉽게 타지 않았을 텐데 라이터도 새것처럼 보였다.

아무리 수면제와 마약을 먹었다고 해도 번개탄에서 나오는 매운 연기를 마시면 인상을 찌푸려야 정상이다. 게다가 연기에 눈물, 콧물을 흘리는데 얼굴도 너무 편안하다.

이걸 모두 종합해 보면 구수한이 차에서 수면제에 취해 자는 동안 누군가가 밖에서 번개탄을 피워 그의 차 안에 넣어 두었다는 결론이 나온다.

자살이 아니라 타살이다.

보통 살인 사건에서 피해자의 죽음으로 이익을 보는 사람이 가장 유력한 용의자가 된다. 그래서 보험 살인을 해결할 때 보험금을 수령하는 멍청한 살인범들이 자주 검거된다.

구수한의 사망과 혼인 빙자 사기죄 고소인들의 죽음으로 당장 큰 이익을 보지는 않지만 연결되는 사람은 단 한 명이다.

바로 배혜영.

다른 경찰서에 연락해서 죽은 사람들의 손과 차 안이 깨끗했는지 여부를 조사하면 그녀를 체포할 수 있을 것 같다.

이때 경찰 근무복을 입지 않았지만 경찰관이라는 느낌이 강하게 드는 두 남성이 원무과 앞에 서 있는 게 보였다. 그들은 원무과 직원에게 이것저것을 물어보고 있었다. 느낌에 감찰 같다. 감찰들이 나를 옥죄기 위해 찾아온 것이다.

나는 서둘러 입구에 내 명찰이 붙어 있는 병실로 뛰어갔다. 2인실이지만 환자가 나밖에 없었다. 침대 위에는 병원 마크가 그려진 환자복이 올려져 있었다. 그것을 보는 순간 정말 번개처럼 환자복으로 바꿔 입었다.

똑똑. 노크 소리가 들렸다. 그리고 내 대답도 듣기 전에 문이 열리면서 원무과 앞에서 서성이던 감찰 요원이 들어왔다. 안경을 쓴 중년의 남성이 지극히 사무적인 어투로 인사를 한다.

"안녕하세요, 강철 형사님. 몸은 괜찮으세요?"

안경 쓴 남자보다 나이가 어려 보이는 젊은 남자가 신분증을 꺼내 보이며 말한다.

"저희는 시경 청문감찰관실에서 나왔습니다."

다시 안경 쓴 남자가 감정 없는 말투로 말했다.

"아프신데 찾아와서 죄송합니다. 저는 서울시경에 근무하는 감찰관 이중훈 경감입니다."

나는 억지로 놀라고 당황한 표정을 지으며 대답했다.

"네? 제가 이곳에 입원한 것은 어떻게 알고 오셨습니까?"

"중부서에 들렀다가 사무실에서 알려 줘서 알게 되었습니다."

"그러셨구나."

젊은 남성이 의심스러운 눈빛으로 나를 바라보며 물었다.

"어제 입원하셨어요?"

원무과에서 뭐라고 말했는지 몰라 선뜻 대답하기 어려웠다.

"사무실에서 어제 입원했다고 했는데 원무과에서는."

에라, 모르겠다.

"아니요. 어젠 일이 있어서 오늘 오전에 입원했습니다."

안경 쓴 남자가 다시 차갑게 질문을 던진다.

"그런데 병가는 어제부터 쓰셨잖아요? 왜 병원에 어제 가지 않았습니까?"

"몸은 아팠지만 제 사건 때문에 급하게 알아봐야 할 게 있어서요. 그래서 입원하지 못했습니다."

"무슨 사건이요?"

"구수한 씨 자살 사건 말입니다. 그게 아무리 봐도 자살 같지가 않아서요."

안경 쓴 남자가 관심을 보이며 물었다.

"자살이 아니면 타살이라는 말인가요?"

"네, 맞습니다."

"증거나 증언이라도 있나요?"

"아직 확실한 물증은 없는데 의심할 만한 정황은 있습니다."

"그게 뭔가요?"

"그게 말씀드리기가….”

안경 쓴 남자가 안경테를 콧등 위로 올리며 말했다.

"강철 형사님한테는 이 일이 아주 중요한 사안입니다. 지금 징계 처분을 내리기 위해서 저희가 찾아왔습니다. 그러니 본인에게 조금이라도 도움이 된다면 감추지 말고 다 말해 주셔야 합니다."

이들을 믿고 지금까지 내가 수집한 내용을 말해 주어야 하나 약간 고민이 되었다.

"이틀만 시간을 주십시오. 그러면 정리해서 말씀드리겠습니다."

"지금 여론이 안 좋습니다. 시민들이 형사의 강압에 의해 연예인이 사망했다고 보고 있어요. 중부경찰서와 서울시경 인터넷 홈페이지에 들어가 보시면 욕설로 가득합니다. 이 일로 본청장님이 강도 높은 감찰을 지시했어요. 그 강도가 얼마나 세냐면 중부서장을 직위 해제하라고 하십니다. 서장이 직위 해제가 되면 그 밑에 있는 형사과장, 팀장은 어떤 징계를 받을지 상상해 보셔요."

상황이 심각한 모양이다.

"대중은 누군가가 책임을 지길 원해요. 책임지는 사람이 나올 때까지 계속 물어뜯을 것입니다. 아무 잘못이 없어도 말이죠. 그런데 우리 경찰은 힘없는 조직인지라, 강철 씨 한 명으로 끝나는 것도 만족하지 않아요. 더 많은 희생을 원하죠. 솔직히 말씀드리죠. 서장, 과장은 이미 경징계에 합의 봤습니다. 승진에 전혀 영향을 주지 않는 선에서 서장은 경고, 형사과장은 직위 해제로 말입니다. 그리고 장민환 팀장과 강철 씨가 남았는데 고민되네요. 어떻게 두 분을 대중에게 비추어 줘야 우리 조직이 무사히 넘어갈지 말입니다."

"시간을 주시면 제가 그의 죽음에 관한 의문점을 풀겠습니다. 만일 안 되면 제가 책임지고 옷을 벗으면 되지 않겠습니까."

해서는 안 될 말을 내뱉어 버렸다. 하지만 한번 입 밖으로 나와 버린 말을 주워 담을 수는 없다.

감찰관 두 사람은 서로 마주 보고 고개를 끄덕이더니 한결 밝은 표정이 되었다. 옷을 벗는다는 내 말에 두 사람은 동료애에 대한 심리적 부담감이 줄어든 모양이다. 그들도 동료에게 선뜻 중징계를 때리고 싶은 마음은 없었나 보다.

"좋습니다. 저희는 강철 씨를 믿겠습니다. 어제 병원에 입원하지 않았지만, 오늘 일도 크게 문제 삼지 않겠습니다. 하지만 이틀이나 시간을 줄 수는 없습니다. 저희 상황을 이해해 주세요. 오늘 하루만 시간을 더 드리지요. 이것도 정말 어려운 결정입니다. 일단 아프다는 핑계로 말입니다."

"하루요?"

"네, 오늘 하루만 시간을 드리겠습니다. 몸 상태가 병원에 입원할 정도로 아파 보이지 않습니다. 오늘 하루 시간을 드릴 테니 자살이 아닌 타살이라는 것을 밝혀 보십시오."

"시간이 너무 촉박합니다."

"저희도 마찬가지입니다. 언론에서 자꾸 마녀사냥식으로 악의적인 보도를 하고 있어요. 결국, 누군가의 희생을 원하고 있는 거죠. 그게 누구인지는 잘 아시겠죠?"

"솔직히 저는 뭘 잘못했는지도 모르겠어요."

안경 쓴 남자가 내 말에 쐐기를 박았다.

"강철 씨, 서장님과 형사과장, 팀장은 무슨 잘못이 있다고 징계를 받을까요? 아랫사람을 관리 감독하지 못한 죄일까요? 그리고 서장과 형사과장은 억울하겠지만 징계 처분에 동의하셨습니다."

나 때문에 서장, 과장, 팀장이 징계를 받는다. 더는 이들과 실랑이를 하면서 병실에 누워 있을 수 없겠다는 생각이 들었다.

"좋습니다. 하루만 시간을 주십시오."

그때 똑똑 문을 두드리더니 간호사가 알 수 없는 주사액이 가득 담긴 링거를 들고 병실 안으로 들어왔다. 그녀는 기계적으로 자신의 할 일을 하기 위해 침실 앞으로 와 주사액이 담긴 링거를 걸고 말했다.

"환자분, 주사 있습니다. 옷 좀 올려 주세요."

저 주사를 맞으면 진짜 환자처럼 편안하게 쉴 수 있을 것 같았다.

"간호사님, 저 나갔다 와서 맞을게요."

간호사는 내 말에 놀라거나 당황하지 않고 대답했다.

"알겠습니다. 잠깐 외출하세요. 너무 멀리 가지 마시고요."

이 병원에는 나이롱환자가 많은 건지 아무런 제지도 없다. 간호사가 주사액이 담긴 링거를 그대로 걸어 둔 채로 나가자, 나는 방금 입었던 환자복을 벗었다. 감찰관이 옆에 있다가 내가 옷을 갈아입는 모습을 보더니 말했다.

"내일 연락드리고 찾아오겠습니다. 병원, 집 아니면 사무실 중 계신 곳을 알려 주시면 찾아가겠습니다. 원래는 강철 씨가 저희 감찰실로 나와야 하는 게 맞지만, 공식적으로 강철 씨가 환자이니 찾아가는 것입니다. 낼 뵙겠습니다."

팬티만 입은 채 그들이 나가는 모습을 지켜보았다. 문이 닫히는 순간 깨달았다.

시간이 없다. 서둘러야 한다. 일단 박 선배에게 전화부터 걸었다.

"여보세요. 형, 방금 감찰들이 왔다 갔어요. 조사는 안 받고 제가 구수한 씨 자살이 아니라 타살이라고 말했더니 증거가 있냐고 그러더라고요."

- 그래, 뭐라고 했어?

"정황이 그렇다고 했죠."

- 물증도 없잖아. 그저 심증만 있잖아.

"그래도 감찰이 내 말을 어느 정도 믿어 주는 것 같아요."

- 일을 더 크게 만들어 버렸네. 해결할 수는 있고?

"네, 그런데 시간이 없어요. 한 가지 생각나서 제가 타살이라고 말한 것이긴 해요. 구수한 씨 죽은 사진을 봤는데 손이 너무 깨끗해요. 차도

깨끗하고, 번개탄을 만진 손이 아니에요."

- 네 말을 들으니 그러네.

"그렇죠. 그래서 다른 사건도 똑같은 모습이라면 타살이 확실한 거죠. 타살이면 유서도 가짜일 확률이 높고요."

- 알겠어. 내가 다른 경찰서에 연락해서 어떻게 죽었는지 알아볼게.

"그거 확인되면 바로 배혜영을 체포하실 거죠?"

- 그녀 주거지는 알아?

배 속에서 '꼬르륵' 소리가 들린다. 그녀의 주소는 오 수사관에게 연락하면 알 수 있다. 직접 찾아가서 조사까지 한 그녀.

'로열 스위트'였던가 뭐라고 했는데, 일단 밥부터 먹고 박 선배와 만나야겠다. 병원 근처에 뷔페나 무한 리필 고깃집이 있으면 본전을 뽑을 수 있을 것 같다는 생각이 들었다.

"네, 알 수 있어요. 저 근데 우선 밥부터 먹어야겠어요."

- 그래, 나는 다른 서에 연락해서 확인하고 전화 줄게.

"아! 그리고 춘천서 사건도 알아봐 주세요."

- 완전 내가 네 시다바리 같다.

"죄송해요. 이 일만 잘 해결되면 한턱…."

- 됐어.

나는 서둘러 옷을 갈아입고 병원을 나왔다. 생각은 뷔페나 무한 리필 식당으로 가고 싶었지만, 몸은 편의점으로 들어가고 있었다.

삼각김밥 2개, 컵라면 1개, 바나나 우유 1개, 탄산음료 1개, 빵 2개를 챙겨 계산했다. 편의점의 젊은 여자 알바가 계산할 때는 신경 쓰지 않더니 슬쩍슬쩍 내가 먹는 모습을 훔쳐보았다. '설마 저걸 다 먹을 수 있을까?' 하는 표정으로 말이다.

나는 저녁도 건너뛸지 모른다는 생각에 배가 불러도 억지로 꾸역꾸역 입 안으로 넣었다. 트림을 오지게 하고는 핸드폰 연락처를 살펴보았다. 여장부라고 저장된 오영미 수사관의 번호를 찾아 그녀에게 전화를 걸었다.

"여보세요. 오 수사관님, 저 강철 경사입니다."

- 네, 안녕하세요.

"배혜영 씨가 어디 산다고 했지요? 저도 찾아가 보려고 하는데 주소지 좀 알려 주시겠어요?"

- 네, 잠시만요.

나는 수첩을 꺼내어 받아 적을 준비를 했다.

- 서울 강남 영동대로 ××××-× 로열 스위트 1402호네요.

"감사합니다. 이 은혜 평생 잊지 않겠습니다."

- 호호, 괜찮아요. 서로 도와야죠.

그녀와 전화를 끊고 시계를 보니 오후 2시 30분이다. 배혜영을 살인 혐의로 체포하고 구수한에게 왜 그런 유서를 쓰게 만들었는지 자백을 받을 수 있을까?

구수한은 왜 그런 유서를 쓰고 사람을 힘들게 만드는지 모르겠다. 설마 그녀에게 가스라이팅을 당해서 억지로 유서를 썼을까?

가스라이팅에 관해 아산에 있는 수사연수원에서 교육받던 때가 떠오른다. 꽤 유명한 범죄심리학 교수가 연수원에 와서 강의했는데 그는 오래된 영화를 한 편 보여 주며 강의를 했다.

이 영화 속에서 남편은 자신의 부인을 끊임없이 조종하여 그녀가 미쳤다고 믿게 만들었다. 가스라이팅은 상대방에게 지배력을 행사하여 황폐화시키고 현실감과 판단력을 잃게 만든다.

피해자들은 이 사실을 잘 인지하지 못하고 자존감이 낮아지며 가해자의 생각에 동조하게 된다. 언론과 방송에서 많이 보도된 가평 계곡 살인 사건도 같은 수법이다. 수영을 못하는 남편을 이은해와 내연남 조현수가 장기간 가스라이팅을 하여 보험금을 타 낼 목적으로 가평군 용소계곡으로 데려가 강제로 다이빙을 하게 만들어 숨지게 했다.

수사연수원 입구에는 "모든 접촉은 흔적을 남긴다."라고 새겨진 비석이 있다. 가스라이팅에도 흔적이 있을까? 물론 많은 흔적과 증거가 있다. 수사관들이 찾지 못할 뿐.

흔적이 있는 척을 해서 배혜영이 자백하게 만들면 어떨까? 영화 〈달콤한 인생〉에서 나온 대사가 떠오른다.

"넌 나에게 모욕감을 줬어."

내가 배혜영에게 모욕감을 줬을까? 아닌데…. 아무리 생각해도 그런 것은 없는 것 같다. 배혜영 씨, 저에게 왜 그랬어요?

이때 핸드폰이 울렸다. 분명 박 선배겠지. 동작이 빠르다니까.

나는 무조건 박 선배라고 단정하고 전화를 받았다.

"네, 선배님."

- 나야.

경찰 선배님 경비원 아저씨 목소리다. 나는 조금 당황하고 실망했지만 그런 내색을 하지 않고 자연스럽게 말을 이어 갔다.

"아! 네, 웬일이세요?"

역시 자연스럽지 않은 목소리이지만 상대방은 내가 실망했다는 것을 눈치채지 않았을 것이다.

- 서울구치소에 친한 사람이 있어서 물어봤어. 탈출한 박정민을 이상엽 교도관이 도왔다는 거야. 그래서 탈옥할 수 있었고. 아마도 우리 아파트에 박정민이 침입해서 교도관 옷을 갈아입고 탈출한 것 같아.

"아! 그렇군요."

- 자네 지금도 박정민을 잡으려고 하고 있지?

"네, 그럼요. 그 이상엽 교도관은 어떻게 되었을까요?"

- 김정길이라고 탈옥에 도움을 준 또 다른 교도관이 있는데 두 사람 모두 자살했어.

"자살이요?"

이 교도관들도 박정민에게 가스라이팅을 당한 것일까? 왜 두 사람이 자살했을까?

*

매우 깨끗하고 넓어 보이는 원룸이다.

분홍색 화장대, 옅은 아이보리 색상의 침대. 그리고 침대 위에는 포근하게 보이는 분홍색 이불과 베개가 있다.

침대 옆에는 컴퓨터 책상이 있는데 책상 위에는 노트북과 이 방 주인의 사진과 그녀의 가족들 사진이 올려져 있다.

방 중앙에는 두꺼운 심리학 서적과 마술에 관한 서적들이 탑처럼 높이 쌓여 있다.

바닥에 누운 채로 박정민이 두꺼운 책의 책장을 넘기며 여유로운 시간을 보내고 있다. 한없이 여유로워 보인다.

그의 옆에 놓여 있던 핸드폰이 메시지를 전송받고 진동을 한다.

부르릉.

부르릉.

박정민이 핸드폰의 메시지를 확인해 보았다.

- 이년아! 도대체 외국에는 왜 간 거? 언제 돌아온다고?

그는 답장을 바로 보낼지 잠시 후에 보낼지 잠시 고민했다. 그러다 독서에 집중하기 위해 바로 답장을 보내기로 했다.

- 엄마, 여기는 지금 새벽이야. 보름 후에 귀국해요. 그때 연락할게. 엄마, 사랑해요.
- 병원 원장 부부 사건 보고 놀랐다. 너는 괜찮은 거지?
- 나는 괜찮아.
- 알았어.

책을 읽다 집중이 안 되는지 자리에서 일어난다. 그는 주방으로 걸어가더니 싱크대에 걸린 고무장갑을 양손에 꼈다. 그리고 커다란 찜통을 들고 화장실로 걸어갔다. 여성의 몸이 토막 난 채 물이 고여 있는 욕조 속에 기괴한 모습으로 잠겨 있다.

그는 토막 난 팔과 다리를 찜통 속에 꾸겨 담았다. 이때 몸통과 분리된 20대 여성의 얼굴이 욕조 수면 위로 드러난다. 어디 부위인지 모르는 살덩어리를 몇 개 담자 찜통이 가득 찼다.

그는 욕조 속에 가라앉아 있는 장기들을 끄집어내서 변기통에 하나씩 넣었다. 변기통 안이 빨갛게 물들자 변기 물을 내린다.

변기통에 새로운 물이 차오르는데 처음에는 맑았으나 점점 빨간색으로 변한다. 다시 장기 등을 꺼내어 변기통에 넣고 물을 내린다. 몇 번 반복하다 여인의 시체 조각들이 담긴 찜통을 들고 주방으로 향했다. 그는 찜통을 가스레인지 위에 올리더니 가스 불을 켰다. 불 조절을 하는 모습이 마치 사골 육수를 끓이는 것처럼 보인다.

박정민은 컴퓨터 책상으로 돌아가 노트북으로 인터넷을 열었다. 노트북의 배경 화면은 조금 전 욕조 수면 위로 떠올랐던 간호복을 입은 여성의 사진이다.

그는 유튜브를 열고 조회 수가 많은 마술사의 공연을 하나둘 감상한다. 영상에서는 마술사가 손을 손수건으로 감쌌다가 다시 손수건을 치우자 갑자기 흰 비둘기가 나타난다. 마술사는 그 비둘기를 새장에 넣고 다시 손수건으로 손을 가린다. 마술사의 손에 새로운 흰 비둘기가 다시 나타난다. 이 장면을 반복하자 비둘기들의 수가 불어나 열 마리의 비둘기가 좁은 새장 속을 가득 채운다.

박정민이 마술 공연을 흥미롭게 보더니 자리에서 일어나 마술사를 따라서 똑같은 행동을 한다. 하지만 그의 손에 비둘기는 나오지 않는다. 대신 탁구공처럼 작은 흰 공이 그의 손안에 있다. 흰 공을 탁자 위에 놓고 다시 마술사와 똑같은 동작을 취하자 그의 손에 또 다른 흰 공이 나온다. 이렇게 반복하자 어느새 탁자 위에는 흰 공으로 가득하다.

*

로열 스위트 입구에 서서 박 선배를 한참 기다렸다. 그런데 선배는 금방 올 것처럼 말해 놓고는 한 시간이 넘도록 오지 않는다. 그래도 기다려야 한다. 범인이 여자, 노인이라 할지라도 혼자서 해결하려고 하면 여러 가지 제약이 따른다.

그래도 기다리다 보니 별별 생각이 다 떠올랐다.

거구의 그녀가 저항이라도 하게 되면 어떡하지? 여자라서 몸에 손을 대기도 어렵다. 나중에 추행을 당했다고 역으로 당할 수도 있기 때문이다.

그녀의 손목에 수갑을 채우면 해결되지 않을까? 공무 집행 중이니 추행이라는 단어가 빠지겠지.

그러나 그녀만 해결하면 끝나는 게 아니다.

요즘은 누구나 핸드폰을 가지고 있어서 어디서나 동영상을 촬영할 수 있다. 남자와 여자가 말싸움을 벌이거나 몸싸움을 하고 있으면 이처럼 좋은 구경거리가 없다. 싸움 구경이 제일 재미있다고 하지 않는가.

내가 배혜영을 살인 혐의로 체포하려고 한다는 사실을 이곳에 사는 주민들은 모른다. 만일 그녀가 저항한다면 이곳 주민들은 남자와 여자가 싸우고 있는 줄 오해할 것이다. 단순히 112 신고를 하는 것은 괜찮은데 인터넷에 동영상이나 사진을 올리면 이게 참 경찰관들을 곤란하게 만든다.

　악의적인 편집이 들어간 유튜브 영상을 많이 봐 왔다. 경찰에게 욕설하고 때리는 장면은 빼고 경찰관이 술 취한 사람에게 폭력이나 욕설을 하는 장면만 올리는 경우가 종종 있는데, 나 또한 그런 비슷한 경험을 겪은 적이 있다.

　올봄에 마약 파티를 벌이던 태국인들을 검거하다 한 태국인 여성이 창문을 열고 2층에서 맨발로 뛰어내렸다. 정말 뛰어내리기 싫었지만, 팀장의 명령으로 나도 할 수 없이 2층에서 뛰어내려 그 여성을 검거하기 위해 추격했다.

　이때 그 태국 여성이 "노우~"를 외치며 거리를 뛰었는데 지나가던 행인 몇 사람이 쫓아가던 나를 붙잡았다. 나를 태국 여성을 괴롭히는 불한당으로 본 모양이다.

　한 남성은 의협심 때문인지 나의 멱살까지 움켜쥐며 놓아주려고 하지 않았다. 할 수 없이 그들에게 경찰 신분증을 보여 주고 나서야 겨우 풀려났다.

　그렇게 정의로운 시민들과 옥신각신하고 나니 마약에 취한 태국 여성은 보이지 않아 검거하지 못했다.

　그때의 트라우마가 있어서인지 제발 이곳에서는 정의로운 주민들이 나타나지 않길 바랐다.

　어느새 두 시간이 훌쩍 지나 있었다. 박 선배는 여전히 오지 않았고 연락해도 전화까지 받지 않았다. 나는 '로열 스위트'라고 새겨진 거대한 건물 기둥 주위를 서성이며 막연하게 선배를 기다렸다.

　출입하는 정문으로 많은 고급 외제 승용차와 스포츠카가 들어오고 나갔다. 무슨 일을 하기에 저런 차들을 몰고 다닐까 궁금하다. 경찰 월급으로는 불가능하겠지? 월급으로 주식이나 코인 투자를 해 볼까? 혹시 대박이 나면 나도 저런 차를 몰 수 있지 않을까?

선배에게 다시 전화를 걸어 볼까? 박 선배도 감찰관들에게 붙잡혀 감찰 조사라도 받는 것일까? 아니면 오다가 교통사고라도 난 것은 아닐까?

연락마저 끊기니 별의별 생각이 다 떠올랐다.

이때 사설 경비업체 복장을 한 젊은 경비원이 나에게 다가왔다. 고급 오피스텔과 어울리지 않는 이방인이 주위를 기웃거리니 누군가 경비원에게 말한 모양이다.

그는 조심스럽게 나에게 물었다.

"저, 무슨 일로 여기에 서 계시나요?"

"아! 네, 여기서 지인을 만나기로 했어요. 그런데 왜 그러시죠?"

"오피스텔에 거주하는 주민들이 불안하다고 해서 왔어요. 혹시 도둑이 서성이는 게 아니냐고 하면서 말이죠. 여기 사시는 주민을 만나기로 하셨나요?"

"그것은 아닌데요."

"그러시면 죄송하지만 다른 곳으로 가시면 안 될까요? 주민들이 불안해하셔서요."

나는 경찰 신분증을 보여 주며 말했다.

"저 경찰입니다. 이따 안으로 들어갈 수 있게 출입문이나 열어 주십시오."

그는 내 신분증을 보더니 인상이 밝아지며 말했다.

"이곳에 사는 주민을 수사하러 오셨나 봐요."

"네, 이따 저희 직원이 오면 안으로 들어갈 테니 출입문 좀 열어 주십시오."

"알겠습니다. 그런데 언제 오시나요?"

이때 마침 은색 차량이 '빠앙' 클랙슨을 울렸다. 이곳과 어울리지 않는 형사 승합차다. 운전석 창문이 열리고 걱정했던 박 선배가 웃으며 말했다.

"경비원에게 차량 출입 차단기 좀 올려 달라고 부탁드려."

진짜 반가워서 왜 늦었냐고 묻지도 않고 그가 시키는 대로 내 옆에 있던 사설 경비원에게 말했다.

"드디어 저희 직원분이 왔습니다. 차량 출입문 좀 열어 주시고 A동 출입구도 한 번 열어 주십시오."

"A동 몇 호 가시려고요?"

"1402호입니다."

"네, 알겠습니다."

나는 승합차 조수석에 올라타 인상을 찡그리며 말했다.

"진짜 욕도 안 나오네요. 형, 왜 이렇게 늦게 와요. 그리고 전화는 왜 안 받아요? 기다리다 사람 미치는 줄 알았어요."

"어, 너 전화했어? 야, 말도 마라."

"왜요?"

"내가 오전에 네 전화 받고 각 경찰서에 연락해서 배혜영과 관련 있던 사람들이 어떻게 죽었는지 알아봤는데 다 네 말대로 죽었더라고. 그런데 춘천경찰서만 다르게 사망했더라고."

"거기는 어떻게 죽었는데요?"

"춘천은 마약쟁이인데, 몸에 니코틴 패치를 80개 넘게 붙이고 자살했다고 하더라고."

"니코틴 패치가 뭐죠?"

"금연 보조 치료제라고 있어. 그래서 내가 춘천서에 부탁해서 그 사람이 죽은 경위를 물어봤는데 약간 이상하더라고."

"뭐가요?"

"너처럼 경찰 수사가 억압적이어서 억울하다며 유서를 썼다는 거야."

"진짜요?"

"그래. 그런데 그놈이 마약쟁이라서 크게 문제 삼지 않고 조용히 자살한 것으로 끝냈는데 한 형사가 배혜영을 의심하더라고. 죽기 전날 그녀가 그 마약쟁이 집에 들어갔다 나온 게 CCTV로 확인됐나 봐."

"그래서요?"

"다들 조용히 있는데 그 형사만 의욕적으로 열심히 수사하고 있어. 그런데 그 형사가 뭔가를 발견했는지 팀장에게 보고하고는 압수 수색 영장을 발부받아 그녀의 집을 치려고 한다는 거야. 춘천 강력반에 내 동기가 있어서 이런 고급 정보를 얻었다. 그래서 이렇게 급하게 왔잖아."

"이게 급하게 온 거예요?"

"당연하지. 어쨌든 춘천서 강력반이 들이닥치기 전에 서둘러서 배혜영을 낚아채자."

그래도 나는 선배가 늦게 온 것에 대해 화가 안 풀렸다.

"좋은 정보들이기는 한데 왜 내 전화를 안 받았냐고요!"

"내가 말했잖아. 급하게 오느라고 전화를 받을 시간도 없었다고."

나는 기다린 것에 대해 화가 덜 풀렸지만 이렇게 따지고만 있으면 춘천서 강력반이 도착하여 배혜영을 낚아챌까 봐 서둘러 움직였다.

A동 건물 내부로 들어가서 엘리베이터를 눌렀다. 황금으로 휘황찬란하게 꾸며진 엘리베이터가 좌우로 문을 열었다. 진짜 황금은 아니겠지만 엘리베이터를 타고 올라가는 동안 계속 황금 같다는 생각이 들었다. 이렇게 고급스러운 엘리베이터는 태어나서 처음 타 보았다.

곧 그녀가 사는 14층에서 엘리베이터가 멈추고 '띵' 하는 소리와 함께 문이 열렸다.

그녀가 집에 없으면 어떡하지?

체포 영장을 발부받아 그녀의 핸드폰 실시간 위치 추적을 하면 되겠지만 나에게는 시간이 없다.

그리고 그녀가 집에 있지만, 문을 열어 주지 않으면 어떡하지?

영장이 있다면 119를 불러 강제로 문을 따고 들어갈 수 있겠지만 영장도 없다. 문을 열어 줄 때까지 설득할 수밖에 없다.

이런 생각을 하다 갑자기 춘천 마약쟁이가 죽었다고 말한 선배의 말이 떠올랐다. 춘천경찰서 형사는 그녀를 검거하지 왜 그녀의 집을 압수 수색하려고 하는 것일까? 혹시 그녀의 집에 마약이라도 있는 것은 아닐까?

이런저런 생각이 몇 초 사이에 순식간에 훅 지나갔다. 마약 사범을 검거하려면 정보가 중요하다. 그런 정보는 마약쟁이들에게서 얻는 경우가 많다.

1402호 앞에 서서 인터폰에 설치된 초인종 버튼을 꾹 눌렀다. 실내에서 들리는 인터폰 멜로디가 실외까지 가늘게 들렸다. 벨 소리 말고는 실내에 사람이 없는지 너무 조용하다.

나는 다시 한번 그녀의 집 초인종을 눌렀다. 마찬가지로 아무런 반응이 없었다. 그 후 10초, 5초, 3초 간격으로 초인종을 계속 눌렀고, 옆에 있던 박 선배는 주먹으로 문을 쾅쾅 두드렸다.

"아무도 없는 것 같은데요."

내가 이 말을 하는 순간 잠겨 있던 문이 열렸다. 그녀는 나를 알아보았는지 무덤덤하게 말했다.

"속옷만 입고 있어서 급히 옷을 챙겨 입느라 늦게 열었어요. 죄송해요."

그녀는 죄지은 사람처럼 죄송하다고 했다. 사람을 죽여서 죄송하다고 하는 것일까? 아니면 문을 늦게 열어서 죄송하다는 것일까?

곧 그녀가 침착하게 부드러운 목소리로 물었다.

"무슨 일로 오셨나요?"

그녀의 침착한 행동을 보며 오히려 나는 조금 당황했다. 그녀의 모습은 마치 아무 잘못도 저지르지 않았다는 태도다. 조금도.

하지만 베테랑 박 선배가 차분하게 응수했다.

"구수한 씨 살해 혐의로 긴급 체포하겠습니다."

"네?"

나는 춘천경찰서 형사가 그녀의 집을 압수 수색하려고 하는 이유가 궁금했다.

"집 안 좀 수색하겠습니다."

"여자 혼자 사는 집이라 안 돼요."

"체포 과정에서 압수 수색을 할 수 있습니다."

"제가 구수한 씨를 살해했다는 증거가 있나요?"

박 선배와 나는 그녀가 이렇게 나오면 자백하도록 설득할 생각이었다. 하지만 나는 당당하게 나오는 그녀를 보면서 설득할 마음이 생기지 않았다. 그냥 강하게 밀어붙이는 게 오히려 낫겠다는 생각이 들었다.

"구수한 씨 차에 번개탄을 넣은 사람 당신 맞죠? 그에게 수면제를 먹인 것도 당신이죠?"

"맞아요."

예상과 달리 그녀가 너무 쉽게 자백했다.

"그 사람이 내게 사 달라고 부탁을 했기 때문에 그랬어요."

쉽게 자백을 했지만 죽은 사람 탓을 한다. 나는 바지 뒷주머니에서 수갑을 꺼냈다.

"그러니까 체포하겠다고요. 손을 내미세요. 장난치는 것 아닙니다."

수갑을 보자 그녀가 겁먹은 표정을 지으며 멈칫거리더니 두 팔을 내 앞으로 천천히 내밀었다. 수갑을 채우기 위해 그녀의 손목을 잡았는데 딱딱하고 무거운 느낌이 들었다. 마치 쇳덩어리 같다. 갑자기 그녀가 무술을 수련한 무도인으로 느껴진다. 팔 힘이 웬만한 남자보다도 셀 것 같다.

나는 그녀의 굵은 손목에 수갑을 채우며 미란다 원칙을 말했다.

"당신을 구수한 씨 살해 혐의로 긴급 체포합니다. 당신은 변호사를 선임할 수 있고 불리한 진술을 하지 않을 권리가 있으며 진술 거부권을 행사한다고 해서 재판에 불이익을 받지 않습니다."

그녀는 팔목뿐 아니라 손가락도 굵었다. 저런 손으로 마사지를 하니 남자들이 뻑 가는 것일까?

그녀는 자신의 손목에 수갑이 채워지자 그제야 자신에게 불리하게 전개되는 상황을 직시했는지 몸을 움츠리고 떨기 시작했다. 나는 그렇게 생각했다. 하지만 그게 아니라 그녀는 팔목이 아파서 그런 것이었다.

그녀가 얼굴을 잔뜩 찌푸리며 나에게 애원조로 말했다.

"아야! 수갑이 팔목을 너무 조여요. 형사님, 너무 아파요. 아악!"

하도 그녀가 엄살을 부려서 나는 하는 수 없이 수갑을 약간 느슨하게 풀어 주며 말했다.

"움직이면 수갑이 살 속으로 파고드니까 움직이지 마요. 팔에 힘주지 마세요."

나와 그녀를 보며 옆에 있던 박 선배가 말했다.

"문 앞에서 이렇게 서 있지 말고 안으로 들어가죠."

그녀가 입구를 막고 있던 거대한 몸을 비켜서자 안으로 들어갈 수 있는 공간이 생겼다. 특이하게 모든 조명등이 켜져 실내가 밝았지만 조금 이상했다.

모든 창문에 커튼이나 블라인드가 설치되어 있었는데 이게 햇볕을 차단하고 있었다. 그래서 늦은 오후이기는 하지만 이로 인해서 실내 전등이 모두 켜져 있는 것 같았다.

가구들은 앤티크하면서 이국적이었다. 바닥에는 고급 카펫이 깔려 있었는데 마치 《아라비안나이트》에서 나오는 양탄자 같았다. 만일 이곳에서 페르시아 공주 의상을 입고 셀카를 찍으면 호박도 수박처럼 빛날 것 같다. 아마도 그녀는 집 안에서 공주 놀이에 푹 빠져 생활하는 듯 보였다.

나는 서둘러 그녀의 집 안을 하나하나 수색해 나갔다. 내가 옷장이나 서랍 등을 열고 물건을 끄집어내자 내 모습을 보며 박 선배가 놀란 목소리로 물었다.

"야! 뭐 해?"

"마약을 찾고 있어요."

선배의 가는 실눈이 커지면서 보이지 않던 검은 눈동자가 보였다. 나는 이번에도 강하게 그녀를 밀어붙이는 게 낫겠다는 생각이 들었다. 그리고 모든 것을 알고 있다는 듯이 다그쳤다.

"춘천에서 가지고 온 마약 어디 있어요?"

그녀가 대답하지 않고 침묵했다. 나는 그녀에게 생각할 틈을 주지 않고 다시 다그쳤다.

"어디 있어요? 빨리 말해 주세요. 자꾸 시간 끌어 봤자 당신만 불리해요. 어차피 뒤지면 나오니까."

"침실 옆에 있는 보석함에 있어요."

박 선배가 고개를 끄덕이더니 이때부터 핸드폰으로 증거 동영상을 촬영했다. 나는 최대한 내 얼굴이 촬영되지 않도록 움직이며 그녀의 침실로 향했다.

침실 안 가구들은 하나같이 드라마 소품처럼 화려했다. 침대, 화장대, 고급 대리석으로 만든 커다란 테이블과 의자까지. 다 자세히 구경하고 싶었지만, 시간이 없어 그냥 침실 위에 놓인 부드러운 촉감을 가진 이불을 뒤집으며 뒤졌다. 침대 밑으로 고개를 숙여서 살펴보았지만, 텅 빈 공간과 휴지 조각이 보였다.

몸을 틀어 침대 옆에 있는 화장대로 다가갔다. 앤티크한 화장대 서랍을 열어 보니 작은 분홍색 보석함이 보인다. 상자 안을 열자 값비싼 목걸이와 반지, 귀걸이가 컬렉션처럼 아기자기하게 진열되어 있었다. 그리고 스펀지로 된 검은색 진열대 판을 들어 올리자 그 밑에서 하얀색 가루가 담긴 비닐봉지가 나타났다.

"형, 찾았어요!"

아주 기쁜 나머지 나도 모르게 소리쳤다.

"진짜?"

선배가 핸드폰을 들고 증거물인 마약을 촬영하기 위해 내 곁으로 다가오는 순간 갑자기 칠흑 같은 암전이 찾아왔다. 앞이 보이지 않자, 나는 무언가 잘못되었다는 것을 깨달았다.

우리가 마약을 찾는 데 온 신경을 곤두세우는 동안 한 사람을 잊고 있었다. 그녀는 인기척도 없이 박 선배를 뒤에서 공격했다. 그리고 그 공격은 성공했다.

"아악!"

끔찍한 비명이 들렸다. 그것도 연속적으로 바로 내 앞에서 들리니 나 또한 공포감이 밀려왔다. 앞이 보이지 않는 상황이었지만 그녀가 박 선배를 무참히 공격하고 있다는 게 느껴진다.

선배가 비명을 지르며 쓰러졌다. 그리고 본능적으로 공격을 피하려고 몸을 굴렸다. 선배가 들고 있던 핸드폰의 액정에서 나오는 빛이 이곳의 유일한 빛이었다. 핸드폰 빛이 잠깐 비추자 그녀의 실루엣이 보였다.

그녀가 손에 쥔 부엌칼에서 핏방울이 뚝뚝 떨어지고 있었다. 이상하게도 그녀의 한쪽 손목에만 수갑이 걸려 있었다. 그 모습에 나는 아차 싶었다.

그녀의 두꺼운 손목에 수갑이 파고들지 않도록 느슨하게 채운 게 실수였다. 나의 착한 마음 때문에 결국 사달이 났다.

아니, 어쩌면 수갑 내부 스프링이나 부품이 불량 상태였는지 모르겠다. 하지만 나의 실수인 것은 분명하다.

선배의 뒤를 그녀가 사각형 모양의 뼈 절단용 부엌칼로 내리찍고 있다. 선배가 아슬아슬하게 피한다. 곧 핸드폰에서 나오던 빛이 사라졌다.

나는 선배를 구해야겠다는 생각밖에 들지 않았다. 앞이 보이지 않았지만, 그녀가 서 있는 방향으로 몸을 돌진했다. '쾅' 하는 소리와 함께 내 무릎이 테이블에 부딪혔다.

앞이 보이지 않아서 바보같이 대리석으로 된 테이블에 돌진해 버린 것이다. 나는 심한 고통이 밀려왔지만, 고통을 참고 다시 그녀에게 달려들었다. 하지만 그녀가 있어야 할 공간에 그녀가 없었다. 그녀는 박 선배가 쓰러진 바닥에 쾅쾅 칼을 연속적으로 내리찍고 있었다.

시간이 촉박했다. 잠시라도 숨을 돌리면 선배의 목숨이 위태로워질 것 같았다.

"야! 이 돼지 같은 년아. 배혜영 이 돼지 꽃뱀. 몸 파는 돼지야. 칼 버려."

내 욕설에 자극을 받았는지 그녀가 선배에게 향하던 공격을 멈추었다.

"돼지 같은 년. 돈만 주면 아무에게나 몸을 주는 헤픈 년아."

그녀가 선배에게 다가가지 않도록 계속 욕설을 해야 하나? 내 입이 더러워지고 있었지만 어쩔 수 없다. 나는 그녀가 내 욕설에 자극을 받아 선배를 공격하지 않고 나에게 접근하도록 했다. 그리고 한편으로 그녀의 움직임에 신경을 곤두세웠다.

선배가 끙끙거리는 신음을 내뱉었다. 선배는 어디에 칼이 찔린 것일까? 아니면 신체 일부가 잘려 나가지는 않았을까? 칼 모양 때문에 안 좋은 생각이 다 들었다.

서둘러 그녀를 제압하고 119에 연락해야 한다. 그녀는 집 안 구조를 잘 알고 있고 나는 이곳이 낯설기에 불리하다. 조금 전에도 단단한 테이블에 몸을 부딪치지 않았던가.

몸을 최대한 벽 쪽으로 이동했다. 하지만 몸이 벽에 닿지 않도록 조심했다. 옷이 벽면에 스치면서 나오는 소리에 내 위치가 노출될 수 있기 때문이다. 맨손이라면 안 보이더라도 달려들겠는데 손에 칼을 들고 있으니 신중해질 수밖에 없었다.

양손을 앞으로 뻗어 내 앞에 뭐가 있는지 살피며 선배가 쓰러진 곳으로 천천히 이동했다. 그러면서 그녀의 움직임을 파악하기 위해 온 신경을 집중했다.

어둠에 점점 익숙해지면서 실내가 흐릿하게 보이기 시작한다. 쓰러진 선배도 보이고 그의 몸에서 흘러나오는 검은 핏물도 보인다. 그녀는 어디 있는 것일까?

바로 그때 뒤쪽에서 '후' 하는 숨소리가 들렸다. 미약하지만 코에서 나오는 바람 소리다. 등 뒤에서 그녀가 칼을 높이 들고 나를 공격하려는 기척을 느꼈다. 본능적으로 몸을 숙였다. 그리고 내 귀에 '휙' 하는 칼바람 소리가 들렸다. 정말 이런 게 칼바람 소리라는 것을 느꼈다.

간발의 차이로 나는 몸을 숙여서 그녀의 공격을 피했다.

나는 그녀가 여자라고 얕잡아 보지 않았다. 한 번의 실수로 생명까지 잃을 수 있는 상황이기 때문이다.

그녀는 몰래 기습한 공격이 무위로 돌아가자 무식하게 생긴 칼을 좌우로 휘두르며 내게 맹렬히 달려들었다. 칼날이 보이지 않아 손으로 막을 수 없어서 급히 물러섰다. 정말 어떻게 할 수가 없었다.

다급하게 뒤로 계속 물러나다 발이 문턱 같은 곳에 걸려 몸의 중심을 잃고 넘어졌다.

'쿵' 하는 소리와 함께 엉덩방아를 찧었는데 눈앞이 캄캄해지고 식은땀이 흘렀다. 그래도 정신을 바짝 차리고 그녀가 공격하면 방어하기 위해 그녀가 있는 곳을 노려보았다. 그녀의 실루엣이 보인다.

그녀는 내 몸이 쓰러지자 온 힘을 다해 칼을 일직선으로 내리찍었다. 머릿속이 하얗게 변하면서 어떻게 피해야 하나 고민하는 찰나 '쾅' 하는 소리가 들렸다. 그녀 또한 어두워서인지 아니면 거리를 잘못 계산했는지 내 양다리 사이로 칼을 찍었다.

그녀는 잘못 공격한 사실을 깨닫고 급히 칼을 올리려고 했다. 나는 그 순간을 놓치지 않고 발을 쭉 뻗어 그녀의 팔목을 찼다.

'댕그랑' 소리와 함께 그녀의 손에 들고 있던 부엌칼이 날아가 바닥에 떨어졌다. 그녀는 몸을 날렵하게 움직여 떨어진 칼을 주우려고 했다. 나는 그녀가 칼을 줍지 못하도록 떨어진 칼을 발로 툭 차서 멀리

날려 보냈다.

그러자 그녀가 내 몸 위로 올라타 목을 졸랐다. 무슨 여자가 힘이 이리도 세단 말인가?

"커헉!"

나는 순간 당황하여 두 팔을 허우적거리고 몸을 버둥거리며 일시적으로 빠져나오지 못했다. 점점 목을 누르는 힘이 강해지면서 이러다 죽을 수 있겠다는 생각마저 들었다.

그래도 유도를 배웠던 몸이라 허리를 튕겨 그녀의 중심을 흔들고 내 몸에서 떨어지게 했다. 그녀에게서 벗어나자마자 나는 자리에서 벌떡 일어났다. 나는 마음을 독하게 먹었다. 유도 기술 중 하나인 급소 지르기를 사용하기로 마음먹은 것이다.

이 기술은 매우 위험하기에 유도 경기에서 사용하지 않으며, 근본적인 원칙만 배우고 잘 익히지 않는 기술이다. 잠시 숨을 고른 나는 그녀의 목젖 부위를 손끝으로 날카롭게 찔렀다.

평범한 사람이라면 나의 공격에 '컥' 하며 목젖을 손으로 움켜잡고 물러서는 게 정상이다. 하지만 그녀는 사납게 양팔을 고양이처럼 휘둘렀다.

아뿔싸! 어두워서 목젖을 공격하지 못하고 그녀의 턱을 찌른 것 같았다.

마구잡이식으로 휘두르고 있었지만, 그녀의 육중한 몸과 팔 힘 때문인지 '휙휙' 하는 공기 소리가 났다. 이때는 겁이 나지 않았다. 조금 전은 칼을 들고 있어서 무서워 피했지만, 지금은 그녀의 손에 무기가 없으니 그냥 평범한 여성일 뿐.

나는 그녀의 주먹들을 가볍게 피하며 빈틈을 노렸다. 그리고 손바닥을 쫙 펼쳐서 그녀의 두꺼운 팔뚝을 잡고 메치기 기술을 사용했다. 메치기는 유도에서 가장 많이 사용하는 기술이다.

이 메치는 기술에는 손기술, 어깨 기술, 허리 기술, 발 기술 등이 있다. 나는 손기술을 사용하여 팔목을 잡고 등허리를 그녀의 몸에 최대한 밀착시키며 순간적으로 허리를 회전하려고 했다.

하지만 마치 콘크리트 바닥에 고정된 전봇대를 뽑는 느낌이 들었다. 힘과 무게가 기술을 누르는 상황이다. 그녀 또한 위험을 감지했는지 온 힘을 다해 버텼다. 나는 등과 허리를 최대한 그녀의 몸에 바짝 밀착했다.

제발 내 생각처럼 그녀의 몸이 지면에 떠올라 바닥에 꽂혀야 한다. 안 그러면 박 선배의 목숨이 위태해진다. 박 선배를 빨리 구해야 한다는 생각에 기합을 넣고 온 힘을 다해 몸을 180도로 회전했다.

"이얍!"

드디어 육중한 그녀의 몸이 허공으로 떠올랐다. '텅' 하는 소리와 함께 양털처럼 부드러운 카펫 바닥 위로 그녀의 등이 꽂히면서 그녀가 짧게 신음을 내뱉었다.

"윽!"

그녀는 억지로 고통을 참아 내며 일어나려고 발버둥을 쳤지만, 충격이 컸는지 쉽게 일어나지 못했다. 나는 그녀가 일어나지 못하도록 몸으로 누르고 그녀의 원피스 양어깨 부위를 두 팔로 엇갈리도록 잡았다. 십자조르기라는 기술이다.

유도의 굳히기 기술을 일반인을 상대로 사용한 것은 유도를 배우고 처음 있는 일이다. 그것도 여성에게. 경찰 생활 8년 동안 많은 범인을 상대했지만 이렇게 거칠게 몸싸움을 한 적도 처음이다.

방 안에 가득 퍼지고 있는 박 선배의 피 내음이 나를 거칠게 만들었는지 모르겠다. 그리고 내 몸이 위험을 감지했는지 저절로 이런 기술이 순간 튀어나왔다. 아마 이성적이었다면 이런 기술을 펼치지 못했을 것이다. 여성이고 일반인이고 상대는 이미 전의를 상실했으니까.

그녀는 살기 위해서 자신을 짓누르는 내 두 팔을 양손으로 떨쳐 내려고 발버둥 쳤다. 그래도 계속 짓누르자 얼마 안 가 그녀의 양손이 옆으로 축 늘어졌다.

그 모습에 어느 정도 안심이 되어 그녀의 몸에서 떨어졌다. 그리고 나는 숨을 헐떡이며 다시 미란다 원칙을 읊었다.

"헉헉! 살인, 마약 투약 혐의와 함께 경찰관에 대한 상해 혐의 및 특수 공무 집행 방해로 배혜영 씨를 긴급 체포합니다. 당신은 변호인을 선임할 수 있고, 헉헉. 불리한 진술을 말하지 않을 권리가 있으며 체포 및 구속 적부심을 청구할 수 있습니다."

그녀가 들었는지 못 들었는지는 의미 없다. 나는 분명히 고지했으니까 그걸로 충분하다. 그녀의 손에 수갑을 채우고 나는 박 선배에게 달려갔다.

선배는 한 손으로 상처 부위를 움켜쥐고 있었다. 상처가 얼마나 깊은지 알 수 없었지만 그의 옷과 주변이 피로 한가득했다. 정말 잘못되는 것은 아닌지 걱정이 앞선다.

나는 떨리는 손으로 핸드폰 키패드를 누르려고 하다 잠시 머뭇거렸다. 119 번호가 생각이 안 났다. 마음이 급해서 119 번호가 생각이 안

난 것이다. 나는 112로 전화를 했다.

- 긴급 신고 112입니다.

"도와주세요. 여기 서울 강남에 있는 로열 스위트 1402호인데 사람이 칼에 찔렸어요. 빨리 와 주세요. 급합니다. 피를 너무 많이 흘려서 생명이 경각에 달렸어요."

- 네, 서둘러 가겠습니다. 칼을 든 사람은 현재 어디 있나요? 잘 아는 분인가요?

"옆에 있어요. 그런 거 묻지 말고 빨리 와 주세요. 빨리요."

*

얼마 후, 박 선배는 119 구급차에 실려 대학 병원으로 후송되었다. 나는 출동 나온 가까운 지구대 순찰차의 도움으로 배혜영을 중부경찰서로 연행할 수 있었다. 유치장에 그녀를 입감하고 그간의 일들을 팀장에게 보고했다.

팀장은 나를 걱정하며 말했다.

"사건이 아주 심각하고 중대하다. 경찰관까지 죽이려고 한 피의자야. 아무래도 수사 경험이 많은 베테랑이 이번 사건을 조사하는 게 좋을 것 같은데."

당연한 말이다. 이제 일 년이 지난 형사가 얼마나 조사 경험이 있겠는가? 하지만,

"팀장님 제가 끝까지 파헤치겠습니다. 다른 사람은 이 사건의 내막을 자세하게 알지 못하잖습니까? 피의자가 어떤 여자인지도 모르니까

제가 끝까지 조사하겠습니다."

"그렇기는 하지만 넌 아직…."

평소라면 나는 팀장의 의견에 따랐을 것이다. 하지만 구수한 씨가 죽은 게 왠지 나 때문인 것 같다는 생각이 들었다. 배혜영을 검거하였는데 죄책감이 들기 시작했다. 그 죄책감이 점점 커지더니 이제는 나를 옥죄며 숨을 쉬기 힘들게 만들었다. 이 죄책감을 떨구어 내기 위해서라도 힘들지만 내가 이 사건을 끝까지 파헤쳐야 할 것 같았다.

나는 주먹을 움켜쥐고 내 결심을 팀장에게 말했다.

"팀장님 이건 핑계일지 모르지만, 저는 국과수 결과를 기다렸고 그 결과를 토대로 구수한 씨의 억울함을 풀어 드리려고 했어요. 그런데 그사이 청부 살인 사건이 터지면서 신속하게 수사를 하지 못했던 것 같습니다. 죽은 피해자에게 너무 죄송해요. 그래서 제 마음이 무척 아픕니다. 그러니 이번 건은 제가 끝까지 조사해야 합니다. 팀장님, 배혜영을 제가 조사하게 해 주십시오."

팀장은 내 공을 다른 사람에게 넘기려는 듯한 인상을 주기 싫었는지 내 고집을 꺾지 않았다. 결국, 내 주장대로 내가 이 사건을 맡아서 계속 조사하기로 했다. 워낙에 수사가 커져서 조금 불안하기는 하지만 그래도 내가 책임지고 하는 게 맞을 것 같았다. 그리고 내 불길한 예감은 항상 적중한다.

배혜영, 그녀는 유능한 변호사를 선임했다. 경찰 출신 변호사인데 지금까지 보아 왔던 변호사와 차원이 달랐다.

보통 피의자 신문을 할 때 동석하는 변호사들은 피의자 옆에 앉아

코만 후비고 돌아갔다. 가끔 피의자가 난감해하면 대답을 조언하는 게 전부였다. 하지만 이 변호사는 조사도 하기 전부터 그녀에게 사건 핵심을 말하며 앞으로 재판 과정에서 검사와 다툴 수 있는 사실 관계 부분을 설명했다. 옆에서 듣던 나는 강적을 만난 느낌이 들었다.

수사연수원에서 배운 조사 기법을 사용하려고 했는데 잘 통할지 걱정이 되었다.

내가 사용하려고 하는 조사 기법은 깔때기식 질문법인데, 처음에는 자유롭게 이야기를 이끌면서 단계적으로 초점을 좁혀 나가 마지막에 구체적으로 질문하는 방식이었다.

간단한 인정 신문을 마치고 본격적으로 질문에 들어갔다.

"오늘 무슨 일로 조사받는지 아시나요?"

"네, 구수한 씨 자살한 사건과 경찰관을 폭행한 것에 대해서요."

"배혜영 씨가 다른 경찰서에서 조사받는 사건이 있나요."

"몇 개 있어요."

그녀의 대답을 빠르게 키보드로 타이핑하며 개방형 질문을 이어 갔다.

"배혜영 씨가 피의자로 관련된 사건에 대해서 아는 대로 자세하게 천천히 말해 주세요."

"그….'"

그녀가 말하려고 하자, 변호사가 그녀의 말을 막고 그녀에게 속삭였다. 그러자 그녀가 고개를 끄덕이더니 나의 질문을 회피했다.

"이번 사건에 대해서만 말하고 싶어요. 그리고 이번 사건에 구체적인 증거가 있나요? 없으면 저는 묵비권을 행사하고 싶어요."

경찰 출신 변호사는 수사 생활을 해 보았는지 불리한 질문에 적극적으로 방어하여 그녀에게 유리한 답변을 하도록 이끌었다. 이러면 유죄로 몰아가기 어렵다.

"그렇다면 구수한 씨를 몇 번 만난 사이잖아요. 만났을 때 어땠는지 말해 보세요."

"구수한 씨는 평소 저를 만날 때면 우울하다, 죽고 싶다는 말을 많이 했어요. 그분이 자살한 것은 아마 평소에 앓고 있던 우울증 때문이 아닐까 생각합니다."

"배혜영 씨와 상관이 없다는 말인가요?"

"네, 저와는."

변호사가 그녀에게 손짓하며 더 이상 말하지 않도록 했다. 그러자 그녀가 고개를 끄떡이더니 입을 다물었다.

나는 그녀에게 수집한 증거를 보여 주고 싶지 않았지만, 그녀의 변호사가 워낙 강력하여 꺼낼 수밖에 없었다. 나는 그녀가 번개탄을 들고 걸어가는 CCTV 영상을 보여 주었다. CCTV 영상을 그녀와 그녀의 변호사가 한참 동안 살펴보았다. 좋은 증거를 수집하는 것은 사건의 해결에 있어 중요한 요소임이 분명하다.

그녀와 나는 생명을 건 몸싸움을 했고, 지금은 앉아서 두뇌 싸움을 하고 있다. 둘 다 치열하고 피로의 강도도 비슷한 것 같다.

"배혜영 씨, 영상을 잘 봐요. 구수한 씨의 차에 번개탄을 넣은 사실이 있나요?"

"아니요."

나는 그 말이 나올 줄 예상하고 다른 동영상을 보여 주었다.

"이 동영상을 보시죠. 지금 보이는 차가 구수한 씨의 차인데 차 옆으로 배혜영 씨가 걸어가죠. 그리고 잠시 후 돌아서서 걸어가는데 손에 들고 있던 번개탄이 없습니다. 차 안에 두었기 때문이죠. 배혜영 씨, 왜 구수한 씨 차에 번개탄을 넣었나요?"

"음."

그녀는 아니라고 대답해야 할지 맞다고 해야 할지 고민하는 듯했다. 그녀의 변호사도 표정이 어두워지며 선뜻 조언하지 못했다. 나는 승기를 잡았다고 생각하며 그녀를 압박했다.

"왜 그런 거죠?"

"그 사람이 그렇게 해 달라고 저에게 부탁했어요."

"그러면 죽을 줄 알고 있었다는 말이네요. 자살을 방조한 것인가요?"

"저에게 늘 힘들다고 말해 왔거든요. 살기 싫다고."

변호사가 인상을 찌푸렸다. 그는 그녀에게 "거기 갔는데 그 사람을 만나지 않았고 번개탄도 차 안에 넣지 않았다고 말하세요."라고 말을 바꾸라고 귓속말을 했다. 하지만 그녀는 그의 조언을 무시하고 말했다. 그게 그녀에게 유리할 거로 생각한 모양이다. 나에게는 정말 다행스러운 일이고 그녀에게는 안 좋은 일이다.

"평소에 구수한 씨를 아는 지인들은 그가 죽고 싶어 할 정도로 힘들지 않았다고 하는데요. 혹시 옆에서 자살하도록 강요하지 않았나요?"

"전혀요. 제가 고소한 것 때문에 힘들어했고, 담당 형사가 괴롭힌다고 말했어요."

"구수한 씨 담당 경찰관이 누구인 줄 아세요?"

"강철 형사님이라고 알고 있습니다."

그녀는 나를 물어뜯는 물귀신 작전으로 갈 모양이다. 경찰 출신 변호사의 입가가 살며시 올라가는 게 보인다.

"담당 형사가 어떻게 괴롭힌다고 하던가요?"

"음, 그것은 자세히 말하지 않았어요."

이때 나는 흥분해서 나도 모르게 쓸데없는 질문을 하고 말았다.

"일반적으로 형사가 힘들게 한다고 자살하는 게 말이 된다고 생각하세요?"

배혜영이 옅은 미소를 지으며 대답했다.

"신문이나 뉴스에 가끔 나오지 않나요. 검찰이나 경찰에서 조사받고 나서 억울하다고 유서 쓰고 죽는 경우요."

그녀의 웃음을 보며 나는 흥분하지 않도록 숨을 깊게 들이마시고 내뱉었다. 난처한 질문을 하여 그녀와 그녀의 변호사를 나처럼 힘들게 만들고 싶었다. 이제 조사보다 그녀를 괴롭히고 싶다는 악감정이 먼저 들었다.

"구수한 씨에게 수면제, 마약을 제공한 사실이 있나요?"

나는 그녀가 아니라고 말해 주기를 기대했다. 그녀는 경찰서에 보관하고 있던 마약 간이 시약 검사 키트에서 음성이 나왔다. 그녀가 마약을 복용하지 않았다면 다른 사람에게 약을 먹였다는 뜻도 된다. 그러면 먹지도 않은 마약을 왜 구했는지와 어디에 썼는지 물어볼 참이었다. 하지만,

"네, 그것도 그 사람이 구해 달라고 해서 그런 거예요."

모두 죽은 사람 핑계만 대고 미꾸라지처럼 빠져나가려고 한다. 죽은

사람은 말이 없다. 이 점을 그녀는 잘 이용하고 있었다.

"마약을 복용하게 도와주는 것이 잘못되었다는 것을 알고 있나요?"

"알고 있었지만 구수한 씨가 원해서 도와주고 싶었어요."

"마약을 먹으면 올바른 판단을 하지 못했을 텐데 이 점에 대해 어떻게 생각하세요."

그녀가 대답하려고 하자, 변호사가 손으로 막고 그녀의 귀에 속삭였다.

"음, 모르겠어요. 아니, 몰랐어요. 그저 도와주려고 했던 것뿐이니까요."

"마약을 복용시킨 후 구수한 씨에게 유서를 쓰도록 강요한 사실이 있나요?"

"아니요. 그런 사실 전혀 없습니다."

그녀는 5시간이 넘는 조사에서 회피하고 도망치는 전략을 사용했다. 난처한 질문에 대해서는 "기억이 안 나요.", "잘 모르겠어요." 등 소극적으로 거짓말을 했다. 팀장이 우려한 부분이 이런 점 같았다. 베테랑 형사라면 이런 피의자를 잘 요리할 것이다. 하지만 나는 경험이 적은 풋내기 형사다. 조사가 끝나 가면서 팀장의 말을 듣지 않은 걸 점점 후회했다.

마약을 전달하고 번개탄을 차에 두어 자살 방조 혐의까지는 그녀도 어느 정도 인정했다. 하지만 부작위에 의한 살인은 저지르지 않았다고 강조했다.

그렇게 장시간 이어진 조사를 마쳤다. 조사가 끝나자 경찰 출신 변호사가 마지막으로 조서를 꼼꼼히 읽었다.

조서 말미에는 피의자가 자필로 글을 쓰는 공간이 있다. 이때 그는 그녀에게 이 부분에서 신경을 많이 쓰도록 했다. 검사, 판사가 피의자 신문 조서를 분명 읽을 것이다. 지금 그녀가 자필로 써 내려가는 이 부분도 신중하게 볼지 알 수는 없지만, 상당히 많은 노력을 들이며 그녀는 글을 써 내려갔다.

1차 조사는 솔직히 나의 완패다. 그래도 이 정도면 충분하다. 앞으로 준비를 많이 해서 2, 3차 조사에서 그녀의 높은 콧대를 바닥에 꺾을 것이다. 물론 능력을 알기 힘든 경찰 출신 변호사도.

지금 유리한 것은 그녀가 아니라 나다. 그녀는 긴급 체포되어 경찰서 유치장에 있으니 모든 게 내가 훨씬 유리하다. 유리하다는 생각이 들자, 순간 나는 경찰 출신 변호사가 과거 어디에서 근무했는지 궁금했다. 사건과 관련이 없어 물어보면 안 되는 사적인 질문이지만 나는 참지 못하고 입을 열었다.

"저, 변호사님."

"네, 형사님."

"경찰 생활을 하셨다고 하는데, 마지막으로 어디에서 근무하셨나요?"

그가 겸손하게 머리를 숙이며 대답했다.

"마지막으로 마포서 수사과장으로 근무하다 명예퇴직을 했습니다."

사실 막연하게 높은 계급으로 근무했을 거라고 짐작은 했는데 그가 경정 계급까지 올라갔을 거라고는 상상도 못 했기에 놀랐다.

"과장님으로 근무하다 퇴직하셨다고요?"

"네, 그렇습니다."

"젊어 보이세요. 실례지만 나이를 물어봐도 되겠습니까?"

"그만둘 때가 46세였습니다. 지금은 50이 넘었고요."

아니 14년 더 경찰 초고위직으로 근무할 수 있었는데, 왜 그만둔 거지? 내 상식으로는 도저히 이해가 가지 않았다. 이 세상에는 이해가 안 되는 사람들이 너무 많은 것 같다. 흉악 범인들도 그렇고 지금 내 앞에 앉아 있는 변호사도 그렇다.

"아니, 왜 그만두셨어요?"

"공부도 하고 싶고, 개인적인 이유가 여럿 있었습니다."

경찰의 최고점에 올라간 사람이라 수사의 맥을 잘 알고 있었다. 높은 위치에 있으면 아랫사람들이 일하는 모습을 잘 볼 수가 있다고 한다. 일을 하는지 안 하는지, 무슨 생각을 하고 있는지 곁에 없어도 다 알 수 있다고 들었다.

저 변호사는 많은 보고서와 수사 서류를 결재했으니 당연히 경찰 수사의 맹점을 잘 알고 있다. 그렇다고 해도 이 사건의 결과는 바뀌지 않을 것이다.

왜냐면 저 변호사는 구수한 씨 사건에만 그녀가 관련이 있는 줄로 알고 있다. 다른 여타 자살 사건에 그녀가 개입한 줄은 아직 모른다. 그저 혼인 빙자 사기로 조사받는 정도로만 알고 있을 게 분명하다.

일단 그녀에게 확실하게 범죄 혐의가 인정되는 특수 공무 집행 방해 및 치상, 마약류 관리법, 자살 방조 등으로 구속 영장을 청구했다. 경찰관을 죽이려고 했는데 영장 발부가 안 된다는 것은 말도 안 된다. 영장이 발부될 것을 나는 확신한다.

그리고 영장이 발부되면 4건의 자살 사건을 하나로 병합하여 부작

위에 의한 살인으로 그녀에게 살인죄를 추가할 생각이다.

그녀를 유치장에 다시 입감시키고 박 선배가 입원해 있는 병원으로 병문안을 가기 위해 사무실을 급하게 빠져나왔다.

경찰서 1층 복도로 나오니 소명한방병원에 찾아왔던 감찰관 두 사람이 보였다. 그들은 나를 보더니 급하게 몸을 반대 방향으로 휙 돌려 빠르게 걸어갔다. 그 모습에 다행이라는 생각과 한편으로 씁쓸한 기분이 동시에 들었다. 나를 희생양으로 삼으려고 했던 감찰들의 모습에 우리 조직의 비애를 새삼 느꼈다.

우리 조직은 외부 입김에 많이 흔들리는 힘없는 조직이다. 언론에서 경찰을 질타하는 뉴스만 나오면 희생양을 찾거나, 빠르게 대책을 내놓는다. 사회적 이목을 집중시키는 사건이 발생하면 경찰 지휘부는 무조건 매뉴얼 정비, 담당 경찰관 징계 조치를 하고, 지휘부 자신은 현장 직원들이 보고하지 않아 알지 못했다고 하면서 문책 대상에서 벗어난다.

소 잃고 외양간 고치듯이 강력한 사건이 터지고 나면 그걸 예방한다고 별의별 희한한 정책이 나오는데, 현실적으로 도움이 안 되고 악순환만 반복이다. 수시로 지휘부 화상 회의를 열고 대책을 논한다거나 담당수사팀 보강, 합동전담수사팀 편성, TF팀 편성 등 임시방편으로 쓸모없는 부서를 만들고 인원을 차출해 간다. 그러다 보면 수사 부서에 인원이 줄어서 힘들다는 말이 나오고 나 같은 풋내기 형사들이 힘들다며 나가겠다고 한다. 그래서 부족한 인원을 보강하기 위해 지구대, 파출소의 젊은 직원들을 달콤한 말로 유혹하여 스카우트해 간다.

나도 그랬다. 언젠가 내가 형사과에 지원할까 말까 고민하고 있을 때, 형사지원팀 서무에게서 전화가 왔다.

- 강철 부장님 일 잘하신다고 소문나셨던데, 이번 인사에서 형사과에 한번 지원하시죠. 젊었을 때 수사 업무를 배워 보는 것도 나쁘지 않아요.

매우 듣기 좋은 말이고 옳은 말 같았다. 내가 유능하다고 경찰서까지 소문이 났다니 지원을 안 할 수가 없었다.

하지만 그것은 내가 형사과에 근무하면서 착각이었다는 것을 금방 깨달았다. 지원자가 없어서 인원 부족에 시달리던 형사과를 위해서 형사지원팀 서무가 늘 그렇게 젊은 경찰관들에게 날리는 뻐꾸기 멘트라는 것을 나중에 알게 된 것이다.

형사과만 그런 게 아니다. 경찰서 내부 인원이 부족한 부서들은 경찰 마지막 하부 조직인 파출소, 지구대에서 수시로 인력을 빼 간다. 그러니 지구대와 파출소 현장 인력들은 항상 부족하다.

동네 슈퍼마켓에 아동안전지킴이집이라고 간판을 설치하고, 어두운 골목길을 찾아서 여성 안심 구역 순찰이라며 바쁜 지구대 경찰관들에게 매일 정기적 순찰을 강요한다. 신고 사건을 처리하기도 바쁜데 그마저 여유도 주지 않으니 지구대 직원들도 기동대나 편한 부서로 빠져나가려고 한다. 그나마 다행인 것은 초과 수당이나, 출동 수당이 길수록 오르고 있다는 점이다.

박 선배는 등 부위에 깊은 자상과 오른손 새끼손가락과 네 번째 손가락을 크게 베였다. 등은 기습 공격에 당한 것이고 오른손 손가락들은 방어하다가 크게 다친 모양이다.

내가 들어오자, 박 선배를 간호하던 형수님이 일어나 자리를 비켜 주었다. 나는 형수님의 통통 부은 눈을 보고 그녀가 많이 울었다는 사실을 알았다. 아마 많이 걱정한 모양이다.

그녀의 뒷모습을 보면서 형사의 아내로 사는 삶이란 행복한 삶과는 거리가 멀 것 같다는 생각이 들었다. 나는 2호선 여인과 결혼하게 된다면 절대로 형사 생활을 하지 않을 것이다. 그녀가 나의 직업으로 인해 슬프거나 고통받는 모습은 정말 상상하기도 싫다.

선배가 나에게 붕대로 감싼 손을 보여 주며 말했다.

"그나마 손가락이 절단되지 않아 다행이야."

"정말 큰일 날 뻔했어요."

그때를 생각하니 다시 식은땀이 나려고 했다.

"원숭이도 나무에서 떨어질 때가 있다는 속담이 있는데, 딱 이 경우에 어울리는 속담 같다."

"그런가요? 저 때문에 죄송해요."

"네가 뭐가 죄송해. 주의를 기울이지 못한 내 잘못이지."

나는 입 밖으로 "그날 제가 수갑을 느슨하게 채워서 풀린 것 같아요."라고 말하려다 꾹 참았다. 말 안 해도 알고 있을 것 같았지만 그런 말을 하면 내가 더 죄인이 될 것 같았다. 그리고 형수님이 혹시라도 내 말을 들으면 날 얼마나 원망하겠는가?

"배혜영이 조사는 어땠어? 인정해?"

"인정 안 해요. 피의자가 부탁해서 자신은 번개탄과 수면제, 마약을 가져다줬다는 말만 해요. 일단 특수 공무 집행 방해, 살인 미수, 자살 방조, 마약류 관리법 등 엮을 수 있는 건 다 엮어서 구속 영장 청구했어요. 골치 아프겠지만 다른 자살 방조 건까지 병합해서 살인죄도 엮어 봐야죠."

내 말을 들은 박 선배가 두 눈을 지그시 감고 무언가를 생각하는 모습을 보였다. 그러다 그가 작은 실눈을 번쩍 떴다. 솔직히 침실에 누워 있는 그가 눈을 떴는지 감았는지 알 수 없지만 눈 부위에서 빛이 나는 게 뜬 것처럼 보였다.

"심리 부검을 진행해 봐."

"심리 부검요?"

"응, 심리 부검."

나는 비록 형사지만 심리 부검이라는 단어를 처음 들었다. 죽은 사람의 몸을 해부하여 장기들의 상태와 상처의 위치, 형태, 분포 및 깊이 등을 파악해서 죽음의 원인을 밝히려는 신체 부검은 들어 봤지만, 심리 부검은 난생처음 들어 보았다.

"그게 뭔가요?"

"심리 부검은 최근 수사 기법에 도입하고 있어. 활용된 사례가 많지 않지만, 객관적 증거를 확보하지 못한 사건에서 큰 성과를 이루고 있지. 프로파일러들이 유족과 피의자를 상대로 심리 상담을 하면서 피해자가 자살할 이유가 없다는 결과를 도출하는 게 심리 부검의 목적이지."

"사례가 있어요?"

"있어. 충남에서 검거한 신혼부부 살인 사건이라고 너도 한 번쯤 들어 봤을 거야. 2017년에 신혼부부가 일본 오사카로 신혼여행을 떠났고, 현지에서 어린 아내가 니코틴 원액을 스스로 팔에 주사해 사망한 사건이야. 남편은 자살이라고 주장했지. 네 사건처럼 심증은 가는데 물증이 전혀 없었어. 이에 프로파일러들이 투입되어 피의자 면담과 피해자 주변인들 대상으로 심리 부검을 했지. 결국, 치열한 법정 공방 끝에 심리 부검 보고서가 증거로 채택되면서 피해자가 자살할 이유가 없다는 결과를 도출했고, 법원이 이를 받아들여서 남편이 무기징역형을 받았지."

"남편은 왜 아내를 죽였을까요?"

"이 사건 몰라?"

"네, 처음 듣는데요."

"이그, 내가 말을 말아야지. 남편이 신혼여행 가기 전에 아내 몰래 사망 보험을 들었다는 거야. 보험금을 노리고 죽인 거지."

"결국, 돈이네요."

나는 선배가 말한 심리 부검을 내 사건에 사용해 볼지 생각해 보았다. 수사는 살아 있는 생물이라고 했다. 모든 것을 확정 지으면 안 된다. 지금 내가 유리하다고 생각하는 증거들이 나중에 무죄의 증거가 되거나 무의미할 수도 있다. 그러니 최대한 할 수 있는 수사는 다 진행하는 게 좋다. 일이 많아져서 힘들겠지만.

"이번 사건에도 가능할 거 같은데요. 구수한 씨 유족들을 상대로 심리 부검을 진행해 보도록 할게요."

"그래, 그것도 수사 보고서에 첨부하면 배혜영을 살인죄로 의율(擬律, 법원이 법규를 구체적인 사건에 적용하는 일)하는 데 큰 도움이 될 거야."

"네."

좋은 아이디어 같다.

병원에서 나온 나는 곧장 사무실로 향했다. 그리고 박 선배의 조언대로 서울시경에 촉탁서를 보내 심리 부검을 의뢰했다. 촉탁했다고 무조건 심리 부검을 하는 것은 아니다. 심리 부검을 적용하기에 적합한 사건이라는 판단이 나와야 실시할 수가 있다.

다행히 내 사건은 적합한 사건이라 판단하고 곧 프로파일러들이 투입되었다. 나는 프로파일러들을 만나 내 사건을 설명했다.

5명의 프로파일러는 매우 젊었다. 평균 나이가 20대 후반으로 법심리학과 또는 관련 전공 대학원을 졸업하고 특별 채용으로 경찰에 들어왔다. 그래서인지 현재 신분은 경찰이지만 모두 일반인 같았다. 그들의 외모에서 무언가를 배우려는 열정이 가득한 학생 같다는 느낌이 강하게 들었다.

그들은 내 사건을 이론적으로 접근하려고 나에게 많은 질문을 했다. 그들의 질문을 받으면서 형사들과 사건을 보는 시각이 다르다는 생각이 들었다. 형사들은 법의 구성 요건에 맞게 유죄가 되도록 범인에게 접근하는데 이들은 유죄, 무죄는 관심이 없고 오로지 범인의 환경과 성격, 여러 가지 형사가 관심을 두지 않는 사생활에 더 많은 관심을 가졌다. 그런 그늘의 모습에 나는 소금씩 싸증이 났다.

그래서 처음에는 이들에게 적극적으로 사건에 대해 설명을 하다가 나중에는 묻는 말에만 짧게 대답했다. 이후 5명의 프로파일러는 생전 고인의 성격과 환경, 생활 모습을 잘 설명해 줄 수 있는 대상자를 다시 물색했다.

대상자 명단에 유족과 지인 포함 15명이 선정되었고 그들을 차례로 만나 면담을 했다. 내 생각과 다르게 심리 부검은 시간이 오래 걸리고 힘든 작업이었다. 대상자들 상담 시간이 보통 3~4시간 이상 소요되는 데다 고인을 생각하다 슬픔에 빠지면서 심리적 충격을 다시 받는 모양이었다. 그럴 때는 충분히 휴식을 취한 후 다시 재상담이 이어졌다.

이러한 모습을 보며 나는 심리 부검의 결과가 나오려면 최소 한 달 이상 걸릴 것 같다는 생각이 들었다. 그래서 심리 부검이 끝나기 전에 나는 서둘러 꽃뱀 살인 사건을 마무리하기로 했다. 심리 부검 결과서는 나중에 추가로 송치를 하면 된다.

다시 그녀를 조사하려고 하니 그녀의 변호사가 부담되었다. 그래서 팀장에게 2차, 3차 조사에는 내가 아닌 다른 베테랑 형사가 조사하도록 요청했다.

그러자 항상 결재만 하던 팀장이 부팀장과 같이 직접 조사를 하겠다고 나섰다. 한때 팀장의 별명이 조사의 달인이었다는 사실을 이때 처음으로 알게 되었다.

그렇게 두 사람의 도움으로 완벽한 조서를 손에 넣은 나는 4건의 자살을 타살로 변경, 살인죄 혐의를 적용하여 그녀를 검찰에 구속 송치했다.

그녀를 호송차에 태울 때는 묘한 성취감이 온몸에 흘렀다. 목표를 이루어 냈을 때의 쾌감이라고 해야 할까? 호송차가 사라진 후에도 뭔가 몽롱한 기분이 들었다.

이 맛에 형사들이 일이 힘들어도 10년, 20년, 30년 넘게 형사 생활을 하는 것 같았다. 묘한 기분이다. 그리스 철학자 아르키메데스가 목욕하다 "유레카!"를 외치면서 알몸으로 뛰어나갈 때의 기분과 비슷하다고나 할까?

이 사건은 언론의 뜨거운 관심을 받았다. 처음에 경찰의 강압 수사에 의한 사망이라며 추측성 기사로 경찰을 비난했던 언론사는 사과 한 번 하지 않았다. 전혀 아무 일도 일어나지 않았던 것처럼 말이다. 악의적인 기사로 인해 내가 받았던 심리적 고통에 대해서 사과나 보상을 해 주어야 하나 전혀 그런 일은 일어나지 않았다.

경찰서와 시경에는 공보 기능이 있다. 사건 초반 거의 대응을 하지 않다가 사건이 마무리되자 경찰 수사의 치적에 대해서만 홍보했지, 언론사를 상대로 유감 표명조차 하지 않았다.

여러모로 마음에 차진 않지만 그래도 보상은 받았다. 바로 경찰청장 표창장과 포상 휴가 3일. 포상금이 없어 조금 아쉽긴 하다. 아니, 솔직히 은근히 특진을 기대했는데. 표창장 말고 특진이나 시켜 주지. 만일 특진을 시켜 주었다면 아리스토텔레스가 말한 행복감을 느꼈을 텐데.

포상 휴가 동안 나의 행복을 위해 박정민 그 새끼를 잡으러 갈 생각이다. 하지만 지금은 휴가를 쓸 수가 없다. 박 선배가 없고 나까지 빠지면 팀에 큰 공백이 생긴다. 선배의 몸이 회복되면 그때 포상 휴가를 사용해 그 연쇄살인마를 추적할 계획이다.

다만 한 가지는 조사하기로 했다. 경비원 선배님이 말한 파주. 분홍색 치마가 탄 택시의 종착 도시 파주.

며칠 전 경비원 선배님과 통화한 내용을 생각해 보았다.

- 지난번 자네가 알아봐 달라고 한 택시 회사 말이야, 그 택시 회사를 찾았어.

"네?"

정말로 대단한 능력이다. 지금 경찰 신분도 아닌데 어쩜 이렇게 수사를 잘할 수 있지? 일반인들이 경찰관도 아닌 사람에게 정보를 쉽게 알려 주진 않는다. 선배님은 어떤 방법으로 택시 회사를 알아냈을까? 아마 경찰관인 것처럼 말하거나 형사 생활을 하면서 심어 둔 정보원들에게서?

- 자네가 말한 택시에 광고를 낸 회사를 찾았어. 그 광고 회사에서 두 군데 택시 회사에 광고를 냈는가 보더라고. 그리고 두 군데 중 6월 3일에 여성을 태운 택시 기사까지 찾았지.

나는 궁금한 것을 즉시 물었다.

"어떻게 알아보셨어요?"

그는 내 질문에 대답하지 않고 자신의 말만 계속했다.

- 택시 기사 말이 그 분홍색 치마를 입은 여성을 파주까지 태워다 줬다는 거야.

"파주요?"

- 응.

"감사합니다, 선배님. 큰 도움이 되었어요."

당시 경비원 선배님과 통화를 마치고 연쇄살인마 탈주범에 대해서 잊고 있었다. 내 앞일을 처리하기도 급급해서다. 하지만 지금은 여유가 생겼다. 그러자 그가 왜 파주로 갔는지 궁금해졌다.

나는 연쇄살인마가 파주로 간 이유를 생각했다. 그 이유를 알 수는 없었지만 뭔가 파주에서 큰일이 일어났을 것 같았다. 인터넷으로 사건 사고 뉴스를 검색해 보았다.

곧 파주시에서 최근 끔찍한 살인 사건이 발생한 것을 알았다. 나는 사건 기사를 자세히 읽어 보았다. 기사 내용을 읽어 보니 탈주범이 벌인 짓이 틀림없었다. 내 촉이 그렇게 반응하니 그놈이 맞다.

당장이라도 박정민 그놈을 잡고 싶지만 일단은 박 선배가 돌아올 때까지 기다렸다가 움직이자. 늘 경찰 수사 인원이 충분하지 않으니 어쩔 수 없다.

7화.
악마는 우리 곁에 존재한다

동대문 상가가 밀집된 거리를 흰색 민소매 티에 짧은 치마바지를 입은 여성이 걸어간다. 빨간 립스틱을 진하게 입술에 칠하고 선글라스로 얼굴을 감춘 박정민이었다. 그는 안경알이 큰 선글라스를 꼈고, 어깨에는 장보기 가방을 메고 있었다. 그가 멘 가방이 볼록하다.

그는 한참 필요한 물건을 구입하고는 동대문 지하철 역사로 들어갔다. 많은 인파가 그를 지나쳤지만 누구 하나 그에게 관심을 두지 않는다. 쇼핑 나온 외국인들의 모습에 눈길이 더 갈 뿐이다.

그는 지하철을 타고 어느 역에서 내리더니 한참을 걷다가 원룸 건물 안으로 들어갔다. 익숙하게 건물 엘리베이터를 타고 자연스럽게 어느 층에서 내린다. 기다란 복도들마다 굳게 닫힌 철문이 보이고 그가 1908호라고 적힌 입구 앞에 서서 디지털 도어 록에 비밀번호를 입력한다. 삐익- 하는 소리와 함께 문이 열리고 그가 들어간다.

그가 들어간 오피스텔 안은 10평 정도 크기로 사무 공간과 주거 공간이 흰색 커튼으로 잘 분리되어 있다. 방 안의 분위기는 어둡지만 깨끗하다.

그는 이곳으로 돌아오자 쇼핑하고 왔던 물건들을 하나둘 정리한다. 정리가 끝나자 사무용 책상에 앞에 앉아 노트북을 펼치고 전원을 켠다. 노트북의 배경 화면은 여전히 죽은 간호사의 얼굴이다.

그는 인터넷으로 블로그와 카페를 돌며 급전이 필요한 여자를 상대로 소액 대출을 해 주겠다는 글을 올린다. 그는 여러 군데 인터넷 카페와 블로그를 돌면서 광고 글을 올리고 일정한 시간이 지나면 썼던 글들을 삭제했다.

이런 행위를 반복하다 지겨운지 유튜브를 열고 마술사의 공연을 지켜본다. 그때 그의 핸드폰이 진동한다. 그가 핸드폰을 보자 문자 메시지가 도착해 있다. 그가 문자 메시지를 내용을 확인한다. 대출을 신청하겠다고 간단하게 문자가 적혀 있다. 박정민이 빙긋 웃으며 답장을 한다.

"비대면 대출이기 때문에 신분증 사진, 가족 관계 또는 등본을 전송해 주세요. 간단한 심사를 통해서 대출해 드리겠습니다."

그는 그렇게 답장을 보낸 후 다시 마술 강의 영상을 보며 마술사의 동작을 따라 한다. 그가 보고 있는 마술 영상은 염력 마술이었다. 마술사의 앞에 흰 손수건이 저절로 두둥실 떠오르더니 마술사의 손동작에 따라 움직인다. 그러다 마술사가 손가락 끝을 관중석을 향해 뻗자 손수건이 그 방향으로 빠르게 날아간다. 그가 마술 영상을 흥미롭게 바라보며 마술사의 손동작을 하나하나 따라 한다.

　보이지 않는 실에 연결된 동전 하나가 허공에 떠서 박정민의 몸 주위를 빙글빙글 돈다. 마치 작은 드론이 저절로 날아서 움직이고 있는 모습이다. 그는 손으로 허공에 떠 있는 동전 주위를 원을 그리며 돌렸다. 마치 동전에 아무것도 붙어 있지 않은 것을 보여 주는 것처럼. 하지만 동전이 빠르게 그의 몸 주위를 돌다 실이 엉키면서 바닥에 떨어진다. 그는 엉킨 투명한 실들을 풀어 헤치고 다시 동전 염력 마술을 연습한다.

　어느 정도 성과가 나타나자 이번에는 다른 마술 영상을 본다.

　그는 벽에 걸린 칠판 같은 흰색 보드 판으로 가서 글자를 적었다. 그리고 글자를 보드 판과 같은 색의 필름으로 덮자 글자들이 감쪽같이 사라지고 보드 판이 깨끗한 상태가 된다. 보드 판에 붙은 필름에 투명한 실을 연결하고 손가락 끝에 연결하여 움직이자 보드 판에 붙은 필름이 떨어지면서 글자들이 하나둘 모습을 드러낸다. 마치 아무도 없는데 저절로 글이 써지는 것처럼 보인다. 하지만 보드 판에 붙어 있던 여러 장의 필름이 동시에 떨어지면서 트릭을 쓰는 게 드러났다.

　박정민은 조금 아쉬운 표정을 지으며 보드 판에 다시 종이 필름을 붙였다. 이때 테이블 위에 올려 둔 그의 핸드폰이 진동한다. 종이 필름을 테이블에 올려 두고 핸드폰을 확인한다.

　수신된 문자 메시지에는 여성의 신분증 사진과 주민등록등본이 첨부되어 있었다. 박정민이 고개를 끄덕이며 문자 메시지를 전송한다.

	고객님이 보내 주신 서류 잘 받았어요.
	오후 12:40

네.	
오후 12:42	

	혹시 누구랑 같이 살고 있나요?
	오후 12:42

내엄마랑이 있어요.	
오후 12:43	

	엄마와 사이가 좋은가요?
	오후 12:44

내. 아주는아니고요.	
오후 12:44	

	혹시 고객님 장애가 있나요?
	오후 12:45

왜요?	
오후 12:45	

	장애인이라면 대출을 더 많이 받을 수 있어서요.
	오후 12:46

내 조금장애가 있어요.	
오후 12:46	

	장애등급이 어떻게 되나요.
	오후 12:46

지적장애3급이요.	
오후 12:47	

박정민이 빙긋 웃으며 자신도 모르게 말이 입 밖으로 튀어나온다.

"구우우웃."

그는 그녀의 답장 메시지를 읽고 그녀가 지능이 낮고 세상 물정을 모른다는 것을 알게 되었다. 그는 "엄마를 죽여."라는 글을 입력하다 모두 지우고는 새로운 메시지를 입력한다.

> **- 대출받기 전에 직접 서류에 사인을 해야 되는데 오실 수 있나요.**
> 오후 12:50

그게 무슨 말인가요!
오후 12:51

> **직접 돈을 받아 가는 거예요.**
> 오후 12:51

너무 멀면 가기 힘들어요.
오후 12:52

> **택시비는 따로 챙겨 드리겠습니다. 주소는 서울….**
> 오후 12:52

내. 언제 갈가요!
오후 12:52

> **지금 오세요.**
> 오후 12:53

지금은 안대요.
오후 12:54

> **저희 회사가 대출할 수 있는 돈의 액수가 한정되어 있어요. 돈이 다른 사람 들에게 나가고 대출금이 부족해서 선생님께 못 드릴 수도 있습니다.**
> 오후 12:55

지금 갈게요.
오후 12:56

핸드폰을 보고 있는 박정민의 얼굴이 핸드폰의 액정 화면처럼 환하게 밝아진다.

일찍 눈을 뜬 나는 출근 준비를 서둘렀다. 오늘은 그녀에게 어제 잠 못 자고 준비한 편지를 전달할 것이다. 무슨 바람이 불었는지 나의 감 정을 꼭 그녀에게 전하지 않으면 평생 후회할 것만 같았다. 후회만 하 면 괜찮은데, 평생 비겁자라는 생각을 가지며 나를 존중하지 못할 것 같다. 그래서 큰마음 먹고 편지를 썼다.

나는 연애편지라는 생각으로 썼지만, 그녀에게는 어쩌면 사이비 종 교 홍보물을 받는 것처럼 기분 나쁠 수도 있다. 이런 우려스러운 마음 때문인지 그녀를 생각하면 한편으로는 심장을 바늘로 찌르는 것처럼 아프다. 그래도 내 마음을 표현하지 않으면 도저히 안 될 것 같다.

편지지의 지면 아래에는 푸르스름한 바다에서 작은 돌고래가 뛰어 노는 그림이 있었다. 바다 그림을 보니 저절로 그녀와 손을 잡고 아름 다운 해변을 걷는 상상이 떠올랐다. 그녀와 함께라면 무엇을 하든 다 즐거울 것만 같다.

나는 편지지에 편지를 바로 쓰지 않았다. 노트에 먼저 편지 내용을 작성하고 맞춤법이 틀리진 않았는지 확인하고 나서야 편지지에 옮겼 다. 아무리 편지 내용이 훌륭해도 그런 사소한 것에서 감점을 받을 수 가 있다.

대학 시절 첫 소개팅을 반던 때가 생각난다. 짧고 예쁜 치마를 차려 입고 소개팅에 나온 그녀. 내 파트너로 흠잡을 곳이 없어 보였다. 아 니, 훌륭했다. 당시 내 눈에 그녀의 코털이 보이기 전까지는. 벌레 다 리처럼 콧구멍 밖으로 살짝 삐져나온 그녀의 코털을 보고 깜짝 놀라며 그녀의 모습은 작은 코털에 가려서 보이지 않았다.

결국, 애프터 신청도 하지 않고 일찍 헤어졌지만 그녀에 대해 지금은 1도 미련이 없다. 하지만 당시 그 소개팅녀는 나에 대해서 주변인들에게 물어보고 나에게 안부를 전하기도 했다. 그녀 또한 첫 소개팅인지라 아마도 나에 대한 인상이 강했나 보다. 나중에 들은 말로는 내가 성실하고 착해 보였다고 한다. 그러면 뭐 하나, 내가 싫은데.

나 또한 2호선 여인에게 그런 꼴을 당할 수 있기에 사소한 실수를 줄이기 위해 편지를 다시 꼼꼼히 살펴보았다. 단지 띄어쓰기와 맞춤법이 틀렸다는 이유로 무시당할 수 없지 않은가.

이름 모를 아름다운 그대에게.
봄은 지나갔지만 제 마음은 여전히 봄꽃이 가득 피어 있습니다.
봄이 지나가도 제 마음의 꽃들이 지지 않고 있는 것은 아마도 한 사람에게 제 마음을 보여 주고 싶어서인가 합니다.
처음에 당신의 신발을 밟아 너무나 죄송했는데 아무 일도 아닌 것처럼 배려하는 착한 모습에 충격을 받았습니다.
그 후 당신을 지켜보게 되었고 어느 순간부터 당신에게 빠지게 되었습니다.
저는 순천이 고향이고 2남 1녀 중 막내입니다.
나이는 35살이고 직업은 경찰이며 현재 서울중부경찰서 형사과에서 근무하고 있습니다.
형사라서 일이 규칙적이지 않습니다.

평소에는 규칙적으로 교대 근무를 하고 있지만, 강력 사건이 한번 터지면 그 일이 해결될 때까지 퇴근도 못 하고 계속 업무에 매진해야 합니다.

그래서 당신에게 연락드리기가 조심스러워집니다.

하지만 하반기 인사에는 규칙적인 근무 일정과 시간 여유가 많은 지구대로 갈 생각입니다.

하루하루 힘든 업무 중에도 당신에 대한 생각을 늘 하고 있습니다.

만약 당신이 저와의 만남을 원하지 않는다면 앞으로는 지하철 2호선을 절대 타지 않을 생각입니다. 결코 부담을 드리고 싶지 않아서입니다.

제 연락처는 010-2902-××××입니다.

혹시라도 저에게 관심이 있다면 전화 주세요.

이틀간 연락이 없다면 관심이 없는 줄로 알고 저는 2호선을 다시는 타지 않을 생각입니다.

그럼, 연락 기다리겠습니다.

할 말이 너무 많지만 장황하게 쓰지 않았다. 보기 좋게 퇴짜 맞을 것도 생각해서 필요 없는 말을 줄인 것이다. 편지를 구겨지지 않게 가방에 넣고 집을 나섰다.

일찍 일어났는데 피곤하지 않았다. 어제 편지 쓰느라 늦게 잤는데도 불구하고 오히려 몸에 활력이 넘친다. 아마도 이 편지로 인해 그녀와 만남을 가질 것 같은 묘한 기대감 때문일 것이다.

만일 그녀에게 연락이 온다면. 아! 내 몸 안에 도파민이 가득 넘치겠지. 말도 안 되는 즐거운 상상을 하니 괜히 웃음이 나왔다. 웃으니 행복하다. 행복해서 웃는 게 아니라 웃으니까 행복하다. 그 말이 맞는 거 같다.

그래, 계속 웃자. 웃어.

내 웃는 모습이 빠르게 달리고 있는 지하철의 창문에 비쳤다. 그리고 지하철 역사에 멈추기 위해 지하철이 서서히 속도를 줄였다.

지하철 탑승구 문이 열리자 나는 가볍게 지하철에 탔다. 다행히 지하철 안은 평소보다 사람이 없었다. 지하철이 달리는 순간에도 나의 즐거운 상상은 멈추지 않았다.

하지만 그녀가 타는 지하철역이 가까워지자 가슴이 쿵쾅거리고 숨이 막혔다. 심호흡을 크게 했다. 용기를 내자.

그녀가 타는 탑승구 칸으로 다가갔다. 그녀가 지하철에 타는 게 보인다. 그녀를 보자 긴장되어 입 안에서는 침이 말랐다. 최대한 무관심한 척 창문만 바라보았다. 그러다 그녀가 출근하는 회사원들에게 밀려서 내 앞까지 다가왔다. 설마 떠밀린 척 내 곁에 온 것은 아닐까? 에이, 설마!

유리창에 그녀의 모습이 보인다. 2호선 여인이 내 모습을 보고 조금 놀라는 게 보였다. 당황하면서 나를 엿보는 게 보인다. 설마 나에게 관심을 두고 있는 것은 아닐까? 그러면 정말이지 세상 누구도 부럽지 않을 텐데. 한평생을 그녀와 한집에서 같이 살아도 이 생각은 전혀 변하지 않겠지.

성스럽게 보이는 그녀의 얼굴을 보며 마음속으로 사랑의 주문을 걸었다.

수리수리 마수리 나에게 사랑에 빠진다.

수리수리 마수리 나에게 사랑에 빠진다.

수리수리 마수리 나에게 깊이 사랑에 빠져든다.

내가 더 그녀에게 빠지는 것 같아 마음속으로 주문 외우는 것을 멈추었다. 우선 편지만 무사히 전해 줄 수 있다면 좋겠다는 생각이 들었다.

나는 조심스럽게 손가방에서 편지를 꺼내었다. 평소에 잘 들지 않던 가방이지만 오늘은 편지가 구겨지지 않도록 특별히 메고 왔다. 손이 떨린다.

그리고 잠시 후.

나는 그녀에게 어떻게 편지를 전해 주었는지도 모르게 허둥대며 지하철에서 내렸다. 지하철 역사를 빠져나가기 위해 걸어가는 동안 가슴이 너무 뛰어서 심장이 터지는 것 같았다. 계단을 밟는 다리도 후들후들 떨렸다.

창피한 생각이 들어 뒤도 돌아보지 않고 빠르게 개찰구를 벗어나서야 진정이 되었다. 근데, 뭔가 찝찝한 기분이 들었다. 혹시나 하고 손가방을 열어 보았다. 그런데 손가방 안에 익숙한 편지가 보였다.

'이게 뭐지?' 하고 그것을 꺼내 보았다. 아니, 전해 주려던 편지가 그대로 있었다. 나도 모르게 귀신을 본 것처럼 너무 놀라서 헉! 하는 소리가 튀어나왔다.

아니, 그러면 내가 그녀에게 전해 준 것은 도대체 뭐란 말인가?

											*

　황소영은 감미로운 향기가 나는 남자가 건네준 명함을 자세히 바라
보았다.

```
┌─────────────────────────────────────┐
│  서울중부경찰서 형사과                │
│  수사관 강철                          │
│  H.P: 010-2902-××××                  │
│  TEL: 02-663-××××                    │
│  FAX: 02-663-××××                    │
└─────────────────────────────────────┘
```

　그녀는 그가 이것을 왜 주었는지 머리가 혼란스러웠다. 연락을 달라
고 준 것 같기는 하지만 아무 말도 없이 주니 당황스러웠다. 차라리 편
지를 써서 줬으면 좋았을 것이라는 생각도 들었다.

　경찰이라는 사실을 알리려고 명함을 주었을까? 무시하고 싶은데 명
함에 적힌 형사라는 단어가 자꾸 눈에 들어왔다. 여러 가지로 그녀를
당황하게 만들었다. 그에게 전화해서 왜 명함을 주었는지 물어봐야 하
나? 아니면 그냥 무시하는 게 정답일까?

　지금 당장 정답을 찾기 힘들어 일단 그의 명함을 지갑에 구겨지지
않게 잘 넣었다. 그녀는 좋은 쪽으로 생각하기로 했다.

　'아마도 강철이라는 그분은 나에게 호감이 있나 보다. 그래서 도움
이 필요하면 연락하라고 준 것 아닐까? 차라리 편지나 작업용 멘트가
적힌 메모지를 건넸으면 더 좋았을 텐데 아쉽다.'

　그녀는 명함 문제를 그렇게 정리했다.

그리고 무엇보다 관심을 가지고 있던 남성이 같은 공무원이라는 사실이 마음에 들었다. 자신이 하는 일도 경찰 업무와 얽혀 있기에 더 호감이 가는 것 같았다. 그녀는 요즘 계장이 시킨 일 때문에 출근하기가 죽을 맛이었다. 오늘도 나가기 싫은 몸을 억지로 끌고 나왔다. 그래서 기분이 다운되어 있었는데 이런 작은 일 덕분에 잠시 기분이 전환되었다.

그녀는 구청 문화관광과에서 근무하고 있다. 현재 성인 오락실, 성인 PC방을 돌며 외부 점검 중인데 불법 사행 행위 및 불법 기계 변조 특별 점검 기간이라 이로 인해 심한 정신적 스트레스를 받고 있었다. 며칠 전에는 이 일로 면역력이 떨어졌는지 더운 날씨에 감기까지 걸려 병가를 내고 쉬었다.

그녀는 성인 오락실과 성인 PC방에 점검을 나가면 그 특유의 악당 소굴 같은 분위기가 싫었다. 어두컴컴한 공간을 가득 메우고 있는 담배 향과 곰팡내를 맡는 게 정말 싫었다. 게임기를 바라보는 손님들의 공허한 눈빛도 모두 정상적으로 보이지 않았다. 재미도 없어 보이는 게임기에 무슨 생각으로 돈을 자꾸 넣는지, 주무 부서지만 이해도 안 되었다.

그녀는 항상 그런 곳에 가면 시비가 생기지 않도록 조심했다. 물론 그곳에서 게임을 하는 손님들도 그녀가 게임장으로 들어가면 모두 경계를 하곤 했다. 단속 나온 것은 아닌지 경찰 프락치는 아닌지 감시하는 눈빛이었다.

지난번 구청으로 찾아와 행패를 부리고 돌아간 우락부락하게 생긴 성인 오락실 업주의 얼굴이 떠올랐다. 오늘 점검할 성인 오락실 중에는 그곳도 포함되어 있는데, 벌써 걱정이 앞선다. 그녀는 이번 점검에 관할 경찰서 풍속 담당 경찰관이 지원을 나오도록 협조 공문을 보내 놓았다. 만일 경찰관이 지원을 나오지 않는다면 어떡하나? 혼자 점검 을 갈 수밖에 없다.

출근하면 즉시 관할 경찰서 생활질서계에 연락해서 확실하게 확답 을 받을 생각이다. 만일 풍속 담당 경찰관이 못 나오겠다고 하면 강철 이라는 형사에게 도와 달라고 연락할까 하는 생각도 들었다.

"저와 함께 오락실 점검 가 주실래요?"

남자 친구도 아닌데 왜 이런 부끄러운 생각을 했는지 몰라 고개를 흔들었다. 그만큼 그녀가 하는 업무가 힘들다 보니 지푸라기라도 잡고 싶은 심정이 들었던 것이다. 그녀는 이번 인사에서 문화관광부서를 떠 나 편안한 주민센터로 가기로 마음먹었다. 강철처럼 말이다.

*

사무실에 도착할 때까지 그녀에게 무엇을 주었는지 알기 위해서 생 각하고 또 생각했다. 아무리 생각해도 무엇을 주었는지 감이 안 왔다. 하지만 그녀가 나에게 무언가를 받고 너무 놀라서 눈을 동그랗게 뜨던 모습은 생생하게 기억이 난다.

혹시 돈을 주었는지 가지고 있던 현금을 세어 보았다. 젠장, 처음 지 갑에 얼마가 있었는지 알지 못해 돈 세는 게 의미가 없다. 제발 쓸데없 는 것을 주지 않았기를 바라며 나는 일에 몰두하려고 애를 썼다.

하지만 배혜영 꽃뱀 살인 사건이 마무리되어 딱히 바쁜 일이 없어

내 생각은 다시 2호선 그녀에게로 돌아갔다. 무엇을 주었는지 모르니 걱정이 된다. 걱정은 인간을 병들게 만든다고 그랬는데. 걱정을 떨쳐 내야 한다. 아니, 그녀를 잊기 위해 뭔가 집중할 일이 필요하다.

아! 잊고 있었다. 아리스토텔레스.

나는 탈주범을 검거하여 특진하는 생각을 떠올렸다. 경찰 제복을 입고 많은 동료의 축하를 받으며 경위 계급장을 어깨에 다는 므흣한 모습을 상상해 보았다. 상상만으로도 이렇게 즐거운데 실제로 꿈이 이루어진다면 그 기쁨은 상상 이상일 것이다.

나는 재빨리 인터넷 검색창을 켰다. 그리고 전에 파주에서 벌어진 살인 사건을 다시 찾아보았다. 시골 성형외과 의사 부부 살인 사건. 제목부터 거창했다.

경찰은 피해자의 몸에 무려 100개의 상처가 있는 것을 보고 치정에 의한 살인으로 보고 피해자 주변인들을 상대로 조사를 진행 중이다. 사건 현장을 조사한 프로파일러는 피해자가 저항흔이 없는 것과 병원에 침입한 흔적이 없는 점들을 보고 면식범이라는 데 무게를 실어 주었다. 하지만 유력한 용의자인 남편이 사망하여 수사의 실익이 없어 보인다.

왜 남편은 아내를 그렇게 많이 찔렀을까? 아내가 바람을 피워서? 아니면 남편이 다른 여자와 살기 위해서 그랬을까? 둘 다 아닌 것 같다. 왜냐면 남편이 죽어 버렸기 때문이다.

그렇다면 왜? 왜? 왜?

탈주범이 흔적을 남기려고 100개의 자창을 남겼을까? 성형외과에 탈주범이 들어가 얼굴을 고쳤을 가능성은 없는 것일까? 파주 경찰서 형사들도 병원 CCTV를 조사했을 텐데 남편이 용의자라고 판단한 이유는 무엇일까?

도저히 내 머리로는 풀 수 없을 것 같다. 추리에 한계를 느끼고 이 사건을 조사한 파주경찰서 형사과에 문의해 보는 게 편할 것 같았다. 하지만 파주경찰서와 연결 고리가 없다.

뉴스 기사를 다시 읽고 또 읽어 보았다. 프로파일러는 왜 그런 결정을 내렸을까? 프로파일러…. 프로파일러 중에 내가 아는 사람이 없을까? 아, 한 사람이 생각난다. 유튜브 방송에서 보았던 아름다운 여성. 이지혜 프로파일러.

나는 내부망으로 이지혜를 검색해 보았다. 그리고 마침내 서울시경 강력범죄수사팀에 그녀가 소속되어 있는 것을 확인했다.

경찰 내부 전산망에는 카톡과 같은 기능을 가진 메신저가 있다. 메신저에 접속하여 이지혜를 검색하니 그녀가 현재 근무하고 있는 게 보였다. 나는 일단 메신저로 쪽지를 전송했다.

> 박정민에 관해 잘 아시는 전문가라 조심스럽게 여쭤봅니다. 파주에서 일어난 성형외과 부부 살인 사건이 너무 의심스러워요. 혹시 탈주범 박정민의 소행이 아닐까 싶은데요. 확인 부탁드립니다.

그녀가 내 쪽지를 읽으며 무슨 생각을 할까? 오지랖이 넓다고 생각하겠지.

그녀는 곧바로 내 쪽지를 확인하지 않았다. 쪽지 좀 확인해 달라고 생뚱맞게 연락할 수도 없어 5분 정도 메신저 알림 창만 열었다 닫기를 반복했다. 마냥 기다리고 있기 뭐해서 커피를 마시기 위해서 사무실 밖으로 나갔다.

경찰서 현관 입구 벽면에 낯익은 남자 경찰관의 사진이 보였다. 모범 경찰관이라고 큼직한 액자에 경찰 제복을 입은 사진인데 어디선가 본 듯한 얼굴이다. 사진 아래에는 '7월의 모범 경찰관 강철 수사관'이라고 적혀 있었다.

럴수 럴수 이럴 수가. 나는 주위를 둘러보고 황급히 자리를 피했다. 내 사진이 경찰서 입구에 걸려 있다는 사실이 너무 놀랍고 신기했다.

한편으로는 뿌듯하기도 했다. 인생사 새옹지마라고 했던가. 일주일 전까지 조직 내에서 역적으로 몰려 곧 징계를 받고 잘릴 것 같았는데 지금은 모범 경찰관이라고 떡하니 사진을 걸어 전시하다니. 헛웃음이 나왔지만, 기분은 좋았다. 이대로 꽃길만 걸어가면 좋겠다.

기분이 좋아져 웃음이 계속 얼굴에 머무른다. 테이크아웃을 한 아이스 아메리카노를 들고 나는 경찰서 주변을 걸었다. 잠시 산책을 하며 내 신변에 갑자기 일어난 일들을 하나둘 떠올리며 생각을 정리했다. 근심 걱정을 내려놓으려고 걸었지만, 아침에 2호선 그녀에게 실수한 게 마음에 걸린다.

이때 핸드폰이 울렸다. 모르는 번호다. 누굴까? 하는 생각을 하며 전화를 받았다.

– 안녕하세요. 강철 수사관님이세요?

차분하면서 지적인 여성의 목소리가 핸드폰을 통해 들린다. 누굴까? 혹시 2호선 여인이 나에게 연락한 것은 아닐까? 편지도 전해 주지 못했는데 어떻게 내 연락처를 알고 연락을 했을까?

짧은 수 초 동안 내 머릿속에 여러 생각이 번쩍하고 지나갔다. 나는 떨리는 목소리로 대답했다.

"네에! 네…. 제 번호는 어떻게 아시고 연락을 하셨는지 모르겠네요. 정말 꿈은 아니죠?"

- 네? 꿈은 아니고요. 메신저 보고 급해서 바로 e-사람을 통해 전화번호 확인하고 전화했어요.

e-사람이라면 우리 경찰 조직 인사망 시스템 아닌가! 그러면 이 여성은 누구지?

"누구신지?"

- 이지혜 경위입니다. 조금 전 저에게 쪽지 보내지 않았어요?

"아! 네, 보냈어요. 보냈습니다."

- 파주로 탈주범이 갔다고 생각한 이유가 있나요?

"아, 그게 말입니다."

2호선 여인이 아니라, 프로파일러 이지혜 경위다. 나의 천사가 아니라 잠시 실망스러웠지만 나는 그녀에게 어떻게 그가 탈주범이고 그가 왜 파주로 갔다고 생각하는지 설명했다.

아파트에서 분홍색 치마 등 여성복으로 갈아입고 모르는 남자와 함께 택시 승차장까지 갔으며, 그가 탄 택시 번호를 몰라 택시 옆에 부착된 광고를 보고 광고 회사를 찾아 택시 회사를 찾았으며, 택시 기사로부터 그가 파주에서 내렸다는 내용을 하나둘 이어 갔다.

그러자 그녀가 놀란 듯 말했다.

- 와우! 굉장하네요. 강철 수사관님 정말 대단하세요. 그가 파주로 갔다면 이 성형외과 부부 살인 사건은 그자 짓이 확실합니다. 지금까지 그가 잡히지 않은 이유는 그가 남자라고 단정하고 수사했기 때문이죠. 하지만 여자로 변장했다는 게 확실하면 잘못된 수사의 방향을 바꿀 수 있어요. 그러면 범인을 잡는 것은 시간문제입니다. 만일 그렇게 탈주범을 검거하게 되면 당연히 강철 수사관님 공입니다.

"네? 정말요?"

- 네, 일단 강철 형사님이 말씀하시는 내용을 제가 검토하고 다시 연락드리겠습니다.

그녀와 통화를 마치자 문득 이런 생각이 들었다. 내가 연쇄살인마를 잡는 데 크게 이바지하게 되지 않을까? 내 생각대로 박정민이 검거된다면 특진도 하게 되겠지. 모든 게 잘 풀리고 있다. 내 청춘사업만 빼고.

*

박정민이 벨 소리에 출입문 쪽으로 고개를 돌린다. 치마를 입은 그가 천천히 일어나 오피스텔 출입문을 열었다. 피부가 까맣고 머리카락이 헝클어진 한 여성이 고개를 숙이고 서 있다. 약간 어눌해 보이는 그녀를 보며 박정민이 말했다.

"정다운 님이시죠?"

"네."

"안으로 들어오세요."

그녀가 고개를 숙이고 눈을 마주치지 않으며 대답한다.

"네."

박정민이 손짓하자 그녀가 경계심도 없이 내부로 들어선다. 오피스텔 안으로 들어온 그녀는 멀뚱멀뚱 내부를 구경하듯이 살펴본다. 박정민 또한 그런 그녀를 관찰하듯이 자세히 바라본다.

"이쪽에 앉으세요. 대출 심사는 모두 끝났어요. 2~3일 이내로 입금이 될 거예요. 오늘은 모바일 대출로 300 정도 나오고요."

정다운이라는 여성이 기쁜 표정을 지으며 고개를 끄덕인다.

"감사합니다."

"엄마랑 단둘이 산다고 그랬나요?"

"네."

"다른 가족이나 친척은 없고요?"

"맞아요."

"그런데 신기하네요."

"네? 뭐가요?"

"나는 영적인 존재이고 신과 연결이 되어 있어요. 그런데 당신도 저와 같은 것 같아요."

"네? 그게 무슨 말인가요?"

"다운 님도 저처럼 특별한 능력을 가지고 있다는 말이에요. 이것을 보세요."

그가 손으로 가리키는 곳을 쳐다보자 그곳에는 작은 테이블이 있었다. 테이블 위에는 접시와 작은 물컵이 있었다. 그런데 물컵이 허공에 저절로 두둥실 떠올랐다. 그 모습에 그녀가 놀라더니 신기한 표정을 지었다. 물컵은 천천히 박정민의 앞까지 와서 멈췄다. 이 모습을 그녀가 경이롭게 바라보았다. 물컵에 든 물을 마시며 그가 천천히 부드럽게 말한다.

"내 손짓으로 이 물컵을 움직였는데 당신도 이런 신적인 능력이 있어요."

"어떻게 그럴 수 있나요?"

"신의 능력을 빌려서 하는 거죠."

"저도 가능한가요?"

"물론이죠. 저를 전적으로 믿으세요. 제가 시키는 대로만 하면 신의 능력을 쓸 수가 있어요."

"신이라고요?"

"솔직히 말해 저는 얼마 전에 교도소에 있었어요. 교도관들이 제가 신과 연결된 사실을 알고 탈출시켜 주더군요. 바로 이런 기적을 보여 주었더니 말이죠."

그가 오른손 손바닥을 위로 올리자 이번에는 테이블 위에 있던 과도가 떠올라 그의 몸 주위를 맴돌았다. 과도는 천천히 그의 몸을 돌다가 그녀 쪽으로 날아갔다. 그녀의 두 눈이 커졌다. 이제 그녀는 그의 말을 무조건 믿겠다는 표정을 지었다.

"나는 위대해요. 당신도 그렇고요. 그런데 내가 믿는 신이 당신을 시험해 보고 싶어 하네요."

과도가 허공에 떠 있자 불안한 그녀가 떨리는 목소리로 박정민에게 물었다.

"어떻게 해야 하죠? 뭐든지 할게요. 칼을 내려 주세요."

그가 손을 내리자 과도가 천천히 내려왔다.

"당신은 엄마 때문에 모든 운이 막혀 있어요. 분노하셔요. 당신이 하는 일도 엄마 때문에 잘되고 있지 않은 거예요. 취업도 연애도 모두 잘 풀리지 않고 있어요. 그렇지 않나요?"

"맞아요."

"당신은 동화 속 왕자님 같은 좋은 배우자를 만날 수 있는 좋은 운을 가졌어요. 하지만 어머니가 그 운을 막고 있어요."

그녀가 매우 화난 표정을 지으며 말했다.

"그럼 어떻게 해야 하죠?"

"엄마를 혼내 줘야지요."

그녀가 주먹을 꽉 쥐며 말했다.

"알겠어요. 엄마를 혼내 주겠어요."

"가볍게 혼내는 게 아니에요. 피가 철철 흘러넘치게 혼내 줘야 해요. 신께 제물로 바치는 거 들어 보셨죠? 제물이 크면 클수록 돌아오는 보답은 더 크답니다."

그녀가 침을 꿀꺽 삼키고 고개를 끄덕였다.

"알겠어요. 방법을 알려 주세요."

"엄마의 피가 필요해요. 엄마가 피를 흘리고 쓰러지면 모든 것이 잘 풀릴 거예요."

그가 오른손 손바닥을 위로 올리자 다시 과도가 두둥실 떠오르면서 천천히 그녀 앞으로 날아왔다. 그녀는 과도가 점점 자신의 얼굴과 가까워지자 무서운지 고개를 옆으로 돌렸다. 이 모습을 박정민이 미소를 지으며 바라본다.

이지혜는 강철과 통화를 마치고 수사 회의 중에 나온 여러 가지 탈옥 시나리오를 생각해 보았다. 그중에는 박정민이 변장을 하여 탈출하는 시나리오도 있었다. 안경을 착용하거나 가발, 수염을 붙이는 정도로 말이다. 하지만 여자로 변장하는 시나리오는 없었다. 그가 워낙 흉악한 살인마이고 여자를 극도로 혐오하기에 설마 여자로 변할 거라고는 전혀 상상할 수가 없었다.

하지만 지금 생각해 보니 충분히 여자로 변장하여 수사망을 벗어날 것 같았다. 왜소한 키와 체격 때문에 여자 옷만 입으면 누구라도 그를 여자라고 판단할 게 분명하다.

그녀는 강철 형사가 말한 광고 회사에 전화를 했다. 그리고 택시 회사에 광고를 낸 사실을 확인한 이상 더는 지체할 수가 없었다.

박정민 검거를 위해 수사본부가 차려진 의왕경찰서에 연락했다. 이곳 수사본부에는 자신과 같은 프로파일러가 5명 이상 차출된 상태이다. 박정민이 검거되지 않아 프로파일러 인원을 더 늘린다고 했다.

인원이 늘어난 만큼 책임도 늘어나고 있었다. 그녀는 과거 박정민을 검거한 전례가 있는 만큼 다른 프로파일러들보다 심리적 압박감이 한층 컸다. 수사본부장의 전화번호를 확인하면서 전화가 연결되길 기다렸다.

- 총경 오준수입니다.

수사본부장이 의왕경찰서장이었다.

"서장님, 저 이지혜 프로파일러입니다."

- 불독?

"네, 맞아요."

본부장이 그녀의 별명까지 아는 사실은 그렇게 놀랍지도 않다. "한 번 물면 놓치지 않는다."라는 뜻의 불독. 여자에게 어울리지 않지만, 그녀는 이 별명을 자랑스러워했다.

- 어쩐 일인가?

"CCTV를 잘 보는 유능한 수사관 10명을 차출해서 파주경찰서로 보내 주세요. 급합니다."

- 혹시 파주에 핏불이 나타난 건가?

"네, 맞습니다."

- 오! 역시 핏불 잡는 데는 불독이 최고군. 지금 형사과장에게 연락해서 그곳으로 인원을 투입하도록 하지.

"네, 저도 지금 파주경찰서로 출발하겠습니다."

*

'딩동' 벨 소리에 그가 고개를 문으로 돌린다. 그가 의자에서 일어나 현관문 앞에 서서 작은 유리 구멍에 눈을 바짝 댄다. 그리고 누구인지 확인하고서야 문을 열었다.

"어서 와요."

30대 후반으로 보이는 여성이 등을 구부리며 그의 오피스텔로 들어왔다.

"준 돈으로 게임은 하셨어요?"

그녀가 고개를 천천히 끄덕였다.

"많이 따셨어요?"

그녀가 고개를 숙인다.

"다 잃으셨구나. 제가 말한 것은 실행하셨어요?"

그녀가 공허한 표정으로 그에게 말했다.

"지시한 대로 아이들을 씻기지 않고, 하루 한 끼만 먹였어요."

"인분은요?"

그녀가 부끄러운 표정을 지으며 고개를 끄덕였다.

"먹였어요."

"구우우웃! 매는 200대 이상 때렸나요?"

그녀의 표정이 갑자기 사나워지며 거칠게 말한다.

"선생님 말씀대로 했잖아요. 그런데 왜? 왜 자꾸 돈을 잃나요? 왜?"

"진정하세요. 저는 신과 교감을 하고 소통한다고 말했는데 믿지 않으시네요. 저는 신의 지시를 말했을 뿐이에요."

"하지만 돈을 잃고 있잖아요."

"신의 뜻이 저에게 들립니다. 잠시만요. 음."

박정민이 신들린 연기를 하며 몸을 흔들었다.

"저기를 보세요."

그가 손끝으로 한쪽 벽면을 가리키자 그녀가 그곳을 쳐다본다. 그의 손끝이 가리키는 곳에는 하얀 보드 판이 붙어 있었다. 하얀 보드 판에 검은색 글자가 하나씩 나타나기 시작한다.

[아]

[이]

[들]

[을]

[죽여]

그녀의 두 눈이 두려움에 흔들린다. 그런 모습을 보며 박정민이 실망하며 말한다.

"신의 뜻대로 움직이는데 뭐가 두려워요. 아이들이 부활할 텐데."

"어떻게요?"

박정민이 날이 날카로워 보이는 칼을 꺼내어 그녀의 손에 쥐여 주며 말한다.

"이 칼로 저를 찔러 보세요. 어서요."

그녀가 망설이자 그가 칼을 다시 빼앗아서 스스로 자신의 복부를 강하게 찔렀다. 고통스러운지 인상을 찌푸린다. 칼을 뽑자 붉은 피가 칼에서 뚝뚝 떨어진다. 다시 피가 묻은 칼로 자신의 손가락을 싹둑 자른다. 바닥에 그의 잘린 손가락 하나가 툭 하고 떨어지자, 보고 있던 그녀가 소스라치게 놀라 비명을 질렀다.

"아악!"

비명을 지르는 모습에 그가 당황하며 그녀를 안심시키려고 한다.

"놀라지 마세요. 저는 괜찮아요. 신이 보호하니까."

"손… 손가락."

박정민이 다섯 손가락을 활짝 펼쳐 보인다. 손가락이 모두 멀쩡하다.

"신이 저를 보호하고 있으니 걱정할 필요 없어요. 죽어도 다시 부활하는 것이죠. 예수처럼."

그녀가 두 눈을 크게 뜨고 그의 손가락들을 자세히 살펴보았다.

"그럼 우리 아이들도."

"맞아요. 당신의 믿음을 확인하려는 거죠. 신들은 항상 그래요."

그녀는 무언가에 홀린 듯이 멍한 표정을 짓다 점차 미소가 번진다.

*

〈커피나무〉 앞에 과학 수사라고 적혀 있는 승합차 여러 대가 도착했다. 이준우는 주변에 큰 사건이 터졌나 싶어 호기심에 창밖을 내다보았다. 자신의 매장과는 전혀 관계가 없을 거로만 생각했다. 그런데 흰색 방호복과 마스크를 착용하고 '과학 수사'라는 로고가 새겨진 조끼를 입은 경찰관들이 우르르 그의 매장 안으로 들어왔다. 그는 깜짝 놀라 소리쳤다.

"무슨 일이죠?"

이지혜는 놀란 표정을 짓는 그에게 다가가 부드럽게 말했다.

"서울시경에 근무하는 이지혜 수사관입니다. 혹시 이곳에 CCTV가 있나요?"

그가 당황하며 대답했다.

"있는데…. 저기요, 무슨 일 때문에 그러나요?"

"저희가 수사하는 범인이 며칠 전에 이곳에 다녀간 사실이 있습니다. 그래서 조사하고자 왔어요."

그녀는 확실하지 않지만 그렇게 말했다. 그녀는 파주에서 그의 흔적을 발견하고, 그 흔적을 찾아 지금 이곳까지 왔다. 이제 여기서 그의 흔적을 놓치면 더는 추격할 동력을 잃을지 모른다.

이준우는 스마트폰으로 커피숍과 연동된 CCTV 앱을 열고 그녀에게 보여 주며 말했다.

"언제를 알고 싶은 거예요?"

"제가 찾아볼게요. 금방 끝나요."

그가 고개를 끄덕이자, 그녀는 그의 핸드폰을 낚아채듯이 가져가더니 능숙하게 날짜와 시간을 검색했다. 커피숍까지 이어진 그의 동선에 날짜와 시간이라는 퍼즐을 끼웠다.

"시간이 오전…."

곧 여자로 변장한 박정민이 커피숍으로 들어오는 모습을 찾아내었다. 영상을 유심히 살펴보면서 그녀는 화가 났다. 탈주범이 버젓이 카페에서 차를 마시다니, 정말 간이 배 밖으로 나온 놈이다. 단순히 차를 먹고 싶어 이렇게 여유를 부리는 것은 아닐 것이다.

그녀의 예상대로 한 여성이 그를 찾아왔다. 그 여성은 충성을 맹세하는 것처럼 그의 앞에 무릎을 꿇었다. 그녀는 근처에 있던 과학 수사원들에게 소리쳤다.

"2층 세 번째 테이블에서 지문을 찾으세요."

그녀의 말에 과학 수사반원 몇 명이 2층으로 올라갔다. 비록 수일이 지나 버렸지만, 그녀는 수상한 여성의 지문과 그의 지문이 나오기를 기대했다.

그녀는 다시 CCTV 영상을 찬찬히 집중해 살펴보았다. 박정민 앞에 나타난 수상한 여성은 도대체 누구일까? 그녀 또한 과학수사반에서 근무한 경험이 있어서 수상한 여성의 지문이 나오지 않을 거라는 사실을 잘 알고 있다. 그래서 이지혜는 수상한 여성이 커피숍에 어떻게 들어오는지 입구 쪽 CCTV를 집중하여 보았다.

커피숍 입구에 택시가 멈추고 그 여성이 내리는 모습의 영상이 확인된다. 박정민을 추종하는 이 여성이 타고 온 택시의 동선을 파악하면 여성의 정보를 좀 더 얻을 것 같다.

핸드폰 화면을 손가락으로 좌우로 넓히자 택시 번호판이 크고 선명하게 드러났다. 그녀는 차 번호판을 수첩에 또박또박 적고 다시 번호를 확인했다. 그제야 그녀의 입에서 안도의 한숨이 뿜어져 나왔다.

"휴우."

이거 하나만으로도 이곳에 온 소기의 목적을 충분히 달성했다. 이제 이곳을 나가도 괜찮다는 생각마저 들었다. 이곳으로 들어오기 전보다 그녀의 얼굴이 한결 밝아졌고 눈에 생기가 돌았다. CCTV 전문가들이 상주하고 있으니 여성의 동선은 금방 파악될 것 같았다.

다음 수사 방향이 빠르게 그녀의 머릿속에 정리되었다. 추종자를 찾는다. 그리고 그와 연결 고리를 찾아서 검거할 것이다. 아니, 검거한다.

그녀는 생각한 바를 즉시 행동으로 옮겼다. 수사본부에 연락하여 차량 번호를 말하고 수배 요청을 했다. 곧 택시 기사기 니타났고 수상한 여성이 택시 요금을 카드로 결제한 사실도 드러났다. 이제 이 여성의 신원을 파악하는 것은 시간문제나 다름없었다.

*

　나는 사무실 책상 의자에 바르게 앉아 두 눈을 감았다. 두 눈을 지그시 감고 그녀에게 다시 편지를 전달할지 아니면 인연이 아니라고 생각하고 포기할지를 스스로 질문하고 해답을 찾고 있었다. 그냥 포기하는 것은 아무리 생각해도 아닌 것 같다.

　급한 사건도 없으니 마음이 자꾸 콩밭으로 간다. 매 순간 그녀에게 생각이 쏠린다. 어쩌면 편지를 전해 주지 않은 게 다행이다. 왜냐면 지난번 편지에는 내가 곧 형사과를 떠날 것처럼 적었기 때문이다. 편지를 다시 펼쳐서 읽어 보았다.

> 그대에게.
> 봄은 지나갔지만 내 마음에는 여전히 봄꽃이 가득 피어 있습니다.
> 중략....
> 나이는 35살이고 직업은 경찰이며 현재 서울중부서 형사과에서 근무하고 있습니다.
> 형사라서 일이 규칙적이지 않습니다.

　그 후 내용은 정말 직업에 대한 사명감이 없어 보인다. 여자들은 남자들이 자신이 하는 일에 열정적일 때 멋있게 보인다고 한다. 그러니 이렇게 보내는 것보다 수정하는 게 나을 것 같다. 나는 편지를 약간 손보았다.

하지만 저는 이 직업을 너무 자랑스럽게 생각하고 있습니다.

흉악범들을 제 손으로 검거할 때마다 말로 표현할 수 없는 보람을 느끼거든요.

힘든 업무 중에도 당신에 대한 생각과 만남을 늘 고대하고 있습니다.

만일 제가 운이 좋아서 당신과 만날 수 있다면 아마도 저는 세상을 다 가진 남자가 될 것입니다.

이 편지가 혹시 당신에게 부담을 주는 것은 아닌지 고민도 했지만 그래도 제 마음을 알려 드리고 싶어 이렇게 용기 내어서 글을 씁니다.

제 연락처는 010-2902-××××입니다.

혹시라도 저에게 관심이 있다면 전화 주세요.

이틀간 연락이 없다면 관심이 없는 줄로 알고 저는 2호선을 타지 않을 생각입니다.

당신을 열렬히 사모하는 한 남자로부터.

전보다 나은 것 같다.

그런데 그때 누군가가 나의 뒤통수를 때리며 한마디 한다.

"쓸데없는 생각 하지 말고, 일이나 해."

목소리만 들어도 누군지 알 수 있다. 나의 단짝 파트너 박 선배다.

거칠게 말했지만, 누구보다 나를 걱정하고 도움을 주는 파트너다. 내가 배우고 따라가고 싶은 베테랑 롤 모델. 선배는 건강을 완전히 회복하지 않았는데도 출근을 했다. 정말 정신력이 대단하다.

사무실에서 연애편지를 모두 작성하고 나니 점심시간이 되었다. 박 선배가 팀장에게 다가가 물었다.

"팀장님, 식사 어떻게 하실까요?"

"응, 너희끼리 먹어. 난 약속이 있어."

이 말을 하고 팀장은 자리에서 일어나 사무실 밖으로 나갔다. 그러자 부팀장이 나에게 물었다.

"야, 수사비 남은 거 있냐?"

"네, 있습니다."

"그래, 그럼 그거로 국밥이나 먹을까?"

"네, 알겠습니다. 가서 먹을까요? 시킬까요?"

박 선배는 국밥이 별로인지 부팀장에게 말했다.

"형, 오늘은 짱깨 어때?"

"짱깨? 난 별로인데. 아니다. 박 형사가 몸도 안 좋은데 출근했으니까 그냥 짱깨로 시키자. 철아!"

"네, 부팀장님."

"짱깨로 하고 난 삼선짬뽕으로."

"알겠습니다."

"난 간짜장 곱빼기."

나는 팀원들이 주문한 메뉴를 적어서 늘 배달시키던 중국집에 연락했다. 주문한 지 10분 만에 음식들이 총알같이 배달되었다. 나와 김민수가 재빨리 테이블 위에 신문지를 깔고 배달 온 음식들을 놓았다.

세팅이 끝나자, 부팀장과 박 선배가 자리에 앉아 나무젓가락을 벌렸다. 나 역시 간짜장을 비비기 위해 나무젓가락을 들었다. 그리고 면과 검은 간짜장 양념들을 비비려는 순간이었다.

– 기동. 기동 하나.

일순간 시간이 멈추듯이 우리의 동작이 멈추었다. 그리고 모두의 표정이 짜증으로 변했다.

– 기동. 기동 하나.

나는 재빨리 무전기로 달려가 대답했다.

"여기 기동."

– 기동 하나, 1229번 코드 제로 출동.

"1229번 코드 제로 알겠다."

코드 제로는 가장 긴급한 신고다. 112 신고가 들어오면 사건의 경중에 따라 CODE0, CODE1, CODE2, CODE3으로 분류한다. 모두 '코드 제로'라는 말에 들었던 수저와 젓가락을 내려놓고 무슨 신고인지 내용을 살펴보기 위해 컴퓨터 모니터로 뛰어갔다.

[신고 내용/사람이 죽은 것 같아요./CODE0/]

내용을 확인하고 모두 테이블로 달려갔다. 그리고 나는 간짜장을 정말 5초 만에 입에 집어넣었다. 마치 국물을 마시는 것처럼 입 안에 후루룩 욱여넣었다. 어쩌면 저녁까지 식사를 거를 수 있기 때문이다.

하지만 짬뽕을 시킨 부팀장은 한 젓가락질 하더니 입맛을 잃은 표정으로 소리쳤다.

"야! 뭐 해? 빨리 튀어 나가야지."

*

현장에 도착하니, 매우 끔찍한 모습이 우리를 반갑게 기다리고 있었다. 살인 사건 현장은 서울 중구 신당동에 위치한 작은 구멍가게로 지하철역 200m 거리에 있어 유동 인구가 있는 편이었다.

상점이 왕복 8차선 도로변에 있는 데다 건너편에 대형 마트가 있고 차량 통행이 빈번하여 범인을 곧 잡을 수 있을 것 같아 보였다. 일단 현장은 이렇다.

음료수나 담배 같은 간단한 물품만 파는 영세 상점.
가게 내부는 2평 정도로 안쪽에 방과 주방 시설이 딸린 주거 형태.
상점 내부에 냉장고와 진열대가 들어차 있어 공간 자체가 협소.
사체 최초 발견자는 미용 재료상을 운영하는 이웃집 박영희(59세, 여) 씨.

현장 상황을 대충 파악한 후 최초 목격자와 신고자를 찾아보았다. 박영희라는 최초 목격자는 아직도 놀랐는지 손과 몸을 떨고 있었다. 팀장이 그녀의 마음을 안정시키며 차분히 질문을 건넸다.

"처음에 갔을 때, 당시 상황 좀 말씀해 주시겠어요."

박영희가 잠시 긴 한숨을 푹 쉬더니 입을 열었다.

"10시 5분쯤에 가게에 갔을 때 문이 잠겨 있었어요. 이상하다는 생각을 하고 잠깐 어디를 갔나 싶었죠. 그래서 10분 뒤에 다시 방문했는데, 그때는 문이 열려 있더라고요."

"그래서요."

"그래서 안으로 들어가 봤더니 구멍가게 창고 앞에 언니가 엎어져 있고, 머리 주변에 핏물이 고여 있어 그대로 뛰쳐나왔죠. 그리고 곧바로 112에 신고를 한 거구요."

범인은 75세인 피해자의 머리를 둔기로 공격했다. 팀장이 수첩에 그녀의 말들을 적으며 다시 질문을 던졌다.

"왜 10시에 찾아간 거죠?"

"유선방송사 A/S 직원이 할머니와 연락이 안 된다며 저를 찾아왔어요. 그 남자분이 그러더라고요. 오전 9시 30분에 약속을 잡아서 왔는데 문도 잠겨 있고, 연락도 안 된다고요. 그래서 이상하더라고요."

"뭐가 이상한 거죠."

"언니가 만일 잠깐 가게를 비운 거라면 저에게 가게를 봐 달라고 부탁했을 건데 그러지 않았거든요. 그래서 저도 서비스 직원처럼 언니에게 전화를 해 봤지만 휴대폰도 받지 않아서 가게로 직접 찾아간 거예요."

최초 사체를 발견한 이웃집 여인의 말은 충분히 들었다. 이제 현장을 좀 더 세밀하게 여러 각도로 살펴보았다.

살인 현장은 불특정 다수를 상대로 물건을 파는 작은 상점.
그렇기에 출입문이 항시 열려 있다.
출입문을 보니 시정 장치에 훼손 흔적이 없다.
강제로 침입하지 않은 것이다.

출입문을 살펴보던 팀장이 팀원들에게 말했다.

"A/S 직원이 방문했을 때 문이 잠겨 있던 것으로 보아 범인이 문을 잠그고 범행을 한 게 분명해. 감식 요원에게 출입문 잠금장치 쪽에 좀 더 신경을 써서 지문을 채취해 달라고 해."

나는 즉시 대답했다.

"네, 팀장님."

팀장님 지시대로 주변에 있던 감식 요원들에게 팀장의 말을 전하고 다시 현장 내부를 면밀하게 살펴보았다.

가게의 내부 구조는 출입문에서 들어서면 왼편에 음료수용 작은 냉장고가 있고, 전면에 아이스크림 냉장고와 껌 진열대가, 출입문 오른편에 담배 진열장 2개가 'ㄱ' 자로 놓여 있었다. 담배 진열장 밑에는 금고와 플라스틱 서랍장이 놓여 있었고 진열장 뒤로 협소한 작은 빈 공간이 보였다.

박 선배가 담배 진열장을 보며 말했다.

"이 담배 진열장이 일종의 칸막이 역할을 했네요. 이 뒤편에 사람 한 명이 앉을 작은 공간이 생기게. 가게 주인이 이곳에 앉아 손님이 고른 물건을 계산해 주었나 봐요."

팀장도 희생자가 앉았을 장소를 살펴보더니 그 뒤편으로 시선을 돌리며 말했다.

"이 널빤지 의자 뒤로 희생자가 사용하는 장소가 이어지네. 창고, 화장실, 주방 등 말이야."

혈흔이 계산대에서부터 시작하여 창고로 이어지고 있었다. 이 혈흔을 따라 가게 안으로 들어가니 희생자의 모습이 보였다. 희생자는 검은색 상의에 줄무늬 검은색 바지 차림이었고, 바지는 약간 내려가서 빨간 팬티가 보였다.

옷을 벗기려던 흔적은 없고, 강제로 옷을 잡아서 끌고 갔는지 바닥에 핏자국이 일직선으로 쭉 이어져 있었다. 비록 옷을 강제로 벗기려한 흔적이 없다고 하지만 성관계가 있었는지 조사해야 한다. 질액에서 피의자의 유전자가 발견될 수도 있기 때문이다. 그러나 범인의 흔적과 작은 실수를 찾기 위해서 여기저기 살펴보았지만, 피해자의 흔적만 나올 뿐이었다.

팀장이 나를 보며 말했다.

"감식 요원에게 피해자 손톱 안 좀 잘 살펴보라고 해."

당연히 살펴볼 것을 굳이 말을 꺼내신다. 하지만 나는 얼른 대답했다.

"네, 팀장님."

간혹 피해자들이 방어하는 과정에서 피해자의 손톱 속에 범인의 유전자가 낄 수 있다. 정말 그런 경우가 많다. 계산대에 피해자의 혈흔이 많은 것을 보면 피해자가 앉아 있을 때 공격한 것을 짐작할 수 있다.

나와 팀원들은 대충 현장을 살펴보고 밖으로 나왔다. 감식 요원들이 지문이나 피의자의 DNA를 건지기를 바랐다.

팀장은 나에게 A/S 직원을 만나라고 지시했다. 이제부터 본격적인 수사가 시작되었다.

나는 이웃 가게인 미용 재료상에 들어갔다. 박영희는 59살인데도 관리를 잘해서인지 전혀 그 나이로 보이지 않았다.

"저, 오전에 찾아왔다던 A/S 직원 연락처를 알 수 있나요?"

"잠깐만요."

그녀가 유선방송회사 연락처를 찾아 나에게 알려 주었다. 아마 만나도 그녀가 했던 이야기가 전부일 것이다. 그래도 작은 단서라도 찾기 위해 만나 봐야 한다.

연락처를 받고 나는 그 A/S 직원과 통화를 했다.

"여보세요. 선생님, 저는 서울중부서 형사과에 근무하는 강철 수사관입니다."

- 네.

"오늘 아침에 김영숙 씨와 A/S를 약속하셨죠?"

- 네, 맞습니다.

"그분이 사고를 당하셨어요."

- 네? 무슨 사고를?

목소리가 약간 떨리는 것이 그가 당황하는 게 느껴진다. 그에게 너무 자세히 말해 줄 필요는 없다.

"구멍가게에 강도가 들어왔어요. 그 일 때문에 그러는데 잠시 통화 괜찮나요?"

- 네, 괜찮습니다.

"처음에 왔을 때 가게가 어떠했나요?"

- 불이 모두 꺼져 있고, 문이 잠겨 있었어요.

"그리고요."

- 저는 문도 두드리고 혹시 안에 있을까 봐 잠시 서서 가게 안을 보려고 시도해 봤는데 어두워서 아무것도 보이지 않더라고요. 그래서 전화도 하고 옆집에 도움을 요청했어요.

"이 말들을 진술로 남겨야 하는데, 혹시 오늘 시간 되시면 중부경찰서로 출석할 수 있을까요?"

- 꼭 나가야 하나요?

"물론이죠. 그래야 선생님에 대한 혐의를 벗을 수 있습니다."

- 지금 가도 되나요?

"네, 저도 구멍가게인데 지금 바로 사무실로 가겠습니다. 오셔서 강력 1팀 강철 수사관을 찾으시면 됩니다."

팀장과 팀원들은 현장 주변 CCTV를 살펴보고 있었다. 나는 팀장에게 서비스 직원을 만나 조사하겠다고 말하고 사무실로 혼자 복귀했다.

사무실로 돌아오면서 생각해 보니, 이 사건은 너무 쉽게 풀릴 것 같았다. 주변에 상가가 즐비하고 유동 인구가 많으니 범인이 투명 인간이 아닌 이상 벗어나 보이기 힘들어서다.

저녁 무렵 과학수사반에서 연락이 왔다. 지문이 나오지 않았다는 것이다. 감식반의 이야기는 이렇다.

범인은 구멍가게에 와서 컵라면을 사는 척하고 피해자가 방심한 틈을 타서 공격한 후 계산대에서 돈을 꺼내기 위해 피해자의 몸을 창고 쪽으로 끌고 갔다. 그리고 피해자의 바지가 약간 내려가 있기는 했지만, 성폭행은 당하지 않았다. 바닥에 떨어진 컵라면과 계산대, 출입문 등을 모두 지문 감식했지만 범인의 지문은 나오지 않았다.

팀장이 그 이야기를 듣고 감식반 팀장에게 전화를 걸었다.

"아니, 지문이 안 나왔다는 게 사실입니까?"

- 네, 사실입니다.

"어떻게 그럴 수가 있죠?"

- 범인이 계획적으로 작정하고 들어간 거 같습니다. 그러니까 처음부터 손에 장갑을 끼고 가게에 들어간 거죠.

"피해자 상처는 살펴봤나요?"

- 네, 가게가 협소해서 넓은 곳으로 이동시켜 상흔을 살펴보았습니다. 변사자는 156cm의 키에 약간 살이 찐 체형으로 특정할 만한 상흔은 없고, 예상대로 방어흔도 없었어요. 모든 상처는 머리에 집중되었고, 후두부와 측두부에 찢긴 상처가 5개소에 길이 4.5~7cm였어요. 둔기에 의해 찢긴 상처의 전형적 소견인 가교상 조직(架橋狀 組織, 가로지른 조직)입니다. 또 뒷머리뼈에는 함몰이 동반된 복합 골절이 보였어요.

"사진 보내 주세요."

- 물론이죠.

"다른 것은 파악된 거 없나요?"

- 범인의 신발 자국이 있어 조사 중입니다. 기대는 안 하지만 그래도 피해자의 손톱을 DNA 채취하기 위해 국과수에 감정을 의뢰했습니다.

"잘 알겠습니다. 결과 나오면 알려 주세요."

과학수사반은 과학수사반대로 수사를 하고 우리는 우리대로 주변 CCTV와 목격자를 찾는 데 주력했다.

"사건 발생 시간은 9시에서 10시 사이가 유력하다."

"범인이 그 시간에 들어간 모습만 찾으면 되겠네요."

"그렇지. 자, 범인의 동선을 찾아 움직여."

"네, 팀장님."

나와 박 선배는 현장 주변을 돌며 CCTV와 목격자를 찾기 위해 탐문 수사를 벌였다. 하지만 아무리 돌아다녀도 범인의 모습은 보이지 않았다. 왜냐면 주변 상가들 대부분이 CCTV 카메라가 진짜가 아닌 모형을 달았고, 대로변이다 보니 방범용 CCTV도 설치되어 있지 않았기 때문이다. 누가 어두운 골목길도 아니고 큰 도로 옆에서 이런 사건이 발생할 줄 알고 비용이 많이 드는 방범용 CCTV를 설치하겠는가.

처음 생각과 다르게 사건이 진행되니 나뿐 아니라 모두가 점점 초조해지기 시작했다. 그때 박 선배가 한 가지 의견을 제안했다.

"아침에 이곳으로 지나가는 버스들 상대로 블랙박스 영상을 살펴보죠."

좋은 생각이다. 팀원들은 재빨리 이곳을 지나가는 버스 노선을 파악하고 버스 회사를 상대로 협조 공문을 보냈다.

다음 날 버스 회사들을 돌면서 278개의 버스 블랙박스를 확보했다. 모두가 사무실에 앉아 블랙박스를 보며 범인을 찾는 놀이에 푹 빠져 있었다. 팀장이 답답한지 과학수사반에 전화하여 닦달을 했다.

"뭐 나온 것은 없나요?"

- 저희도 긴급으로 알아보고는 있습니다.

"족적은 어떻게 되었어요?

- 족적흔으로 자료 보관된 신발 상표 등을 알아봤는데 일치하는 상품이 없어요. 아마도 중국에서 만든 싸구려 신발 같아요.

요즘은 어떤 신발이라도 경찰과 국과수에서 전부 상품 등록을 하여 족적이 발견되면 제품이 뭔지 확인할 수 있다. 하지만 간혹 중국에서 다량으로 만든 싸구려 신발일 경우에는 찾기 어렵다.

- 그래도 DNA….

팀장이 과학수사반 요원과 한참 통화를 마치더니 블랙박스를 뚫어지게 살펴보는 우리에게 말했다.

"범인은 현장에 침입한 후 현관문을 잠그고, 이내 불을 꺼서 가게 안에 아무도 없는 것처럼 만들어 버렸어. 범인이 불을 끈 흔적은 다른 곳에도 남아 있었대. 바로 냉장고 위 형광등이야. 거기에서 장갑흔과 혈흔이 발견되었다고 하더라고."

주도면밀한 새끼다.

"과수반이 처음에는 전기 작업 중에 사건이 발생한 가능성에 대해서도 생각했다고 하더라고. 냉장고 위 형광등 스위치를 켜도 불이 안 들어와서. 범인은 형광등을 갓에서 분리시켜 빼놓은 거야."

부팀장이 의견을 제시했다.

"다른 손님이 들어오지 않도록 불도 *끄고* 문도 잠갔네요. 성폭행은 하지 않았나요?"

"그것도 조사했는데 성폭행 흔적은 나오지 않았다고 하더라고. 단지 피해자를 창고로 끌고 가면서 피해자의 바지가 아래로 내려간 거뿐이야. 다들 모여 봐."

팀장은 모두 가까이 모이게 했다. 그리고 과학수사반에서 받은 보고서를 펼쳐 놓고 회의를 했다. 비록 모두 알고 있는 사실이지만 과학수사반의 보고서를 다시 한번 찬찬히 살펴보았다.

- 가게에 들어왔을 때 계산대 바닥에 컵라면 3개가 떨어져 있었음.
- 다른 물품이 떨어진 흔적은 없는 상태.
- 범인이 손님으로 가장 후 기습 공격한 것으로 유추.
- 혈흔이 계산대에서부터 시작.
- 2단 서랍장 옆 TV 진열장 옆면에 비산된 혈흔이 있음.
- 계산대에는 현금과 동전이 없어 범인이 가져간 것으로 추정.
- 혈흔의 최고 높이, 바닥에서 약 100cm.
- 형태는 한 물체에서 다른 물체로 혈액이 전이되어 생긴 '문지름 혈흔'.
- 혈흔 형태가 횡적 움직임이 있고 가장자리를 따라 깃털 모양이 혼합되어 연결됨.
- 바닥과 널빤지 의자에는 낙하 혈흔이 있음.

보고서와 현장 사진을 보는 팀원들에게 팀장이 말했다.

"피해자 머리 주변에만 혈흔이 상당량 고여 있어. 계산대에 비산된 혈흔의 높이가 낮은 것으로 보아 범인이 앉아 있는 피해자의 머리를 범구로 내려친 게 분명해. 이 과정에서 피해자가 벽에 부딪히며 주저앉았고 머리의 혈흔이 벽면에 전이돼 문지름 혈흔이 남은 것으로 보인다. 이 깃털 모양 혈흔은 머리카락이 움직일 때 나는 자국이야."

현장 사진을 수없이 보고 또 봤다. 피해자의 머리가 깨진 모습도 보고 또 봤다. 하도 봐서인지 검은 마스크를 쓴 범인이 피해자를 공격하는 모습까지도 연상이 되었다. 어서 빨리 이 잔인무도한 범인을 잡아야겠다는 생각만 들었다.

나는 종일 커피를 마시며 버스 블랙박스를 눈깔이 빠지게 보고 또 보았다. 일회용 커피 10잔으로 배를 채우려고 하는 시점에 피해자의 가게에서 나오는 범인의 모습을 찾았다. 나는 블랙박스 화면을 멈추고

소리쳤다.

"찾았습니다!"

"오, 철이."

"역시 우리 철이밖에 없어."

팀원들이 한껏 기대하고 내 자리에 왔다. 영상이 너무 흐릿하게 나와 범인의 얼굴을 알기는 힘들었다. 하지만 범인의 키가 168~170cm 정도라는 사실과 다부진 체격에 공사장에서 일하는 옷차림으로 검은 모자를 쓴 정도만 파악할 수 있었다.

나는 이 영상을 캡처하여 경찰 내부 공조 수사 게시판에 강도 살인범의 사진을 올려 두고 수배했다. 팀원들은 범인의 모습이 담긴 사진을 들고 현장에 나가 목격자를 찾는 수사를 다시 시작했다.

금방이라도 잡힐 것 같던 범인은 처음 생각과 다르게 사건 발생 3일이 지나도록 행방이 묘연했다. 우리는 밤낮으로 뛰어다니며 탐문 수사를 했지만 별다른 진척이 없었다.

그 와중에 타 관내에서 이와 유사한 강도 살인 사건이 발생했다. 24시 국밥집에서 일어난 살인 사건인데 피해자의 목을 칼로 찔러 살해하고 계산대에서 돈을 빼 갔다.

그리고 결정적으로 그곳에서 발견된 족적이 구멍가게에서 발견된 범인의 족적흔과 일치했다. 팀장은 영등포서에서 발생한 살인 사건에 대해서 자료를 받아 오라고 나에게 지시를 내렸다.

"철, 영등포 경찰서에 협조 공문 보내서 국밥집 살인 사건 현장 자료 좀 달라고 해."

"네, 알겠습니다."

팀장 옆에 있던 부팀장이 팀장에게 나직하게 말했다.

"이거 아무래도 전과자 같은데요. 최근에 출소한 전과자들 조져 봐야 할 것 같습니다."

팀장이 고개를 끄덕이며 말했다.

"그래. 그런 것도 같아. 민수!"

또 다른 블랙박스 영상을 찾기 위해 컴퓨터 모니터를 뚫어지게 쳐다보던 김민수가 지친 표정으로 대답했다.

"네."

"너는 법무부에 공문 띄워서 최근 출소한 전과자 명단을 파악해 봐."

"네, 팀장님."

두 가지 지시를 내리고도 마음이 답답한지 팀장이 자리에 앉아 어딘가에 전화를 한다.

"뭐 나온 거 없나요? 지난번에 DNA가 어쩌고 했잖아요."

과학수사반을 닦달하는 모습이다. 나는 팀장의 지시대로 공문을 만들고 영등포서로 달려갔다. 가는 동안 지친 몸을 추스르며 잠시 생각에 잠겼다.

아무래도 우리 형사는 무(無)에서 유(有)를 창조하는 것 같다는 생각이 들었다. 아무것도 자랄 수 없는 황무지에 새싹을 키워 내듯이, 범인 잡는 방법이 막히면 그것을 뚫이 내려고 하나둘 해결책을 꺼낸다.

비상하다. 형사들은 정말 비상해.

몸은 피곤했지만 순간 묘한 쾌감을 느꼈다. 시내버스 블랙박스에서 범인의 모습을 발견했을 때는 정말 포커 판에서 로열 스트레이트를 잡은 것처럼 엔도르핀이 치솟았다.

영등포 경찰서로 가려고 지하철을 타니 그녀가 매우 그리웠다. 아련해지는 마음에 항상 품에 넣어서 가지고 다니던 구겨진 편지를 꺼내 읽어 보았다.

이름 모를....
중략....
하지만 저는 이 직업을 너무 자랑스럽게 생각하고 있습니다.
흉악범들을 제 손으로 검거할 때마다 말로 표현할 수 없는 보람을 느끼거든요.

이 사이에 방금 내가 깨달은 생각을 정리해 적어야겠다. 다시 수정하여 편지를 쓰면 대충 이런 내용이 되겠지.

형사는 무에서 유를 창조하는 것 같습니다.
아무리 잡을 수 없을 것 같은 완전 범죄를 꿈꾸는 범인도 형사들은 꼭 잡고 맙니다.
마치 도깨비방망이로 "금 나와라 뚝딱!" 하면 금이 나오는 것처럼 형사들은 방법을 찾아내고야 말지요.
그래서 저는 이 직업을 매우 자랑스럽게 생각하고 긍지를 가지고 일합니다.

힘든 업무 중에도 당신에 대한 생각과 만남을 늘 고대하고 있습니다.

중략....

당신을 열렬히 사모하는 한 남자로부터.

나는 철 지난 유행가인 〈한 남자〉라는 노래를 흥얼거렸다.

"한 남자가 있어~ 너를 너무 사랑한~ 한 남자가 있어~ 사랑해 말도 못 하는~ 네 곁에 손 내밀면 꼭 닿을 거리에."

노래를 괜히 불렀나 보다. 눈가가 촉촉해지고 시야가 흐릿해진다.

*

박정민을 검거하기 위해 만들어진 수사본부.

특별 수사팀은 수상한 여성의 이름이 김정미이고 그녀가 파주에서 발생한 살인 사건 성형 병원에서 간호사로 일한 사실도 알아냈다. 특별 수사팀은 그녀가 사는 원룸으로 출동했다. 하지만 김정미라는 여성은 행방불명된 상태로 소재가 묘연했다.

김정미의 가족들은 그녀가 외국에 나간 줄로 알고 있었다. 이지혜는 그녀가 사는 원룸이 깨끗하지만 느낌이 안 좋아 감식을 요청했다. 과학수사반은 김정미의 원룸에서 다량의 혈흔을 곳곳에서 발견했다. 시체를 토막 내고 하나하나 분리해서 처리한 것 같다는 과학수사반의 결과가 이틀 후에 나왔다. 그 결과가 나오기 전 특별수사팀은 원룸에서 김정미와 함께 거주한 박정민의 뒤를 쫓았다.

모두의 예상과 다르게 박정민은 서울 한복판에 오피스텔을 얻어 불법으로 대부업소를 운영하고 있었다. 상상도 못 한 그의 행적에 모두가 놀라워했다. 등잔 밑이 어둡다고는 하지만 수배 중인 그가 인구 밀도가 가장 높은 서울에 있을 거라고는 그 누구도 예상하지 못한 것이다.

이지혜는 그의 오피스텔 문을 따고 들어간 순간 아차! 하는 느낌을 받았다. 널브러진 가구와 책상, 의자. 그리고 모든 흔적을 지운 모습이 눈에 들어왔다.

"한발 늦었어요. 오우, 쉣!"

화가 난 그녀가 그의 사무실 구석에 있던 휴지통을 발로 걷어찼다. 휴지통 안에 있던 내용물들이 바닥에 어지럽게 흩어졌지만, 분이 좀체 풀리지 않았다.

잠시 뒤, 마음을 진정한 그녀가 휴지통 안에서 쏟아진 폐기물들을 눈여겨 살펴보았다. 휴지들 사이로 작은 메모지가 눈에 들어왔다.

이지혜는 재빨리 니트릴 장갑을 꺼내 착용했다. 메모지를 집어 자세히 살펴보니 여러 개의 전화번호가 적혀 있었다.

'이 연락처는 무엇을 의미하는 것일까?'

그녀는 전화번호의 주인들을 찾아 박정민과의 연결 고리를 이어 갈 생각을 했다. 어쩌면 이 번호를 통해서 검거할 수도 있겠다는 희망이 생겼다.

*

영등포 경찰서에 도착하여 그곳 분위기를 살펴보았다. 형사들이 모두 출근했는지 북적북적하는 게 우리와 다르지 않다. 영등포 형사지원팀 서무를 찾아 이곳에 온 목적을 말하자, 그가 형사과로 연락을 했다. 곧 젊은 형사 한 명이 나에게 노란 대봉투를 건네주며 말했다.

"이번 강도 살인 사건 보고서들입니다. 보시고 참고하세요."

"저 혹시 범인의 윤곽이 나왔나요?"

"보고서를 보세요. 저는 바빠서."

정말 바빠 보인다. 나는 그가 건네준 서류를 챙겨 조금도 지체하지 않고 사무실로 돌아왔다. 그리고 우리 모두 그 보고서를 찬찬히 살펴보았다. 저마다 매의 눈으로 혹시 우리가 놓친 단서를 찾을 수 있을까 예의 주시했다. 사건 현장은 이렇다.

- ‣ 이면 도로에 위치한 24시간 국밥집.
- ‣ 전경 외부의 벽이 통유리창으로 되어 내부를 볼 수 있는 개방형 구조.
- ‣ 2층짜리 가건물로 1층은 국밥집, 2층은 살림집.
- ‣ 건물 뒤편에는 콘크리트 담과 시정된 철문이 있는 마당이 있음.
- ‣ 사체는 붉은색 티셔츠에 청바지 차림.
- ‣ 파란색 긴 앞치마를 두른 상태.
- ‣ 양말은 신고 있었으며 앞치마나 옷에 혈흔이 묻지는 않음.
- ‣ 자연스러운 착의와 몸 상태로 볼 때 성폭행 등은 없는 것으로 추징.

팀장이 현장 사진을 보며 말했다.

"피해자가 누워 있을 때 기습 공격을 한 것 같은데."

부팀장도 팀장의 말에 동의하는 듯 말했다.

"주변이 너무 깨끗하고 피해자의 모습도 방어 흔적이 없네요. 팀장님 말씀처럼 갑자기 와서 공격한 것 같습니다. 지난번 우리 사건처럼."

우리는 현장을 본 후 사건 보고서를 읽어 보았다. 사건 보고서는 이렇다.

> - 최초 피해자를 발견한 시간은 06시경.
> - 목격자는 새벽에 해장하기 위해 국밥집에 들어선 두 명의 손님.
> - 두 사람은 종업원이 잠시 자리를 비웠다고 생각하고 자리에 앉아 있었음.
> - 하지만 기다려도 나타나지 않아 종업원을 부름.
> - 좀 이상하다고 생각해 주방 쪽을 기웃거리고 그러다 방처럼 되어 있는 룸 안에서 쓰러진 사람을 발견.
> - 언뜻 보기에 종업원은 이불을 덮고 잠시 잠든 것처럼 보임.
> - 그래서 깨우려다 피가 흥건히 고여 있는 모습을 보고 놀라 신고.

그 후 현장을 감식한 과학수사반 보고서를 살펴보았다.

- 강도 살인으로 보고 현장 감식을 시작함.
- 우선 현장은 크게 두 곳이 중요한 지점으로 표시됨.
- 한 곳은 국밥을 먹고 치우지 않은 탁자, 나머지 한 곳은 피해자가 사망한 지점.
- 홀 안의 다른 탁자를 보면 모두 치워져 깨끗하고 한 자리만 흔적이 남은 상태.
- 흔적으로 보아 용의자가 밥을 먹고 간 것으로 보임.
- 테이블에 당연히 있어야 할 밥그릇, 숟가락, 젓가락, 소주병, 소주잔 등이 없음.
- 담뱃재가 밥그릇에 떨어진 것으로 봐서 용의자는 현장에서 담배를 피웠지만 담배꽁초는 현장에 없음.
- 지문이나 DNA를 염려한 범인이 자신의 흔적을 지운 흔적이 있음.
- 탁자, 의자, 수저통, 남겨 놓은 그릇 등에서 지문을 채취했지만 발견 못함.
- 계산대 금고에 돈이 없는 것으로 보아 용의자가 가지고 간 것으로 추정됨.
- 피해자 경부에는 2개의 자창이 있음.
- 범인이 누워 있는 피해자의 목을 주방에 있던 칼로 찌름.
- 현재 먹다 남긴 반찬과 생선 가시를 찾아내 DNA 의뢰한 상태.

여기까지가 과학수사반의 보고서 전부였다. 우리도 과학수사반의 DNA 결과를 기다리고 있는데 영등포 형사들도 마찬가지인 모양이다. 일단 결과를 기다리는 동안 김민수 형사가 최근 교도소를 출소한 전과자를 하나씩 조사하기로 했다.

서울에 거주하고 강도, 절도 전과가 있는 전과자를 추려 보니 42명 정도 되었다. 팀장은 이들을 알맞게 배분하여 팀원들에게 나누어 주었다.

분배가 끝나자 우리는 곧장 그들의 행적을 수사했다. 박 선배와 나는 분배받은 전과자들의 통신 수사부터 시작했다. 요즘 핸드폰을 쓰지 않는 사람이 없으니 전과자들의 핸드폰 번호만 알면 금방 소재를 파악할 수 있다.

전과자의 주민 등록 번호를 각 통신사에 보내고 협조 공문을 보냈다. 공문을 만들고 보내는 것은 간단하지만, 결재 라인이 문제다. 팀장, 과장, 서장까지 결재를 올리는데 그중 한 사람이라도 자리를 비우면 결재가 될 때까지 멍때리고 있어야 한다.

하지만 상황이 급박한지라 결재권자들은 우리가 공문을 올리면 바로바로 칼같이 결재해 주었다. 각 통신사로부터 회신이 바로 도착했다. 핸드폰 번호를 알자마자 전화를 걸어 사건 당일의 행적을 캐어 물어보았다.

대답을 제대로 못 하고 어물쩍 넘어가려고 하거나 연락이 안 되는 인물들은 직접 찾아가서 만났다. 찾아갔는데 못 만날 경우에는 전과자가 돌아올 때까지 근처에서 잠복하기도 했다. 혹시 범인일 수도 있기에 잠복은 눈치채지 못하게 은밀하게 진행했다. 전과자들이 한 사람 한 사람 알리바이를 입증하고 혐의에서 벗어날 때마다 그만큼 수사하는 형사들은 마음이 조급해지기 시작했다.

박 선배와 나는 핸드폰도 없는 최근 출소한 강용희의 주소지에 찾아갔다. 강용희가 어떤 인물인지 설명해 주는 그의 전과 기록을 살펴보았다. 전과 기록만 A4 용지 5장이었으며 절도와 강도 전과만 무려 30회가 넘었다. 살인 빼고 온갖 범죄를 다 저지른 흉악범인데 특이하게 강도 살인 미수가 두 개 있었다.

강용희가 사는 고시원은 겨우 한 평 남짓했다. 밤 12시가 다 된 늦은 시간에 방문했는데 그는 없었다. 잠복할지 고민하다 복귀하기로 했다. 사무실로 돌아와 잠깐 잠을 자고 다음 날 아침 6시에 그의 주소지에 제일 먼저 찾아갔다.

그는 어젯밤에 들어오지 않았는지 방문이 굳게 잠겨 있는 모습 그대로였고, 전혀 인기척이 없었다. 그리고 그날 오후 4시경에 박 선배와 다시 방문했다. 이곳에 벌써 세 번 방문하니 슬슬 짜증이 나기 시작했다.

그의 방문은 여전히 잠겨 있었고 출입 흔적이나 생활 반응이 없었다. 고시원 주인 말로는 언제 돌아올지 자신도 알 수 없다고 했다. 나는 궁금한 것을 주인에게 물어보았다.

"아니, 월세는 받아야 할 거 아니에요. 그런데 언제 올지 모르면 어떻게 받아요?"

"여기 밥통 안에 항상 때 되면 돈을 넣어 둬."

"밥통을 누가 열고 돈을 빼 가면 어쩌려고 그래요."

"에이, 누가 밥통에 돈 들어 있는 줄 알고. 그리고 딱 돈 넣어 두는 날짜가 있어서 염려 안 해."

70대 후반의 집주인은 아주 태평스럽게 말했다. 사람을 마냥 믿는 그런 모습이다. 깅용희가 어떤 인물인지 전혀 모르니 그럴 수도 있겠지.

"아니, 그 사람이 돈 안 내고 튈 수 있잖아요. 그런 것은 생각 안 해 봤어요?"

"월세도 못 내고 도망가면 불쌍한 사람이구나 하고 말아야지, 뭘 더 생각해."

"진짜 어디 갔는지 모르세요?"

몸이 피곤하니 마음도 지쳐 버려 말투가 짜증스럽게 튀어 나가 버렸다.

"모른다고. 아이 씨, 경찰관이면 다야? 어서 나가. 소금을 확 뿌려 버리려니까."

내가 괜히 짜증을 내서 집주인에게 면박을 받고 박 선배와 고시원에서 쫓겨났다. 그 후로 집주인은 우리를 보면 아주 대놓고 무시했다. 박 선배에게 미안해졌다.

"형, 미안해요. 내가 짜증을 내서 같이 욕먹고."

"괜찮아."

그냥 막연하게 그가 돌아올 때까지 기다리는 수밖에 없었다. 그가 돌아오지 않으니까 강용희가 살인범이 아닐까 하는 의심이 들었다. 아니, 내 촉이 그가 범인 같다고 신호를 보낸다. 이런 생각을 하니 더욱 조심스럽게 잠복하게 되었다.

경험 많은 박 선배도 나와 같은 느낌인지 팀장에게 용의자를 발견할 때까지 사무실로 돌아가지 않겠다고 보고했다. 이때부터 우리는 화장실도 번갈아서 가며 한시도 고시원 주변을 비우지 않았다.

*

모텔 객실 창문에 걸린 커튼 사이로 아침 햇살이 쏟아졌다. 침대에서 눈을 뜬 강용희는 햇볕 때문인지 인상을 찌푸렸다. 커튼을 제대로 치지 못한 것이 후회되었다.

168cm의 키에 다부진 몸을 지닌 그가 고개를 돌리자 터질 것 같은 가슴과 팔 근육이 꿈틀거렸다. 강용희는 침대에 걸터앉아 조금 전 돼지꿈을 꾼 것에 대해 생각했다. 커다란 금돼지가 자기 품 안으로 파고드는 꿈인데 꿈이 너무 생생했다.

"로또 사야 하는 거 아니야?"

강용희는 타고난 도둑이었다. 어렸을 때부터 남의 집을 털면서 지금까지 생활해 왔다. 지금은 CCTV도 많이 설치되어 있고 돈 많은 집은 사설 경비 회사에 가입되어 적외선 탐지, 강제로 문이 열릴 때 울리는 경보음 등이 있어 털기가 쉽지 않다.

그래서인지 도둑질을 할 때마다 잡히는 경우가 많았고 교도소를 내 집처럼 들락날락했다. 잘나갈 때는 한 집에서 수억 원의 귀금속을 턴 적도 있었다. 그것을 팔아서 써 보지도 못하고 붙잡히기는 했지만, 항상 그 일을 자랑스럽게 교도소에서 말하곤 했다. 그는 인생 절반 이상을 교도소에서 보냈으며 어떤 때에는 그곳이 집처럼 편안하기도 했다.

그런 그가 이제 살인귀가 되었다. 아마 이번에 검거되면 무기징역을 살 게 분명하다. 어쩌다 그가 살인의 맛에 빠지게 된 것일까?

그는 교도소에서 만기 출소를 한 후 성실하게 살아보려고 했으나, 세상은 녹록하지 않았다. 전과자라는 딱지가 붙어 있는 그를 고용하는 곳은 없었다. 특별한 기술이 없어 막노동으로 살아보려고 해도 일거리가 늘 부족했다.

그래서 그는 살기 위해, 먹고살기 위해 절도할 집을 물색했다. 하지

만 교도소에서 7년을 썩고 나오니 사회가 많이 바뀌어 있었다. CCTV
가 없는 곳이 없었고 돈 많은 집은 철통같이 보안 업체가 지키고 있어
침입할 엄두가 나지 않았다.

　강용희는 모텔 침대에 누워 며칠 전 그날을 회상했다.

　도둑질을 하려고 마음먹고 하루 이틀 털 만한 곳을 물색하다 가지고
있던 돈이 모두 떨어졌다. 할 수 없이 컵라면으로 끼니를 때우려고 도
로변에 있는 구멍가게에 들어갔다.

　그러다 왠지 이 가게에는 돈이 많을 것 같은 느낌이 강하게 들었다.
가게는 작았지만 서울 시내 도로변에 자리를 잡고 있고 유동 인구가
많으니 현금이 충분히 있을 것 같다. 항상 그는 자신이 돈 촉이 좋다고
믿고 있었다.

　망설임 없이 손가방에서 망치를 꺼내 들고 바로 작업을 시작했다.

　무방비 상태로 계산대에 앉아 있던 할머니의 머리를 망치로 후려쳤
다. 할머니가 쓰러지면서 그의 발목을 잡으려고 한 것도 같았다. 발목
에 세로로 3cm 정도 상처가 있는데, 할머니가 그랬는지 아니면 가게
벽 모서리에 긁힌 것인지 알 수가 없다.

　그렇게 작업을 마치고 혹시 사람이 들어올까 봐 문을 잠그고 가게
불도 껐다. 그러자 밖에서 젊은 남성이 서성이더니 문을 '텅, 텅' 두드
렸다.

　"할머니, 할머니. A/S 기사입니다."

　그는 쉽게 가지 않고 밖을 한참 서성이다 다른 곳으로 갔다. 강용희
는 재빨리 계산대를 열어 돈을 쓸어 담았다. 생각했던 금액보다 너무

작았다. 할 수 없이 동전까지 호주머니에 담은 후, 재빨리 흔적을 지우고 밖으로 나와 자연스럽게 걸었다.

그가 거리를 걷다 돌아보니 아까 구멍가게에 들어오려고 하던 A/S 기사와 한 여인이 가게 안으로 들어가는 게 보였다.

조금만 동작이 느렸다면 다시 교도소로 들어갈 뻔했다. 멀리 도망친 후 가지고 온 돈을 세어 보았다. 동전까지 합쳐 8만 원이 채 안 되었다.

하루 쓰면 끝나는 돈이다. 아쉽긴 하지만 이것도 어디냐.

그 후 강용희는 PC방으로 갔다. 자신이 좋아하는 온라인 게임과 다른 손님과 아르바이트생 모르게 포르노 사이트에 들어가 야한 영상을 보면서 가게에서 훔친 돈이 떨어질 때까지 시간을 보냈다. 이틀 후에 돈이 다 떨어지자 PC방에서 나왔다.

고기 뼈다귀까지 다 씹어 먹을 만큼 배가 고팠다. 그러다 돈도 없이 국밥집으로 들어갔다. 정말 배가 고팠는지 반찬 하나 남기지 않고 게걸스럽게 먹었다. 음식값이 없어 그냥 몰래 나갈 생각을 하며 주인이 어디 있는지 살펴보았다.

여주인이 피곤한지 이불 속으로 들어가 누워 있는 게 보였다. 그 모습을 보니 왠지 이곳 식당에 돈이 많이 있을 것 같았다. 이번엔 정말로 돈 촉이 좋다고 믿었다. 진짜 강하게 돈 냄새가 났다.

준비한 도구가 없었다. 그래서 식당 부엌으로 가 날카로워 보이는 칼을 들고 나와 누워 있는 여주인의 목을 두 번인가 찔렀다.

강용희는 곧장 고시원으로 가지 않았다. 모텔에서 푹 잔 후 돌아갈 생각이었다. 그리고 계획처럼 모텔에서 푹 자고 오후 늦게 그곳에서 나왔다.

고시원으로 가는 길에 복권방이 보였다. 국밥집에서 훔친 돈이 꽤 있지만 로또를 사면 1등이 될 것만 같았다. 수십억 원이 금방이라도 자신의 눈앞에 펼쳐질 것 같았다. 어제 금돼지 꿈을 꾸지 않았던가.

복권방 안에는 일확천금을 꿈꾸는 50대 남성 2명이 로또 용지에 번호를 적고 있었다. 행색을 보니 당첨돼도 얼마 못 가 돈을 거덜 낼 것 같다. 오천 원을 꺼내 들며 주인장에게 말했다.

"자동 오천 원요. 아! 잠깐만요."

그는 자동으로 로또를 사려다 멈췄다. 기왕이면 수동으로 정성껏 구입하는 게 좋을 것 같다는 생각이 들었다. 그는 자신의 생일과 부모님의 생일 날짜를 조합하여 로또 번호를 적어 구매했다.

그는 고시원에 가게 되면 밥통에 월세를 넣고 속옷만 갈아입고 밖으로 다시 나올 생각이다. 그 후 계획은 이렇다.

삼겹살에 소주를 한잔한다. 근사한 모텔에 가서 출장 마사지를 불러 밤을 함께 보낸다. 아마도 출장 마사지사는 나이가 많은 여성일 것이다. 재수가 좋으면 젊은 미시가 올 수도 있다. 그녀와 2차 서비스 요금에 관해서 흥정할 생각에 벌써 몸이 후끈 달아올랐다.

"하하."

바보같이 궁색하게 흥정을 하는 자신의 모습이 떠올라 웃음이 나왔다. 그냥 그녀가 원하는 대로 돈을 주고 떡을 치자. 그런 계획을 세우고 고시원으로 바삐 걸어갔다. 이때 누군가 자신의 이름을 부른다.

'잘못 들었겠지.'

무시하고 걸으니 이번에는 정말로 제대로 자신의 이름을 부르는 소리가 들렸다.

"강용희, 강용희 씨 멈춰요."

두 사람이 그를 앞뒤로 막았다. 젊은 사람은 키가 크고 운동을 했는지 어깨가 넓었다. 또 한 명은 눈이 작은데 매우 날카롭다. 그냥 딱 봐도 형사다.

*

전과자 강용희의 사진을 보면서 나는 그가 오기를 오매불망 기다리고 있었다. 오늘도 그가 돌아오지 않는다면 다른 방법으로 찾을 생각을 하고 있었다. 그의 감방 동기나 지인들을 수소문하여 찾을 생각이다.

날이 저물어 어둑어둑해지는 시점에 기다리고 기다렸던 강용희가 눈앞에 나타났다. 다행히도 기다린 보람이 있었다. 나는 강용희의 앞을 막았고, 박 선배는 그의 뒤를 막아섰다.

감히 도망갈 생각을 못 하게 몸도 최대한 밀착하여 압박감도 심어주었다. 그러자 그의 눈동자가 빛을 뿜었다. 나는 순간 몸이 움찔했다. 마음의 준비를 하고 있었지만, 이 정도로 사람의 기를 눌리게 할 줄은 몰랐다. 사람을 주눅 들게 만드는 눈빛이다.

긴장하지 않은 척 최대한 자연스럽게 행동했다. 밀리면 진다는 생각으로. 그는 우리를 보자마자 우리가 형사라는 것을 직감했는지 대뜸 이렇게 말했다.

"어떻게 알고 오셨어요?"

그의 살벌한 눈빛을 보지 못한 박 선배가 그의 손을 잡으며 말했다.

"밥 먹고 하는 일이 이건데요. 순순히 경찰서로 가시죠."

그는 체념한 듯이 손에 들고 있던 가방을 바닥에 내려놓으며 말했다.

"이 돈을 써 보지도 못하고 또 잡혀 버렸네."

나는 그가 내려놓은 가방을 열어 보았다. 오만 원권과 일만 원권 지폐 묶음이 가득 들어 있었다. 돈이 이렇게 많이 나오니 깜짝 놀랐다. 그가 살인범이 아닐지라도 최소한 절도범이라는 생각에 수갑을 꺼냈다.

"강용희 씨 긴급 체포하겠습니다."

그는 대답하지 않았다. 나는 수갑을 그의 두꺼운 팔목에 걸었다. 팔목을 잡아도 그는 저항하지 않았다. 그의 눈에서 살기가 보였는데 저항하지 않아 다행이라는 생각이 들었다. 중요한 미란다 원칙을 말해야 할 차례인데, 그가 살인범인지 아닌지 아직 알 수가 없다. 하지만 내 촉으로 봤을 땐 분명 그가 살인범 같았다.

"강용희 당신을 강도 살인 및 특수 절도 혐의로 긴급 체포합니다. 당신은 변호사를 선임할 수 있고, 불리한 진술을 하지 않아도 되며, 묵비권을 행사하여도 불이익을 받지 않을 권리가 있습니다. 아셨죠?"

그는 고개를 숙이며 괴로운 표정을 지었다.

"아아, 더러운 세상아! 아아아악! 왜 나만 갖고 이러냐!"

이 흉악범도 자신을 탓하지 않고 세상 탓을 하고 있다. 범죄자들은 왜 하나같이 이 모양인지 모르겠다.

강용희는 검거된 후 입을 굳게 다물었다. 무슨 질문을 해도 대답하지 않았고 꼭 필요한 말만 했다. 이를테면, 담배 하나를 달라고 한다든지 아니면 커피 한 잔 달라고 할 때만 입을 열었다.

팀장은 자신의 특기인 꼬시기 기술을 시도하려고 했다. 그가 담배를 달라고 하면 군말 없이 건네주고 담뱃불도 붙였다. 커피도 직접 타 주면서 엄청나게 공을 들였다.

하지만 효과가 없었다. 우리는 강용희에 대한 영장을 칠 것인지 회의를 했다. 불행 중 다행으로 그가 신었던 신발이 살인 사건 현장에 있던 족적과 일치했다. 그렇지만 꼭 같은 신발이라고 볼 수도 없다. 이것은 어디까지나 정황 증거일 뿐, 구체적인 증거가 아니다.

그가 살인자라고 자백하면 그 이상 좋은 게 없지만, 뭉칫돈에 관해서도 입을 열지 않으니 살인은 더더욱 입을 열지 않을 게 분명하다. 부팀장이 팀장에게 말했다.

"입을 열지 않으니 그냥 족적흔이 일치한 것으로 밀어붙여서 강도살인으로 영장 치죠."

"안 돼. 기각될 확률이 높아."

"하, 저 자식을 고문할 수도 없고."

모두 날고 기는 대선배들이지만 닳고 닳은 범죄자에게 휘둘리고 있다. 그놈에게는 수사관의 기(氣)를 뺏고 지치게 만드는 특수한 능력이 있는 것 같았다.

슈발. 그래도 어쩌겠나? 내가 검거했으니 그 짐을 내가 지고 갈 수밖에.

"팀장님."

"응."

"제가 한번 조사해 보겠습니다."

"괜찮겠어? 모두가 손발을 들었는데."

"안 괜찮아요."라고 대답을 하려다 그냥 고개만 끄덕였다. 2차 조사까지 마쳤고, 이제 나까지 강용희를 조사하면 3차 조사다.

그를 조사하기 위해 떨리는 손으로 심문실 문고리를 잡고 들어갔다. 심문실 안에는 유치장에서 나온 강용희가 먼저 와 기다리고 있었다. 책상 위로 수갑을 찬 그의 두 팔이 보였다. 그의 두꺼운 손목을 보니 다시 긴장이 되었다.

나는 크게 심호흡을 했다. 이미 인정 신문은 1, 2차 조사에서 했기에 처음에 무슨 질문부터 할지 고민되었다. 잠시 고민하자 강용희가 나의 심리를 잘 아는지 위로하듯이 부드럽게 말했다.

"왜 그렇게 긴장해?"

"네? 긴장 안 했어요."

"그렇게 보이는데. 난 수갑까지 찬 몸이니까 도망은 걱정 안 해도 돼."

"아! 네."

그가 비웃으며 말했다.

"긴장 풀고 궁금한 것을 물어봐."

내가 오히려 범인에게 심문을 당하는 느낌이다. 가장 중요한 살인을 했는지, 살인을 어떻게 했는지, 살인 현장에 쓰인 도구는 어디에 있는지 물어봐야 한다. 그가 살인을 인정하는 자백을 받아야 한다. 그가 나를 물끄러미 쳐다보며 물었다.

"형사 생활한 지 얼마 되지 않은 것 같은데, 맞아?"

"맞아요. 이제 2년 차 되고 있어요."

"할 만은 하고?"

"힘들어요. 이번 인사에서 지구대로 나가려다 참았어요."

그가 흥미를 느끼고 물어보았다.

"왜?"

"글쎄요. 나름대로 생각해 보니 열심히 수사하다 범인을 잡을 때 쾌감에 중독된 것 같더라고요. 체포 순간 오는 희열은 정말 상상 이상이더라고요. 그 맛에 한번 빠지니까 헤어 나오지 못하겠더라고요."

강용희는 재미있는지 미소를 지었다.

"오, 그래?"

"살인 인정하시죠?"

"일은 할 만해?"

"할 만하죠. 구멍가게 할머니를 둔기로 살해한 거 맞으시죠?"

"월급은 적지 않아?"

"쓸 만큼 나옵니다. 구멍가게 할머니를 둔기로 살해하셨나요?"

"내가 보기에 자넨 경찰이 적성에 맞지 않아 보여."

"아니요. 적성에 맞습니다. 24시 국밥집 여사장을 살해하셨죠?"

강용희가 사나운 사자처럼 갑자기 버럭 소리쳤다.

"이 친구야! 내가 안 죽였다고!"

그의 눈에 가는 핏줄이 툭 튀어나오며 살기가 피어났다. 사람을 죽여 본 살인자들은 이미 몸에 살기라는 기운이 감돈다. 이런 살인자들과 혹시라도 시비가 생기면 일반인들은 무조건 피해야 한다. 괜히 사소한 시비로 주먹질이라도 하게 되면 죽을 수 있다. 그의 사나운 눈빛에 내가 고개를 숙이자 그가 비웃으며 말했다.

"쳇! 긴장 풀어. 하고 싶은 말은 해야 할 거 아냐. 어이, 괜찮아?"

나는 대답하지 않고 깊게 심호흡을 했다.

"결혼은 했어?"

"아직 안 했습니다."

"여자 친구는 있어?"

그의 질문에 2호선 여인의 단아한 모습이 떠올랐다. 나의 성스러운 그녀에 대해서 살인자에게 말해야 하나 잠시 고민을 했다.

"하아."

"뭐야? 한숨만 쉬고. 나랑 이야기하지 않기로 한 거야?"

라포 형성을 위해 참자.

"여자 친구는 없습니다. 하지만 좋아하는 사람은 있어요. 그래서 가까워지려고 노력 중이에요."

"어떻게 노력하는데 그래? 궁금하니까 말해 봐."

나는 품속에 간직하고 있던 구겨진 편지를 꺼내어 그에게 보여 주었다.

"연애편지를 써서 전하려고 하는데 용기가 나지 않아요. 그래서 가지고 다니기만 하네요."

내 말을 들은 강용희가 갑자기 슬픈 표정을 짓더니 점차 눈에 눈물이 고였다.

"흑흑."

그는 내 말을 듣더니 그의 어머니가 생각났는지 어깨를 들썩이며 흐

느끼기 시작했다.

"어머니. 흑흑. 어머니."

그는 어머니를 부르더니 소리 내어 울었다. 나는 그가 울음을 멈출 때까지 기다렸다. 라포 형성을 위해 그의 등을 두드려 줄까 생각하다 차마 그것은 내키지 않아 참았다.

"흑흑, 나도 자네처럼 편지를 한동안 가지고 다녔어. 어머니에게 부치려고. 그런데 그 기회를 놓치고 말았지. 자네는 그러지 말고 꼭 편지를 전해."

"네, 꼭 전하겠습니다."

"약속해."

"약속하겠습니다. 대신 자백해 주세요. 그동안 있었던 일들에 대해서."

그리고 살인범의 눈을 피하지 않고 최대한 부드러운 눈빛으로 바라보았다.

"강용희 씨."

"응."

"제 말을 잘 들어 보세요."

"듣고 있어."

"죽은 사람들에게 조금이라도 속죄하는 뜻에서 자백하세요. 이미 다 끝난 일이잖아요."

그가 고개를 푹 숙였다. 이제 드디어 입을 열려나 보다. 나는 들뜬 마음으로 피의자 신문 조서를 작성하기 시작했다. 이미 인정 신문은 끝났으니까 바로 질문만 하면 된다.

"〈행복 슈퍼〉와 〈24시 미원 식당〉에서 살인을 저질렀나요?"

그가 천천히 입을 열었다.

"내가 그 사람들을⋯."

나는 이제 그가 자백하려고 한다고 생각하며 침을 꿀꺽 삼켰다. 그가 죽였다고 말하면 언제, 어떻게 무슨 이유로 죽였는지 구체적으로 물어볼 생각이다.

"안 죽였어."

이때 심문실 문이 열리고 김민수 형사가 고개를 내밀며 말했다.

"강 형사님, DNA 결과 나왔어요. 과수반에서 연락이 왔는데 피해자의 손톱에서 강용희의 DNA를 발견했고, 식당 남은 반찬에서도 똑같은 DNA가 나왔다고 하네요."

아! 끝났다. 완벽한 증거가 나왔다. 나는 그가 부인해도 신문 조서를 끝마쳤다. 이같이 완벽한 증거가 있는 상황에서 부인하면 오히려 영장 발부하는 데 더 큰 도움이 된다.

우리 팀은 강도 살인 혐의로 강용희에 대한 구속 영장을 쳤다. 그리고 강용희가 살았던 고시원에 다시 방문하여 그의 방에서 살인 현장에서 입었던 검은색 옷과 범구를 찾아내었다.

모두가 함께 힘을 합친 결과였다. 그는 자백하지 않으려다 모든 사실이 하나둘 과학적으로 밝혀지자, 더는 못 버티고 순순히 자백했다. 두 사람을 죽인 일에 대해서 아주 무덤덤하게 말했다. 사람을 죽인 게 아니라 벌레를 죽인 것처럼 아무 감정이 없었다.

그는 검찰에 송치될 때 아쉬운 표정으로 나에게 말했다.

"돈 한 푼 못 쓰고 잡혀 버렸네. 진짜 억울하다."

"돈 못 쓰고 잡힌 게 억울해요?"

그가 고개를 숙이더니 뭔가 생각난 표정을 지으며 다시 고개를 들었다.

"참, 저 강 형사님, 한 가지 물읍시다."

"뭐요?"

"이번 주 로또 번호가 뭔지 알아봐 주실래요?"

그게 뭐가 궁금하다고. 난 그가 말썽부리지 않도록 스마트폰을 꺼내어 로또 당첨 번호를 조회했다.

"2, 4, 7, 19, 26, 31."

그러자 그가 손가락으로 번호를 하나하나 손바닥에 적는 시늉을 하더니 멍한 표정으로 중얼거렸다.

"내 생일은 7월 19일, 아버지는 2월 26일, 어머니는 4월 31일."

갑자기 그의 눈동자가 흐릿해지면서 눈물이 가득 고였다. 그는 혼자 알 수 없는 소리를 중얼거렸다. 나는 농담하듯이 그에게 말했다.

"왜요, 로또라도 당첨되었어요?"

그는 대답하지 않았다. 뭔가 아쉬움이 가득한 표정을 지으며 정신이 나간 사람처럼 계속 알 수 없는 말을 중얼거렸다. 그렇게 그를 호송차에 태워 보냈다.

호송차가 출발하자 말로 표현하기 힘든 짜릿한 쾌감이 전신을 휘감았다. 이게 사회 정의를 실현한 맛일까? 뭔가 엄청난 업적을 달성한 느낌이다.

2명을 살해한 살인범을 잡았는데 이 정도 쾌감이면 32명을 죽인 박정민을 검거하면 얼마나 짜릿할까? 그놈에 대한 수사는 어떻게 진행

되고 있을지 궁금하다.

이지혜 수사관에게 한번 연락해 볼까? 혹시 내 도움이 필요하면 언제든지 연락하라고 말하면서. 아직 그 정도 짬밥은 안 되지만 그녀에게 연락해 보고 싶었다. 나는 지난번 걸려 온 그녀의 연락처를 찾아 전화를 했다.

"여보세요."

- 네, 여보세요

"안녕하세요. 강철입니다."

목소리가 힘이 없어서인지 지난번 통화한 그녀 같지 않다는 생각이 들어 번호와 저장된 이름을 다시 확인했다.

- 네, 안녕하세요.

"잘 지내시죠? 요즘 박정민 수사는 어떻게 진행되고 있는지 궁금해서요."

- 저, 지금 한국 아니에요.

"네에? 어디신데요?"

- 터키요.

"헉! 터키라고요? 아니, 갑자기….”

나의 제보로 박정민이 검거될 뻔한 사실을 그녀를 통해 알았다. 하지만 안타깝게도 간발의 차이로 놓치고 말았다. 박정민 그는 어디에 있는 것일까?

*

이지혜는 박정민이 마지막으로 머물렀던 오피스텔에서 여러 개의 전화번호를 확보했다. 이게 그를 추적하는 단서가 될까 싶어 번호의 주인들을 하나둘 조사했다.

번호의 주인들은 모두 그에게 접근하여 소액 대출을 받으려고 했던 가난한 여성들이었다. 이 과정에서 그와 메시지를 주고받은 여러 여성이 자살하거나 알 수 없는 이유로 행방불명이 된 사실을 확인했다.

이지혜는 행방불명된 여성들의 소재를 조마조마한 마음으로 끝까지 확인해 보았는데, 비참한 최후를 맞이한 사실을 알게 되었다. 죽은 그녀들 중 도박 중독 여성은 어린 자녀들을 학대하다 함께 자살했다.

이때 이지혜는 큰 충격을 받았다. 모두 박정민이 뒤에서 조종하여 저지른 끔찍한 사실이라는 것을 그녀는 너무나 잘 알고 있었다. 그것을 막지 못했다는 죄책감이 그녀의 가슴을 숨도 못 쉬게 짓눌렀다.

충격이 컸는지 점점 그녀의 건강 상태가 나빠졌다. 결국 그녀는 심한 불안 장애 증상을 겪고 정신과 치료를 받았다. 그녀를 상담하던 정신과 의사는 치료를 위해 휴식을 권유했다. 공황 장애나 사회 불안 장애로 발전하여 평생 정신적 장애를 겪을 수 있다며 치료를 위한 여행을 적극적으로 권했다.

그녀는 긴 고민 끝에 정신과 의사의 조언에 따라 여행을 떠나기로 했다. 여행을 결심하자 즉각 실행에 옮겼다. 병가를 내고 인터넷으로 빠른 비행기 편을 예약했다. 그리고 다음 날 무언가로부터 도망치듯이 해외로 여행을 떠났다.

이지혜는 한국도 아닌 터키에서 현지인들이 한국 컵라면을 끓여 주는 게 너무 신기했다. 그녀는 평소 봉지 라면을 잘 먹지 않는 편이고 더구나 컵라면이라면 질색이었다. 하지만 싫은 내색 없이 이곳 방식에 따라 그냥 꾹 참고 먹었다. 너무 일찍 일어나 피곤해서 그런지 라면 맛을 느끼지 못했다. 그냥 국물이 따뜻하다고만 느꼈다.

그녀는 두꺼운 외투를 꺼내 입었다. 낮에는 기온이 40도 가까이 올라가더니 새벽에는 몹시 추웠다. 공기가 꽤 차갑지만 그래도 대기질은 맑고 깨끗했다.

상쾌한 공기를 마시기 위해 숨을 깊게 들이마시자 몸이 떨렸다. 이곳 날씨는 습하지 않고 건조하다. 그래서 무더운 한낮에도 그늘진 곳만 찾아가면 에어컨 앞에 서 있는 느낌이 들었다. 그녀는 외투를 준비해 오길 잘했다고 자신을 칭찬했다.

서서히 동이 밝아 오는지 지평선 끝 평야가 붉게 물들어 갔다. 그러자 현지인들의 움직임이 바빠졌다.

조금 더 부지런한 쪽에서 먼저 열기구 모양이 갖추어지면서 지면 위로 부풀어 오르기 시작했다. 이곳까지 안내했던 한국인 가이드가 그녀에게 말했다.

"저기 보이는 열기구에 오르시면 되세요."

"그냥 타요? 티켓 이런 거 없어요?"

가이드가 웃으며 말했다.

"하하, 물론 있죠. 제가 알아서 전달했으니까 걱정 마시고 타세요."

그녀는 곧 열기구 풍선 아래 달린 커다란 바구니에 타기 위해 사다리를 밟았다. 선실은 엉성한 장바구니 같았다. 바구니 울타리 벽은 매우 높아 승객들은 머리만 겨우 밖으로 내밀고 외부 환경을 내다볼 수 있었다.

바구니 안이 승객들로 채워지자 마치 시루에 들어 있는 콩나물 같았다. 그때 열기구 조종사로 보이는 터키인이 양손을 흔들며 그녀에게 말을 건넸다.

"유 재팬? 차이니스?"

그녀가 웃으며 대답했다.

"노노, 코리아."

터키인이 그녀의 대답에 빠르게 한국말로 답했다.

"오빤 강남스타일, 오빤 강남스타일이야."

그러면서 손과 어깨로 싸이의 〈강남스타일〉 춤 동작을 보여 주었다. 철 지난 〈강남스타일〉 노래와 춤을 이곳에서 다시 보니 저절로 웃음이 나왔다. 그녀는 조종사 덕분에 무서움이 조금 사라졌다.

그는 싸이의 춤을 보여 주며 그녀에게 웃음을 선사하더니 기구에 매달려 있는 줄을 당겼다. 그가 줄을 당길 때마다 바구니 위에 설치된 가열기에서 불꽃이 솟구치며 열기구 속으로 뜨거운 공기를 밀어 넣었다. 그러자 그녀가 탄 열기구가 천천히 허공으로 떠오르기 시작했다. 곧장 바구니 안 여기저기서 감탄사가 터져 나왔다.

"원더풀."

"와우."

"오 마이 갓."

이지혜는 무서운 놀이 기구를 탄 기분이 들었다. 두 눈을 질끈 감고 공포심을 이겨 내기 위해 중얼거렸다.

"이지혜 할 수 있다. 이지혜 할 수 있다."

그녀가 두 눈을 뜨자 하늘 높이 열기구가 올라간 상태였다. 이때 바로 옆에 있던 일본인 신혼부부가 이지혜에게 보디랭귀지를 하며 말을 건넸다.

"유 픽처, 플리즈. 픽처."

그녀가 고개를 끄덕이며 대답했다.

"오케이."

젊은 일본 남성이 그녀에게 디지털카메라를 건네며 말했다.

"땡큐. 아리가또 고자이마스."

그녀는 신혼부부에게 디지털카메라를 받아 연신 카메라 셔터를 눌러 주었다. 고마웠는지 남자가 그녀를 찍어 주겠다며 보디랭귀지로 말했다. 그녀도 스마트폰을 그 남성에게 건네주며 포즈를 잡았다.

사진을 몇 장 찍는 사이 열기구는 어느새 지상으로부터 200m 이상 치솟았다. 주위에는 다양한 색상과 알록달록한 그림이 그려진 열기구들이 서로 앞서거니 뒤서거니 하며 천천히 이동했다. 하나둘도 아니고 수십 개의 거대한 열기구가 허공을 가득 채우니 이 모습 또한 장관이었다.

지상에 있던 가이드와 현지인들은 작은 점이 되어 잘 보이지 않고 아름다운 풍경 속의 일부가 되어 사라졌다. 사람들을 태운 거대한 풍선들이 허공을 가득 채우는 장엄한 풍경에 그녀는 감동을 느꼈다. 그리고 자신의 몸을 쓰다듬으며 말했다.

"그래. 장하다, 이지혜. 그리고 고마워."

그녀가 하는 말은 주위에서 아무도 신경을 쓰지 않았다. 모든 여행

객이 사진 촬영과 주위를 구경하는 데 정신이 없었기 때문이다.

"여기까지 잘 살아왔어. 이지혜, 잘 참고 정말 고생 많았어. 그러면 된 거야."

그녀는 모든 것을 잊고 싶어 유럽 여행을 택했다. 첫 목적지가 유럽과 아시아를 걸치고 있는 나라, 터키였다.

모두 그녀를 독하다고 여겼지만 실상 그녀의 몸은 지치고 마음은 피폐해져 있었다. 외상 후 스트레스 장애가 점점 심해지고 있었던 것이다. 그녀는 그런 사실을 잘 알고 있었지만 참고 근무를 계속했다. 하지만 이번에 박정민이 저지른 범죄는 그녀의 건강 상태를 최악으로 만들어 버렸다. 그녀는 그것을 치료하기 위해 지금 이곳에 있다.

열기구 아래로 펼쳐진 풍경을 보며 그녀는 잘한 선택이라고 스스로를 칭찬했다. 그렇게 아름다운 풍경을 보며 연신 스마트폰으로 촬영을 했다. 이때 그녀의 스마트폰이 진동했다.

번호를 보니 강철 형사다. 다른 사람이 전화했다면 받지 않았을 것이다. 하지만 강철 형사에게는 빚이 있다. 그의 제보로 박정민을 거의 잡을 뻔하지 않았던가.

"여보세요."

- 안녕하세요. 강철입니다.

"네, 안녕하세요."

- 잘 지내시죠? 요즘 박정민 수사는 어떻게 진행되고 있는지 궁금해서요.

"저, 지금 한국 아니에요."

- 네에? 어디신데요?

"터키요."

- 헉! 터키라고요? 아니, 갑자기 터키는 왜….

"그게 사연이 조금 길어요. 실은 지난번 강철 형사님 덕분에 박정민을 검거할 타이밍이 있었는데 간발의 차이로 검거 못 했어요. 그 일로 마음고생을 심하게 했나 봐요. 잠도 못 자고 불안하더라고요. 정신적으로 문제가 생기겠다 싶어 병원에 갔는데 제 증상이 심각하대요. 그래서 병가 좀 내고 여행을 왔어요."

- 아! 그러셨구나.

"그런데 어쩐 일인가요?"

- 아, 그게 혹시 박정민 수사에서 제 도움이 필요하면 언제든지 연락하라고 말씀드리려고 전화했어요. 아, 괜히 쉬시는데…. 그냥 신경 쓰지 마세요.

"아니에요. 말만 들어도 힘이 나는데요."

- 아닙니다. 쉬시는데 죄송해요. 암튼 즐거운 여행 되십시오.

"네, 감사합니다."

그와 전화를 끊고 이지혜는 두 눈을 감았다. 뭔가 죄지은 사람처럼 피하다니, 이것은 그녀답지 않았다. 그녀가 경찰이 된 이유는 나쁜 사람을 잡아 사회 정의를 실현하기 위해서다. 이렇게 비겁자가 되려고 경찰이 된 게 아니었다.

'열기구에서 내리면 곧장 한국으로 돌아가야겠어.'

그녀는 두 주먹을 움켜쥐었다. 그녀는 쓰러지더라도 그 악랄한 놈을 잡고 쓰러지겠다고 다짐했다.

'그래. 이게 나다운 거야.'

멀리서 붉은 태양이 서서히 지면 위로 올라오는 웅장한 모습이 보였다. 대자연의 신비로움과 함께 그녀의 투지가 불타올랐다. 그 순간 다시 강철의 전화가 걸려 왔다.

"여보세요."

- 강철입니다. 쉬시는데 또 전화드려 죄송합니다.

"아니에요. 괜찮습니다. 근데 무슨 일 있으세요?"

- 유튜브 영상을 보고 처음 이지혜 프로파일러님을 알게 되었습니다. 그때 박정민이 어떤 사람인지 설명하셨는데, 정말 그자에 대해서는 전문가처럼 보였습니다. 프로파일러님, 지금도 그때처럼 박정민에 대해서 잘 알고 계신다고 생각하시나요?

"음, 지금은 모르겠어요."

- 그러실 것 같아서 전화드렸어요. 그때 프로파일러님은 박정민을 가장 객관적으로 보고 정확하게 판단했을 거로 생각합니다. 문득 이런 생각이 들었습니다. 프로파일러님이 당시 유튜브 영상을 보게 되면 박정민을 검거하는 단서가 나오지 않을까. 그 영상을 다시 한번 봐 보세요.

이지혜는 그의 말을 듣자 가슴에 큰 울림이 왔다.

"음, 그 말이 맞는 것 같네요. 당시 그는 구속 상태로 저와 상담을 했었는데. 음…. 강철 형사님, 큰 도움이 되었습니다."

- 네, 그렇다면 다행이고요. 그럼 지금부터 방해 안 하겠습니다. 남은 시간 즐거운 여행 되십시오.

그녀는 박정민이 검거된 후 '사건 고발'이라는 유튜브에 출연했다. 당시 유튜브 방송에 출연하고 나서 후회를 많이 했다. 전문가도 아닌 그녀가 마치 범죄 전문가처럼 방송에 나와 떠들었다는 생각이 들었기 때문이다. 베테랑 형사들이 그 방송을 볼까 몹시 부끄러웠다. 그래서 그 후로 자신이 출연했던 유튜브 방송을 일절 보지 않았다.

그때 방송에 출연하여 박정민에 대해서 무슨 말을 했는지 그녀도 갑자기 궁금해졌다. 강철의 말처럼 박정민을 검거할 수 있는 단서가 유튜브 영상에 있을 것도 같았다.

*

오늘 아침도 일찍 그리고 활기차게 눈을 떴다. 빨리 일어난 이유는 당연히 나의 2호선 천사를 보기 위해서다. 늘 그랬듯이 이성을 유혹하는 향수를 잔뜩 뿌리고 지하철에 올랐다.

매번 이 지하철을 탈 때마다 설레고 떨린다. 오늘은 용기를 내어 지난번 전달하지 못한 편지를 꼭 줄 것이다. 이런 생각을 하니 갑자기 심장이 쿵쾅거리며 뛰기 시작했다. 조금 전보다 두 배로 떨린다. 용기가 필요하다.

그녀가 지하철에 오르는 모습이 보였다. 나는 용기를 내었다. 그녀가 있는 곳으로 승객들에게 떠밀려서 어쩔 수 없이 가는 듯 연기를 했다. 그렇게 그녀의 옆까지 다가갔다. 그녀가 나를 슬쩍 쳐다보더니 빙긋 웃었다. 미소가 너무 아름답다.

하지만 그 미소를 보는 순간 더 이상 용기가 나지 않는다. 과연 편지를 전할 수 있을까 하는 의문마저 든다. 그녀를 만나려면 먼저 담력을 키우는 훈련이 필요할 것 같다. 나는 할 수 있다. 아니, 할 수 없다. 이렇게 수없이 갈등했다.

결국, 내릴 때 그녀에게 편지를 전했다. 편지를 꺼내서 건네자, 그녀가 자연스럽게 내 편지를 받았다. 그리고 얼핏 눈웃음을 짓는 것이 보였다. '착각일까?' 하는 생각도 들었지만 분명 호의 어린 미소였다.

그렇게 편지까지 전달하고 지하철에서 내리자 다리가 후들후들 떨렸다. 그런 상태로 사무실에 도착하여 업무를 봤는데 어떻게 시간이 갔는지 모르게 오후까지 흘렀다.

혹시 그녀가 연락을 했는데 내가 못 본 것은 아닌지 수시로 핸드폰을 꺼내 확인도 했다.

그런데 럴수 럴수 이럴 수가. 언제인지 모르게 그녀에게서 카톡이 와 있었다. 정작 이런 중요한 사실도 모르고 엉뚱하게 모른 척을 하고 있었다니. 참 한심하다. 나란 놈은 바보, 멍청이 천치다.

하지만 자책도 잠시, 일단 나는 내 자신에 대한 비난을 멈추고 그녀의 메시지를 읽고 또 읽었다.

[편지 잘 받아 보았어요. 저를 그렇게 많이 생각해 주셔서 감사합니다. 저는 황소영입니다. 가끔 안부 연락하며 지내요.]

마지막 문구가 무엇일까? "연락하며 지내요." 이 말은 내가 싫지 않다는 뜻 아니겠는가! 카톡을 읽고 바로 답장을 했다.

[소영 씨 카톡을 보고 뛸 듯이 기쁘네요. 카톡 보자마자 확인하고 바로 답장합니다. 카톡 메시지를 보내 주셔서 진심으로 감사합니다.]

1이라는 숫자가 사라진 것을 끝까지 지켜보았다. 그리고 바로 카톡을 보냈다.

[혹시, 오늘 저녁에 시간 되시면 커피 한잔 어떠신가요?]

메시지를 보내고 나니 갑자기 성급했다는 생각이 들었다. 순간 마음이 답답해졌다. 천천히 대화를 나누다가 꺼냈어야 하는데 너무 빨랐다. 이제 그녀가 싫다고 하면 뭐라고 답장을 보내야 하나 고민이 되었다. 그렇게 후회하는데 그녀에게 쿨한 답장이 날아왔다.

[좋아요.]

나는 그녀의 카톡을 보고 너무 기뻐 순간 두 손으로 입을 막았다.

"하하."

입을 막았지만 웃음이 나오는 것은 막지 못했다.

내가 핸드폰을 보며 웃고 있으니 박 선배가 한심하다는 표정을 지으며 말했다.

"일은 안 하고 핸드폰만 보고, 실실 쪼개고 있네."

"형, 내가 연애를 하게 됐는데 웃지 않게 생겼어요?"

"아이고, 네 주제에 무슨 여자야. 괜히 헛물켜는 것은 아니냐?"

"아니에요. 진짜 천사 같은 여성분이 저 만나겠다고 연락이 왔어요."

"어째서 그런 생각을 하실까?"

"제가 만나자고 하니까 바로 오케이 했거든요. 형, 어디로 가야 좋은 커피숍이 있어요?"

"커피숍? 젊은 네가 더 잘 알지, 내가 어떻게 알아."

"아! 하도 오랜만에 데이트하려니 감이 안 오네. 인터넷으로 검색 좀 해 봐야겠네요."

"진짠가 보네."

"아이 씨! 진짜라니까요."

*

　그날 저녁 나는 그녀와 첫 만남을 가졌다. 어색한 분위기를 만들지 않기 위해 말을 참 많이 했다. 나보다 다섯 살 어린 그녀는 사람을 무척 편안하게 대하는 능력이 있었다. 어떤 때는 그녀가 나보다 나이가 많은 것은 아닌가 하는 착각이 들었다. 내가 하는 이야기는 주로 경찰 경험담이었다.

　"집주인이 무조건 죽었다고 그래서 죽은 줄 알았어요. 그런데 안 죽었어요. 그냥 술에 취해서 쓰러져 잔 거예요."

　"아니, 그런데 왜 그렇게 죽었다고 생각한 거죠?"

　"이런 말을 꺼내기 그런데."

　"무슨 말인데요."

　"술 취한 분이 똥을 엄청나게 쌌더라고요. 냄새도 심하고, 그러니까 집주인은 죽었다고 착각한 거예요."

　"호호, 그래도 살아 있어서 다행이에요."

　변사 사건 이야기를 마치고 잠시 어색하게 침묵이 흘렀다. 나는 그녀의 얼굴을 빤히 쳐다보며 마른침을 삼켰다. 그리고 참지 못하고 질문을 던졌다.

　"저, 소영 씨."

　"네."

　"소영 씨는 혹시 사귀는 사람이 있나요? 남사친 말고."

　"아니요. 있으면 지금 이렇게 강철 씨 만나겠어요."

　"아아, 그러시구나."

그녀가 부끄러운 듯 고개를 돌렸다. 그리고 수줍은 표정으로 말했다.

"강철 씨는요?"

"저는 당연히 없습니다."

"호호, 왜 당연히 없어요. 잘생기고 멋있는데."

"정말요?"

"호호, 네."

웃음소리도 너무나 아름답다. 지금 펼쳐지고 있는 상황이 그저 신기하고 얼떨떨하다. 마침내 용기 내어 그녀에게 편지를 건넸고, 이렇게 함께 차를 마시고 있다. 이제 겨우 한 번 만났지만, 시작이 반이라고 하지 않던가. 결국, 그녀와 나는 핑크빛 사랑을 이룰 거라는 것을 첫 만남에서 느꼈다.

*

아침에 눈을 뜬 나는 어젯밤에 그녀와 나눈 카톡 대화방을 한참 동안 보았다.

> 소영 씨, 좋은 밤 되세요.
> 오후 10:20

> 네, 오빠도 좋은 밤 되시고 좋은 꿈 꾸세요.
> 오후 10:21

너무나 행복하다. 이대로 계속 꽃길만 걸으면 좋겠다.

출근 준비를 마치고 집을 나섰다. 찬 공기에 어느새 가을이 한층 더 다가온 것을 온몸으로 느꼈다. 노랗게 변해 가는 가로수 잎이 아름답게 보인다. 곧 단풍으로 물들 것이다. 유명한 산에 가면 울긋불긋 단풍잎이 산자락을 덮겠지. 그런 아름다운 산에 그녀와 등산을 가면 얼마나 좋을까. 여행은 아직 너무 이르겠지. 하지만 함께 땀 흘려 걸으면 상당히 로맨틱할 것 같다.

그렇게 즐거운 상상을 하고 있는데 갑자기 휴대폰이 진동을 한다.

부웅~

꺼내 확인해 보니 그녀에게 카톡 메시지가 왔다. 이번 주말에 영화를 함께 볼 수 있는지 메시지를 보냈는데 답장이 온 것이다.

> 소영 씨, 이번 주 일요일에 시간 되시면 함께 영화 봐요.
> 오후 11:05

> 네, 좋아요.
> 오후 11:15

야호! 정말 야호다. 나는 즉시 고맙다고 카톡을 보냈다.

*

장민환 팀장은 강도 살인범 강용희를 검거한 후부터 욕심이 생기기 시작했다. 바로 하반기에 베스트 수사팀이 되는 것이었다.

경찰청에서는 전국적으로 형사 활동 평가를 통해 분기별로 베스트 수사팀을 뽑아 여러 가지 혜택을 주었다. 과거에는 베스트 수사팀에 선정되면 해외여행도 국비로 가고 그랬지만 지금은 그렇지 않다. 하지만 심사, 특별 승진에서 가산 점수를 받을 수 있기에 승진에 관심이 있는 팀장이나 팀원이 있다면 도전하려고 했다.

장 팀장은 이번 살인 사건을 해결하고 충분히 베스트 수사팀에 도전해 볼 만하다는 생각이 들었다. 팀원들이 조금만 더 성과를 채우면 가능할 것 같았다. 장 팀장은 성과 지표에서 부족한 부분이 뭔지 알기 위해 형사지원팀 서무에게 전화를 했다.

"강력 1팀장입니다."

– 네, 팀장님.

"올해 성과 점수표에서 우리 팀이 부족한 게 뭔지 좀 파악해 주실래요."

– 네, 그런데 왜요?

"아! 베스트 수사팀에 한번 도전해 보려고요."

– 네, 알겠습니다. 메신저로 보내 드릴게요.

"감사합니다."

얼마 되지 않아 서무로부터 팀원들의 성과 점수가 메신저로 도착했다. 장 팀장은 이를 유심히 살펴보았다. 다른 사건에서는 월등히 점수가 높았는데 절도 건수가 약간 부족한 것을 알게 되었다. 살인범도 쉽게 잡는데 도둑을 못 잡는 것은 말이 안 된다고 생각했다. 그의 생각이 입 밖으로 새어 나온다.

"아니, 이 쉬운 절도범을 왜 못 잡아. 이해할 수가 없네."

그는 팀원들에게 당장 나가서 절도범을 잡으라고 말하고 싶었다. 하지만 지금 이렇게 잘하고 있는데 그런 말을 꺼낸다는 것은 정말 속물같아 보여 차마 입이 떨어지지 않았다. 그래도 말하고 싶어 장 팀장은 입이 간질거렸다.

좋은 핑곗거리가 없을까?

장 팀장은 한참 고민하다 드디어 그 방법을 찾아내었다. 그는 막내 강철 형사를 불렀다.

"어이, 철이."

"네, 팀장님."

"부팀장님이랑 모두에게 오늘 저녁에 시간이 되면 회식 한번 하는 게 어떤지 물어봐."

"옛, 썰!"

강 형사가 열심히 팀원들을 상대로 의향을 묻는다.

"김 형사님."

"네."

"팀장님이 오늘 저녁에 회식하자고 하는데 시간이 되나요?"

"무조건 참석해야죠."

김민수 형사는 보기와 다르게 고지식한 면이 있다. 아니, 예의가 바르다. 하지만 날이 날이니만큼 그도 빼기 어려웠는지 즉시 참석하겠다고 말했다. 강철이 남은 두 사람에게도 같은 질문을 하니 흔쾌히 수락했다.

잠시 후, 강철이 다가와 보고하자 장 팀장은 고개를 끄덕이며 집에 들렀다가 회식 자리로 오겠다며 오후에 일찍 퇴근했다.

남은 팀원들은 각자 맡은 업무를 하며 퇴근 시간을 기다렸다. 그런데 오늘은 웬일인지 야간 인수팀이 일찍 출근했다. 모두 의아해하자, 장 팀장이 회식이 있으니 일찍 나와 달라고 부탁했다고 한다.

*

회식 장소는 오래된 실비집이었다. 아마도 팀장이 자주 가는 단골집인 모양이다. 60대 후반의 부부가 운영하는 식당인데 테이블이 네 개밖에 없어서 예약해야 겨우 자리를 잡을 수 있다. 나는 이곳에 예약을 해 두었기 때문에 바로 자리에 앉아 음식을 주문할 수가 있었다. 우리가 너무 일찍 도착했는지 손님이 우리 팀밖에 없었다.

이 실비집은 밑반찬도 맛있지만, 주메뉴인 보쌈이 정말 끝내준다. 보쌈이 맛있는 이유는 고기도 좋은 것을 쓰지만 날마다 담그는 김치 때문인 거 같다. 팀장님은 아직 오지 않아서 우리는 술은 나중에 하고 안주만 먼저 시켰다.

"사장님, 여기 해물파전 하나랑 보쌈 대자 하나요."

"술은요?"

"술은 잠시 후에 시킬게요."

"네."

"혹시 중부서에서 오신 분 맞나요?"

"네, 중부서 맞습니다."

"아, 그럼 술은 안 시켜도 됩니다."

"왜요?"

"예약하신 분이 그렇게 예약을 해서요."

주인의 말에 모두 의아해하며 팀장을 기다렸다. 모두 안주가 오기 전에 술이 몸 안으로 들어가기만 바라는 눈치들이다. 이때 박 선배가 나에게 말했다.

"팀장님에게 전화해 봐. 어디쯤인가 여쭤보고."

"네, 알겠습니다."

나는 휴대폰을 꺼내어 팀장에게 전화를 했다.

"팀장님, 저희 다 도착했습니다."

- 그래, 나도 거의 도착했어.

박 선배가 술이 급했는지 옆에서 작게 속삭인다.

"술 뭐 드실 거냐고 물어봐."

내가 고개를 끄덕이고 다시 팀장에게 물었다.

"팀장님, 그럼 저희 술 시킬까요?"

- 아니, 술 시키지 말고 기다려.

"네, 알겠습니다."

나는 전화를 끊고 말했다.

"팀장님이 술을 시키지 말라고 하는데요."

부팀장이 고개를 꺄우뚱거리며 말했다.

"어, 이상하다. 평소에는 먼저 마시라고 하던 양반이."

박 선배도 동의하며 말했다.

"맞아요. 오늘은 별일이네. 금방 온다니까 조금만 기다려 보죠."

잠시 후 팀장이 도착했다. 그런데 그의 손에 커다란 담금주 유리병이 들려 있었다. 약주가 담긴 유리병을 보는 순간 의문이 해소되었다.

팀장은 담금주가 무거웠는지 술병을 내려 두고 팔을 위아래로 흔들며 스트레칭을 했다.

"내 피 같은 술을 들고 오느라 힘들었네."

"우와, 팀장님 이게 뭐예요?"

"하수오주라고, 너희 이렇게 큰 하수오 본 적 있냐?"

유리병 안에 들어 있는 하수오 뿌리는 남성 팔뚝처럼 굵었다.

"아니요. 처음 봅니다."

"오늘 특별히 집에서 보물처럼 보관하던 내 새끼를 가져왔으니까 실컷 마셔 보자."

부팀장이 침을 꿀꺽 삼키며 물어봤다.

"이거 꽤 비쌀 텐데. 괜찮겠습니까?"

"괜찮아. 너희 그동안 고생했으니까 가져온 거야. 주인한테는 내가 말했으니까 눈치 보지 말고 마시면 돼."

이미 팀장은 이곳 사장과 외부 반입한 술을 마셔도 된다고 거래가 된 모양이다. 사장이 사람 숫자대로 소주잔을 가지고 나오자 팀장이 말했다.

"이거 오늘 다 마실 거니까, 큰 잔으로 가져다주세요."

사장이 다시 막걸릿잔으로 쓰던 양은 술잔을 가지고 나왔다. 팀장이 나에게 말했다.

"막내야, 술잔 채워 봐."

나는 술병을 열고 하수오주를 각자의 잔에 따랐다. 내가 술병을 들고 각자의 술잔에 술을 따르는 동안 팀장은 하수오주의 유래를 거창하게 설명했다.

"이 술이 꽤 깊은 역사가 있는 술이야. 잘 들어 봐. 옛날에 하씨 성을 가진 양반이 술에 취해 밭에 누워 있었어. 이 양반은 나이가 오십이 넘도록 장가를 가지 못했대. 몸이 너무 허약해서 못 갔다고 하는데 말이야. 어느 날 밭에서 이상하게 생긴 덩굴 뿌리를 보고는 그것을 캐서 먹었다는 거야. 그 후 몸이 건강해져서 장가를 가고 여러 자식을 거느리고 130살까지 살았다는 거야. 그 뿌리가 바로 이 하수오지."

부팀장이 옆에서 거들었다.

"팀장님 하수오주를 먹으면 흰 머리가 검게 변한다는 말도 있어요."

"맞아, 암튼 이 술은 정력주고 남자한테는 끝내주는 술이야."

팀장과 부팀장이 하수오주를 극찬하니 점점 내 입에 침이 고였다. 김민수는 그새 스마트폰으로 하수오주를 검색하고 효능을 말했다.

"남성뿐 아니라 여성에게도 좋다고 하네요. 고지혈증에 좋고, 간 보호 기능도 있고."

모두가 하수오주의 맛이 궁금한 표정이다. 팀장이 술잔을 들고 건배사를 외쳤다.

"자, 술잔을 높이 들고 1팀 파이팅."

모두 잔을 부딪치며 소리쳤다.

"파이팅!"

"파이팅!"

모두 입에 술을 부었고, 나 또한 맛을 음미하며 술을 몸 안에 부었다. 몸에 좋을 것 같은 향기가 입 안에서 솔솔 풍겼다.

"캬, 좋다."

"팀장님, 향기가 끝내줍니다."

"팀장님, 술이 부드럽습니다."

"생각보다 술이 안 독하네요. 이거 물인데요."

각자 하수오주 품평을 한마디씩 던졌다. 그렇게 첫술을 마시자 옆 테이블에 손님이 하나둘 채워지기 시작했다. 팀장이 손가락을 입에 대고 말했다.

"이제 다른 손님들이 있으니까 건배는 하지 말고 알아서 마시기. 오케이?"

팀원들과 편안하게 술을 마시며 이것저것 이야기를 했다. 그러다 팀장이 뜬금없이 각자 자신을 소개하자고 했다.

"자, 나부터 소개하고 앞으로의 꿈을 말할 테니까 똑같이 돌아가면서 말하기야. 알겠지?"

모두 이해 못 한 표정을 지었다. 나도 팀장의 의중을 몰라 고개를 꺄우뚱거렸다. 다들 반응이 시큰둥하자 팀장이 다시 설명했다.

"나처럼 말하면 돼. 내가 말하는 동안 각자 생각해 봐. 자, 그럼 시작합니다."

모두 마지못해 대답했다.

"네."

"네에."

"네, 팀장님."

"네."

팀장이 술로 입 안을 축이고 말을 했다.

"이름 장민환. 계급은 경감. 별명은 개코. 처음 수사 경찰에 지원한 이유는 신임 때부터 선배님들로부터 경찰의 꽃은 수사, 형사라는 말을 들음. 그래서 기회가 되어 형사를 하게 됨."

팀장은 술잔을 들고 남은 술을 다 마시더니 계속 말을 이어 갔다.

"어린 시절 되고 싶던 장래 희망은 경찰이다. 왜? 외삼촌께서 경찰을 하셨고 어머님도 경찰을 적극적으로 추천해서다. 그래서 고등학교 때부터 경찰을 해야겠다고 결심했다. 형사 생활을 하면서 가장 보람 있던 순간은 사건 해결 후 피해자들로부터 고생하셨다고 문자를 받았을 때나 피의자들이 반성하고 뉘우치며 재범을 하지 않겠다고 말할 때. 이상 끝. 자, 나처럼 말하면 된다. 다음은 부팀장님이 저처럼 말씀해 보세요."

부팀장은 잠시 머뭇거리며 생각하는 모습을 보였다. 그러다 자연스럽게 말했다.

"이름 이영복. 계급은 경위. 별명은 콜롬보. 처음 형사과에 지원한 이유는 사회악을 없애고, 조금이라도 사회를 정화시키자. 그래서 지원했음."

우와, 거창하다. 나는 부팀장님이 할 수 없이 형사과에 들어왔다고 말할 줄 알았다. 그렇게 늘 말씀을 하시기도 했고. 그런데 그게 아니라 사회악을 처단하려고 들어왔다고 말하다니 놀라웠다. 그냥 배트맨이나 슈퍼맨을 하고 싶어서 경찰에 들어온 것 같았다. 부팀장은 팀장처럼 술잔을 비우고 계속 말을 이어 갔다.

"이영복이 어린 시절 되고 싶던 꿈은 비행기 조종사였는데, 공부를 못해서 포기했음. 형사 생활을 하면서 가장 보람 있었던 순간은 민수랑 울산까지 추적하여 강도범을 검거했을 때. 이상 끝."

부팀장이 이야기를 마치자 모두 그에게 공감하는 뜻으로 크게 박수를 쳤다. 그리고 술이 여러 잔 돌았다. 이후 박 선배가 말을 꺼내기를 기다렸다. 그것을 눈치채고 박 선배가 입을 열었다.

"이름 박문수. 계급은 경위. 별명은 김제동. 처음 수사 경찰에 지원한 이유는 경찰이 하는 일이 범죄 수사라 생각해서. 그리고 어린 시절 되고 싶었던 꿈은 경찰관. 형사 생활을 하면서 가장 보람 있던 순간은 철이랑 강도 살인범 강용희 집 앞에서 이틀 동안 잠복을 하고 그놈을 붙잡았을 때. 이상 저도 끝."

박 선배의 이야기가 끝나자 모두가 박수를 쳤는데 부팀장 때보다는 약간 호응이 적었다.

이제 김민수와 내 차례만 남았다. 나는 특별히 할 말도 없었다. 별명도 딱히 없다. 지구대에서 촉 귀신이라고 불리기는 했지만 여기선 그냥 막내라고 부르니까 그게 별명이라고 말하면 될 것 같기도 하다. 그런 고민을 하는 사이 나보다 나이가 많은 김민수 형사가 조심스럽게 입을 열었다.

"이름 김민수. 계급은 경사. 별명은 브레인. 처음 수사 경찰에 지원한 이유는 형사가 되고 싶어서였습니다. 그리고 어린 시절 되고 싶었던 꿈은 경찰관이며, 형사 생활을 하면서 가장 보람 있던 순간은 저도 부팀장님이랑 같이 울산에 내려가 고생을 심하게 하다 범인을 잡았을 때입니다. 이상 저도 끝입니다."

그가 말하고 나자 격려 박수가 쏟아졌다. 이제 내 차례다.

"이름 강철. 계급은 경사. 별명은 막내. 처음 수사 경찰에 지원한 이유는 지구대에서 선배들이 경찰 생활을 하면서 꼭 형사 생활을 해 봐야 한다고 자주 말해서 지원하게 되었습니다. 그리고 어린 시절 되고 싶었던 꿈은 다른 사람을 도울 수 있는 일을 하고 싶었습니다. 소방관, 경찰관, 인명 구조 요원 등이 꿈이었습니다. 형사 생활을 하면서 가장 보람이 있던 순간은 박 선배님이랑 강도 살인범의 집 앞에서 잠복하다가 그놈을 붙잡았을 때입니다. 저도 이상 끝."

이렇게 팀장의 뜻대로 자기소개를 끝마쳤다. 나는 부팀장과 김민수 형사가 울산에서 피의자를 검거한 일을 최고의 보람이라고 말하자 그들의 스토리가 너무 궁금했다.

"김 형사님, 울산 이태식이 어떻게 검거했는지 잠깐만 이야기 좀 해 주세요."

김민수가 머리를 긁적이며 말했다.

"솔직히 부끄럽습니다. 제가 서툴러서 큰일 날 뻔했거든요."

"그게 뭔지 정말 궁금합니다."

"그러니까 어디서부터 이야기를 해야 할까. 음, 일단 그놈을 검거하기 위해서 체포 영장을 신청하고 핸드폰 실시간 위치 추적을 해서 울산까지 내려갔어요. 그런데 그놈이 핸드폰을 끄는 바람에 2일간 울산에 머무르게 되었죠. 수사비 아끼려고 냄새나는 여인숙과 싸구려 시장 국밥으로 때우고 참 힘들었네요. 그러다가…."

나는 김 형사의 이야기에 몰입하면서 침을 꿀꺽 삼켰다.

"그놈 위치가 파악되었고, PC방에서 붙잡았는데 이놈이 너무 순순히 따라오더라고요. 그래서 수갑도 채우지 않고 데리고 나왔는데 이놈이 자꾸 손을 바지 안으로 넣었다 뺐다 하는 거 아니겠어요. 남자들 그런 거 있잖아요. 사타구니에 손을 넣고 빼고 그런 거. 저는 이태식이 그런 줄로만 알았어요. 그런데 그게 아니었어요."

나는 궁금해서 재빨리 물었다.

"그러면요?"

"바지 안쪽에 회칼을 숨겨 두고 있었어요. 그거를 꺼내서 부팀장님과 저를 찌를까 고민한 거죠."

"헉!"

"그리고 회칼을 꺼내어 제 등을 찔렀는데 운 좋게도 피했어요. 아니, 피한 게 아니라 그놈이 칼질을 잘못했어요."

이때 가만히 이야기를 듣던 부팀장이 말했다.

"회칼을 꺼내서 민수를 찌르는데 약간 망설이더라고. 그때 내가 그놈 뒤통수를 때렸지. 그리고 '손들어!'라고 말하니까 칼을 버리고 손을 들더라고."

김민수가 당시를 생각했는지 간담을 쓸어내리는 듯이 말했다.

"저는 그때 회칼을 처음 봤어요. 아우, 얼마나 칼날이 날카로운지 살에 닿기만 해도 뚫릴 것처럼 생겼더라고요."

나는 두 사람의 아찔했던 순간을 나름 상상하면서 술잔을 기울였다. 아마 두 사람은 경찰 생활을 하면서 최고로 위험한 순간을 겪었던 모양이다. 나와 박 선배는 꽃뱀에게 당했지만 어디 가서 말도 못 꺼내고 있다. 여자에게 남자 두 명이 당할 뻔했다는 말을 어떻게 한단 말인가. 이건 자랑거리가 아니라 비웃음거리다. 그래서 우리 두 사람은 절대 그날의 일을 꺼내지 않는다.

팀장은 우리가 거하게 취하자 또다시 새로운 제안을 꺼내었다.

"올해 이루고 싶은 꿈과 팀 동료들에게 하고 싶은 말들을 돌아가면서 하자."

오늘은 팀장이 무슨 꿍꿍이가 있는 것 같다. 안 하던 짓을 하는 것도 그렇고 아끼는 약술을 가지고 온 것도 그렇고. 확실히 뭔가가 있다. 내 촉이 그렇다.

팀장의 뜻이 그러니 다들 고개를 끄덕이거나 "네." 하고 대답했다. 팀장이 만족스러운 표정을 지으며 말했다.

"이번에는 막내부터 말하기."

나는 당황하며 말했다.

"저부터요?"

"응."

"뭐를 말하라고 했는지 생각이 나지 않네요. 팀장님, 죄송합니다."

"아니야, 괜찮아. 올해 이루고 싶은 꿈하고 팀 동료에게 바라는 거 말하면 돼."

"아, 네. 올해 이루고 싶은 꿈은 좋은 여자를 만나 사랑을 이루는 것이고, 팀 동료에게 바라는 것은 좋은 팀워크로 오래오래 같이 근무하는 것입니다."

박 선배가 웃으며 말했다.

"너 인마, 여자 만났다면서. 팀장님 막내가 지금 연애를 하고 있습니다."

"오, 그래? 나중에 꼭 소개해 줘. 알겠지?"

"네, 팀장님. 저도 정말 그러고 싶습니다."

"다음, 민수."

"네, 저는 이루고 싶은 꿈은 가족들의 건강이고 팀 동료에게 바라는 것은 지금 이대로 가자입니다."

팀장이 고개를 끄덕이며 박 선배를 바라보았다. 박 선배가 말했다.

"저는 올해 이루고 싶은 꿈은 체력을 더 건강하게 기르고 승진하는 것입니다. 팀 동료에게 바라는 것은 없고 옆에 있어 줘서 고맙다는 말을 하고 싶습니다."

부팀장이 바로 말을 이어 갔다.

"저는 올해뿐 아니라 항상 이루고 싶은 꿈이 경감으로 진급하는 것이고, 팀 동료에게 바라는 것은 같이 일할 때가 가장 좋은 때이니 재밌고 보람 있게 지냈으면 좋겠다."

이제 마지막 남은 팀장이 한껏 무게를 잡고 말했다.

"나도 이루고 싶은 꿈은 승진하는 것, 팀 동료에게 바라는 것은 나와 여러분의 진급을 위해서 조금만 더 노력하자. 그래서 말인데, 어려운 부탁 하나 해도 될까?"

모두 당연하게 "네." 하고 대답했다. 팀장이 은행에서 대출받는 사람처럼 소심하게 입을 열었다.

"올해 3분기에 베스트 수사팀으로 우리 팀이 선정되도록 만들 생각인데. 그래서 절도 실적이…."

팀장의 말에 갑자기 좋았던 분위기가 싸하게 가라앉았다.

8화.
대단원

절도범이 필요하다. 절도범 실적을 채워야 성과 평가에서 점수를 받고 우리 팀이 베스트 수사팀으로 선정될 확률이 높아진다. 팀장은 팀원들에게 절도범 2명씩만 검거해 달라고 부탁했다. 살인범도 잡았는데 그깟 절도범을 못 잡을까?

모두 나와 같은 생각을 했다. 하지만 쉽지 않았다. 일단 관내에서 발생한 절도 사건 중에서 아직 검거되지 않은 절도 미제 사건을 살펴보았다. 나는 편의점에서 발생한 절도 사건을 주목했다.

절도범들이 무인 편의점 대형 유리창을 깨고 들어가 담배 및 다른 물품을 60만 원 가까이 훔쳐 간 사건이다. 모두 4명이라 이것만 해결하면 나와 박 선배는 할당량을 채울 수가 있다.

CCTV상에 찍힌 절도범들의 모습은 10대 후반으로 보였다. 만일 학생들이라면 주민등록증을 발급받기 전이라서 지문이 검출되어도 신상 정보를 알 수가 없다.

나는 CCTV에 찍힌 절도범들의 사진을 출력하여 편의점 주변과 관내 학교 160여 개를 돌아다녔다. 등하교를 하는 학생들에게 사진을 보여 주며 혹시 같은 학교 학생인지 물어보았다. 같은 학교 학생이라면 이 사진 속 인물을 보고 누구인지 금방 알 것이다.

그 와중에 뉴스 속보를 통해서 박정민이 검거되었다는 사실을 알게 되었다. 어떻게 검거했는지 궁금했지만 나는 절도범을 잡기 위해 부지런히 학교를 돌아다녔다.

그렇게 바쁘게 절도범을 찾느라 박정민을 잊고 있을 무렵, 이지혜 프로파일러로부터 전화가 왔다.

"여보세요."

– 이지혜입니다. 박정민을 검거하고 일을 급하게 마무리하느라 이제야 연락드리네요.

잡는 것도 고생이지만 그 후 수사 서류 만드는 일도 보통이 아니다. 특히 박정민 같은 연쇄살인마라면 작성할 서류가 어마어마하게 많을 것이다. 그런 일들이 눈앞에 훤히 보여 내 머리가 다 지끈거렸다.

"고생하셨습니다. 그리고 박정민 검거 축하드립니다."

– 다 강철 형사님 덕분이에요.

"제가 무슨 도움이 되었다고요. 입만 나불거렸는데요, 뭐. 하하."

– 아니에요. 큰 도움이 되었어요.

"저 궁금해서 그러는데, 박정민을 어떻게 검거하신 거예요?"

– 제가 터키에 있을 때 강 형사님이 제가 출연한 유튜브 영상을 보

라고 말해 줬잖아요. 그래서 제가 출연했던 그 유튜브 영상을 찾아서 봤어요. 그리고 한 가지 단서를 찾았어요. 그래서 그것을 집중적으로 추적했어요.

"뭐를 추적했나요?"

- 피해자가 잃어버린 물건 중에 노트북이 있었어요.

"그래서요?"

- 박정민이 노트북을 가지고 있을 거라 판단하고 피해자의 인터넷 IP를 수사했어요. 그렇게 수사하다 보니 박정민이 있는 곳을 알아내게 되었죠.

"인터넷 IP 수사요?"

- 네, 탈옥을 도와준 교도관이 있어요. 김정길 교도관이라고 그의 여동생이 간호사로 일했는데, 그 간호사가 파주의 한 성형외과 병원에서 일했어요. 그 여성의 도움으로 성형 수술도 하고 피해자의 집에 며칠 은신하기도 했고요. 그러면서 자연스럽게 피해자의 노트북을 계속 사용했더라고요.

"그 미친놈은 어디에서 잡았나요?"

- 남대문 시장 근처에 있는 커피숍에서요. 그곳에서 인터넷 검색을 하고 있더라고요. 피해자의 노트북으로요.

그녀와 통화를 마친 후, 나는 아직도 형사로서 배울 게 많다는 사실을 깨달았다. 인터넷 IP 수사라니. 내가 경험하지 못한 다양한 수사 방식이 존재하고 그 분야에 베테랑들이 존재한다. 나는 기껏해야 CCTV나 잘 찾고 잘 보는 게 전부다. 나는 배울 게 많은 우물 안의 초보 형사다. 초보 형사니까 더욱 겸손하게 수사하자.

나는 문득 그녀가 출연했던 유튜브 영상이 다시 보고 싶어졌다. 그녀는 어느 부분에서 수사 단서를 얻었을까?

핸드폰으로 이지혜 프로파일러가 나오는 영상을 세밀하게 보기 시작했다. 한 번도 만난 적이 없는 그녀를 영상으로만 두 번 보니 기분이 묘하다.

[만일 현장에 범인이 없고 누구인지 알기 어렵다면 죽은 피해자의 신원부터 먼저 파악합니다. 그리고 피해자의 동선을 계속 수사하는 거죠. 마지막에 만난 사람이라든지, 마지막으로 고인과 통화한 사람이 누구인지. 그리고 현장에 지문 혹은 피의자의 유류품이나 DNA 등이 있는지 찾아요. 주로 이렇게 수사하죠.]

[그러면 박정민이 저지른 살인도 그렇게 진행했겠네요?]

[아닙니다. 그런 사실을 너무나 잘 아는 박정민은 피해자의 신원을 숨기기 위해 시신의 손가락 지문을 불로 지지거나 잘라 냈어요. 또 이를 몽땅 뽑거나 아래턱을 통째로 뽑아서 가져가기도 했고요.]

[후유~ 말만 들어도 소름이 돋네요. 어떻게 그런 끔찍한 짓을 할 생각을 했을까요? 대단하네요. 왜 그런 거죠? 정말 왜 그런 겁니까?]

[경찰 수사를 피하기 위해서죠.]

[그렇다면 경찰이 끝내 피해자의 신원을 파악하면 수사를 어떻게 하나요?]

[앞서 말한 대로 피해자의 신원을 파악하면 시간을 거슬러서 피해자의 행적을 수사합니다. 마지막에 누구를 만났는지 그 후 무엇을 했는지, 아니면 사망하기 전에 누구랑 마지막으로 통화했는지를 말이죠. 행적을 파악

해도 이렇다 할 용의자를 발견하지 못하면 피해자의 물건이 도난당한 것은 없는지를 수사합니다. 흔하지 않지만 단순히 절도하려다 사람을 죽이기도 하는데, 절도범이 순식간에 강도 살인범으로 변하는 경우죠. 이렇게 피해자와 연관성을 찾다 보면 범인을 잡는 경우가 많이 있습니다.]

[그렇군요. 가끔 바보 같은 범인들이 피해자의 신용카드를 쓰다 잡히는 경우를 본 적이 있습니다. 왜 그렇게 바보 같은 짓을 하는지 이해가 안 되더라고요. 박정민은 이 경우에 해당이 안 되겠네요.]

[꼭 그렇지는 않을 것입니다. 그도 인간이기에 실수는 하겠죠. 하지만…]

*

남대문 시장 인근 상가 건물에 갑자기 경찰차들이 몰려오더니 급하게 정차한다. 차에서 방탄복 등을 입은 형사들이 우르르 내리고 마지막에 작은 손 무전기를 들고 있는 이지혜가 내렸다. 그녀는 피해자의 인터넷 IP를 실시간으로 추적하고 있었다. 그녀가 이곳에 도착한 것도 피해자의 인터넷 IP 신호가 30분 전부터 떴기 때문이다.

좌우를 살펴보니 아담한 커피숍 하나가 그녀의 눈에 들어왔다. 그녀는 다른 곳으로 고개를 돌렸다. 또 다른 커피숍이 보인다. 둘 중 한 곳에 분명히 박정민이 있다. 그녀가 무전기로 지시를 내렸다.

"알파 원은 1층에 위치한 〈이방인〉 커피숍으로, 알파 투는 2층에 위치한 〈옐로우〉 커피숍으로 진입합니다."

- 치칙. 알파 원, 오케이.

- 알파 투, 오케이.

형사들이 바쁘게 움직였다. 그녀도 다른 형사들의 뒤를 따라 2층에 위치한 커피숍으로 달려갔다. 모두 박정민을 찾기 위해 두 눈을 두리번거리며 수색했다. 커피숍 매장 안에 있던 손님들이 놀라면서 호기심이 섞인 눈빛으로 형사들을 바라보았다.

형사들이 박정민을 발견하지 못하고 아쉬워하며 커피숍을 나가려고 했다. 하지만 이지혜의 눈에 한 여성이 보였다. 아주 여성스러운 복장으로 느긋하게 차를 마시는 20대 젊은 여성이다. 이지혜는 피해자의 노트북이 있는지부터 확인했다. 피해자의 노트북은 보이지 않지만, 여성의 가방이 크니 충분히 가방 안에 노트북을 넣을 수 있겠다 싶었다.

이지혜가 그 여성 곁으로 다가갔다. 그러자 이 여성이 당황하지 않고 씨익 웃으며 말했다.

"왜 이제야 오셨어요?"

남자의 목소리가 아니다. 소름 끼치게 가늘고 뾰족한 여자의 목소리다. 하지만 이지혜는 이 여성이 박정민이라는 것을 분위기를 통해 알수 있었다. 예전 그의 모습이 아닌 진짜 여성으로 변해 있었지만, 독특한 그의 분위기가 남아 있었다.

구치소에서 면담을 하면서 그 분위기를 잘 알고 있었다. 얼굴, 목소리가 완벽한 여성으로 변하여 다른 사람은 속일지 몰라도 그녀를 속일수는 없었다. 그는 아마도 여성 호르몬 주사를 맞고 있는 것 같았다. 그는 아무 일도 없는 것처럼 차를 한 모금 마시더니 태평스럽게 말했다.

"에이, 조금만 늦게 오시지. 한 명 더 죽일 수 있었는데."

그가 하는 말을 듣자 더욱 소름이 돋았다. 서 있기 힘들 정도로 어지럼증까지 일었다. 하지만 이런 사악한 놈에게 약하게 보이기는 죽기보다 싫었다. 그녀의 별명이 사나운 불독 아닌가. 한번 물면 놓지 않는 사나운 불독. 그녀 역시 애써 태연한 척하며 그에게 미란다 원칙을 고지했다.

"박정민, 당신을 살인 및 도주죄로 체포합니다. 당신은 변호사를…."

*

주점 입구에는 사람 크기의 유령 인형이 날카로운 낫을 들고 서 있다. 한껏 핼러윈 분위기를 연출하기 위해 실내에 가지각색의 노란 호박이 걸려 있었다. 이곳에서 나와 황소영이 마주 보며 술을 마시고 있다.

나는 기분이 몽롱했다. 그게 술 때문인지 아니면 그녀 때문인지 알 수가 없었다. 그녀는 내가 소주 두 잔을 마시면 한 잔 정도를 마셨는데 얼굴색이나 표정이 전혀 변하지 않는다. 그녀는 내가 생각한 것보다 술이 셌다.

오늘도 재미없는 사건 이야기를 계속했다. 그녀는 나의 이야기를 전혀 지루하지 않게 들어 주었다. 참 고마운 여자다.

"소영 씨, 진짜라니까요. 저 죽을 뻔했다니까요. 딸꾹. 그 자식의 몸에 칼이 들어 있었는데 그걸 꺼낼까 말까 고민하다가 뒤에서 찔렸어요. 와, 난 그놈이 순순히 일어나서 따라오길래 수갑도 안 채우고 앞장서서 걸어갔거든요."

나는 김민수 형사의 울산 사건 이야기를 마치 내 사건처럼 그녀에게 이야기했다.

"어머, 어떻게 해. 그래서 어떻게 되었어요?"

"같이 간 눈이 엄청 작은 선배가 있어요. 그 형이 그놈이 자꾸 바지에 손을 넣었다 뺐다 하니까 의심하고, 딸꾹. 그놈이 바지에서 회칼을 꺼내는 순간 냅다 뒤통수를 갈기고 회칼을 빼앗았지요. 회칼이 진짜 살벌했어요."

"강철 씨, 물 좀 드세요. 계속 딸꾹질을 하시네요."

"아, 네. 고맙습니다."

물컵에 담긴 물을 벌컥 들이켰다.

"그런데 한 달 전에 살인범을 잡았다고 하지 않았나요?"

"누굴 말하세요? 제가 워낙 살인범들을 많이 잡아서."

"망치로 사람을 죽인 살인범이요. 가게 이름이 〈행복 슈퍼〉라고 했나?"

"아! 그 사이코. 잡았죠. 제가 며칠을 고시원 앞에서 잠복해서 그놈을 검거했죠."

"멋져요. 어떻게 잡았는지 말해 주세요."

"처음에는 잠복할 거라고는 전혀 예상하지 않고 갔어요."

"그런데요?"

"그렇게 이틀이 지나니 덩치 큰 남자들 몸에서 냄새도 많이 났죠. 게다가 범인은 나타나지도 않고. 그런데 제 촉이 이놈이 범인이라는, 그런 느낌이 들었어요. 같이 갔던 선배도 같은 느낌이었는지 점점 표정이 심각해지더라고요. 자리를 못 비우고 저랑 교대로 자리를 지키자고 하더라고요."

"기분은 어땠어요? 범인이 오지 않을 수도 있잖아요."

"정말 당시에는 숨이 턱턱 막혀 오는 느낌이었죠. 갈아입을 옷도 없이 차에서 하룻밤을 더 보냈는데 그날 밤이 잊히지 않네요. 꿉꿉한 냄새와 긴장감. 그러다 포기해야 하나 생각할 때 범인이 걸어오더라고요."

"아! 누가 먼저 달려갔어요? 범인은 어땠어요?"

"제가 먼저 뛰어갔죠. 그리고 범인은 막상 형사들이 나타나니까 포기한 기색을 보이더라고요."

"그런데 왜 뉴스에 살인범을 잡았다는 기사가 안 나오죠? 저는 혹시 강철 씨 이름이 나왔나 싶어서 인터넷 뉴스를 열심히 찾아보기도 했는데."

"원래 기자들은 경찰이 잘하는 것은 보도하지 않아요. 안 좋은 것만 찾아서 내보내죠. 그래야 시민들이 관심을 가지니까요."

그녀에게 아무렇지 않게 말했으나 조금 서글퍼진다. 지난 꽃뱀 사건도 생각났다. 내가 무슨 잘못을 크게 했다고, 기자들이 나를 죽일 놈으로 만들지 않았던가. 내 직업을 사랑하고 사명감을 가지고 일을 하고 있지만 그런 것들을 생각하니 서글퍼진다.

내가 시무룩한 표정을 짓자 그녀가 내 손을 부드럽게 잡았다. 손에 닿은 그녀의 피부 감촉이 너무 좋다. 올라오던 서글픔이 한순간 사라지고 다시 몽롱해졌다.

"강철 씨는 많은 흉악범을 잡았으니까 곧 TV에 나올 거예요. 단지 알려지지 않아서 그렇지, 당신은 시민들의 영웅이에요."

"영웅처럼 보이고 싶지 않아요."

거짓말이다. 내 앞에 있는 그녀에게만은 영웅처럼 보이고 싶다.

멋있는 척을 하며 말없이 술을 비우자 그녀가 내 귀를 의심스럽게 하는 말을 했다.

"제 옆으로 오실래요?"

나는 대답하지 않고 어색하게 일어나 그녀의 옆자리로 가 앉았다. 가까이에서 보니 더 예쁘고, 아니 더 아름다웠다. 붙어 앉아 있으니 왠지 부끄러웠다. 남자가 리드해야 하는데 용기가 나지 않는다. 그녀도 내가 옆에 앉자 얼굴이 빨개지면서 한동안 말없이 술잔만 기울였다.

"소영 씨, 싫어하는 게 있으면 저에게 미리 말씀해 주세요. 제가 실수하지 않도록 말이죠."

"강철 씨도 말해 주세요. 싫어하는 거."

그간 취기가 올라왔는지 그녀의 발음이 약간 부정확하게 나왔다. 나는 최대한 점잖은 척 그녀와 적당한 거리를 유지하려고 노력했다. 그런데 그런 나의 노력을 그녀가 허물어뜨렸다. 그녀가 손짓으로 나에게 머리를 숙여 달라는 표현을 했다.

나는 그녀가 시키는 대로 약간 머리를 숙였다. 그러자 그녀가 나의 볼에 입을 맞추었다. '이게 꿈인가?' 하는 생각과 동시에 나는 재빨리 고개를 돌려 그녀의 입술을 찾아 입맞춤했다. 본능적으로 몸이 움직였다.

그녀가 입술을 떼지 않자 나는 용기를 내어 두툼한 입술로 그녀의 꽃잎 같은 입술을 벌리고 혀를 밀어 넣으려고 했다.

"음."

그녀가 부끄러워하며 고개를 돌리려고 했다. 나는 한 손으로 그녀의 작은 어깨를 안은 채 떨어지지 않도록 몸을 밀착하며 키스를 했다. 그녀의 어깨가 떨리는 게 손끝에 전해진다. 긴 키스였다. 하지만 내 생각에는 짧고 아쉬움이 많이 남는 키스였다.

몸이 떨어지고 한참 말이 없었다. 그래도 훨씬 가까워진 느낌이다.

"저, 소영 씨."

"네."

"혹시 여행 좋아하세요?"

"좋아하죠."

"그럼 저와 여행 가실래요?"

"어디로요?"

갑자기 꺼낸 말인데 그녀가 관심을 보인다. 여행을 계획한 것이 아니라서 즉흥적으로 떠오르는 장소가 없었다. 잠시 머뭇거리다 그녀에게 속삭였다.

"바다 보러 갈래요?"

그녀가 대답하지 않고 고개를 숙였다. 나는 그녀의 손을 힘주어 잡았다. 그러자 그녀가 고개를 들고 내 눈을 바라보았다. 서로 사랑스러운 눈빛이 오갔다. 그녀가 말없이 고개를 숙인다. 아마도 함께 여행을 가겠다는 뜻 같다. 정말 이렇게 그녀와 꽃길만 걷고 싶다. 영원히.

-끝-

나는 형사다

1판 1쇄 발행 2023년 7월 28일

저자 김홍철

교정 주현강 **편집** 문서아 **마케팅 · 지원** 김혜지

펴낸곳 (주)하움출판사 **펴낸이** 문현광

이메일 haum1000@naver.com **홈페이지** haum.kr
블로그 blog.naver.com/haum1000 **인스타그램** @haum1007

ISBN 979-11-6440-407-0 (03810)